À PROPOS DE L'AUTRICE

Linda Pearl Siegert Warren est autrice de romance contemporaine. En 2007, elle a obtenu le *Bookseller Best Awards*, en catégorie Long Contemporary, pour son roman *The Cowboy's Return*, publié par Harlequin American Romance.

Une famille en hiver

LINDA WARREN

Une famille en hiver

Traduction française de
ISABEL WOLFF-PERRY

HARLEQUIN

Titre original :
A BABY BY CHRISTMAS

Ce roman a déjà été publié en 2010

HARPERCOLLINS FRANCE
83-85, boulevard Vincent-Auriol, 75646 PARIS CEDEX 13
Service Lectrices — Tél. : 01 45 82 47 47 - www.harlequin.fr
ISBN 978-2-2804-6174-0

Composé et édité par HarperCollins France.
Imprimé en octobre 2021 par CPI Black Print (Barcelone)
en utilisant 100% d'électricité renouvelable.
Dépôt légal : novembre 2021.

FSC www.fsc.org MIXTE Papier issu de sources responsables FSC® C159065

Pour limiter l'empreinte environnementale de ses livres, HarperCollins France s'engage à n'utiliser que du papier fabriqué à partir de bois provenant de forêts gérées durablement et de manière responsable.

1

Un enfant... Elise veut un enfant, et moi aussi...

Jake McCain se passait ces mots en boucle lorsqu'il pénétra dans la maison. Arrivé dans le couloir, il s'immobilisa et poussa un soupir exaspéré. Avec tout cela, sa journée de travail était fichue et...

Il se ressaisit bien vite. S'il était aussi contrarié qu'il le pensait, pourquoi était-il rentré ? Il se pouvait bien que ce petit jeu ne lui déplaise pas tant que ça, en fin de compte. D'un autre côté, la situation était telle que...

De nouveau, il se renfrogna. Il ne parvenait pas à s'expliquer son état d'esprit. Elise l'avait appelé, et il avait accouru toutes affaires cessantes. Cela n'avait rien d'exceptionnel : il en allait ainsi depuis leur première rencontre. Et si parfois, comme aujourd'hui, ce mode de fonctionnement l'horripilait, il lui arrivait aussi de s'en délecter. C'était un des problèmes de leur couple. Enfin... Il avait signé pour le meilleur, pour le pire, et dans l'unique but de fonder une famille.

— Jake ? C'est toi ?

— Oui ! cria-t-il.

— Je t'attends dans la chambre.

« Logique », songea-t-il avec résignation.

Il pénétra dans la salle de séjour qu'il observa un instant avec une moue dubitative. La pièce était entièrement blanche avec, ici et là, d'infimes touches d'argent et de mauve. Une fois de plus, il déplora l'absence de fauteuils bien rembourrés : à son retour du travail, il aurait bien aimé pouvoir se détendre ailleurs que dans la chambre à coucher, blanche elle aussi, quoiqu'un peu moins spartiate.

Il laissa échapper un nouveau soupir, de lassitude cette fois. Il se demandait encore comment il s'était laissé convaincre d'habiter en ville, dans ce lotissement surpeuplé. La réponse était pourtant simple : Elise lui aurait fait abattre des montagnes. A se demander si elle ne lui avait pas jeté un sort, tant il avait changé. C'était bien simple, il ne se reconnaissait plus lui-même.

Cette fois, c'était décidé. Cette situation ne pouvait pas durer. Il allait parler à Elise et mettre les choses au point.

Elise Weber McCain se dévêtit entièrement et enfila un peignoir de soie sur sa peau nue. Elle était en période d'ovulation et n'avait qu'une idée en tête : être fécondée. Cela faisait six mois à présent que Jake et elle étaient mariés, et leur plus cher désir était de fonder une famille. C'était pour cette raison qu'ils s'étaient unis, parce qu'ils voulaient une seule et même chose : un enfant.

Elise avait longtemps pensé que sa vie amoureuse était terminée. Son premier mari et unique amour, Derek Weber, était décédé dans un accident d'avion dix ans plus tôt, après quelques mois de mariage. De désespoir, la jeune femme avait sombré dans la dépression, pour finalement se ressaisir, retourner à l'université et passer ses diplômes. Grand bien lui en avait pris, car, à trente-cinq ans, elle occupait une chaire de littérature américaine à l'université de Waco au Texas, où elle était reconnue et respectée de tous.

Une belle réussite professionnelle donc, en décalage

complet avec le désert sentimental dans lequel elle avait vécu jusqu'à sa rencontre avec Jake McCain.

Cela s'était produit de la manière la plus fortuite qui soit. Elise rentrait chez elle, après une conférence à l'université de Rice, lorsqu'un des pneus de sa voiture avait éclaté. Comme bien souvent dans ce genre de situation, la nuit commençait à tomber et la jeune femme se trouvait à des kilomètres de l'agglomération la plus proche. Elle s'apprêtait à appeler les secours lorsqu'un pick-up s'était garé sur le bas-côté, derrière elle.

Elise avait d'abord été alarmée à l'idée de se trouver seule, face à un parfait étranger. Pourtant, dès que l'homme s'était présenté, toutes ses craintes s'étaient envolées.

Jake McCain... Un grand gaillard, au visage émacié, et dont elle connaissait bien la mère, le beau-père et les frères. Comme ils fréquentaient tous le même Country Club qu'elle, Elise savait un certain nombre de choses sur le compte de Jake. A commencer par le fait qu'il refusait catégoriquement de voir sa mère. Althea Wellman avait quitté son mari pour un autre homme des années auparavant, et Jake, qui avait refusé de la suivre, avait grandi avec son père.

Quelle étrange coïncidence que de faire connaissance avec lui suite à une panne de voiture !

A moins qu'il ne se soit agi d'un de ces tours dont le destin semble avoir le secret, bien entendu.

Elise s'était d'emblée sentie attirée par Jake, qui lui avait paru généreux, honnête et franc. Plus encore, et sans savoir pourquoi, elle avait été plus troublée par cette rencontre qu'elle ne l'aurait voulu.

Tant et si bien qu'elle l'avait appelé dès la semaine suivante pour l'inviter à dîner. Une manière comme une autre de le remercier, s'était-elle dit. Même si cela ne lui ressemblait en rien : Elise Weber n'était pas du style à inviter des hommes au restaurant. En aucun cas.

Pourtant, elle avait tenu à ce que Jake McCain sache à quel point elle avait apprécié son intervention. Et, pour son plus grand plaisir, il avait accepté.

Constance et Judith, la mère et la sœur d'Elise, avaient été horrifiées par son initiative. Elles lui avaient fait valoir que Jake n'était pas de son milieu. Contrairement aux deux autres fils d'Althea, il n'était qu'un paysan, à la tête d'une exploitation agricole florissante, certes, mais tout de même... Elise était passée outre. Elle ne s'était jamais faite au snobisme de sa famille.

Elle avait bien fait de n'écouter que son bon sens, d'ailleurs. Le premier rendez-vous avait été plus qu'agréable. Jake et elle avaient abordé de nombreux sujets, et la jeune femme en avait beaucoup appris sur son nouvel ami. Il lui avait expliqué, entre autres, qu'il gérait le domaine des McCain, une immense propriété qui s'étendait de la rivière Bottom jusqu'aux confins de Marlin et de Waco, et sur laquelle, comme son père et son grand-père avant lui, il faisait pousser du coton et du maïs.

Lorsqu'elle lui avait annoncé qu'elle connaissait ses frères, Spencer et Caleb, Jake n'avait pas paru surpris. Il s'était toutefois empressé de préciser que Caleb n'était que son demi-frère et qu'il ne l'avait jamais rencontré. Cette nouvelle avait attristé Elise, au même titre que sa brouille avec sa mère.

Ce détail mis à part, tout, chez Jake McCain, lui plaisait. Il était de bonne compagnie et savait écouter. Avec lui, Elise avait le sentiment d'exister, à un point tel qu'elle s'était surprise à lui parler de son mariage, de l'amour qu'elle avait porté à son défunt mari, et du chagrin qu'elle avait éprouvé en le perdant. Emportée par son élan, elle avait même exprimé son désir d'enfant.

Une idée qu'elle avait abandonnée, bien sûr, après la mort de Derek, mais qui recommençait à la tarauder, l'âge venant. Après tout, elle ne rajeunissait pas, et si elle ne s'y mettait pas rapidement, elle risquait fort de vieillir seule.

A son grand étonnement, Jake lui avait répondu que lui aussi rêvait d'être père. Le plus tôt possible, même... De sorte qu'à l'issue de quelques rendez-vous similaires, et après avoir eu avec lui plusieurs conversations sur le sujet, Elise avait demandé Jake McCain en mariage. Spontanément ! Sans avoir rien prévu à l'avance... comme emportée par une de ces pensées fugaces qu'on exprime dans le feu de l'action, sans y avoir réfléchi au préalable.

Bien sûr, Jake avait été un peu choqué. D'un autre côté, ils avaient tous deux le même but, dans la vie. Dès lors, qu'importait qu'ils ne soient pas vraiment amoureux l'un de l'autre ? Ils avaient la solution idéale, non ?

Jake avait dû en arriver à la même conclusion qu'Elise, car il avait accepté sa proposition sans tarder.

Constance et Judith, en revanche, avaient supplié Elise de bien réfléchir. A leurs yeux, elle était aveuglée par son désir d'enfant, rien de plus. Leurs injonctions avaient été vaines, cependant. Comme d'habitude, Elise n'en avait fait qu'à sa tête. Elle s'était mariée en toute hâte, et sa lune de miel avait eu lieu chez elle, principalement dans sa chambre.

Elle jeta un coup d'œil amusé en direction du lit. Elle avait tant redouté sa nuit de noces ! Ses craintes s'étaient vite envolées, toutefois, car Jake et elle s'étaient entendus à merveille, et elle avait réagi à ses caresses avec un enthousiasme qui l'avait surprise elle-même.

Jake était d'un naturel sensuel, passionné, au point qu'elle s'était trouvée contrariée dans son désir de ne jamais appartenir qu'à un homme : Derek Weber, son mari défunt.

Bref, même si elle répugnait à se l'avouer, entre les bras de Jake, elle pensait de moins en moins à son amour perdu.

Une réalité qui la perturbait au plus haut point.

Jake s'avança vers la porte de la chambre. Une fois qu'il aurait vu sa femme, il oublierait tous ses ressentiments. Il en allait ainsi, semblait-il, dans leur relation. Un seul regard sur Elise, et plus rien n'avait d'importance.

Elle ouvrit le lit et releva la tête avec un sourire aguicheur.

Elle était somptueuse, avec ses formes arrondies et son visage de statue grecque. Pourtant, c'était par la profondeur de ses yeux bleus qu'il était le plus attiré. Ainsi que par ses boucles blondes, par la manière dont elle penchait la tête…

De sorte que, comme il l'avait prévu, sa mauvaise humeur le déserta aussitôt.

— Coucou ! dit-elle en minaudant.

Les mâchoires serrées, Jake tenta de garder la tête froide. Il devait parler à sa femme, lui faire comprendre qu'il n'était pas une marionnette… Qu'Elise ne pouvait pas continuer à l'appeler ainsi, au beau milieu de la journée, avec la certitude qu'il laisserait tout tomber pour venir la rejoindre.

— Ecoute, commença-t-il d'un ton précipité. Je suis en pleine récolte et je ne peux m'interrompre dans mon travail chaque fois que tu me téléphones…

Elise avait fini de plier le dessus-de-lit. Elle le posa soigneusement sur une chaise, avant de ramener une mèche égarée derrière ses oreilles.

— Tu aurais dû me dire que tu avais autre chose à faire, mon chéri ! s'exclama-t-elle, faussement contrite.

— J'aurais dû, oui... J'aur...

Les mots semblaient lui échapper, soudainement. Elle avait entrouvert son peignoir de soie et...

Et Jake dut se rendre à l'évidence.

Il désirait cette femme, et cela depuis ce fameux soir, sur cette route déserte. C'était aussi simple, aussi primaire que cela. Malgré lui, et pour son plus grand agacement, il ne pouvait rien changer à l'impact qu'Elise avait sur lui.

Elle s'avança et entreprit de déboutonner sa chemise.

— Désolée de t'avoir dérangé, Jake. Seulement, selon mes calculs, je suis en période d'ovulation, et j'ai pensé que nous pourrions profiter de l'après-midi pour essayer de réaliser notre rêve. Un bébé pour Noël. C'est bien ce que nous avons décidé, non ?

Jake ouvrit la bouche pour protester et la referma aussitôt. Il avait oublié ce qu'il s'apprêtait à dire. Elise promenait des mains légères, provocatrices, sur son torse. L'instant d'après, elle y posait ses lèvres pleines.

Il sentit le désir monter en lui et sa respiration se fit plus saccadée. Elise détacha sa ceinture et, reculant d'un pas, l'entraîna vers le lit. Pour le coup, le beau discours qu'il avait préparé lui échappa totalement. Une fois de plus, seule Elise comptait.

Elise... sa manière d'être, son corps, ses caresses.

Il se débarrassa rapidement de ses vêtements. Il avait laissé ses bottes dans le garage, près de la porte, pour ne rien salir dans la maison immaculée. Encore une obligation dont il commençait à se lasser, songea-t-il vaguement.

De sa femme, en revanche, il ne se lassait jamais. Lui encerclant la taille des deux mains, il l'attira à lui jusqu'à ce que leurs peaux se touchent, pour s'emparer de sa bouche en un baiser vorace.

Il l'étendit sur le lit, se délectant au passage de la manière dont ses formes épousaient son corps. Il les malaxa avec toute la passion qu'Elise éveillait en lui.

— C'est aujourd'hui, murmura-t-elle contre ses lèvres. Nous essayons depuis six mois, Jake. Aujourd'hui, ça va marcher. Je le sens. J'en suis...

— Chut, coupa-t-il avant d'enfouir son visage dans le creux de son cou.

Contrairement à lui, Elise adorait parler de cette grossesse tant désirée, pendant l'amour.

— Je devrais être enceinte, depuis le temps. Je *veux* être enceinte !

— Chut, répéta-t-il, posant un nouveau baiser sur sa bouche.

C'était le seul moyen de la faire taire. De plus, il avait besoin de sentir son goût sur ses lèvres. Il s'étendit sur elle, et les paroles firent place à des gémissements de plaisir.

Lorsque l'étreinte fut terminée, Jake tenta de se dégager, en vain. Elise le retenait de toutes ses forces.

— Ne bouge pas, murmura-t-elle, ses jambes et ses bras enserrés autour de sa taille. J'ai lu que si tu restais en moi pendant quelques minutes après l'amour, ton sperme aurait plus de chances de me féconder.

Dans un grognement sourd, Jake se laissa retomber contre le corps moite de sa femme. Elle ne pensait qu'à ça — être enceinte, porter un enfant. Pour preuve, la pile d'ouvrages traitant du sujet, au bas de la table de nuit. Ce désir de grossesse était devenu une véritable obsession. Pourquoi ne laissait-elle pas faire la nature ? Il n'y avait aucune urgence, après tout !

Au bout d'un moment, il roula sur le flanc. Aussitôt,

Elise pivota sur elle-même, fit glisser un oreiller sous ses hanches et posa ses talons sur la tête du lit.

— Qu'est-ce que tu fabriques ? lui demanda-t-il, intrigué.

La réponse ne le surprit pas outre mesure. Il s'étonna même de ne pas avoir deviné.

— J'ai également lu que si la femme surélevait les jambes, les spermatozoïdes avaient encore davantage de chances d'atteindre les ovules.

Jake secoua la tête d'un air désabusé. Il ramassa ses vêtements éparpillés sur le plancher et commençait à se rhabiller lorsque la voix d'Elise s'éleva derrière lui.

— Non, pas tout de suite. Si nous voulons mettre toutes les chances de notre côté, nous devons recommencer d'ici quelques minutes.

Jake s'interrompit dans son geste.

Recommencer... Mettre toutes les chances de leur côté. La reproduction était le seul but de leurs étreintes. L'amour n'avait aucune place dans leur couple.

Il se demandait si cette certitude le dérangeait vraiment, lorsque son regard se posa sur le cadre placé sur la table de chevet. Un portrait de Derek Weber, le premier mari d'Elise. Non... Il était là, le problème : Elise n'avait pas besoin de lui. N'importe quel mâle aurait fait l'affaire. Et lui, Jake McCain, était assez idiot pour se plier à ses desiderata. Voilà d'où provenait son courroux. Il n'aimait pas qu'on se serve de lui comme d'un simple instrument. Or c'était exactement ce qui se produisait.

— Je ne suis pas une machine, grommela-t-il.

Elle se tourna vers lui, l'air vaguement perplexe.

— Jake ? Quelque chose te tourmente ?

— Oui.

— Si tu as à faire, retourne travailler. Nous réessayerons ce soir.

Jake se hérissa. Elle n'en démordrait jamais ! A se demander si elle le considérait comme un être humain. Question stupide, à bien y réfléchir. Aux yeux d'Elise, il ne représentait guère plus qu'un donneur de sperme, un étalon !

— Ecoute, commença-t-il, de plus en plus irrité. Je crois que…

La sonnerie de la porte le coupa dans son élan.

— Tu attends de la visite ? s'enquit-il.

— Euh… Non… Ah ! si, attends. J'ai oublié de te dire. Une femme a appelé, tout à l'heure. Une certaine Carmen Woods. Elle souhaitait te parler. Elle devrait passer dans l'après-midi.

— Woods, tu dis ? Ce nom ne me dit rien du tout. Tu lui as demandé ce qu'elle me voulait ?

Jake ne voyait vraiment pas qui aurait pu tenter de le joindre chez Elise. D'ordinaire, on l'appelait à la ferme. Il ne faisait que dormir, dans cette maison. Dormir et faire l'amour.

Ou plutôt tenter de féconder sa femme.

— Pas vraiment. Elle m'a simplement précisé qu'elle avait eu ce numéro à la suite de longues recherches et par l'intermédiaire de ta tante. Bizarre, non ?

La sonnette retentit une deuxième fois pendant qu'il se rhabillait. Et comme ses bottes étaient restées dans le garage, il allait être obligé d'aller ouvrir la porte pieds nus.

Il se précipita dans l'entrée.

Une femme plutôt jolie, aux cheveux courts et aux yeux verts, se tenait sur le perron, une serviette en main. Jake ne l'avait jamais vue.

— Monsieur Jake McCain ? demanda-t-elle d'un ton affable.

— En personne.

— Permettez-moi de me présenter. Carmen Woods, reprit-elle.

Jake serra la main qu'elle lui tendait sans grand enthousiasme. Encore une démarcheuse quelconque... Il devait s'en débarrasser au plus vite, de manière à avoir une conversation sérieuse avec Elise.

— Je peux entrer ?

— Je suis occupé. Vous ne pouvez pas repasser un autre jour ?

— C'est de la plus haute importance.

— Madame Woods, je...

— Je travaille pour le SPE — le Service de protection de l'enfance du comté de Harris —, et ce que j'ai à vous dire ne peut pas attendre.

Le Service de protection de l'enfance ? Qu'est-ce qu'ils pouvaient bien lui vouloir ? Il s'agissait probablement d'une erreur. En moins de deux minutes, ce serait réglé, Jake n'en doutait pas un instant.

Il s'effaça pour laisser passer la visiteuse, qu'il entraîna dans le salon. Elise choisit ce moment pour sortir de la chambre en peignoir blanc, ce qui obligea Jake à faire les présentations.

— Désolée, murmura Carmen Woods, devant la tenue d'Elise. J'ai l'impression que le moment n'est pas des plus propice et...

— Ce n'est pas grave, coupa Jake. En revanche, je pense qu'il y a erreur. Vous devez me prendre pour un autre.

— Je ne le pense pas, monsieur McCain. Laissez-moi vous expliquer ce qui m'amène.

— Si vous y tenez...

Elise et Jake prirent place sur le canapé, tandis que Carmen Woods s'asseyait sur une chaise droite.

— Je suis heureuse que vous assistiez à cet entretien,

madame McCain, déclara-t-elle en tirant des documents de sa serviette. Car cette affaire vous concerne également.

— Moi ? s'étonna Elise.

— Monsieur McCain, le nom de Sherry Carr vous évoque-t-il quelque chose ?

Jake fronça les sourcils.

— Sherry ? Oui. Je l'ai rencontrée il y a quelques années de cela. J'étais au Texas pour un congrès et elle travaillait dans l'hôtel où je suis descendu. Nous sommes vaguement sortis ensemble, ça n'a pas duré et je ne l'ai jamais revue.

— De sorte que vous la connaissez. Parfait.

Jake se rembrunit encore davantage.

— Où voulez-vous en venir au juste, madame Woods ?

— Vous savez que Sherry est mère d'un petit garçon ?

— Non. Elle ne m'en a jamais parlé.

Carmen brandit un des documents devant elle.

— Je ne sais pas trop comment vous annoncer cela, monsieur McCain. Néanmoins, l'expérience m'a appris que le plus simple était encore d'aller droit au but. Alors voilà. Votre nom figure sur le certificat de naissance de l'enfant, et en bonne place.

— Quoi ? s'exclamèrent Jake et Elise à l'unisson.

Pour toute réponse, Carmen leur tendit le document. Il s'agissait de la copie d'un certificat de naissance sur lequel figurait en toutes lettres le nom de Jake McCain, père de l'enfant de Sherry Carr.

Elise laissa échapper un gémissement. Jake l'aurait rassurée s'il s'en était senti capable. Dans l'immédiat, il était trop choqué pour dire quoi que ce soit. Il relut le document, dans l'espoir futile de mieux comprendre ce qui lui arrivait.

— Ce n'est pas possible, murmura-t-il enfin, d'une voix blanche. Nous ne nous sommes fréquentés que pendant une semaine et nous nous sommes toujours protégés. De plus, elle m'avait affirmé qu'elle prenait la pilule. Je ne vois pas ce qui a pu l'amener à déclarer que j'étais le père de son enfant. A moins…

Il dévisagea sa visiteuse d'un regard perçant.

— Ne me dites pas qu'elle a l'intention de m'extorquer une pension alimentaire !

— En aucun cas, monsieur McCain, rétorqua Carmen Woods d'une voix ferme.

— Dans ce cas, vous feriez bien de m'expliquer de quoi il retourne. Et vite !

— La grand-mère de ce petit garçon est décédée il y a deux semaines. Il s'appelle Benjamin, à propos. Ben pour les intimes. Il vient d'avoir trois ans.

Jake avait lu ce détail sur le certificat. *Benjamin Jake McCain*. Sherry était allée jusqu'à lui donner son prénom. Une énigme supplémentaire, attendu que la jeune femme et lui ne s'étaient pas quittés en bons termes, loin de là.

— Bref, Sherry avait confié la garde de Ben à sa mère. Au début, elle téléphonait pour prendre des nouvelles, puis plus rien. Ça fait des années que personne n'a entendu parler d'elle. Les autorités l'ont fait rechercher, sans succès. Mme Carr était très inquiète, car elle savait que le petit ami de sa fille était mêlé à des histoires de drogue.

— Sherry aussi. C'est pour cela que j'ai rompu, répondit calmement Jake. Je l'ai surprise en train de prendre de la cocaïne dans la salle de bains. Je ne pouvais pas accepter ça.

Un silence gêné suivit cette déclaration.

— Monsieur McCain, reprit Carmen Woods au bout de quelques secondes, il se trouve que ce petit garçon est seul au monde, à présent. Nous nous efforçons donc de retrouver son père.

— Ce n'est pas moi, rétorqua Jake d'un ton ferme.

— Vous en êtes absolument certain ?

Il fixa un point vague, derrière Carmen. Il lui paraissait difficile d'affirmer, sans crainte de se tromper, que l'enfant n'était pas de lui. Certes, Sherry et lui n'avaient eu que des rapports protégés. D'un autre côté, les préservatifs ne constituaient pas un moyen de contraception à toute épreuve. Et si Sherry lui avait menti en lui disant qu'elle prenait la pilule, il était possible que...

— Non, admit-il à contrecœur.

Il sentit Elise se recroqueviller près de lui et, de nouveau, regretta de ne pouvoir la rassurer.

— Il existe un moyen simple de le savoir, poursuivit Carmen Woods. Il vous suffit de vous prêter à un test ADN. Une simple prise de sang, et nous serons fixés.

Jake ne répondit pas tout de suite. Tout cela lui paraissait totalement irréel. S'il avait eu un fils, il l'aurait pressenti, d'une manière ou d'une autre... Il se serait douté de quelque chose, non ?

— Se peut-il que le père soit quelqu'un d'autre ? demanda subitement Elise. Que vous ayez fait erreur, je veux dire ?

— Oui, admit Carmen. Nous savons de source sûre que Sherry voyait deux autres hommes, à la même époque.

— Des hommes qui ont accepté de faire le test ADN ?

— Non. Votre mari était le premier sur notre liste, tout simplement parce que son nom figure sur le certificat de naissance de Ben. Cela dit, nous avons d'ores et déjà rendez-vous avec les deux autres pères potentiels.

— Je vois.

Carmen se tourna vers Jake.

— Etes-vous prêt à subir ce test, monsieur McCain ?

— Oui, répondit-il. Tout à fait.

Il ne pouvait pas déroger à cette formalité. Question de conscience. Même si Elise devait en souffrir.

— Parfait, répondit Carmen Woods. Voici le nom et l'adresse d'un laboratoire de Waco. Prenez rendez-vous au plus tôt. Par ailleurs, je vous laisse ma carte, pour le cas où vous auriez des questions. Nos bureaux sont à Houston, mais je ne repars que demain.

Jake s'empara de la carte avec réticence.

— Combien de temps nous faudra-t-il attendre pour avoir les résultats ?

— Une semaine ou deux. Peut-être plus, s'ils sont en surcharge de travail.

— Ce qui signifie que j'ai intérêt à me rendre au labo dès demain si je ne veux pas que les choses traînent.

— De mon côté, j'insisterai sur le caractère urgent de l'analyse, répliqua Carmen Woods en se levant. Cela accélérera peut-être le processus. S'il s'avère que vous n'êtes pas le père de Ben, mon travail est loin d'être terminé, vous comprenez ?

— Je... A quoi ressemble-t-il ? demanda Jake, soudain taraudé par la curiosité.

Elise se raidit à côté de lui.

— Je dirais qu'il vous ressemble beaucoup, monsieur McCain. Il a les cheveux bruns, les yeux noisette, et un sourire absolument craquant. Il est adorable. Sa grand-mère l'a très bien élevé.

C'en fut trop pour Elise qui se leva d'un bond et sortit de la pièce en courant.

— Désolée, murmura Carmen. Votre femme semble bouleversée... ce qui est bien naturel, compte tenu des circonstances.

Jake se leva à son tour.

Bouleversée était un moindre mot, et leurs soucis ne faisaient que commencer, semblait-il. Il n'avait ni planifié ni prévu un tel... *bouleversement.* Hélas, tous deux devraient y faire face. Il ne lui restait plus qu'à espérer qu'ils le feraient ensemble.

— Je vous appellerai dès que j'aurai les résultats du laboratoire, conclut Carmen Woods au moment de prendre congé.

Lorsqu'elle fut repartie, Jake resta un moment immobile, sur le perron. Drôle de journée. Son courroux avait fait place à la stupéfaction la plus totale, et il redoutait à présent la réaction d'Elise.

Il avait eu une brève aventure avec une autre femme, des années avant de se marier. Jusque-là, il n'y avait pas de quoi en faire un drame. Sauf si le petit garçon était son fils...

Car alors, son couple était fichu. Il n'en doutait pas une seconde.

Elise faisait les cent pas dans la chambre. Les idées se bousculaient dans sa tête.

Un enfant.

Il se pouvait que Jake soit père de l'enfant d'une autre... Non ! De tout son être, elle refusait cette pensée. C'était elle qui porterait l'enfant de Jake McCain. Personne d'autre !

Elle fit courir une de ses mains sur son ventre plat. Après tout, il était peut-être déjà là, cet enfant, en train de grandir en elle... Alors, décidément, non. Jake ne pouvait pas être père. Cela mettrait tous leurs projets à mal. Elle attendait depuis si longtemps...

Elle entendit un bruit de pas, derrière elle, et pivota sur elle-même pour faire face à son mari.

— C'est une erreur. Ce gamin ne peut pas être ton

fils. C'est tout bonnement impossible ! s'écria-t-elle, d'une voix qu'elle ne reconnut pas elle-même.

— Je n'en serai certain que lorsque j'aurai les résultats du test, répondit-il en haussant les épaules.

Elise laissa échapper un sanglot.

— J'ai rencontré cette fille il y a des années, poursuivit Jake, sur la défensive.

— Une droguée ! lança-t-elle, d'un ton plus accusateur qu'elle ne l'aurait voulu.

Elle vit sa mâchoire se contracter.

— Je retourne à la ferme, annonça-t-il. Ça te donnera le temps de te calmer.

— Tu ne peux pas partir comme ça. Il faut qu'on parle, qu'on ait une conversation sérieuse. Je…

— Demain.

— Pourquoi demain ? Tu n'as pas l'intention de revenir, ce soir ?

— Non. J'ai besoin de réfléchir, moi aussi.

— Tu as besoin de réfléchir… et tu pars ? Comme ça ?

— Oui.

Son visage était fermé, son ton, de marbre.

— Ça ne va pas nous faire avancer !

— Comme je viens de te le dire, nous avons tous les deux besoin de réfléchir. Tu es complètement chamboulée et moi, je suis en état de choc, ni plus ni moins. Nous risquons d'échanger des propos blessants et de les regretter par la suite.

— Parfait. Si tu y tiens, rétorqua-t-elle, étonnée, malgré elle, de se sentir à ce point offensée par ce rejet.

Sur un petit hochement de tête, il sortit de la chambre.

— Jake… Jake, attends. Ne pars pas comme ça.

Sa supplique resta sans réponse.

Le silence qui suivit son départ l'atteignit de plein fouet, et elle se mit à pleurer. Tout s'annonçait si bien et…

Son regard se posa sur la photo, à son chevet.

« Derek ne m'aurait jamais fait ça, songea-t-elle. Jamais… Sous aucun prétexte. »

Elle s'empara du portrait et se roula en boule sur le lit où elle sanglota de plus belle.

Lorsqu'elle fut un peu calmée, elle s'essuya les yeux et se redressa.

Qu'est-ce qui lui prenait, tout à coup ? Elle se faisait une montagne de bien peu de chose, après tout. Il y avait de grandes chances pour que l'enfant ne soit pas de Jake. Elle avait été trop impulsive, trop égoïste. Résultat : elle allait passer la nuit seule.

De nouveau, elle regarda la photo qu'elle tenait entre ses mains. Piètre compagnie, pour elle qui s'était si bien habituée à partager son lit avec Jake.

Il ne lui restait plus qu'à prier pour que le test ADN se révèle négatif.

Pour la première fois depuis des mois, Jake dormit dans son propre lit. La sensation était étrange, un peu comme si l'endroit lui était inconnu. Elise lui manquait. Elle avait l'habitude de se blottir contre lui et il sentait presque son parfum, son odeur si féminine. Dès qu'il sombrait dans le sommeil, ses bras se tendaient malgré lui, à la recherche du corps tant convoité.

Agacé, il se leva pour aller chercher un verre de lait dans la cuisine. Il s'assit à la table en sous-vêtements, et regarda autour de lui. Tout brillait et sentait bon le neuf. Pensant — à tort — qu'Elise aurait à cœur de s'installer chez lui, il avait fait rénover toute la maison, une belle bâtisse qui avait appartenu à son grand-père et était entourée d'une terrasse. Malgré la multitude de fenêtres qui permettaient à l'air de circuler, Jake avait fait installer la climatisation et le chauffage, sans que l'ensemble perde son cachet pour autant. Il avait repeint les façades, refait la toiture et fait agrandir la chambre principale, dorénavant équipée d'une petite salle de douche. Il s'était même efforcé de peindre en blanc toutes les surfaces dépourvues de chêne. Le résultat était plutôt probant, dans le genre rustique avec une touche de modernité.

Tout cela pour Elise.

Jake se passa les mains sur le visage. Ils s'étaient mariés dans la précipitation la plus totale, et Elise avait insisté pour qu'ils s'installent chez elle. C'était beaucoup plus proche de l'université, elle enseignait toute la journée — même l'été, qu'elle consacrait à ses étudiants de troisième cycle. En fait, ils se voyaient fort peu, à bien y réfléchir. Jake ayant beaucoup à faire, lui aussi, entre les récoltes de maïs et la gestion des champs de coton. Bref, ils étaient tellement occupés qu'ils n'avaient jamais vraiment abordé la question de leur lieu d'habitation.

Ce soir, Jake se demandait s'il n'avait pas été naïf, en pensant qu'elle accepterait de venir vivre ici. Il l'avait espéré, certes, parce qu'à l'époque, son avenir semblait se limiter à Elise dont il était tombé…

Cette pensée incongrue l'électrifia tout entier.

Amoureux ?

Il était tombé amoureux d'Elise, lui ?

Non. Que savait-il de l'amour, après tout ? Rien. Rien du tout ! Sauf, peut-être, que ça faisait mal — ce qu'il pouvait vérifier en ce moment même — et que cela engendrait un grand nombre d'émotions plus indéfinissables les unes que les autres. Alors ? C'était ça, l'amour ?

Comment cela se produisait-il ? Et surtout, quand et pourquoi ?

Peut-être, dans son cas, la première fois où il s'était

perdu dans les immenses yeux bleus d'Elise Weber. Ou quand il l'avait embrassée, et lui avait fait l'amour...

Il laissa échapper un ricanement désabusé. Tandis qu'il faisait l'amour à Elise, elle s'efforçait de procréer. Cela faisait toute la différence.

Et cela faisait mal, là encore.

Quoi qu'il en soit, ses sentiments envers elle s'étaient approfondis au fil du temps et de leurs étreintes passionnées.

Et maintenant ? S'il n'avait pas l'expérience de l'amour, il savait déjà que cela pouvait être dévastateur. D'où sa frustration, quelques heures plus tôt. Elise ne l'aimait pas. La preuve : au lieu de l'assurer de son soutien, lorsque Carmen Woods leur avait annoncé qu'il était peut-être père d'un enfant de trois ans, elle lui avait reproché ce qu'elle considérait comme un manquement de sa part.

Père...

Il était peut-être père, lui, Jake McCain... Cette idée, qui s'imposait enfin à lui dans tout son réalisme, faillit le submerger. Il se ressaisit bien vite, néanmoins. Il lui paraissait inutile de se perdre en conjectures dans l'immédiat. Mieux valait attendre les résultats du laboratoire.

Un grincement, non loin de lui, le fit sursauter. L'instant d'après, son chien pénétrait dans la cuisine avec sa fougue habituelle. Il posa son museau sur la cuisse de Jake, qui lui gratta les oreilles.

Macko était le produit d'un croisement entre un labrador et un retriever. De taille moyenne, le pelage brun clair, il faisait la joie et le réconfort de son maître.

— Salut, vieux, murmura ce dernier. Tu étais encore parti à la chasse au lapin ?

Macko gronda d'un air féroce.

— Tu serais bien embêté, si tu en attrapais un. Je me demande ce que tu en ferais ! ajouta Jake en riant.

L'animal jappa à deux reprises.

— Compris, dit Jake. C'est l'heure du repas.

Il alla chercher une boîte de pâtée et la versa dans le plat du chien.

— Tu as la belle vie, toi, tu le sais ? Pas de responsabilités, aucun souci, pas de conscience pour te tourmenter…

Macko avala sa pitance d'un trait, avant de revenir se poser au pied de la chaise où Jake s'était rassis.

Il s'était mis à penser à Sherry.

Une fille plutôt plaisante, au premier abord. Serviable et vive, aussi. Jake avait immédiatement été attiré par son énergie. Il y avait une fuite, dans la chambre qu'il occupait, à l'hôtel, et elle avait fait tout son possible pour le transférer dans une autre. Mieux encore, afin de se faire pardonner le dérangement occasionné, elle l'avait invité à dîner. Bien entendu, Jake en avait déduit que l'hôtel lui offrirait son repas, et il s'était trompé. Quand il était descendu au restaurant, ce soir-là, elle était déjà assise à sa table. Jake n'y avait vu aucun inconvénient : en plus d'être jolie, la jeune femme était plutôt intelligente. Sans compter qu'il était toujours agréable d'avoir quelqu'un à qui parler, quand on était en déplacement.

Plus tard, elle l'avait suivi jusqu'à sa chambre, où elle lui avait quasiment arraché ses vêtements. Il avait alors compris à quel genre de femme il avait affaire, sans résister outre mesure pour autant. En revanche, lorsqu'il l'avait surprise en train de sniffer de la cocaïne, un peu plus tard dans la semaine, il avait mis fin à la relation. Elle l'avait copieusement injurié, avant de disparaître de son existence.

Se pouvait-il qu'elle ait été enceinte ? Non. Pas avec les précautions qu'ils avaient prises ! C'était inconcevable…

D'un autre côté, à en croire Carmen Woods, le petit garçon lui ressemblait, et son nom figurait sur le certificat de naissance. Des faits tangibles, s'il en était.

Et des plus perturbants…

Jake poussa un soupir las. Encore une fois, il était inutile de se torturer à l'avance. Il irait passer ce test dès le lendemain matin, et attendrait calmement les résultats.

Des résultats susceptibles de bouleverser le restant de son existence, avec ou sans Elise.

2

Le lendemain matin, Jake ne se souvint de l'endroit où il se trouvait qu'en sentant la délicieuse odeur de bacon grillé et de café qui s'échappait de la cuisine. Macko, qui sommeillait au pied de son lit, se redressa en jappant. La perspective d'un bon petit déjeuner, sans doute...

Jake s'habilla à la hâte, s'efforçant d'oublier le sentiment de manque qu'il avait éprouvé en ne trouvant pas Elise auprès de lui, et se rendit dans la cuisine.

Lavina McCain, « Vinnie », comme tout le monde l'appelait, se tenait devant le fourneau. C'était une petite femme menue, aux cheveux gris permanentés et aux yeux clairs. C'était la sœur de Joe McCain et, comme elle ne s'était jamais mariée, elle avait tout naturellement pris le relais d'Althea, après son départ, pour s'occuper du petit Jake. Elle n'était jamais repartie de la ferme où elle avait travaillé comme secrétaire pendant des années, avant de prendre sa retraite.

— Bonjour, Vinnie ! lança Jake, avant de lui déposer un baiser sonore sur la joue.

— La lune de miel est terminée ? lui demanda-t-elle, un sourcil en l'air.

Conscient de ce à quoi elle faisait allusion, Jake éluda la question.

— Ça sent bigrement bon, tout ça, dis-moi !

Lavina tendit un morceau de bacon à Macko qui

s'agitait à ses pieds, puis déposa une assiette devant son neveu, sur la table de la cuisine.

— Je le savais. Quand je pense qu'elle ne s'est même pas donné la peine de venir voir les travaux que tu as fait faire, dans cette maison... Tu veux que je te dise ? Elle ne te mérite pas, et je ne peux que me réjouir que tu t'en rendes enfin compte. Tu t'es laissé aveugler par tes sens, mon garçon. Le sexe... c'est tout ce qui vous unissait.

Jake devait bien reconnaître que le sexe avait été au centre de sa relation avec Elise. En fait, c'était même la seule chose qui les avait unis. Ils n'avaient rien construit, en six mois de mariage. En tout cas, certainement pas de quoi affronter la nouvelle qui leur était parvenue la veille.

Il croqua dans un des fameux biscuits de Vinnie. Lorsqu'il déjeunait chez Elise, il se contentait de fruits et de muffins, le matin. Il avait dû s'habituer à ce régime, car son assiette lui paraissait presque trop pleine.

— Je vais au bingo, ce soir, alors il faudra que tu te prépares à manger toi-même, poursuivit Lavina, sans s'offusquer du mutisme de son neveu. J'espère que Mattie ne sera pas là, ce soir. Je ne sais pas comment elle se débrouille, mais elle finit toujours par gagner. A se demander si elle ne triche pas. Si seulement je pouvais la prendre sur le fait !

Jake réprima un sourire. Vinnie vivait sur une autre planète, qui tournait essentiellement autour du bingo.

— Oh ! et une certaine Carmen Woods a appelé, hier, annonça-t-elle à brûle-pourpoint. Je lui ai donné le numéro de ta femme. Qu'est-ce qu'elle te voulait ?

Jake hésita un instant avant de répondre. Toutefois, il considérait Lavina comme sa mère et, de plus, il avait besoin de se confier. Aussi lui raconta-t-il en détail la visite de Carmen Woods.

— Un fils ? demanda Vinnie, sidérée. Tu aurais un fils, toi ?

— C'est possible, comme je viens de te l'expliquer. Je vais passer ce test et nous serons fixés.

La vieille dame lui décocha un sourire radieux.

— Mon Dieu ! Ça fait des années qu'il n'y a pas eu d'enfants dans cette maison…

Elle se pencha vers Macko qui remuait la queue, dans l'espoir d'obtenir un autre morceau de bacon.

— C'est merveilleux, Macko, non ? Un bambin…

Le chien jappa à deux reprises.

— Ne t'emballe pas, Vinnie. J'ai dit que c'était possible, pas certain. Seuls les résultats du test ADN nous le confirmeront. Alors ne commence pas à fantasmer là-dessus !

— J'ai compris, mon garçon. Inutile de monter sur tes grands chevaux, répliqua Lavina, en tendant un morceau de viande à Macko.

— Je voulais t'expliquer la situation, rien de plus, insista Jake.

Lavina le dévisagea, un sourire finaud aux lèvres.

— Je vois… C'est pour ça que ta pimbêche t'a fichu à la porte… Elle n'a pas digéré la nouvelle !

— Ne l'appelle pas comme ça, rétorqua Jake.

Cette animosité marquée de sa tante envers Elise lui déplaisait fortement. Et même si sa femme n'avait pas fait le moindre effort pour se faire accepter d'elle, il ne manquait jamais de prendre sa défense.

— Mets-toi plutôt à sa place… Tu aurais pris la chose avec sérénité, toi ?

Lavina se releva pour lui verser une deuxième tasse de café.

— En tout cas, marmonna-t-elle, l'expérience devrait se révéler intéressante. Cela dit, quoi qu'il arrive, tu peux compter sur moi. Je n'ai pas perdu la main et je suis toujours en âge d'élever un enfant.

Jake se leva à son tour pour serrer sa tante dans ses bras.

— Je le sais, Vinnie, et je te remercie. Cela dit, ne mettons pas la charrue avant les bœufs. Autrement dit, pas de projets avant que nous ayons les résultats du test. Sur ce, il faut que je voie Mike et que j'aille au labo.

— Tu dors ici, ce soir ? lui demanda innocemment la vieille dame.

— Je ne sais pas encore.

— Moi, je sais, marmonna-t-elle entre ses dents, au moment où il sortait, Macko sur les talons.

Le chien ne s'était pas habitué à son absence, le soir venu. Malheureusement pour lui, Jake ne pouvait pas l'emmener chez Elise. Aussi, dès qu'il était chez lui, Macko le suivait partout où il allait.

Jake passa une petite demi-heure avec Mike, son contremaître. Ensemble, ils décidèrent des champs de coton à moissonner ce jour-là. On était fin septembre, la période la plus chargée de l'année, à laquelle Jake évitait généralement de s'absenter. Ce matin, hélas, il n'avait pas le choix : il devait se rendre à Waco. Fort heureusement, il pouvait compter sur son personnel.

Comme Carmen Woods le lui avait promis, le test en lui-même ne prit que quelques minutes.

Quelques minutes susceptibles de bouleverser tout son avenir, songea-t-il au moment où l'aiguille s'enfonçait dans son bras.

Au retour, il se dirigea machinalement vers la maison d'Elise, avant de se souvenir qu'elle était déjà partie pour l'université. Il aurait dû l'appeler, même s'il ne savait trop quoi lui dire. Tant pis. Il le ferait dans la soirée. Avec un peu de chance, elle serait calmée et ils pourraient discuter plus calmement.

Il regagna la ferme pour y prendre Macko avant de se rendre dans les champs. Le chien était friand de ces courts trajets en tracteur, au cours desquels il regardait défiler le paysage par la vitre ouverte, les oreilles au vent.

Les moissonneuses étaient déjà en route. Le coton serait bientôt emmagasiné et emporté à l'égreneuse. Dans l'immédiat, le but était la récolte en elle-même. Le maïs avait été coupé en juillet et, jusqu'à présent, la saison était bonne. Le temps était un facteur décisif, dans ce métier. Suivant les années, il pouvait faire la fortune ou la faillite de l'exploitation.

Le bureau était annexé à une immense grange dans laquelle était entreposée la plus grande partie du matériel de ferme. Après avoir vérifié avec le contremaître que tout se déroulait comme prévu, Jake se rendit dans le bureau adjacent.

Macko en boule à ses pieds, il tenta de se concentrer sur la paperasse qui s'était accumulée ces derniers jours. En vain : il ne cessait de penser à Elise. S'il l'avait pu, il l'aurait appelée, histoire de voir dans quel état d'esprit elle se trouvait. Peut-être qu'alors, il aurait pu travailler un petit peu… Malheureusement, ce n'était pas possible. On n'interrompt pas un professeur en plein cours pour des problèmes domestiques.

Vers midi, son frère passa le voir.

Spencer était avocat, célibataire, et doté d'un physique avantageux qui lui assurait un succès sans mélange auprès des femmes. Jake et lui n'avaient eu que peu de contacts, pendant leur enfance. Spencer avait huit ans quand Althea était partie et que la ligne de démarcation avait été définie : Spencer et sa mère d'un côté, Jake et son père de l'autre. Dans son ressentiment, Joe McCain avait refusé que Jake garde le moindre contact avec sa mère et son frère. Les choses étaient restées en l'état jusqu'à sa mort, quelque dix années plus tôt. A l'occasion de l'enterrement, les deux frères avaient repris contact, et ils se voyaient de temps à autre.

L'une des ambitions de Spencer était de réconcilier Althea et Jake. Une tâche irréalisable, Jake ne pouvant oublier le mal que sa mère leur avait fait, à son père et à lui-même.

— Salut, lança Spencer, en se laissant négligemment tomber sur une chaise. Comment vont les affaires ?

— Bien. On n'arrête pas.

— J'ai vu ça, oui. La récolte a l'air bonne, dis-moi !

— Tu l'as dit. Même la sécheresse ne nous a pas atteints. Nous avions pris soin d'irriguer le terrain. Ça nous a sauvés.

Spencer jeta un coup d'œil autour de lui.

— Ça me fait tout drôle, d'être ici. J'ai presque l'impression que le vieux va entrer et me hurler de me rendre utile, au lieu de discuter. Tu parles d'un tyran !

— Nous n'avons pas gardé le même souvenir de notre père, lui répondit Jake, la mine sombre.

Spencer le considéra un instant d'un air songeur.

— Tout comme nous avons une vision différente de notre mère, murmura-t-il.

Jake se renversa sur son fauteuil. Il n'avait aucune envie de discuter de leurs parents. Tout cela, c'était du passé, et il se sentait davantage concerné par le présent, par ses problèmes de couple et par le test ADN qu'il avait subi le matin même.

— Quel bon vent t'amène, Spen ?

— Lavina voulait des conseils sur la manière de rédiger son testament. Elle te laisse tous ses biens, évidemment, et je pense qu'elle tenait à s'assurer que je ne me sentais pas lésé. Je lui ai expliqué que le temps qu'elle quitte cette terre, elle aurait claqué sa fortune au bingo, de sorte que tu n'aurais rien non plus.

— Je sais. C'est sa marotte...

Il jeta un coup d'œil à son frère aîné.

— Tu es certain de ne pas te sentir lésé ? J'ai essayé de la convaincre de partager entre nous. Seulement...

Spencer l'interrompit d'un geste de la main.

— Ne t'inquiète pas pour ça, frangin. Après tout, je ne revois Vinnie que depuis quelques années.

Un silence lourd de sens suivit cette déclaration.

— Il paraît que tu as passé la nuit ici ? demanda Spencer, au bout de quelques secondes.

— Quelle pipelette, cette Vinnie ! rétorqua Jake. Quoi qu'il en soit, ça ne te regarde en rien.

— C'est bien ce que je pensais, fit remarquer Spencer en croisant les jambes. Tu as des soucis.

C'était le moins qu'on puisse dire, même si Spencer faisait fausse route. Vinnie n'avait pas dû lui dire grand-chose, s'il avait éprouvé le besoin de venir aux renseignements.

Jake se renfrogna. Si l'enfant était de lui, la nouvelle ne resterait pas secrète bien longtemps. D'un autre côté, il ne voulait pas que sa mère soit mise au courant. Or il ne pouvait pas demander à Spencer de garder le silence sur un événement d'une telle importance.

— Des soucis ? Pas du tout, répondit-il avec un flegme qu'il était loin d'éprouver.

— Arrête, Jake. Je ne suis pas complètement idiot ! Si tu n'avais pas de soucis, tu ne dormirais pas à la ferme !

— Encore une fois, cela ne regarde que ma femme et moi.

— Bon, bon… Ne t'énerve pas. J'arrête de te poser des questions. Ça te va ?

— Tu ne devrais pas être au bureau, à cette heure-ci ?

— Si ! répondit Spencer en se levant d'un bond. Une dernière chose, cependant : si tu éprouves le besoin de parler, tu sais où me trouver.

— Tu sais très bien que je n'aurai jamais recours à toi.

— Tu es vraiment obligé d'être aussi dur, aussi intransigeant ? demanda Spencer, se rembrunissant. Tu ne pardonneras jamais à maman ce que tu considères comme un manquement ?

— Je suis comme ça.

— Ce n'est pas vrai. C'est juste une façade, pour dissimuler tes sentiments. Bon sang… Je n'arrive pas à comprendre pourquoi tu te refuses à lui parler.

— Je n'en ai pas envie, c'est tout !

— C'est ta mère, à toi aussi.

— Plus maintenant.

— Tu es vraiment énervant, quand tu t'y mets. Tu en as conscience, au moins ?

— N'oublie pas de refermer la porte derrière toi, répliqua Jake.

— Un de ces jours, tu auras besoin d'autrui, toi aussi. Et j'espère que la personne vers laquelle tu te tourneras aura plus de mansuétude que toi !

Une fois son frère parti, Jake s'efforça d'oublier l'altercation, mais en vain. Il ne se souvenait que trop de ce gamin de dix ans qui s'endormait en pleurant, tant sa mère lui manquait. Une mère qui l'avait abandonné sans aucun remords. Spencer avait peut-être du mal à le comprendre, mais ce n'était pas lui qui avait été laissé pour compte.

Non, Jake n'adresserait plus jamais la parole à celle qu'il appelait « Althea » et non « maman ». Il se l'était juré le jour où elle était partie, l'abandonnant pour aller mener la grande vie auprès d'Andrew Wellman. Une trahison qu'il pouvait d'autant moins lui pardonner qu'à ses yeux, elle avait précipité le déclin de Joe McCain.

Jake n'avait jamais vu son demi-frère, Caleb, l'enfant conçu par Althea et Andrew Wellman. La simple idée d'une rencontre lui faisait horreur, et le fait que Caleb ait presque vingt-huit ans à présent ne changeait rien à l'affaire. Et tant pis si Jake faisait preuve d'une obstination déraisonnable. Les douleurs du passé étaient toujours vivaces. Certes, Caleb n'avait aucune responsabilité dans cette lamentable histoire, mais il symbolisait la trahison maternelle.

Jake s'empara de son chapeau. S'il avait un fils, il ne se détournerait pas de lui. A aucun prix.

Il était hors de question qu'il fasse subir à un enfant ce que sa mère lui avait fait subir.

Même si sa décision lui coûtait son mariage.

Ce soir-là, incapable de rester à la ferme plus longtemps, il se rendit chez Elise.

Sa voiture se trouvait dans le garage, signe qu'elle était rentrée. Jake avait commencé à retirer ses bottes quand il se ravisa. Il ne se déchausserait plus, à l'avenir. Cela aussi, c'était fini.

Il hésita un instant à frapper à la porte et renonça, là aussi. Il se servirait de ses clés, comme si de rien n'était.

Elise était assise sur le lit, les yeux rivés sur la photo de Derek et l'esprit tourné vers Jake. Elle avait eu envie de l'appeler toute la journée et se l'était interdit. C'était à lui de faire le premier pas. C'était sa faute, après tout, si leur existence était chamboulée. Il lui appartenait donc de réparer les dégâts.

En entendant la porte arrière s'ouvrir et se refermer, elle bondit hors de son lit. Elle inspecta l'image que son miroir lui renvoyait, tira sur la veste de son tailleur bleu et releva le menton.

— Elise ?

Lentement, sans aucune précipitation apparente, elle se rendit dans la salle de séjour. Jake se tenait au beau milieu de la pièce, son Stetson en main. Ainsi, en jean, santiags et chemise de coton, il était superbe. Le seul fait de le voir la mit en émoi.

Dans une seconde, il lui annoncerait qu'il s'était bel et bien agi d'une erreur, que l'enfant n'était pas le sien, et que tout était arrangé.

Ils auraient un enfant, comme ils l'avaient prévu. Ensuite...

— Salut, murmura-t-il.

Elle le vit examiner ses cheveux relevés en chignon. Elle se coiffait ainsi, pour aller travailler. Cela lui conférait un air d'autorité et, de plus, Jake avait toujours adoré défaire les épingles qui les retenaient. En un geste érotique, du moins jusqu'à la veille.

— Salut, répondit-elle sur le même ton faussement anodin.

Son cœur battait si vite qu'elle parvenait à peine à respirer. Jake et elle devaient se tirer de ce mauvais pas. C'était tout ce qui comptait.

— Il faut que je te parle, dit-il.

— Oui, soupira-t-elle en s'installant sur le canapé, tandis qu'il prenait place sur une chaise, face à elle.

— Je suis allé à Waco, ce matin, pour passer le test ADN, commença-t-il, après avoir déposé son Stetson sur la table.

— Tu n'as pas les résultats ?

— Non. Je suis venu t'expliquer mon point de vue sur cette affaire.

Elise s'appuya sur le dossier du canapé, un coussin entre les mains pour se réconforter.

— Comme tu le sais, ma mère m'a abandonné quand j'avais à peine dix ans. Jamais je ne pourrai faire cela à mon propre enfant. S'il s'avère que ce petit Ben est mon fils, je tiens à en assumer la responsabilité.

Elise se fit violence pour ne pas lever les yeux au plafond. Elle savait tout cela. Elle connaissait Jake.

— Et nous, dans tout cela ? Et l'enfant que nous voulions tant avoir ? demanda-t-elle d'une toute petite voix.

Elle attendait une réponse claire à cette question primordiale qui l'avait empêchée de dormir et l'avait hantée toute la journée.

— Avant toute chose, nous devons attendre les résultats du test. On verra après.

— N'empêche que la donne a changé, répliqua-t-elle malgré elle. Jusqu'à hier, nous n'étions pas dans cet état de tension.

— Oui. Et je m'en excuse. Seulement je suis sous le choc, moi aussi.

— J'ai du mal à accepter cette affaire, Jake.

— C'est ce que je vois, oui.

— Alors ? Qu'est-ce qu'on fait, maintenant ?

Jake déglutit à plusieurs reprises avant de lui répondre.

— S'il s'avère que cet enfant est le mien, tu vas devoir te poser une question de la plus haute importance. En clair, te sens-tu capable d'élever l'enfant d'une autre ?

Le fils d'une autre femme…

Soudain, Elise sentit la peur lui nouer la gorge, lui

paralysant les sens et l'esprit. Comment expliquer à Jake un sentiment qu'elle ne comprenait pas elle-même ?

Jake, qui l'avait observée, avait l'expression d'un homme qu'on vient de frapper en plein plexus solaire. Il déglutit de nouveau, sa pomme d'Adam faisant un va-et-vient révélateur.

— Ta décision est prise, c'est bien ça ?

Elise le dévisagea un instant sans rien dire.

— Est-ce que tu as pensé une seule minute que je pourrais être enceinte, moi aussi ?

— Oui, bien sûr, répondit-il avant de se détourner. Mais nous n'en savons encore rien, là non plus. Ecoute, je crois qu'il vaut mieux que je séjourne à la ferme jusqu'à ce que nous sachions avec certitude. Ça nous donnera le temps de réfléchir.

— C'est ça, marmonna-t-elle, serrant si fort l'oreiller entre ses mains qu'elle sentit ses doigts s'engourdir.

Il lui déposa un baiser chaste sur la joue, et elle resta de marbre. Elle se sentait vide, incapable de la moindre réaction.

Jake reprit son chapeau.

— Je t'appellerai dès que j'aurai du nouveau, déclara-t-il avant de partir.

Elise porta lentement une main à sa joue, sur laquelle subsistait l'odeur de l'après-rasage de Jake.

Fermant les paupières, elle posa les deux mains sur son ventre et pria, une fois de plus, pour être enceinte. Si elle portait l'enfant de Jake, il lui reviendrait, elle n'en doutait pas. D'un autre côté, cela ne ferait pas disparaître pour autant l'obstacle qui se dressait devant eux... Au contraire, cela risquait de compliquer encore les choses.

Bon sang ! Elle perdait la tête, exactement comme le lui avaient prédit sa mère et Judith.

Pire encore, en se braquant ainsi, elle allait perdre Jake.

Elle s'efforça de comprendre ce qui se passait en elle. Bientôt, le visage d'une fillette au visage bleui se mit à danser devant ses yeux, et le souvenir resurgit, dans toute son horreur.

Elise avait quinze ans, quand sa mère lui avait demandé de garder le bébé des Abbott, des amis avec lesquels elle devait sortir ce soir-là. La tâche ne serait pas bien difficile : Tammy était une adorable petite fille de onze mois, et Mme Abbott avait apporté ses jouets préférés pour l'occuper.

Elise avait commencé par faire manger l'enfant, avant de la changer puis de l'installer, à côté d'elle, sur son tapis de jeux. Une fois la fillette occupée avec ses peluches, elle s'était plongée dans un livre et aurait presque oublié Tammy si celle-ci n'avait pas été prise de convulsions.

Elle s'était précipitée sur l'enfant, dont le visage rouge était baigné de larmes. Voyant qu'elle étouffait, Elise l'avait prise dans ses bras pour lui taper dans le dos, en pure perte. Tammy s'était mise à bleuir, puis avait cessé de respirer.

Ne sachant plus que faire, Elise l'avait secouée, puis retournée, sans succès. La fillette était toute molle, à présent. Elle ne réagissait plus. Comme il devenait évident qu'elle avait avalé un objet qui l'empêchait de respirer, Elise avait finit par lui enfoncer un index dans la gorge. Après quelques tâtonnements, elle en avait retiré une petite boule noire — l'un des yeux de l'ours en peluche de l'enfant. Presque aussitôt, Tammy s'était remise à tousser et, ayant retrouvé son souffle, à hurler de terreur.

Elise s'était assise avec elle dans un fauteuil et, ses nerfs la lâchant, avait fondu en larmes, à son tour. C'est dans ce piteux état que les avaient retrouvées Constance et les Abbott.

Mae Abbott s'était mise dans une colère noire. Pour elle, Elise était une irresponsable, presque une meurtrière. Une fois l'orage passé, Constance avait envoyé sa fille dans sa chambre en lui conseillant d'oublier cette malencontreuse histoire.

Oublier... Comment l'aurait-elle pu ? Tammy avait failli mourir, par sa faute. Jamais Elise ne se pardonnerait de ne pas l'avoir mieux surveillée. Jamais !

Par la suite, Mae Abbott s'était excusée. Elle avait réagi à vif, sous le coup de l'angoisse. Plus encore, elle savait qu'un des yeux de l'ours en peluche était à moitié décousu, et elle n'aurait jamais dû le laisser entre les mains de sa fille.

Hélas, le mal était fait. Elise était obnubilée par l'idée qu'elle avait failli causer la mort d'un bébé innocent.

Pendant des années, elle avait évité le contact des enfants en bas âge. Sa phobie avait perduré et, alors que la plupart des gens tendaient à graviter autour des nourrissons, Elise se tenait à distance. La seule personne à laquelle elle avait confié son expérience était Derek. Il l'avait écoutée et était parvenu à lui faire comprendre qu'elle n'était pas responsable. Jusqu'à la convaincre de lui faire un enfant... quelques semaines seulement avant de mourir.

Bien plus tard, un peu remise de son deuil, Elise avait recommencé à regarder les nouveau-nés avec une certaine envie. Derek lui avait affirmé qu'elle ferait une excellente mère et elle l'avait cru. Elle n'aurait pas peur de sa progéniture. Elle l'aimerait, la protégerait et la chérirait. Comme toute mère digne de ce nom.

Le temps passait cependant, et son horloge biologique lui rappelait constamment que si elle voulait un enfant, elle devait s'y mettre sans tarder. Pour une raison qui lui échappait, elle avait le sentiment qu'en donnant la vie, elle surmonterait définitivement son traumatisme. Elle passerait par toutes les joies de la maternité avec félicité, et prouverait au monde entier — ainsi qu'à elle-même — qu'elle n'était pas irresponsable.

Elise secoua tristement la tête et se leva pour arpenter la chambre à coucher. Jamais elle ne pourrait raconter cette histoire épouvantable à Jake. Si elle lui avouait que sa négligence avait failli coûter la vie à une fillette de onze mois, il la mépriserait, ce qu'elle ne pourrait pas supporter.

Elle s'arrêta devant la fenêtre pour regarder au-dehors. Ses pensées continuaient à vagabonder. Derek, Tammy, Jake…

Et ce petit garçon, peut-être son fils, qui avait besoin de deux parents, comme tous les enfants du monde.

Elise était-elle capable de s'occuper de lui ? D'être sa maman ? En toute honnêteté, elle n'en savait rien. Tout ce qu'elle éprouvait était une peur panique. Quoi qu'il en soit, elle devrait raconter à Jake ce qui s'était passé. Et contrairement à Derek, il risquait fort de la juger sans essayer de la comprendre.

Tout simplement parce qu'il ne l'aimait pas.

Une réalité cruelle, qui compliquait encore la situation.

De nouveau, elle secoua la tête. Tout cela l'éloignait de Ben, ce petit garçon qui n'avait rien demandé à personne et qui se retrouvait seul au monde. Un enfant sans famille, qui…

Non. Elle n'irait pas plus loin sur ce terrain. Elle risquait trop de se laisser attendrir. Aussi, de la manière la plus égoïste qui soit, elle repoussa ces pensées.

Ça irait mieux le lendemain.

Du moins l'espérait-elle.

Les deux semaines qui suivirent furent des plus éprouvantes. Jake semblait se tuer à la tâche. Il appela sa femme à plusieurs reprises pour prendre de ses nouvelles et, même si elle était ravie d'entendre le son de sa voix, Elise ne put que constater que leurs conversations étaient embarrassées, presque guindées.

Ils étaient tous les deux minés par l'attente.

Pour sa part, elle menait son petit train-train quotidien, se consacrant à ses étudiants, sans que Jake soit jamais bien loin de ses pensées. Elle était surprise de constater à quel point il lui manquait. Sa présence auprès d'elle, la nuit venue, sa compagnie au petit matin... Il avait pris l'habitude de lui apporter un café pour la réveiller. Un rituel qui lui plaisait presque autant que l'étreinte qui ne manquait pas de s'ensuivre.

Lorsqu'elle songeait à tout ce qu'elle avait perdu du jour au lendemain, la colère s'emparait d'elle. La plupart du temps, néanmoins, elle était presque résignée. Elle apprenait doucement à s'accommoder de la situation.

Après avoir décliné plusieurs invitations à dîner au Club, avec sa famille, elle dut s'exécuter. Constance et Judith n'accepteraient pas une nouvelle défection de sa part. Et puis, la vie continuait malgré tout, non ?

Bien que la salle à manger fût bondée, elle aperçut Althea, son mari et ses fils, à une table, non loin de l'entrée. Elle les évita délibérément, pour ne pas avoir à répondre à des questions gênantes, et prit précipitamment place sur la chaise vacante, à côté de sa mère.

— Tu es en retard, lui fit remarquer Constance, avant même qu'elle ait pu ouvrir la bouche.

Constance Graham avait été blonde, comme Judith. A soixante ans passés, elle était obligée de se teindre les cheveux pour conserver sa couleur. Pour le reste, il émanait d'elle une certaine grandeur, et elle exigeait de ses filles rigueur et ponctualité.

— Tu n'as pas amené ton mari ? demanda Judith. Ça ne m'étonne pas, remarque. Vous n'êtes jamais ensemble.

Stan, le mari de Judith, prit la défense de sa belle-sœur.

— Tu ne peux pas la laisser arriver ? Elle vient à peine de s'asseoir, bon sang !

— Merci, Stan. Bonjour à tous. Moi aussi, je suis contente de vous voir, ironisa Elise.

Sa mère lui tapota la main en un geste conciliant.

— Comment vas-tu, ma chérie ?

— Bien, merci, répondit-elle d'un ton crispé.

— Stan a commandé du vin, reprit Constance. D'ailleurs, il arrive.

Le sommelier versa un fond du liquide rouge dans le verre de Stan, qui se fit un plaisir de le goûter.

— Parfait, approuva-t-il.

Une fois que le sommelier eut servi tout le monde, Elise s'empara de son verre pour y tremper les lèvres. Elle allait en avoir bien besoin, pour survivre à la soirée. Pourquoi avait-elle accepté cette invitation, alors qu'elle aspirait à la solitude ? Elle n'aimait pas la tournure que prenaient ses pensées, ces derniers temps, et elle ne savait comment remédier à cet état de choses.

— J'ai passé une journée épouvantable, disait Judith, à l'autre bout de la table. Je suis très mécontente de l'école de Duncan et je n'arrive pas à me faire comprendre de ses professeurs. Autant parler aux murs !

— C'est pourtant une école privée de premier choix, lui fit remarquer Elise. Un établissement à l'excellente réputation.

— Tout à fait d'accord avec toi, répondit Stan. L'école n'a rien à voir là-dedans.

Judith se tourna vers son mari d'un air furieux.

— N'empêche que notre fils n'excelle pas comme il le devrait. Il faut le pousser. Tu es trop indulgent avec lui. Trop mou. Tu dois te montrer plus ferme. Tu es...

Stan repoussa sa chaise en arrière.

— J'ai besoin de quelque chose de plus fort que votre vin français, annonça-t-il avant de se diriger vers le bar.

— Ce qu'il peut m'agacer, grommela Judith, son verre à la main. Il passe tout à son fils. Je les ai surpris tous les deux en train de regarder le sport, à la télévision, l'autre soir. A une heure ou Duncan aurait dû faire ses devoirs. Je ne vais pas accepter ça longtemps, croyez-moi !

— Parle moins fort, ma chérie, intervint Constance. Nous ne sommes pas ici pour nous donner en spectacle.

Judith avala une nouvelle gorgée de vin.

— Et puis, n'oublie pas que Duncan n'a que huit ans, ajouta Elise. Il est intelligent, plein d'énergie... A ta place, je ne me ferais pas de souci pour lui. Nul doute qu'il *excellera*, comme tu dis, quand il aura trouvé sa voie !

— Tu me conseilleras sur la façon d'éduquer un enfant quand tu en auras un, rétorqua Judith d'un ton acerbe.

En temps normal, Elise n'aurait pas répondu. Lorsque sa sœur aînée se montrait aussi exécrable, mieux valait l'ignorer. Ce soir-là, cependant, elle n'était pas d'humeur à se laisser malmener.

— C'est toi qui passes ton temps à me donner des conseils, objecta-t-elle.

Judith sursauta.

— Parce que tu m'écoutes, peut-être ? Penses-tu ! Mademoiselle est au-dessus de tout ça. Je t'avais bien dit que tu te mordrais les doigts d'avoir épousé ce Jake McCain ! Dieu sait seulement ce que tu lui as trouvé ! Regarde un peu ses frères, là-bas. Ils ont fait des études, eux. Ils sont respectés, chacun dans son domaine. Seulement toi, tu as préféré prendre le paysan de la famille. Non mais, qu'est-ce qui t'a pris ? Tu peux me le dire ?

— C'est mon problème, pas le tien, riposta Elise, piquée au vif.

— Je sais, reprit Judith avec suffisance. Et ton problème, c'est la maternité. Seulement ça ne se fait pas tout seul, hein ? Ça n'avance pas, on dirait. A mon avis, tu ferais mieux de limiter la casse et de te tirer de ce mauvais pas pendant qu'il est encore temps.

Cette fois, Elise n'y tint plus. Judith ne connaissait pas Jake. Elle le jugeait uniquement sur sa profession, qu'elle n'estimait pas assez prestigieuse.

— Je te serais reconnaissante de ne pas te mêler de mes affaires, déclara-t-elle en se levant. Pour le reste, je n'ai plus faim. Vous dînerez sans moi.

Constance la rattrapa par le bras.

— Non, ne pars pas, ma chérie. Ta sœur est contrariée, aujourd'hui. Elle ne pense pas ce qu'elle dit. N'est-ce pas, Judith ? De plus, je ne tolérerai pas ce genre de comportement à ma table.

Judith agita une main en l'air.

— C'est vrai. Je suis contrariée. Stan ne se comporte pas en père avec Duncan et… Bref. Je promets de ne plus dire un mot sur ton paysan.

— C'est pourtant ce que tu viens de faire ! rétorqua Elise, avant de tourner les talons pour de bon.

Elle avait presque atteint la sortie quand la mère de Jake l'interpella.

Althea Wellman était une petite femme aux cheveux bruns parsemés de mèches grises. Ses yeux noisette brillaient de la même lueur que ceux de son fils cadet.

— Pardonnez-moi de vous importuner, mon petit. Seulement… j'aimerais savoir comment va mon fils.

Ce n'était pas la première fois qu'elle posait la question.

En fait, elle saisissait toutes les occasions de prendre des nouvelles de Jake. Ce soir, pourtant, Elise dut se faire violence pour rester courtoise.

— Il va bien, Althea. Toujours aussi occupé, répondit-elle.

— Tant mieux. Je ne veux que son bonheur, vous savez.

— Je... je dois y aller, murmura Elise. Je vous parlerai plus longuement une autre fois.

Althea parut peinée, mais Elise regagna sa voiture en toute hâte.

Elle n'avait qu'une envie : voir Jake, se blottir dans ses bras puissants et...

Et quoi ? Elle ne le savait plus.

Sa seule certitude était que son monde s'écroulait autour d'elle et que le pire était encore à venir.

Jake se levait pour rentrer à la ferme lorsque le téléphone retentit. Il avait passé des heures dans les champs, à superviser les opérations, avant de regagner son bureau pour signer des documents divers.

Il se sentait sale, fatigué, et n'avait qu'une hâte : prendre une douche et se changer.

— Allô ? fit-il sans enthousiasme.

— Monsieur McCain ? Carmen Woods à l'appareil.

Jake se laissa retomber sur sa chaise. Toute son existence dépendait de la teneur de cet appel.

— J'ai les résultats du test ADN.

— Oui, dit-il sottement, essayant de déglutir mais n'y parvenant pas, tant sa gorge était nouée, tout à coup.

— Vous êtes bien le père de Ben. Le test est fiable à 99,9 %. On peut difficilement faire plus probant.

Tu es le père de cet enfant... Le père de cet enfant... Le père...

Tout disparut, autour de lui. La voix de Carmen Woods ne lui parvenait plus que de très loin. Jake était seul avec cette litanie aigre-douce. *Il était le père de Ben.* Il avait un fils. La vérité était là, face à lui, et il commençait à en prendre toute la dimension.

— Monsieur McCain ? Allô ?

— Oui, murmura-t-il, revenant à la réalité.

— Ça va ?

— Je ne saurais vous dire. Quoi qu'il en soit, j'assume ma paternité, bien entendu.

— Vous m'en voyez ravie. Nos services disposent d'une cellule psychologique, si vous le désirez. Pour vous aider, vous et votre femme, à... à faire la transition.

— Dans l'immédiat, je souhaite voir mon fils.

— Avant cela, je voudrais vous rencontrer pour parler de lui.

— Parler de lui ? Pour quoi faire ? Je ne vois pas ce qu'il y a à dire.

— Ben vient de perdre sa grand-mère. Il est très perturbé. Il convient d'y aller par petites étapes.

— Oui. Oui, bien sûr. Je comprends.

Carmen Woods hésita un instant avant de reprendre :

— Comment Mme McCain prend-elle la chose ? Mieux que l'autre jour ?

— Je ne vois pas en quoi ça vous regarde, objecta Jake, peu désireux d'aborder le sujet avec l'assistante sociale.

— Détrompez-vous, monsieur McCain. Sa réaction est d'une importance primordiale. A l'audience, un juge donnera la préférence à un couple, bien entendu.

— A l'audience ? Quelle audience ?

— Ben est pupille de la nation, expliqua patiemment Carmen Woods. Sherry Carr a été déchue de ses droits parentaux au profit de sa mère, qui était la tutrice légale de votre fils. Par conséquent, le juge doit revoir son cas avant d'en accorder la garde à qui que ce soit.

— Enfin, vous venez de m'annoncer que je suis son père !

Même si c'était la première fois que Jake prononçait ces mots à voix haute, il s'en délecta. Il était déjà fier d'être papa.

Il avait un fils. Benjamin Jake McCain.

— Tout à fait, et cela jouera évidemment en votre faveur. Seulement, comme je vous l'ai dit, c'est au juge qu'appartient la décision finale.

— Vous voulez dire que la garde de mon propre fils ne m'est pas acquise ? s'écria-t-il, au bord de la nausée.

— Non. Je vous explique simplement que si votre femme est auprès de vous et qu'elle vous soutient, ça ne posera aucun problème. Or, d'après le tour que prend cette conversation, j'ai l'impression que ce n'est pas le cas.

Jake laissa échapper un soupir. Mentir ne lui servirait à rien.

— Elise a eu beaucoup de mal à digérer la nouvelle, avoua-t-il.

— Je vois… Ecoutez, je serai à Waco demain matin à 9 heures, à l'adresse que je vous ai donnée. Nous pourrons discuter de Ben et de tout le reste. Peut-être que d'ici à ce que l'audience soit programmée, votre femme aura changé d'avis.

— Peut-être, oui, marmonna-t-il, sans conviction.

Lorsqu'il raccrocha, ce n'était ni à Elise ni à Ben qu'il pensait, mais à Carmen Woods et à l'entretien qu'il venait d'avoir avec elle.

Quelque chose dans son intonation l'avait intrigué. Un peu comme si elle lui cachait une information.

Quant à savoir laquelle, c'était une autre affaire.

Plus tard dans la soirée, il se rendit chez Elise, qui travaillait dans son bureau.

Lorsqu'elle l'entendit entrer, elle alla le rejoindre dans le salon. Dans son pantalon noir et son haut de laine blanche, elle lui parut plus vulnérable que jamais.

Jake n'eut pas le temps de lui expliquer l'objet de sa visite, car elle le devança.

— Tu as les résultats, c'est bien ça ?

— Oui, répondit-il avec tout le calme dont il était capable.

— Alors ?

Il la regarda droit dans les yeux.

— Je suis le père de Ben.

— Non ! Non ! s'écria-t-elle.

Elle secoua la tête avec incrédulité, avant de s'interrompre. L'expression de Jake devait parler d'elle-même.

— Mon Dieu... Ce n'est pas possible. Tu... tu en es certain ?

— Oui.

Un long silence s'ensuivit. Un silence lourd de sens, terrible, insupportable.

Puis Jake parvint à formuler la question qui lui tenait tant à cœur.

— Tu pourrais élever l'enfant d'une autre femme, Elise ?

Elle releva la tête et le dévisagea sans rien dire.

— Je... je ne sais pas, répondit-elle enfin.

Elle devait lui expliquer ce qu'elle avait fait à Tammy. Peut-être comprendrait-il, peut-être...

— Je veux un enfant bien à moi, s'entendit-elle répondre.

— Je le sais. Seulement, je ne peux pas tourner le dos à mon fils. Je ne m'appelle pas Althea, moi.

Ils se toisèrent du regard, et le chagrin qu'il lut dans ses yeux lui serra encore davantage le cœur.

— Je suis désolé. C'est arrivé comme ça. Je n'ai pas choisi. Jamais je ne te blesserais délibérément, tu le sais.

Les larmes inondaient le beau visage d'Elise.

— C'est pourtant ce que tu as fait ! Tu as démoli notre couple, et tous nos rêves, par la même occasion !

Soudain, Jake sentit quelque chose se briser en lui. Elise ne pensait qu'à elle, dans cette affaire.

A elle et à l'enfant qu'elle désirait tant.

— Soit. J'ai brisé ta vie, Elise. En revanche, je comprendrais mieux ta réaction si tu m'aimais un tant soit peu. Or je ne suis pour toi qu'un donneur de sperme, un étalon... Tu ne t'es jamais préoccupée de savoir ce qui pouvait me blesser.

— De quoi parles-tu ? demanda-t-elle en pâlissant.

— D'une foule de détails. A commencer par la photo de ton premier mari. A ton avis, quel effet ça me fait, de te faire l'amour avec son portrait sur ta table de chevet ?

— Tu ne m'as jamais dit que ça te dérangeait !

Jake se passa la main dans les cheveux, sans chercher à dissimuler son exaspération.

— Bon sang ! Tu voulais que je te fasse un dessin ? Tu aurais dû avoir suffisamment de considération pour la retirer de toi-même, tu ne crois pas ?

— Tu sais à quel point je l'ai aimé.

— Ah, ça, pour le savoir, je le sais ! Et j'en ai plus qu'assez de me l'entendre répéter. Ton premier mari est mort, Elise. Il est temps que tu te fasses à cette idée.

— Ne sois pas si cruel, gémit-elle en s'enfouissant la tête dans les mains.

Jake se mordit la lèvre, trop tard. Tous ses griefs remontaient à la surface. Il ne pouvait plus que les exposer.

— Pendant que j'y suis, je me sens mal à l'aise, dans cette maison. J'ai toujours peur de salir ou de casser un bibelot de famille. Je suis un fermier, moi. Un paysan, si tu préfères ! Et comme chacun sait, les paysans vivent dans leur ferme. Pas dans une maison aseptisée, au milieu d'un lotissement.

Elle avait relevé les yeux vers lui et le considérait, les lèvres tremblantes. Cela n'empêcha pas Jake de continuer sur sa lancée.

— Tu n'as même jamais pris la peine de venir voir mon domaine. C'est bien la preuve que tu te fiches de moi comme d'une guigne, non ? La seule chose qui t'importe, c'est de te retrouver enceinte.

— C'est l'accord que nous avons passé, rétorqua-t-elle, les yeux remplis de nouvelles larmes. Nous devions avoir un enfant et l'élever ensemble. Nous n'avons jamais parlé du reste, de l'endroit où nous vivrions, par exemple... Je ne pensais pas que tu y attachais de l'importance.

— Eh bien, tu te trompais, voilà tout. A présent, ça suffit. Tu as suffisamment piétiné mon amour-propre.

— Je crois que tu ferais mieux de partir, Jake.

Il sentit alors sa colère s'estomper. Il avait encore tant de choses à dire à sa femme, des choses qui n'avaient rien à voir avec les horreurs qu'il venait de proférer...

— Je...

Elle serra les dents, prit une longue inspiration et releva le menton en un geste de défi.

— Va-t'en, Jake. Je m'en remettrai.

Même s'il n'en doutait pas une seconde, Jake ne voulait pas s'en aller ainsi.

— L'assistante sociale a organisé une rencontre avec Ben, commença-t-il sans trop savoir pourquoi.

Peut-être espérait-il encore attendrir Elise, obtenir d'elle le signe que leur union ne s'arrêtait pas là ?

— J'espère que tu seras heureux avec ton petit garçon, déclara Elise.

Elle avait baissé la tête et il ne voyait pas ses yeux.

Pourtant, il savait qu'elle avait dû se faire violence pour prononcer cette phrase.

Car c'était le mot de la fin. Tout espoir de réconciliation était perdu à jamais.

Carmen Woods lui avait expliqué qu'il avait davantage de chances de se voir confier la garde de Ben si sa femme était à ses côtés.

A défaut, il devrait se battre seul.

— Si c'est un divorce que tu veux, je suis prêt à signer les papiers.

Elle l'examina un instant, presque à la dérobée.

— C'est ce que tu veux, toi ?

« Non. Je veux que nous élevions notre fils ensemble », songea-t-il.

— Oui, répondit-il néanmoins d'une voix ferme. C'est ce que je veux.

3

Jake ne parvenait pas à dormir. Il n'arrivait pas à oublier le visage d'Elise, quelques heures auparavant, la peine qu'il avait lue dans ses yeux... et dont il était responsable, malgré tout.

Exaspéré, il se rassit sur son lit et, après avoir enfilé un jean et un T-shirt, sortit de sa chambre. Macko sur les talons, il se dirigea tout droit vers son atelier, au fond de la grange.

Le chien s'installa à son endroit préféré, sur le seuil de la porte.

L'atelier sentait bon le bois fraîchement coupé. Le passe-temps préféré de Jake était la menuiserie, et il y avait jadis consacré tout son temps libre.

Jadis... Avant de rencontrer Elise...

Tentant de se débarrasser de sa nostalgie, il s'avança vers le berceau entreposé au milieu de la pièce. Elise l'avait repéré dans un magazine et il l'avait reproduit, pour lui en faire la surprise lorsqu'elle serait enceinte.

Accablé, il tira une chaise à lui et s'assit devant le berceau. Macko vint le joindre en trottinant.

— Ouah!

— Oui, mon vieux. Je sais, ce n'est pas une heure pour les braves. Nous ne tarderons pas à rentrer, murmura-t-il, incapable de détacher les yeux du berceau.

C'était sans conteste un bel objet, surmonté, comme il

se doit, d'un montant de bois. La nacelle était accrochée à deux autres supports en chêne, prête à bercer l'enfant qui y dormirait un jour. Une voisine se chargeait présentement de confectionner le matelas, à partir du meilleur coton qui ait jamais poussé. Et, comme touche finale, Jake avait commandé de la dentelle en Italie. La photo du magazine montrait un berceau blanc, mais Elise avait déclaré que si elle attendait un garçon, ce n'était pas la couleur qu'elle souhaitait. Du coup, Jake avait remis à plus tard le moment de peindre le bois ou de le poncer. Il n'avait plus à s'inquiéter de cela, à présent. Cet objet d'art resterait à jamais à l'abandon.

Il donna un petit coup de pied dans la nacelle et les premières notes de « Dodo, l'enfant do » retentirent. Jake s'était longuement interrogé sur la façon dont il s'y prendrait pour que la musique se mette en route en même temps que le balancier. Pour finir, il s'était rendu dans un magasin spécialisé où il avait trouvé la solution. Le principe était le même que celui d'une boîte à musique.

Tout cela pour rien.

Macko se mit à japper, le tirant de ses sombres pensées.

Jake hocha la tête et ses yeux se posèrent sur les planches neuves entreposées contre le mur. Il avait prévu de faire un lit d'enfant, pour les années qui suivraient.

Soudain, il sentit le désespoir s'emparer de lui. Pour la première fois peut-être, il se rendait compte de la force avec laquelle il voulait un enfant, lui aussi. Il avait tout prévu, et ce n'était pas facile de renoncer à cet espoir.

Enfin, il n'était plus seul au monde, à présent qu'il avait Ben… Demain, il verrait son fils pour la première fois, et il y avait donc matière à se réjouir, à reprendre espoir. Et si cela n'atténuait en rien ses regrets, c'était déjà ça.

L'instant d'après, il se rembrunissait. Que ferait-il si Elise était enceinte ?

Rien... Ou du moins, chaque chose en son temps. Dans l'immédiat, il...

— Jake ? Que fais-tu debout à une heure pareille ? Ne me dis pas que tu travailles encore !

Il tourna la tête. Vinnie se tenait sur le seuil de l'atelier.

— Il est presque 11 heures, ajouta-t-elle, s'avançant vers lui. Je viens de rentrer du bingo et... Oh ! Il est magnifique, ce berceau !

— Tu trouves ?

Vinnie l'examina avec attention.

— Quelque chose ne va pas, mon garçon ?

— Carmen Woods m'a rappelé. Je... je suis le père de Ben.

— Ah... Et à en juger par ta mine sombre, ta pimbêche n'a pas bien pris la nouvelle.

— Non, admit Jake, qui ne voyait pas l'utilité de nier l'évidence.

Lavina fit claquer sa langue pour exprimer sa réprobation.

— Elle voulait un enfant, elle en a un tout fait. Que demande-t-elle de plus ? Ils ont tous besoin d'amour, non ?

Jake se releva péniblement pour serrer sa tante dans ses bras.

— Tout à fait, tantine. Et j'ai bien l'intention de donner à mon fils tout l'amour dont je suis capable.

— Tu as l'intention de l'élever seul ?

— Je n'ai pas le choix...

— Ne t'en fais pas, mon garçon. Je suis là, moi.

— Merci, Vinnie. De tout cœur.

Lentement, ils suivirent Macko jusqu'à la maison.

— Il va falloir que nous lui préparions une chambre, à ton fils, fit remarquer Lavina.

— Attends encore un peu. Je dois d'abord faire sa connaissance.

— Comme tu veux.

Elle sembla hésiter, puis releva la tête, d'un air interrogateur.

— Ta pimb... ta femme, elle ne veut même pas le voir, ce petit bonhomme ?

— Non, hélas.

Vinnie fit une moue méprisante et regagna sa chambre.

Le lendemain matin, Jake se leva de bonne heure pour honorer son rendez-vous à Waco. Il trouva le bâtiment sans difficulté. Carmen Woods s'était installée dans un petit bureau encombré de classeurs et de documents divers.

— Bonjour, monsieur McCain, lança-t-elle avec son affabilité habituelle. Asseyez-vous, je vous en prie.

Jake s'exécuta en silence.

— Mme McCain n'est pas avec vous ?

— Non. Quand pourrai-je voir mon fils ? ajouta-t-il, soucieux de changer de sujet.

Il crut que son interlocutrice allait insister, mais elle se contenta de répondre :

— Avant toute chose, nous devons aborder ensemble certains points, monsieur McCain.

— Lesquels ?

— Ben, bien sûr. Je tiens à ce que vous soyez parfaitement conscient de sa situation.

Jake tendit l'oreille. Comme la veille au téléphone, il avait perçu une nuance de prudence dans l'intonation de Carmen Woods.

— Quelle situation ? demanda-t-il précautionneusement.

— Ben a quelques problèmes, annonça-t-elle en ouvrant la chemise posée devant elle.

Jake sentit son cœur se serrer.

— Des problèmes ?

— Oui, des problèmes. Il est venu au monde au terme de vingt-sept semaines de gestation. Un prématuré, donc, qui ne respirait pas, à la naissance. Les médecins ont mis neuf minutes à le ranimer. Il a ensuite été transporté à l'hôpital principal de Houston. Il était virtuellement dans le coma et son pronostic vital était réservé. Sa mère devait se rendre à Houston, deux ou trois jours plus tard, et, ne la voyant pas venir, le personnel de l'hôpital nous a contactés. Il leur fallait les coordonnées d'une personne à prévenir en cas de décès du bébé. Nous avons réussi à retrouver Mme Carr, la mère de Sherry, qui s'est immédiatement rendue à Houston. Elle ignorait jusqu'à la grossesse de sa fille.

Carmen s'interrompit, le temps de laisser Jake digérer ces informations.

— Ben n'ayant pas le réflexe de succion, il était nourri par sonde. Par ailleurs, il était sous assistance respiratoire. Un spectacle terrible pour Mme Carr, qui s'est néanmoins sentie investie d'une mission. Elle avait décidé que son petit-fils vivrait coûte que coûte, et elle a passé des heures auprès de lui. Le troisième jour, Ben a commencé à téter. Un véritable miracle, si vous voulez mon avis. Malheureusement, il n'était pas tiré d'affaire pour autant. Après un certain nombre d'examens destinés à voir si son système avait souffert de sa réanimation postnatale, les médecins ont fini par établir un diagnostic : retard de développement, et peu d'espoirs de survie.

— Retard de développement ? répéta Jake, hébété.

— Oui. Votre fils est d'une lenteur extrême, par rapport aux enfants de son âge.

La douleur qui s'était installée dans la poitrine de Jake devenait quasiment insupportable.

— Mme Carr a été d'un soutien infaillible pour son

petit-fils. Mieux encore, elle était décidée à faire de Ben un enfant normal. Bien qu'elle vive à Bryan, elle n'a pas hésité à aller s'installer à Houston, afin que son petit-fils puisse être près de l'hôpital et de ses médecins. Au début, il n'avait pas la force musculaire suffisante pour exécuter les tâches les plus élémentaires. Avec l'aide d'un pédiatre spécialisé dans ce genre de troubles, Mme Carr a mis au point un programme d'exercices pour Ben. Elle a appris à lui masser les bras, les jambes et même l'intérieur de la bouche, pour le stimuler. Elle a continué à lui faire faire ces exercices bien après l'avoir ramené chez elle. Et ne vous méprenez pas, ce n'était pas chose facile : chaque séance durait entre trois et quatre heures... A raison de deux séances par jour, vous voyez l'acharnement de cette femme. Elle a été récompensée de sa patience, néanmoins, car ce petit garçon qui aurait dû mener une existence végétative, à condition de survivre, était capable de se retourner à l'âge de dix mois. A quinze, il a commencé à ramper, et il a fait ses premiers pas il y a six mois de cela. Mme Carr a également fait des merveilles sur sa capacité à parler, car il commençait à prononcer des mots, voire même des phrases entières. Malheureusement...

Carmen paraissait très affectée, subitement.

— Malheureusement, reprit-elle, Irène a été emportée par un cancer fulgurant. Elle était tellement absorbée par son petit-fils qu'elle en a négligé sa propre santé. Ce petit garçon était toute sa vie. Peut-être parce que sa propre fille avait été un tel échec... Voyez-vous, quand vous avez rencontré Sherry, elle était censée avoir décroché, ce qui, comme vous avez pu le constater vous-même, n'était pas le cas. Elle vous a menti, à vous aussi, d'ailleurs, car elle ne prenait pas la pilule. D'après sa mère, elle était bien trop négligente pour cela. Au grand dam d'Irène Carr, qui redoutait une grossesse et savait que le petit ami de sa fille était trafiquant de drogue. Au passage, il purgeait une peine de prison, quand vous l'avez rencontrée. Bref, Irène Carr a obtenu la garde de Ben et le SPE n'a plus eu aucune raison de s'occuper de son cas. Ce qui ne nous empêchait pas de prendre des nouvelles, de temps à autre, soit dit en passant. Puis Irène est tombée malade, elle nous a contactés, et c'est la raison de ma présence ici, aujourd'hui.

Jake était en état de choc. Il avait peine à croire ce qu'il venait d'entendre. Sa gorge le brûlait, il se sentait oppressé.

Son fils avait eu besoin de lui, et il n'avait pas été là.

— Monsieur McCain ? Ça va ?

— Oui, répondit-il d'une voix à peine audible. Et Sherry ? Qu'est-elle devenue ?

— Comme je vous l'ai dit l'autre jour, nous n'en avons aucune idée. Son petit ami, un certain Rusty Fobbs, a été relaxé environ un mois après la naissance du petit. Mme Carr était à Houston, auprès de Ben, et Sherry dans leur maison de Bryan. Le petit ami s'y est rendu, ce qui a provoqué une dispute entre Irène et Sherry. Irène ne voulait pas de ce type sous son toit. Elle a essayé à toute force de faire venir sa fille à Houston, pour voir l'enfant. Sherry s'est exécutée, une fois, pour la forme, avant de disparaître avec Fobbs. Quelque temps plus tard, Irène a eu un appel de la police. Fobbs avait abattu une femme à El Paso, au cours d'un échange de drogue qui a mal tourné, semble-t-il. Les rangers du Texas ont retrouvé leur trace au Mexique. Irène a eu plusieurs appels, provenant de diverses villes frontalières, mais on ne sait toujours pas où se trouve le couple.

— Elle est partie, comme ça, avec ce... ce Rusty Fobbs ? demanda Jake interloqué.

— Oui.

— Comment a-t-elle pu abandonner ainsi son fils ?

— Sherry a vécu un certain nombre de traumatismes, elle aussi, dans sa jeunesse. Son père a été tué dans un accident quand elle n'avait que seize ans. Elle l'adorait, semble-t-il, et elle ne s'en est jamais remise. Elle a commencé à avoir de mauvaises fréquentations, puis à se droguer. D'après ce que j'ai compris, Irène Carr a tout fait pour la tirer de là, en pure perte. Sherry avait décidé, plus ou moins consciemment, de s'autodétruire. Vous avez bien dû remarquer quelque chose, vous aussi, non ?

— Oui, murmura-t-il.

Il s'était effectivement aperçu que la jeune femme avait des problèmes sur lesquels il n'avait pas souhaité s'attarder. Elle parlait souvent de son père, par ailleurs, qui semblait la comprendre, de son vivant, contrairement à sa mère qu'elle décrivait comme un personnage tyrannique. Mais cela n'expliquait pas pour autant qu'elle ait pu abandonner son enfant.

Il se leva avec peine.

— Je veux voir mon fils.

Carmen le dévisagea d'un air interloqué.

— Je n'en ai pas terminé, monsieur McCain.

— Parce qu'il y a autre chose ? s'écria-t-il d'une voix rauque.

— Oui. En deux mots, Ben a régressé, depuis la mort de sa grand-mère. Il a complètement cessé de parler. Il fait de nombreuses chutes et ne sourit plus que très rarement. De sorte qu'il convient d'opérer avec doigté.

— Je voudrais voir mon fils, madame Woods. Je vous en supplie, laissez-moi voir Ben.

— Vous le verrez, je vous le promets. Mais d'abord, je veux que vous écoutiez tout ce que j'ai à vous dire.

— Que pouvez-vous avoir de si important à ajouter ? demanda-t-il, à bout de patience.

— Vous ne m'avez pas demandé où était votre fils.

— Dans une famille d'accueil, je suppose, ce qui signifie qu'il est grand temps que je m'occupe de lui.

— Ce n'est pas si simple qu'il y paraît.

— Pourquoi ça ?

— Quand elle est tombée malade, Mme Carr a appelé sa sœur et son beau-frère à la rescousse. Il fallait continuer à s'occuper de Ben, vous comprenez ?

Jake poussa un soupir de soulagement. Au moins, Ben était avec des membres de sa famille.

— Vous m'en voyez ravi, déclara-t-il.

Carmen Woods s'empara machinalement d'un crayon, avant de relever les yeux vers Jake.

— Nos bureaux ont reçu un appel, ce matin. Celui de l'avocat des Foster. Ils veulent adopter Ben. Ils en feront la demande auprès du tribunal aujourd'hui même.

— Que dites-vous ?

— Ils se sont attachés à Ben, vous comprenez, et…

— Ben est *mon* fils, scanda Jake, comme s'il avait besoin de lui rappeler ce fait incontestable.

— Certes, certes. Il n'en reste pas moins qu'il se sent bien, avec Peggy et Carl Foster. Il les connaît, voyez-vous, et ils savent comment s'occuper de lui.

— Seriez-vous en train de m'expliquer qu'il se pourrait que je n'obtienne pas la garde de mon propre fils ?

Son intonation s'était faite menaçante, il en avait conscience.

— Non. Comme je vous l'ai déjà dit, c'est le juge qui prendra la décision finale. Je voulais simplement vous prévenir de ce nouveau développement.

Jake faillit se récrier que c'était parfaitement injuste, mais jugea la chose inutile. Tout semblait s'opposer à ce qu'il récupère Ben, et il n'avait aucune intention de se laisser faire. Aussi, posant les mains sur le bureau, se pencha-t-il en avant pour se rapprocher du visage de son interlocutrice.

— Vous êtes venue me chercher, je vous le rappelle, madame. Et vous m'avez trouvé. Prêt à assumer mes responsabilités. Je suis le père de Ben et je veux le voir. Tout de suite !

— J'avais la ferme intention de vous emmener le voir, répliqua-t-elle sèchement.

Jake se redressa.

— Parfait. Allons-y.

Carmen Woods laissa échapper un long soupir.

— Il faut que j'appelle les Foster. Nous ne pouvons pas débarquer chez eux sans prévenir.

— Eh bien, appelez !

— Je vous rappelle que Mme Carr vivait à Houston, c'est-à-dire à quatre heures de voiture d'ici. Nous ne pourrons peut-être pas nous y rendre avant demain.

Jake consulta sa montre.

— Je reviens à 13 heures. Cela devrait vous donner le temps d'appeler le grand-oncle et la grand-tante de mon fils pour leur annoncer ma visite.

— Monsieur McCain, je...

— Treize heures, madame Woods. Pas 13 h 01, conclut-il d'un ton qui n'admettait pas de réplique.

Elise était d'humeur maussade, ce matin-là. Elle s'était réveillée les yeux gonflés et le maquillage n'avait pas suffi à dissimuler sa mauvaise mine.

Jake était parti, il ne reviendrait pas, et elle ne parvenait pas à se faire à cette idée.

Ni, d'ailleurs, aux horreurs qu'il lui avait dites avant de la quitter.

Elle ouvrit la penderie pour en tirer son tailleur gris, et tomba sur les vêtements de Jake. Un ou deux blue-jeans, quelques chemises... Si elle ouvrait le tiroir du bas, elle y trouverait des chaussettes et des sous-vêtements de rechange. En six mois de mariage, c'était tout ce qu'il avait apporté dans cette maison. Un peu comme l'aurait fait un amant épisodique, ce qui n'était pas très loin de la réalité, à bien y songer. Et à présent, ses visites étaient terminées. A jamais.

Elle fut parcourue d'un frisson, et arpenta la pièce, à la recherche de sa sacoche et de son sac à main. Son regard se posa sur les magazines et les livres traitant de la meilleure manière de concevoir, au bas de la table de chevet. Elle s'empara de la pile qu'elle alla déposer dans le garage. Elle n'en aurait plus besoin, à présent. Jake était parti, et avec lui tous ses espoirs de devenir mère. Elle dut faire trois voyages, pour jeter le tout. Au dernier, ses yeux rencontrèrent le portrait de Derek et les accusations de Jake lui revinrent à la mémoire.

A ton avis, quel effet ça me fait, de te faire l'amour avec la photo de ton premier mari sur ta table de chevet ? Tu aurais dû avoir suffisamment de considération pour la retirer de toi-même... Tu ne t'es jamais préoccupé de moi ou de ce qui pouvait me blesser !

Elise laissa tomber les magazines à ses pieds. Soudain, comme si un voile s'était levé dans son esprit, elle comprenait à quel point elle avait manqué de tact.

Ses jambes se dérobant sous elle, elle se laissa tomber sur le lit.

Qu'avait-elle fait ? Elle n'avait pas compris ce que la photo de Derek dans la chambre conjugale avait de dérangeant. Car c'était infiniment dérangeant ! Cela lui apparaissait dans toute son évidence, à présent. Pourquoi ne s'en était-elle pas aperçue plus tôt ? Peut-être ressemblait-elle davantage à sa mère et à Judith qu'elle ne le pensait, en définitive. Un tel manque de délicatesse, un tel égoïsme, tout cela frisait la cruauté pure et simple. Pourtant, Jake n'avait jamais rien dit, jusqu'à la veille. Sans doute parce que lui aussi voulait un enfant. C'était la seule raison logique...

Au moins, lui, maintenant, il l'avait, son enfant.

Elise se demanda vaguement s'il avait réussi à le voir et à quoi ressemblait Ben.

Elle avait les larmes aux yeux et ne voulait pas pleurer. Ce n'était pas le moment. Elle avait un cours à dispenser et il fallait absolument qu'elle se mette en route. Malheureusement, son corps ne semblait pas disposé à coopérer. L'expression de Jake la hantait et elle comprit qu'elle lui devait des excuses. Seulement, comment lui expliquer son aveuglement ?

En étant honnête, tout simplement. Des années de chagrin avaient altéré son jugement. Jake n'avait fait que la ramener à la réalité.

Elle tendit la main vers le cadre pour le poser à plat. Derek était mort et, comme Jake le lui avait dit, elle devait l'accepter, aller de l'avant, faire sa vie.

Seule.

Elle s'empara résolument de son sac et sortit, en faisant tout son possible pour ne plus penser à rien.

Mais elle savait que le visage de Jake la hanterait toute cette journée encore.

Jake passa les heures qui suivirent à réfléchir à la situation. Il savait dorénavant ce que Carmen Woods lui avait caché. Ben n'était pas un petit garçon normal.

Cette nouvelle en elle-même était tellement perturbante qu'il dut faire un effort pour se concentrer sur son principal objectif. Les Foster voulaient adopter son fils, un enfant qui avait de graves problèmes de santé. Certes, cette solution lui aurait simplifié la vie, mais elle lui paraissait inenvisageable. Ben était la chair de sa chair et, même s'il avait besoin d'être plus entouré que les autres, Jake ferait tout son possible pour être un père digne de ce nom.

Pour cela, il lui fallait un avocat. Et un bon, puisqu'il s'agissait d'obtenir la garde de Ben. Aussi, ce fut tout naturellement qu'il se dirigea vers le cabinet de son frère. Spencer était spécialisé dans le droit familial, il pourrait donc l'aider, ou du moins le conseiller.

Jake ne s'était jamais rendu dans les bureaux de Spencer. C'était toujours lui qui passait le voir. Et s'il leur arrivait de dîner ensemble, leurs entrevues étaient généralement aussi rares que courtes. Jake savait que c'était sa faute. Il ne pouvait pas plus se résigner à parler de sa mère qu'à la voir.

Une jeune réceptionniste l'accueillit avec un sourire affable.

— Bonjour, mademoiselle. Je voudrais voir maître McCain, s'il vous plaît.

— Il vous attend ?

— Non.

Elle consulta le livre de rendez-vous ouvert devant elle et releva la tête.

— Maître McCain a une plage libre vendredi à 14 heures, si cela vous convient.

— Il faut que je le voie maintenant. C'est de la plus haute importance.

— Il est en entretien et je…

Elle n'acheva pas sa phrase. Jake descendait déjà le couloir, à la recherche de son frère.

— Revenez ici tout de suite ! s'écria la jeune femme, avant de se lancer à sa poursuite.

Jake poursuivit son chemin le long du couloir. Il entendit la voix de Spencer à travers une cloison, frappa et entra.

Ce qui l'attendait derrière la porte lui coupa le souffle. Sa mère était en grande conversation avec Spencer. Cela faisait vingt-huit ans qu'il ne l'avait pas vue. Depuis le jour où elle avait quitté la ferme. Et Jake, qui avait fait tant d'efforts pour ne jamais croiser ses pas, se trouvait confronté à elle, de la manière la plus brutale et inopportune qui soit.

Aussitôt, ses souvenirs d'enfance resurgirent avec une force qui le laissa sans voix. Althea lui lisant des histoires, lui chantant des comptines, l'embrassant sur le front... Althea l'aidant à faire ses devoirs... Puis, soudain, le goût de ses petits pains à la cannelle, qui lui mit l'eau à la bouche aussi sûrement que s'il venait d'en sentir la délicieuse odeur. Ces réminiscences furent de courte durée, cependant. A leur place, un mur de désolation et de chagrin devant la désertion maternelle, puis plus rien.

— J'ai essayé de lui barrer la route, monsieur McCain, entendit-il vaguement.

— C'est bon, Cindy. Ne vous inquiétez pas, répondit Spencer en se levant pour contourner son bureau. Je m'en occupe.

Jake aurait tourné les talons si ses jambes le lui avaient permis. A l'adolescence, il s'était mis à méditer sur ce qu'il dirait à sa mère si jamais il la revoyait un jour. Malheureusement pour lui, toutes ces paroles étaient si profondément enterrées sous des tonnes de ressentiment et de chagrin qu'il ne parvenait pas à les prononcer.

Il regarda sa mère se lever à son tour et s'avancer vers

lui, au ralenti, comme dans un film. La douleur qui lui serrait la poitrine s'intensifia encore et il fut incapable de réfléchir.

« Ne me parle pas ! hurla une petite voix intérieure. Surtout, ne t'avise pas de m'adresser la parole ! »

Pourtant, sa voix douce fut comme un chant à ses oreilles. Un chant oublié depuis fort longtemps.

— J'allais prendre congé, murmura-t-elle. Je suis heureuse de t'avoir vu, Jake.

Elle le dévisagea quelques secondes avant de sortir sans se retourner.

Jake songea qu'elle n'avait pas beaucoup changé, mis à part les mèches poivre et sel qui parsemaient ses cheveux.

Spencer le foudroya du regard.

— Ça t'aurait écorché la bouche de la saluer ?

Jake n'avait pas retrouvé l'usage de la parole. Il dévisagea son frère sans répondre.

— Quand vas-tu enfin mettre le passé derrière toi ? poursuivit celui-ci, manifestement outré.

— Il y a des choses qu'on ne peut pas oublier, murmura Jake.

— Lesquelles, par exemple ?

— Une mère qui abandonne un fils de dix ans.

Spencer secoua la tête.

— Tu as la mémoire sélective, mon vieux. C'est toi qui as refusé de nous accompagner. Tu l'as oublié ?

Oh ! non, il n'avait pas oublié, bien au contraire... Sa mère l'avait supplié, elle avait tenté de le raisonner. Seulement, Joe McCain lui avait expliqué qu'elle le quittait pour un autre.

— Je me rappelle plus de choses que tu ne sembles le penser, répliqua-t-il.

— Donc, tu te souviens aussi que maman avait obtenu ta garde et qu'elle aurait pu t'obliger à la suivre. Or elle n'en a rien fait. Elle savait à quel point tu aimais le vieux, et avait compris ta loyauté envers lui. Elle ne voulait pas te blesser davantage qu'elle ne l'avait déjà fait. Alors elle t'a laissé à la ferme. Et pour ta gouverne, je ne crois pas qu'elle se le soit jamais pardonné.

— Elle a choisi de partir, Spencer. Je ne l'ai pas oublié, ça non plus. Toi aussi, tu as la mémoire sélective ?

— Arrête, Jake. Je suis las de parler à un mur. Qu'est-ce que tu veux ?

Ben... Jake était là pour Ben. Dans son émoi, il avait failli l'oublier. Et voilà qu'à présent, il n'était plus si sûr de vouloir l'aide de son frère. Ils avaient trop de différends, et Jake avait besoin d'un avocat vraiment décidé à se battre pour sa cause.

— Ça doit être important, pour que tu fasses ainsi irruption dans un bureau où tu n'avais jamais mis les pieds, insista Spencer en se rasseyant.

— Ça l'est, en effet, reconnut Jake. Seulement, je commence à me demander si j'ai bien fait.

— Et pourquoi donc ?

— Parce qu'il s'agit d'une affaire... délicate. Je suis un peu gêné et...

— Tu ne devrais pas...

Jake s'installa dans le siège que venait de libérer sa mère. Au diable les différends et la gêne ! Il devait penser à son fils. Il expliqua donc toute l'affaire à Spencer.

— Tu as un fils ? répéta celui-ci, les yeux écarquillés.

— Oui, et les Foster, sa grand-tante et son grand-oncle, qui s'occupent de lui depuis la mort de sa grand-mère, se sont mis en tête de l'adopter.

— Quelle est la gravité de son état de santé, au juste ?

— Je ne sais pas très bien. J'espère faire sa connaissance cet après-midi. Je verrai cela par moi-même. L'assistante sociale a essayé de me dresser un tableau de la situation. Il en ressort que Ben a des besoins très particuliers.

— Et tu te sens prêt à t'en occuper ?

— Bien sûr. Ben est mon fils.

Spencer hésita un instant avant de demander :

— Et Elise, dans tout ça ?

— Elle va demander le divorce.

— Je... je suis navré, frangin.

— Je n'ai pas le temps de m'attarder là-dessus. Je dois m'occuper de Ben.

C'était devenu sa priorité. Tant qu'il aurait cet objectif, la douleur liée à la séparation resterait supportable.

— Il faut que tu saches que tu aurais beaucoup plus de chances d'obtenir la garde de ton fils si Elise était à tes côtés.

— Cela ne se fera pas.

— Pourquoi ?

— Ça ne te regarde pas, Spencer ! explosa Jake, toujours aussi peu enclin à discuter de ses histoires de couple. Contente-toi de miser sur le fait que j'ai l'intention de me battre tout seul.

— Entendu !

— Quelles sont mes chances de gagner ? demanda Jake, les yeux rivés sur ceux de son frère.

— Si Ben a autant de problèmes, que ces gens savent s'en occuper et qu'il les connaît, le juge risque de réfléchir à deux fois avant de l'arracher à leur foyer. D'un autre côté, le fait que tu sois son père biologique pèsera dans la balance. Je vais faire quelques recherches, me pencher sur des précédents similaires et voir si nous pouvons rétablir l'équilibre.

— Je te remercie, seulement...

— Seulement quoi ?

Jake eut quelques difficultés à exprimer ses sentiments. Il s'éclaircit la gorge et se lança :

— Je ne veux que le bonheur de Ben. Or, bien que j'aie la certitude qu'il le trouvera auprès de moi, je ne l'ai pas encore rencontré. Il se peut que les Foster soient plus à même que moi de lui donner ce dont il a besoin. Si c'est le cas, je le laisserai avec eux. Je ne me sens pas le droit de leur arracher un enfant qui les aime sûrement déjà.

Un sourire finaud s'était formé sur les lèvres de Spencer.

— Qu'est-ce qui te fait sourire, frangin ?

— Rien… Je me disais seulement que pour le bonheur de ton fils, tu es prêt à renoncer à tes droits… Tout comme maman l'a fait avec toi.

— Tu ne vas pas recommencer avec ça !

— Les choses ne sont jamais blanches ou noires, Jake. Un de ces jours, tu auras peut-être envie d'écouter la version de maman, dans cette affaire.

— Il faut que j'y aille, répondit précipitamment Jake en se levant. Je veux être prêt quand Carmen Woods me téléphonera.

— C'est ça. Et passe-moi un coup de fil quand tu auras vu ton fils, afin de me faire part de ta décision.

— Pour l'instant, je veux mon fils. Cela ne changera pas, à moins qu'il soit en si piètre état que je ne puisse pas m'occuper de lui. Je ne connais rien aux bambins, mais je suis prêt à apprendre. Pour le reste… Je me prépare au pire, et j'espère être le père dont ce petit garçon a besoin. Il se peut que je ne lui suffise pas, cependant. C'est ce qu'il va me falloir déterminer.

Il posa une main sur la poignée de la porte.

— A plus tard, frangin.

— Une dernière chose, lança Spencer.

Jake pivota sur lui-même.

— Si tu me le demandes, je me battrai de toutes mes forces pour toi.

Ils se dévisagèrent un instant, ces deux frères séparés par des points de vue divergents et pourtant unis par le sang, le lien le plus important au monde.

— Merci, murmura Jake avant de sortir.

4

L'appel tant attendu lui parvint en fin de matinée.

— Monsieur McCain ? lança Carmen Woods, d'une voix claire et empressée. J'ai réussi à joindre les Foster. Ils nous attendent vers 16 heures. Ça vous va ?

— Parfaitement. Merci beaucoup, répondit Jake, momentanément soulagé.

— Je vous retrouve à nos bureaux de Houston. L'adresse figure sur la carte que je vous ai donnée. Mme Turner, le chef de service, tient à vous expliquer la situation de manière plus complète.

Jake réprima un soupir d'agacement. Quand cesseraient donc toutes ces palabres ? Tout ce qu'il demandait, c'était de voir son fils, et l'administration semblait être liguée contre lui.

— Si vous y tenez…

— Essayez d'arriver là-bas vers 15 heures. Je sais que c'est un peu court, seulement…

— Ne vous inquiétez pas, coupa Jake. J'y serai. Merci encore, madame Woods.

Il raccrocha avec une certaine fébrilité. Il était déjà 11 heures, et, s'il voulait être à Houston à l'heure convenue, il n'avait pas une minute à perdre. Il traversait le patio en courant, lorsqu'il tomba sur Vinnie.

— Tu m'as l'air bien pressé, mon garçon, s'exclama-t-elle. Où vas-tu, si vite ?

— A Houston, voir mon fils, expliqua-t-il, un large sourire aux lèvres.

Lavina lui tapota chaleureusement l'épaule.

— Ah, voilà une bonne nouvelle ! Tu penses le ramener ici bientôt ?

— Pas dans l'immédiat, répondit Jake, se rembrunissant. Il y a un certain nombre de… complications, et je suis pressé. Je t'expliquerai tout ça ce soir.

— Ce soir, je vais jouer au bingo ! lui cria-t-elle.

— Dans ce cas, nous discuterons demain matin.

— Sois prudent, sur la route !

Jake passa voir Mike afin de s'assurer que tout se déroulait normalement. Une démarche dont il aurait pu se dispenser : le bruit des moissonneuses retentissait déjà dans les champs, et le coton récolté serait emporté à l'égreneuse dans la journée.

Macko avait profité de la brève conversation pour s'installer dans la voiture.

— Non, mon vieux. Désolé, tu restes là, lui annonça Jake en le tirant par le collier.

Le chien aboya pour marquer son désaccord.

— Aujourd'hui, tu restes avec Mike. Il t'emmènera avec lui, promis. Je serai de retour dès ce soir.

Sur ces mots, et sans tenir compte des jappements désespérés de l'animal, Jake se mit en route. Quelques minutes plus tard, il était sur l'autoroute menant à Houston.

Il ignorait ce qui l'attendait, à son arrivée. Comme il l'avait expliqué à son frère, il s'était préparé au pire. Certes, Carmen Woods n'avait pas fait état d'un retard mental quelconque. A l'entendre, l'enfant était simplement plus lent que les autres, et Jake se demanda vaguement si cela ne revenait pas au même. Quoi qu'il en soit, ça n'avait aucune importance. Ben était son fils et, à ce titre, il méritait son amour. D'ailleurs, il l'avait déjà.

Il pensa fugacement à Sherry et grinça des dents. Comment avait-elle pu déserter ainsi ? L'instant d'après, il laissait échapper un grognement désabusé. Quelle question idiote ! Cela arrivait tous les jours, des mères qui partaient pour d'autres horizons, laissant derrière elles leur progéniture, même en parfaite santé. N'était-ce pas ce qu'Althea avait fait avec lui ?

Il était toujours sous le choc de sa brève entrevue avec celle qui prétendait être sa mère. Plus encore, Spencer avait beau lui dire qu'il devait entendre les deux versions de l'histoire, Jake n'en démordait pas. Joe McCain avait été un homme travailleur, un excellent père de famille que sa femme avait trompé, puis quitté. C'était aussi simple que ça. Quelle autre version pouvait-il y avoir à une affaire aussi banale et aussi dramatique que celle-là ?

Des collines en pente douce défilèrent sur son passage, suivies d'immenses forêts. De temps en temps, un ranch ou une ferme se dessinait au loin. Aux alentours de Hearne, les habitations commençaient à se faire moins rares. Jake s'engagea sur la 290 et, la circulation devenant plus dense, il sentit son excitation initiale remonter en flèche. Sa félicité aurait été presque complète si Elise avait été à son côté. Hélas ce n'était pas le cas.

Exaspéré, il scruta la route devant lui. Il avait fait tout son possible pour ne pas penser à sa femme, sans grand succès. Elle était toujours là, dans un coin de son esprit. Avait-elle déjà pris contact avec un avocat ? C'était fort probable. Ce qu'ils avaient partagé, pendant ces six mois, n'avait comblé en elle qu'un besoin primaire. Pour lui, il en était allé différemment.

Jake avait été sidéré, quand elle l'avait invité à dîner.

Il n'avait pas pour habitude de sortir avec des femmes aussi sophistiquées ou aussi instruites qu'elle. Jusque-là, il avait plutôt recherché la compagnie de femmes simples, douces et naturelles. Oh ! Elise Weber était tout cela, bien sûr, seulement il y avait chez elle quelque chose d'inaccessible, qui lui avait fait penser qu'elle n'était pas pour lui. Une impression sur laquelle il était revenu dès leur première soirée. Elise était tout à fait différente de ce qu'il s'était imaginé. Sa spontanéité et son énergie étaient communicatives et, malgré le naturel taciturne de Jake, ils n'avaient pas été à court de sujets de conversation.

Il s'agita sur son siège. En fait, Elise avait mené la danse, depuis le départ. Elle avait toujours su ce qu'elle voulait et n'avait eu aucune difficulté à parvenir à ses fins. Jake avait eu envie d'elle dès leur premier rendez-vous. Mieux encore, elle s'était révélée sous la couette : se départissant de sa froideur habituelle, elle s'était transformée en une femme à la sensualité débridée, au point d'aveugler complètement Jake sur la nature de leur relation. Il avait mis du temps à voir ce qui posait problème, dans leur couple. La photo de Derek Weber sur la table de nuit en était la meilleure illustration. Combien de fois avait-il réprimé l'envie de faire tomber ce maudit portrait sur le plancher ? Pourtant, il n'en avait rien fait. Il respectait trop Elise pour cela. Du coup, il s'était résigné à attendre qu'elle le retire d'elle-même, ce qui ne s'était jamais produit.

Jake haussa les épaules. Il n'avait pas à s'en faire pour sa femme, car elle ne souffrirait pas de leur séparation.

Et lui ? Il lui faudrait davantage de temps pour l'oublier — en admettant qu'il y parvienne jamais. Toutefois, et même s'il s'en voulait de l'avoir blessée, il devait se faire une raison : Elise aimait un autre homme. Elle ne s'en était jamais cachée et cela n'avait pas empêché

Jake de s'éprendre d'elle. A présent, il lui appartenait de surmonter son propre chagrin.

Jake n'eut pas trop de difficultés à trouver les bureaux du SPE. Le bâtiment n'était pas très différent des autres, bien qu'un peu plus spacieux et disposant d'une salle d'attente bondée. Après avoir décliné son identité, il alla s'installer sur une des chaises vacantes. Quelques minutes plus tard, Carmen Woods vint le chercher pour l'entraîner dans le bureau d'une femme d'âge moyen, qui se leva à son arrivée.

— Ravie de vous rencontrer, monsieur McCain, dit-elle. Je me présente : Gail Turner. J'ai travaillé en étroite collaboration avec Carmen sur le cas de Ben, et cela dès que sa mère l'a abandonné, à l'hôpital.

— De sorte que vous connaissez très bien mon fils ?

Gail Turner lui fit signe de prendre place, avant de retourner s'asseoir, et Jake eut la certitude qu'elle s'apprêtait à lui énoncer quelques vérités difficiles à entendre.

— Tout à fait. Et même après qu'Irène Carr eut obtenu la garde officielle de Ben, nous avons multiplié nos visites à domicile, afin de nous assurer qu'elle savait s'occuper de lui. Comme c'était l'évidence même, nous nous sommes consacrées à d'autres cas, jusqu'à ce qu'Irène nous appelle, il y a environ deux mois. Sachant qu'elle n'en avait plus pour longtemps, elle nous a demandé de retrouver le père de son petit-fils. Je dois vous préciser, monsieur McCain, que jusqu'à ce matin, nous ignorions totalement que les Foster souhaitaient adopter Ben. Bien qu'ils aient eu connaissance des démarches entreprises pour vous retrouver, jamais ils ne nous ont dit qu'ils envisageaient d'élever votre fils eux-mêmes.

Elle s'interrompit, sans doute pour donner à Jake le temps d'assimiler ces informations.

— Cela dit, en toute honnêteté, je me dois de reconnaître qu'ils connaissent l'enfant, qu'ils sont conscients de ses besoins et qu'ils s'occupent parfaitement bien de lui.

Jake se rembrunit.

— Vous voulez dire que les Foster sont plus à même d'élever Ben que son propre père ?

— Ce sera au juge de décider, répondit calmement Gail Foster.

Jake dut se faire violence pour ne pas lever les yeux au plafond. On ne lui avait fourni cette réponse que trop souvent, ces deux derniers jours.

— Un juge qui écoutera — et entendra — votre avis, non ? demanda-t-il.

— Je n'en disconviens pas, cher monsieur. Notre avis pèsera lourdement dans la balance.

— Alors, je répète ma question, madame Turner. Essayez-vous de m'expliquer qu'il serait dans l'intérêt de Ben d'être pris en charge par son grand-oncle et sa grand-tante ?

Gail Turner posa ses deux mains sur son buvard.

— En fait, il ne s'agit pas de moi, mais du Dr Howard Ruskin, un pédiatre spécialisé dans le développement de la petite enfance et qui traite Ben depuis sa naissance. Il pense qu'il serait fort dommageable pour votre fils d'être arraché à son environnement, du moins dans l'immédiat. Or, après avoir vu l'enfant à plusieurs reprises depuis la mort de sa grand-mère, je dois bien me ranger à son avis. Ben a tant régressé que je ne suis pas certaine qu'il ait vraiment compris ce qui s'est passé. Pour lui, Irène n'est plus là, point à la ligne. Du coup, il se recroqueville dans sa coquille. Les Foster l'entourent de leur mieux, et j'ai bon espoir de voir des signes d'amélioration dans les prochaines semaines.

— Ce qui n'est pas encore le cas, si je comprends bien.

Gail Turner laissa échapper un soupir de découragement.

— Non. Ben gambadait comme n'importe quel petit garçon de son âge. A présent, il ne cesse de trébucher et de tomber. Pire encore, Irène Carr avait réussi à le faire parler presque normalement, et voilà qu'il se refuse catégoriquement à prononcer le moindre mot.

— Qu'en dit le Dr Ruskin ?

— Pas grand-chose... Simplement que Ben est en deuil et qu'il faut lui laisser le temps de se remettre.

Jake sentit sa gorge se nouer de tristesse.

— Vous m'avez dit, tout à l'heure, que vous n'étiez pas certaine qu'il ait compris sa situation. Cela m'amène à vous poser une autre question. Est-ce que mon fils est retardé, sur le plan mental, je veux dire ?

— C'est ce qu'ont d'abord pensé les médecins, et ce qu'Irène Carr s'est refusée à croire. A sa décharge, les mêmes médecins lui avaient également annoncé que Ben vivrait de façon végétative, et elle leur a montré qu'ils s'étaient trompés. Ben avait commencé à apprendre l'alphabet et les chiffres, voyez-vous. Irène en a déduit qu'il avait certaines capacités, ce qui ne fait aucun doute dans mon esprit. Il lui suffirait de persévérer, voilà tout. En clair, monsieur McCain, ce que nous voulons, c'est que votre fils continue à progresser.

— Moi aussi, croyez-le bien.

— Vous m'en voyez ravie.

Son intonation s'était faite étrange et Jake l'étudia un instant, les yeux plissés.

— Vous n'allez pas m'empêcher de voir mon fils, au moins ?

— Bien sûr que non ! s'empressa de répondre Gail

Turner. Vous êtes son père et, à ce titre, vous avez le droit de le rencontrer. Notre fonction essentielle est de réunir les familles, ne l'oubliez pas. Cela dit, dans le cas de Ben…

Jake en savait déjà plus qu'il ne l'aurait voulu. On essayait de le faire renoncer à la garde de son fils. Certes, Gail Turner n'avait rien formulé de tel, mais c'était l'évidence même.

Il se leva d'un bond.

— Je crois avoir compris la situation, madame Turner. A présent, il est temps que vous m'emmeniez voir mon fils.

— Bien sûr. Carmen est chargée de vous accompagner.

— Un dernier détail, ajouta Jake avant de sortir. Je tiens à ce qu'il sache que je suis son père.

Gail Turner et Carmen Woods échangèrent un regard lourd de sens.

— Comme je vous l'ai expliqué, nous ne sommes pas certaines de ce qu'il comprend.

— Cela ne change rien au problème. Ben doit savoir qu'il n'est plus seul au monde.

Gail hésita un instant avant de hocher la tête.

Carmen Woods proposa à Jake de la suivre en voiture. Il acquiesça et, après avoir contourné le bâtiment, se faufila derrière elle. Ils faillirent se perdre plusieurs fois, aux feux tricolores, mais gagnèrent sans encombre un des quartiers résidentiels de la mégapole. Toutes les maisons y étaient de brique, et entourées de jardins minuscules. Comment faisaient ses concitoyens pour vivre dans des espaces aussi restreints ? Encore un mystère pour Jake, qui avait grandi au grand air, avec tout l'espace dont il pouvait rêver. Un espace qui serait sûrement salutaire à Ben aussi, et que son père était bien décidé à partager avec lui, si on lui en donnait l'occasion. Comme il apparaissait de plus en plus nettement qu'on lui refuserait la garde de l'enfant, cependant, il devait se préparer au pire.

Carmen s'arrêta dans une allée anodine. Jake jeta un coup d'œil à la maison, coquette et bien entretenue.

— Monsieur McCain, dit Carmen au moment d'appuyer sur la sonnette, je me dois de vous prévenir que les Foster n'ont pas accepté que nous venions les voir sans une certaine réticence. Et je dois dire que je…

Elle avait eu l'intention d'en dire plus, semblait-il. Toutefois, changeant d'avis au dernier moment, elle sonna à la porte.

Un homme mince et d'apparence simple leur ouvrit. Jake lui donna une cinquantaine d'années tout au plus. Une surprise, là encore…

— Ah, c'est vous ? s'exclama-t-il d'un ton à peine aimable.

— Oui, monsieur Foster. Je vous ai prévenu que nous viendrions voir Ben cet après-midi, répondit Carmen Woods.

L'homme leur ouvrit plus largement la porte pour les faire entrer.

— Permettez-moi de vous présenter Jake McCain. Monsieur McCain ? Voici Carl Foster.

La silhouette frêle d'une femme d'âge moyen s'était dessinée dans le couloir.

— Nous savons qui est M. McCain, Carmen.

A en juger par son visage fermé, il était évident qu'elle n'accueillait ses visiteurs qu'à contrecœur.

— Et voici Peggy… Peggy Foster, acheva Carmen, s'efforçant de combler les vides. Où est Ben ?

— Dans le bureau. Et je n'ai aucune intention de le déranger maintenant. Il est suffisamment perturbé comme cela, répliqua Peggy Foster.

— Nous ne sommes pas venus dans l'intention de le perturber, comme vous dites, expliqua patiemment Carmen. Nous avons parlé de cette entrevue au téléphone, et j'étais persuadée que vous aviez compris la raison de notre visite.

— Et moi, je ne comprends pas que M. McCain puisse prétendre à des droits sur Ben, rétorqua Peggy, du tac au tac.

Carl Foster posa un bras autour des épaules de sa femme pour l'entraîner jusqu'à la cuisine. Sans faire aucun commentaire, Carmen Woods invita Jake à la suivre jusqu'à une immense pièce qui ressemblait davantage à une bibliothèque qu'à un simple bureau.

Jake se figea en voyant le petit garçon assis sur un canapé, une pile de Lego sur les genoux, un vieil ours en peluche à côté de lui. Il tenait deux blocs, un jaune et un rouge, entre ses mains, et s'efforçait de les assembler.

La première pensée de son père fut qu'il avait l'air « normal ». Comme n'importe quel gamin de son âge, il portait un blue-jean, un T-shirt et des baskets. Il était petit, néanmoins, et d'une maigreur inquiétante.

Et soudain, Jake eut l'impression que le soleil venait d'illuminer la pièce, dardant sur lui ses chauds rayons. La sensation était si agréable que, l'espace de quelques secondes, il ne songea qu'à s'en imprégner.

Carmen Woods traversa la pièce pour aller s'installer sur le canapé.

— Bonjour, Ben ! lança-t-elle d'une voix douce.

L'enfant ne répondit pas. Il continuait à jouer avec ses Lego comme s'il ne l'avait pas entendue.

— Je t'amène un visiteur.

Toujours pas de réponse.

— Ben ? Tu m'entends ?

Manifestement, l'enfant était enfermé dans son monde.

— Ce visiteur, c'est ton papa. Il tenait à faire ta connaissance.

Ben leva lentement la tête vers son père, qui sentit son estomac se serrer devant cette adorable frimousse. Ben ressemblait effectivement beaucoup au bébé qu'il avait lui-même été, avec ces cheveux châtains et ces immenses yeux noisette. Le doute n'était pas permis. Il avait bel et bien affaire à son fils.

D'abord incapable de bouger, il finit par aller rejoindre l'enfant, lui aussi. Le tout en essayant d'oublier le poids qui lui oppressait la poitrine, pour se concentrer sur sa joie.

— Bonjour, Ben, murmura-t-il d'une voix rauque.

Ben, qui ne l'avait pas lâché du regard, continua à le dévisager en silence.

Jake baissa les yeux vers les Lego.

— Qu'est-ce que tu construis ? s'enquit-il.

Silence.

— Ça fait un petit moment que je n'ai pas joué aux Lego. Il va falloir que tu m'aides. Tu construis une maison ? Une voiture, peut-être ?

Ben ne répondait toujours pas. En revanche, il examinait toujours son père avec une certaine curiosité.

— Un tracteur, alors ? J'en connais un rayon, sur les tracteurs, tu sais. Il y en a plusieurs, dans ma ferme. Tu aimerais qu'on en fabrique un, tous les deux ?

Ben lui tendit un bloc vert et Jake en conçut une joie immense. Son fils réagissait à sa présence… Il l'aurait serré contre lui si cela ne lui avait pas paru un peu précipité.

Il s'empara donc du bloc, en sélectionna d'autres dans la pile et entreprit de construire un tracteur. Ben s'était mis à lui passer des blocs verts, et Jake songea qu'il serait peut-être bon de le mettre à contribution.

— A ton tour, à présent, dit-il avec un grand sourire.

L'enfant essaya d'assembler deux blocs, sans y parvenir,

du moins dans un premier temps : il ne les avait pas bien alignés. Jake résista à l'envie de l'aider, Ben s'acharna et finit par arriver à ses fins.

— Super ! s'exclama Jake, ravi.

Tous deux continuèrent à assembler les pièces, pour finalement obtenir un tracteur des plus biscornu.

— Mmm... On dirait que j'ai oublié les finesses du jeu, fiston.

Ben serrait l'objet contre lui, les yeux grands comme des soucoupes.

— La prochaine fois que je viendrai te voir, je t'en apporterai un miniature. Ça te dirait ?

Sa proposition fut accueillie par un timide hochement de tête.

Jake sentait son moral remonter en flèche. Ben comprenait parfaitement ce qu'on lui disait.

— Il est l'heure, monsieur McCain. Nous devons y aller, déclara soudain Carmen.

Non. Non...

Jake ne pouvait pas quitter son fils comme ça, aussi vite... Malheureusement, il n'avait pas le choix. Une fois encore, il dut se retenir pour ne pas l'attirer à lui et l'embrasser. S'il se laissait aller, il risquait fort de l'effrayer. Il se leva donc à regret.

— Je reviendrai très bientôt, promit-il, ignorant le regard que lui jeta Carmen.

Les Foster les raccompagnèrent jusqu'à la porte sans mot dire. Une fois dehors, Carmen Woods explosa.

— Vous auriez pu éviter de dire à Ben que vous reviendriez bientôt !

— Et pourquoi ça ?

— Parce que la situation est terriblement délicate.

— Elle le deviendra encore plus si vous essayez de me tenir à distance.

— Ce n'est pas du tout mon intention !

Jake se passa une main lasse sur le front.

— Pardonnez-moi, madame Woods. Je suis un peu dépassé par les événements, et je veux passer autant de temps que possible auprès de Ben. Avec votre accord, bien entendu.

Carmen se détendit quelque peu.

— Je vous remercie de votre collaboration.

Il prit une longue inspiration. Il devait se montrer patient, et même conciliant, s'il voulait passer voir son fils.

— Je ne comprends pas très bien ce que les Foster ont contre moi. Je pensais qu'ils auraient à cœur d'entretenir de bons rapports avec le père de l'enfant dont ils ont la garde !

— Ils ne se sont toujours pas remis de la mort d'Irène, vous savez. Essayez d'être compréhensif, monsieur McCain. Et surtout, respectez leur vie privée.

Jake leva la tête vers le ciel parsemé de petits nuages blanchâtres. L'automne approchait et, avec lui, la promesse de températures un peu plus fraîches.

Attendre. Comprendre... C'était ce qu'on voulait de lui, de toutes parts et sans jamais se mettre à sa place. Ni Carmen Woods ni les Foster ne se demandaient quel impact la nouvelle de sa paternité avait eu sur lui. Pire encore, après avoir bouleversé toute son existence, ils auraient même trouvé normal — et pratique — qu'il laisse deux étrangers élever son fils, la chair de sa chair...

— Quand l'audience est-elle prévue ?

— Aucune date n'a encore été fixée. Cependant, puisque nous vous avons retrouvé, ça ne devrait pas tarder.

— Vous m'avez bien dit que le SPE aura son mot à dire ?

— Tout à fait.

— Et comment ferez-vous pour donner votre opinion, si vous limitez mes entrevues avec Ben ?

Voyant qu'elle s'apprêtait à l'interrompre, il leva une main pour l'en empêcher.

— Vous ignorez totalement si je suis à même de m'occuper de lui, de l'aimer et de l'éduquer. Vous ne pouvez pas rédiger un rapport digne de ce nom si vous ne m'avez pas donné une chance de prouver mes qualités dans ce domaine.

— Ce serait tellement plus simple pour tout le monde si vous n'étiez pas séparé de votre femme, soupira Carmen.

Jake la contempla un instant, bouche bée.

— Vous voulez dire que je ne suis pas capable de m'occuper de mon fils sous prétexte que je suis un homme ?

— Non. Seulement, Ben a besoin d'un environnement stable, et je ne suis pas certaine que vous puissiez le lui fournir, dans l'immédiat.

— Dans ce cas, je ne vois plus qu'une solution, déclara lentement Jake.

— Laquelle ?

— Je vais vous prouver que vous vous trompez sur ce point. Ah ! et j'ai l'intention de revenir dès demain... Arrangez-vous avec les Foster. Même heure, lança-t-il avant de tourner les talons pour rcgagner sa fourgonnette.

— Monsieur McCain ! Vous faites preuve d'une arrogance rare et je...

— Demain, répéta-t-il, sèchement. J'attends votre appel, madame Woods.

Il effectua le chemin du retour avec le sentiment d'avoir remporté une bataille, pas la guerre. Il voulait son fils, cela ne faisait aucun doute dans son esprit. Toutes ses craintes s'étaient dissipées au moment même où il l'avait vu. Aussi se battrait-il, tout simplement parce qu'il était convaincu que le mieux pour Ben était d'être élevé par son père.

Bien sûr, il lui faudrait se renseigner sur les problèmes de santé de l'enfant, et apprendre à suppléer à ses besoins particuliers. Cela lui prendrait du temps, mais il y arriverait. Il en était convaincu, à présent.

La route était longue jusqu'à la ferme, mais Jake ne vit pas le temps passer. Il pensait à Ben… et à Elise. Même s'il se l'interdisait, elle continuait à surgir dans ses pensées aux moments les plus incongrus. Il aurait tant voulu lui parler de sa rencontre avec son fils, partager son bonheur avec elle… Hélas ! comme il y avait peu de chances pour qu'elle revienne sur sa décision, il devrait se faire à l'idée d'être père célibataire.

Il approchait de Marlin lorsque son téléphone retentit. La voix qui lui parvint était celle qui le hantait depuis plusieurs heures.

— Jake ? C'est moi, Elise. Tu as laissé quelques affaires chez moi. Je les ai préparées, tu n'as plus qu'à passer les chercher.

De mieux en mieux, songea-t-il amèrement. Elle se débarrassait des derniers vestiges de sa présence chez lui.

— Je ne suis pas très loin de chez toi, répondit-il néanmoins. Je peux passer tout de suite, si tu veux.

Presque aussitôt, il fronça les sourcils. Une fois de plus, Elise l'appelait et il accourait, alors même qu'il était bien plus près de la ferme que de chez elle.

Elle aurait pu les jeter, ces vêtements, après tout, d'autant qu'il y en avait fort peu. D'un autre côté, la manière dont sa femme et lui s'étaient quittés continuait à lui peser, et il tenait peut-être l'occasion de mettre fin à leur vie commune de manière plus civilisée.

— Parfait, dit-elle dans le combiné. Je t'attends.

Jake raccrocha en se demandant une nouvelle fois

si elle avait entamé la procédure de divorce. Question d'autant plus douloureuse que c'était toujours la dernière chose dont il avait envie.

Elise reposa le combiné sur son socle, le cœur battant. Elle l'avait fait… Cette histoire d'affaires dont elle voulait se débarrasser n'avait été qu'un prétexte pour voir Jake, lui parler. Elle devait lui dire qu'elle n'était pas aussi égoïste, aussi inattentive à ses besoins qu'il semblait le croire. Plus important encore, elle voulait s'excuser pour la photo de Derek.

Elle courut jusqu'à la penderie pour rassembler les quelques vêtements que Jake avait laissés derrière lui. Une fragrance discrète lui chatouilla les narines et elle s'interrompit un moment. *Aramis*… Elle lui avait acheté cet après-rasage sans trop savoir s'il lui plairait ou non. Comme il avait pris l'habitude de s'en parfumer, elle l'associait désormais à cette odeur légèrement poivrée.

Elle secoua la tête, atterrée par son propre sentimentalisme, puis entreprit de tout mettre dans un sac, y compris les articles de toilette qu'il avait laissés dans la salle de bains. Quand Jake repartirait, il n'y aurait plus aucune trace de son passage dans cette maison.

Elise se laissa tomber sur le lit.

Non… Ce n'était pas tout à fait vrai. Une multitude de sentiments enfouis en elle tentaient de remonter à la surface, et elle était incapable de les laisser sortir. Elle se sentait ligotée par ses angoisses. Pourtant, au-delà de ce blocage, une chose était certaine : elle devait voir Jake.

La sonnette retentit à ce moment précis de ses réflexions, la faisant sursauter.

Il était là, sur son palier.

Enfin.

5

Lorsque Jake se glissa dans l'entrée, et malgré l'absence de meubles, Elise eut soudain l'impression que les murs avaient rétréci.

— Salut, murmura-t-il, d'un ton chaleureux.

— Salut, répondit-elle, le regardant droit dans les yeux.

— Comment vas-tu ?

Repoussant une mèche de ses cheveux derrière ses oreilles, elle se dirigea vers le salon, afin de mettre un peu de distance entre eux deux.

— Très bien, mentit-elle. Voilà. J'ai mis toutes tes affaires là-dedans.

Il s'empara machinalement du sac qu'elle lui tendait, avant de demander :

— Tu as deux minutes ? J'aimerais te parler.

— Bien sûr ! répondit-elle en s'asseyant sur une chaise, ses pieds nus croisés en tailleur.

Elle se réjouissait qu'il lui ait proposé une discussion. Cela faciliterait d'autant l'aveu qu'elle avait à lui faire.

Jake prit place sur le canapé.

— Tu as contacté un avocat ?

— Pas encore, non. Je…

Elle s'interrompit, en priant pour qu'il n'ait pas perçu son hésitation.

— Préviens-moi, quand ce sera le cas.

Je ne veux pas divorcer. Je ne veux pas divorcer... Ce que je veux, c'est un enfant. Un enfant et toi, Jake...

La litanie résonnait dans sa tête, sans qu'elle puisse se résigner à la formuler à voix haute. Quelque chose l'en empêchait. La peur, encore une fois. Pourtant, elle devait trouver un moyen de s'expliquer, et...

Elle passa ses mains moites sur le devant de son pantalon.

— Je te dois des excuses, Jake.

— Ah ? fit-il, haussant un sourcil.

— Tu avais raison. J'ai été terriblement indélicate en laissant la photo de Derek sur ma table de nuit. Je n'aurais jamais dû faire une chose pareille. Je... je te demande de me pardonner.

Jake était stupéfait. Jamais il n'aurait cru Elise capable de faire amende honorable avec une telle humilité, surtout sur un sujet aussi sensible. Elle avait mis son premier mari sur un piédestal et elle tenait à ce que tout son entourage en fasse autant, lui y compris. Il s'éclaircit la gorge avant de reprendre la parole.

— Merci. De mon côté, je regrette d'avoir abordé la question au moment où je l'ai fait.

— Tu étais en colère, et tu avais toutes les raisons de l'être.

Jake était de plus en plus perplexe. Où voulait-elle en venir, au juste ? Et surtout, que pouvait-il répondre, sans risquer de la froisser davantage ?

— Contrairement à ce que tu peux penser, poursuivit-elle, relevant les yeux vers lui, j'ai beaucoup d'affection pour toi. Jamais je ne t'aurais proposé de m'épouser, si ça n'avait pas été le cas.

— J'ai toujours su que tu ne m'aimerais jamais. Il

n'y a pas de place pour deux dans ton cœur, et tu es toujours éprise de ton premier mari. Ce n'est donc pas ton amour, que je demandais... Seulement un minimum de considération.

Elle se mordit la lèvre inférieure. Manifestement, cet aveu l'avait atteinte de plein fouet.

— Il faut croire que ma mère et ma sœur avaient raison, même s'il m'en coûte de le reconnaître... J'étais obnubilée par mon désir d'enfant, au point de ne rien voir d'autre. D'où mon comportement, ma manière de penser... et de te traiter.

— Elise...

Elle l'interrompit d'un geste de la main.

— J'ai rangé toute ma littérature sur la conception, poursuivit-elle, proche des larmes, subitement. C'est... Même s'il m'est douloureux d'abandonner ce rêve, j'en suis venue à la conclusion que je n'étais pas prête pour la maternité, en fin de compte. Je me suis emballée, voilà tout. Sans réfléchir, une fois de plus.

— Qu'est-ce qui te fait dire une chose pareille ? s'enquit Jake, les sourcils froncés.

— Si j'étais vraiment prête, je me sentirais capable d'accueillir ton fils, de l'aimer comme une mère... ce qui n'est malheureusement pas le cas.

Au soubresaut que fit son cœur dans sa poitrine, Jake comprit qu'il avait espéré, contre toute logique, qu'Elise changerait d'avis. Dorénavant, tout espoir était perdu.

— Par pitié, Jake, ne t'imagine pas que j'ai un caillou à la place du cœur.

Sa voix s'était faite implorante.

— Je voudrais pouvoir t'expliquer ce que je ressens...

Jake pencha la tête sur le côté, de plus en plus intrigué. Où voulait-elle en venir, au juste ?

— Ce n'est pas grave, murmura-t-il. Ce n'est facile pour personne.

Ils gardèrent le silence pendant quelques minutes. Jake se demandait comment ranimer la conversation, lorsque les mots franchirent le seuil de ses lèvres, comme par enchantement.

— J'ai vu Ben, cet après-midi.

— Je suis contente pour toi, répondit-elle, du bout des lèvres.

Jake brûlait de lui raconter l'entrevue dans ses moindres détails. Malheureusement, ce n'était pas possible, là non plus. S'il y avait un sujet tabou, entre eux, c'était bien celui-là.

En clair, il devait renoncer… et renoncer à Elise.

Il se leva d'un bond.

— Merci de m'avoir dit tout cela. Je suis très touché que tu te sois excusée. Je vais y aller… Je me lève de bonne heure, demain matin, pour retourner à Houston, voir mon fils.

Il s'avança vers la porte et, au dernier moment, se retourna.

— Si jamais tu veux faire sa connaissance, toi aussi, appelle-moi. Qui sait ? Ça te fera peut-être changer d'avis ?

A peine ces paroles eurent-elles franchi le seuil de ses lèvres qu'il se mordit la langue. Pourquoi avait-il dit cela ?

Il faillit ricaner tant la réponse était simple. Il avait simplement voulu faire comprendre à sa femme que la porte était toujours ouverte, qu'il était toujours prêt à partager sa vie avec elle, et avec Ben.

— N'y compte pas, répondit-elle à mi-voix.

Jake s'enfonça dans le couloir, le cœur en berne.

Elise ferma les paupières pour refouler ses larmes. Elle s'était suffisamment apitoyée sur son propre sort ces derniers jours. Elle allait se relever, à son tour, lorsqu'elle aperçut le sac sur le plancher.

Jake était reparti sans ses affaires.

Elle courut jusqu'à la porte et parvint sur le perron juste à temps pour voir les phares arrière de sa fourgonnette disparaître au loin. En désespoir de cause, elle alla ranger le sac dans l'armoire. Elle appellerait Jake le lendemain. Ou plutôt, non. L'entrevue d'aujourd'hui avait été trop douloureuse. Elle confierait donc le sac à Spencer McCain, qui se ferait un devoir de le restituer à son propriétaire.

Elle laissa échapper un gémissement en sentant de nouveau les effluves de l'après-rasage de son mari.

Pourquoi tout était-il si difficile ? Pourquoi ne parvenait-elle pas à lui confier son traumatisme ? Elle en avait pourtant eu la ferme intention. Seulement voilà, dès qu'elle l'avait vu, elle avait été submergée par la honte. Sa négligence avait failli coûter la vie d'un bébé, et elle redoutait par-dessus tout d'endosser la responsabilité d'un enfant qui ne serait pas le sien. Si elle commettait une nouvelle erreur, le petit Benjamin, déjà meurtri par la mort de sa grand-mère et le départ de sa mère, risquait de ne pas s'en remettre.

Elle s'empara du cadre de Derek, posé face contre la tablette de marbre de la table de nuit.

Derek était le seul à l'avoir jamais comprise, le seul à l'avoir véritablement aimée. Elle n'avait jamais hésité à se confier à lui et, en examinant pour la énième fois son visage affable, elle comprit que si elle avait laissé ce portrait près de son lit, toutes ces années, c'était pour ne jamais l'oublier.

Elle ferma les paupières quelques secondes, et une

autre vérité lui apparut, plus dérangeante, celle-là. Même si elle venait de contempler le portrait, elle ne parvenait pas à se souvenir des traits de Derek Weber. Ceux de Jake s'y superposaient, malgré elle, et en dépit de toute logique.

Derek et Jake étaient tellement différents l'un de l'autre…

Elle avait fait la connaissance de son premier mari à l'université. Ils avaient d'abord été amis, avant de commencer à travailler ensemble sur leur sujet de prédilection : la littérature américaine. Un soir, tandis qu'ils révisaient en vue de leurs partiels qui approchaient à grands pas, Derek lui avait soudain demandé :

— Si je te demandais de sortir avec moi, un soir, tu accepterais ?

Elise avait accepté sans l'ombre d'une hésitation. Deux semaines plus tard, Derek s'était risqué à l'embrasser, et elle avait découvert un garçon doux et aussi attentionné au lit que dans la vie quotidienne.

Après son décès, elle n'avait jamais éprouvé la moindre attirance pour un autre homme.

Du moins jusqu'à sa rencontre avec Jake McCain.

Elle avait été tellement séduite, de prime abord, qu'elle s'était mise à fantasmer sur lui avec une intensité qu'il l'avait d'abord choquée. Les jours passant, néanmoins, elle s'était sentie revivre. Elle était femme, jeune de surcroît, et ses sens si longtemps endormis se rappelaient à elle. Au point qu'elle s'était surprise à fantasmer, ce qui ne lui ressemblait pas. Elle voulait tout, subitement : un mariage, un foyer, une famille.

Leurs étreintes l'avaient comblée au-delà de ses espérances les plus folles. Contrairement à Derek, Jake était fougueux, et elle s'était transformée à son contact. Elle ne gisait plus sur son lit, pendant que son mari lui faisait l'amour. Dorénavant, elle était une partenaire à part entière, qui donnait et prenait avec passion, jusqu'à l'extase finale. Sa pudeur et sa timidité s'étaient envolées comme par enchantement. Sa sexualité s'était… débridée — oui, c'était le mot. Une découverte, là encore, et des plus heureuse pour Elise qui, jusque-là, ignorait totalement cette facette de sa propre personnalité.

En même temps, elle avait le sentiment de trahir Derek. Jake l'atteignait d'une manière si profonde, si… intime… Une vraie relation maritale, en quelque sorte.

Et à présent, c'était terminé. Par sa faute, à cause de ses vieux démons.

Elle se releva pour ouvrir un tiroir dans lequel elle rangea la photo de Derek. Ça aussi, c'était terminé. Deux épisodes de sa vie passée, classés à tout jamais pour laisser place à des années de solitude.

A moins qu'elle ne parvienne à s'exprimer, bien sûr, à confier ses inquiétudes à Jake.

Pourtant non… C'était impossible. Elle ne pouvait se résoudre à lui avouer que sa négligence avait failli coûter la vie à un bébé. Jake ne pourrait que la mépriser, après un aveu pareil. Or elle n'était pas méprisable.

Pas méprisable ? A voir… Le fait qu'elle se laisse dominer ainsi par une phobie liée à un vieux traumatisme… Qu'elle rejette un petit garçon de trois ans qui avait tant besoin d'une mère… Oui ! Cela faisait bien d'elle une femme de la pire espèce — une femme sans aucun instinct maternel.

La douleur qui suivit ce terrible constat fut violente, mais elle la laissa s'installer en elle.

Elle avait bien mérité tout ce chagrin.

Jake atteignit les confins du domaine comme dans un rêve, et toujours incapable de se faire à l'idée que sa vie de couple avait pris fin.

Il pénétra dans la cuisine et se figea. Spencer était assis à la table, Macko à ses pieds.

— Salut ! dit-il d'un ton las. Qu'est-ce que tu fais ici ?

— Tu le vois ! répondit Spencer. Je nourris ton chien, il est affamé.

— Il est toujours affamé, répliqua Jake. Il passe ses journées à pourchasser les lapins dans les champs de coton. Il brûle toutes ses calories, à s'acharner comme ça.

Macko, sentant qu'on parlait de lui, vint poser son museau sur la cuisse de son maître. Jake le récompensa d'une caresse amicale derrière les oreilles.

— C'est un bon chien, hein, Macko ?

Spencer eut un petit sourire narquois.

— Ma voisine recueille tous les chats et chiens errants du quartier. C'est une manie, chez elle. Récemment, elle avait un nouveau pensionnaire, un pauvre matou de gouttière qu'elle m'a demandé de garder, parce qu'elle devait s'absenter quelques jours. Je ne suis pas fou des chats, mais celui-là était vraiment marrant.

— Les animaux peuvent être d'une excellente compagnie, tu sais. Parfois aussi fiables que tes meilleurs amis, fit remarquer Jake sans cesser de caresser Macko.

— Chacun son truc, vieux. Moi, je préfère les femmes.

Jake aussi. Il préférait Elise et…

— Comment ça s'est passé, avec Ben ? lui demanda Spencer.

Jake se passa une main sur le front. Enfin, on lui demandait ses impressions ! Au moment même où il craignait d'exploser, tant il éprouvait le besoin de raconter…

— Très bien. Cet enfant est une pure merveille.

— Tu veux dire qu'il n'est pas encore accro à sa console de jeux ou autres joyeusetés du même style ?

— Exactement. Pour le reste, c'est un petit garçon comme les autres, je veux dire « normal », si on fait abstraction de sa petite taille et de son extrême maigreur.

Inconsciemment, Jake leva les yeux vers la boîte dans laquelle sa mère avait l'habitude de ranger les cookies qu'elle venait de préparer. Lorsqu'il était petit, il lui était arrivé, plus souvent qu'à son tour, de tirer un tabouret jusqu'à l'étagère, pour en chiper un ou deux. Ben serait-il un jour capable d'en faire autant ?

Il l'espérait de tout cœur, sachant cependant que rien n'était moins sûr.

Il refoula ces sombres pensées. Le pessimisme ne le mènerait nulle part.

— Il était assis sur un canapé, avec des Lego, poursuivit-il. Et bien que ça soit difficile pour lui d'assembler tous ces blocs, il s'est acharné jusqu'à ce qu'il y parvienne. Et quand ça a été le cas… Tu aurais dû voir son visage, frangin. Un vrai bonheur… Oh ! et même s'il ne m'a pas parlé, il ne m'a pas quitté des yeux. Son entourage — les médecins, assistantes sociales et famille plus ou moins proche — dit ne pas savoir jusqu'à quel point il comprend ce qui se passe autour de lui. Moi, je sais. Il a compris que je suis son père.

— Tu le lui as dit ?

— L'assistante sociale, Carmen Woods, s'en est chargée. J'avais exigé qu'il en soit informé.

— Excellente initiative, approuva Spencer. Il marche ?

— Toujours d'après son entourage, il marchait, jusqu'à la mort de sa grand-mère. Depuis, il a tendance à trébucher et à tomber.

Spencer se pencha en avant, d'un air conspirateur.

— Pourquoi le SPE t'a-t-il contacté, au juste ?

— Parce que lorsque Mme Carr s'est sentie partir, elle s'est tournée vers ce service pour lui demander de me retrouver. Je croyais te l'avoir expliqué.

— Tu l'as fait, tu l'as fait ! Seulement un détail me chiffonne. Je ne comprends pas qu'on n'ait pas essayé de te retrouver dès le début, quand il est devenu évident que Sherry avait abandonné son fils. Tu m'as bien dit que ton Ben porte ton nom ?

Jake s'était mis à arpenter la cuisine.

— Oui... Et tu as raison, Spencer. J'ai été tellement absorbé par l'idée que j'avais un fils que je n'ai jamais pensé à cet aspect des choses. A présent que tu me le dis... Oui ! Pourquoi a-t-on attendu aussi longtemps pour se tourner vers moi ?

— C'est une excellente question, à laquelle tu ferais bien d'obtenir une réponse.

— Je la poserai à Mme Turner dès demain, marmonna Jake, avant d'expliquer à son frère qu'on essayait à toute force de le convaincre de laisser Ben chez les Foster. Mme Turner l'a d'ailleurs dit ouvertement : elle pense qu'un nouveau changement serait préjudiciable à l'équilibre de mon fils, acheva-t-il.

— Et toi ? Qu'en penses-tu ?

— Qu'on ne me donne aucune chance. Si nous voulons nous connaître, Ben et moi devons passer du temps ensemble. Du coup, j'ai exigé de le revoir dès demain. J'attends le coup de fil de Carmen Woods.

Il jeta à son frère un regard en coin.

— Est-ce qu'on peut légalement m'empêcher de voir Ben ?

— Non, répondit fermement Spencer. Je passerai un coup de fil à cette Mme Turner dès demain matin, histoire de lui rappeler certains aspects de la législation.

— Attends, Spencer. Pas tout de suite. Nous ne

sommes pas certains à cent pour cent qu'ils essayent de me tenir à l'écart. Ce n'est peut-être qu'une impression de ma part et je ne tiens pas à me mettre tout le monde à dos. C'est au juge que reviendra la décision finale. Pour le moment, j'ai le sentiment que la balance penche du côté des Foster. J'aimerais convaincre la cour que je suis prêt à assumer, moi aussi. Et surtout, capable de le faire.

— Et Elise ?

Jake se raidit.

— Quoi, Elise ?

— Elle demande toujours le divorce ?

— Oui.

Spencer fit une moue boudeuse.

— Dommage. Les choses seraient tellement plus simples si vous étiez ensemble.

— Eh bien, ce n'est pas le cas, répliqua Jake d'un ton plus sec qu'il ne l'aurait voulu. Et je ne comprends pas pourquoi tout le monde semble penser que le fait que je sois un homme m'empêche de m'occuper décemment de mon fils.

— Parce que les femmes mettent les enfants au monde, avant de les nourrir et de les élever, déclara Spencer. C'est de notoriété publique. Il faudra que tu te fasses à cette idée, vieux !

— Je me sais capable d'élever mon fils, Spencer. Je le sais !

Il avait les larmes aux yeux, subitement. Une surprise, là encore. Il n'avait pas pleuré depuis si longtemps qu'il avait presque oublié la sensation.

Jake se ressaisit. Il ne pleurerait pas. Il se battrait pour son fils.

Sans Elise.

Mal à l'aise, Spencer s'agita sur sa chaise.

— Comment avez-vous fait pour vous rencontrer, Elise

et toi ? Au Club, il a toujours été de notoriété publique qu'elle n'avait pas surmonté la perte de son mari et que tout travail d'approche était voué à l'échec. Les rares qui s'y sont essayés ont lamentablement échoué. Et puis, comme ça, du jour au lendemain, j'apprends que mon propre frère vient de l'épouser... Qu'est-ce qui s'est passé ? L'attirance des contraires ?

— Rien d'aussi noble, s'entendit rétorquer Jake. Le sexe. J'adore ça, elle aussi.

Spencer se renfrogna.

— Quelle délicatesse ! Tu es bien rustre, tout à coup.

— Et toi, tu es trop curieux, à fouiller ainsi dans des histoires qui ne te concernent en rien.

— OK, OK... Ne te fâche pas !

— Désolé, frangin, murmura Jake, comprenant qu'il n'avait aucune raison d'être aussi cassant. Seulement, je refuse de discuter de ma vie privée. Elle n'appartient qu'à Elise et moi. A personne d'autre.

Spencer le dévisagea un instant sans rien dire.

— Y a-t-il une petite chance pour qu'elle revienne sur sa décision ? s'enquit-il enfin.

Jake fut parcouru d'un frisson.

— Aucune.

Un autre silence s'ensuivit, interrompu, une fois encore, par Spencer.

— C'est curieux, et la similarité pourrait t'échapper, mais l'attitude d'Elise envers Ben me rappelle furieusement celle que tu as adoptée envers Caleb.

— Qu'est-ce que tu racontes ? s'écria Jake.

— C'est bien simple, répondit son frère, se renversant sur sa chaise avec flegme. Tu ne veux rien avoir affaire avec Caleb, Elise ne veut pas entendre parler de Ben... L'un comme l'autre, vous êtes convaincus, à tort, d'avoir été trahis.

Jake apprécia d'autant moins la comparaison qu'elle ne tenait pas debout. Elise était contrariée, à juste titre, de voir tous ses projets anéantis. Elle avait toujours voulu un enfant — le sien, pas celui d'une autre — et elle ne parvenait pas à revenir là-dessus. Bien sûr, il n'avait aucune intention d'expliquer tout cela à Spencer. Cela ne le regardait pas plus que ses problèmes de couple.

Bref, cela n'avait rien à voir avec ce qu'il éprouvait envers le fils d'Andrew Wellman.

— Laisse tomber, d'accord ? Je n'ai aucune envie de me laisser entraîner dans ce genre de conversation.

Il avait parlé d'un ton dur. Spencer ne s'y trompa pas.

— Passons à autre chose, alors. La prochaine étape, pour toi, est de savoir de manière précise quels sont les besoins spécifiques de ton fils. Je suis prêt à m'atteler à la tâche. J'attends ton feu vert.

— Je t'appelle dès que j'aurai vu Mme Turner.

— Parfait ! dit Spencer en se levant. Oh ! j'oubliais. J'aime beaucoup les travaux que tu as fait faire ici. C'est très réussi.

— Merci.

— Cet endroit me rappelle tellement de souvenirs... mauvais, pour la plupart, d'ailleurs.

— Je ne suis pas d'accord avec toi, marmonna Jake d'un ton glacial.

— Ah ? Tu peux me donner des exemples ? Parce que pour ma part, je me souviens surtout de hurlements, de disputes, et des soirs où on se cachait, parce que le vieux était tellement ivre que maman craignait pour notre vie !

Jake secoua lentement la tête de droite à gauche.

— Allons, frangin, poursuivit impitoyablement Spencer. Tu ne te souviens vraiment pas ? Fais un effort ! Combien de fois nous sommes-nous réfugiés dans la grange, en attendant que le vieux s'endorme, avant de rentrer dans la maison à pas de loup ?

La mâchoire de Jake était si serrée qu'il en avait mal dans tous les muscles du cou.

— Sois réaliste, Jake. Notre père buvait et, quand il avait bu, il devenait violent. Ce n'était déjà pas très drôle d'être avec lui quand il était sobre, alors tu imagines… Et jaloux, avec ça ! Comme un tigre. Maman ne pouvait pas adresser la parole à un autre homme sans qu'il l'accuse d'avoir couché avec lui.

— Il n'avait peut-être pas tort, grommela Jake, retrouvant l'usage de la parole.

Spencer le dévisagea d'un air aussi stupéfait que s'il venait de le frapper.

— Arrête ! Même toi, tu sais que ce n'est pas vrai.

— Ah bon ? Je sais une chose, Spen. Une seule. Althea nous a abandonnés, papa et moi, pour Andrew Wellman. C'est tout ce qui m'importe !

— Là encore, tu te trompes. Maman était mal mariée, c'était de notoriété publique. Elle a trouvé de l'aide à la paroisse qu'elle fréquentait. Parmi les gens qui l'ont assistée, il y avait Andrew. C'est tout.

— Elle l'a épousé ! explosa Jake. Et elle a accouché de Caleb moins de six mois plus tard. Alors n'essaie pas d'en faire une victime. Tu ne peux pas nier l'évidence.

— L'évidence ? Quelle évidence ?

— Tu vas encore me dire qu'il y a plusieurs aspects au problème ?

— Parfaitement, rétorqua Spencer. Si tu allais voir maman pour lui demander sa version des faits, elle te la donnerait sans hésiter. Seulement, tu te fiches bien de l'entendre, cette version, hein ?

— Non, Spen. Ce n'est pas vrai. Alors, arrêtons-nous là, avant de nous dire des choses impardonnables.

— Une dernière question, toutefois.

— Laquelle ?

— Pourquoi es-tu resté avec le vieux ? Tu n'avais que dix ans, bon sang ! Tu n'étais qu'un gamin !

Jake était à bout de patience. La journée avait été plus qu'éprouvante, à bien des niveaux. Il décida de ne pas mâcher ses mots.

— Parce que tout le monde le détestait. Voilà pourquoi. Or, après ce qu'*elle* lui avait fait, il n'avait plus que moi.

— Je te répète que tu n'avais que dix ans. Comment pouvais-tu savoir ce qui s'était passé ?

— Papa me l'a expliqué.

— Pa... Le vieux te l'a expliqué ? s'écria Spencer, manifestement sidéré. Il t'a dit que maman attendait un enfant d'Andrew Wellman ?

— Oui. Il m'a tout expliqué.

— Bon sang, Jake... Pour le coup, il faut vraiment que tu t'expliques avec maman. Elle ignore totalement qu'il t'a fait ce genre de confidences.

— Enfin, qu'est-ce que ça peut faire, qu'elle le sache ou non ? Cette histoire remonte à près de trente ans... Vingt-huit, pour être exact, et j'en ai plus qu'assez de la ressasser. A présent, j'aimerais que tu rentres chez toi.

— Jake...

— Bonne nuit, Spencer.

Il ouvrit la porte de sa chambre, la referma sans bruit et se laissa tomber sur son lit, les yeux rivés sur le ventilateur.

Quelle abominable journée ! Sauf en ce qui concernait sa rencontre avec Ben, bien sûr.

Jake était hanté par la vision du petit visage dévoré par ces yeux immenses. Au moins, il lui restait cela. Pour combien de temps ? C'était une autre affaire. Le monde entier était contre lui, et il se sentait seul, vaincu.

Macko gratta à la porte. Sans doute avait-il perçu l'angoisse de son maître. Jake alla lui ouvrir et le laissa sauter à ses côtés, sur le lit. Il faisait une piètre mine, lui aussi.

— Ne t'inquiète pas, Macko. Ça ira. Je suis un peu fatigué, murmura-t-il, tant pour rassurer l'animal que pour s'en persuader lui-même.

Même si la vie ne l'avait jamais épargné, le sort semblait s'acharner sur lui, ces derniers temps.

Il commençait à se demander s'il avait bien fait de recourir à son frère, dans l'affaire qui le préoccupait. Le passé continuait à les opposer ; les tentatives maladroites de Spencer pour le rapprocher du reste de la famille commençaient à le lasser. Jake avait tourné la page depuis bien longtemps. Il voulait passer à autre chose.

Tout en continuant à caresser son chien, il songea à la conversation qu'il venait d'avoir avec Spen… et dut bien reconnaître que Joe McCain avait été un homme dur. Grand défenseur de la discipline et de la maîtrise de soi, il exigeait de ses fils une attitude exemplaire. Et puis… Avec sa femme, il avait fait preuve d'une autorité encore plus démesurée. Elle n'avait le droit de se rendre nulle part sans lui. Sauf à l'église, parce qu'elle était accompagnée d'une voisine « de confiance »…

Apparemment, c'était ainsi que tout avait commencé.

Jake se couvrit les yeux de l'avant-bras droit. D'autres vérités lui apparaissaient, subitement. Son père buvait, par exemple. Tellement que Jake lui-même craignait parfois ses réactions. La dernière année de sa vie, il n'avait pour ainsi dire jamais été sobre, et n'avait cessé de parler d'Althea. Chaque fois, Jake sentait son cœur se briser un peu plus. Il avait appris à détester sa mère dès son plus jeune âge. Devenu adulte, il avait compris que l'amour et la haine sont deux sentiments étroitement liés, et que même s'il avait voulu pardonner, il en aurait été incapable.

Le passé pesait de tout son poids, encore assombri par la dureté de son père et la faiblesse de sa mère.

En gémissant, Jake se redressa sur son lit.

Assez ! Il devait arrêter de se tourmenter ainsi.

Ses pensées se tournèrent vers Elise, une autre source de tourment. Spencer ne pouvait pas comprendre ce qui les avait attirés l'un vers l'autre : ils étaient effectivement trop différents. Oh ! il n'avait pas menti en disant qu'ils avaient été liés par les sens. Il avait simplement oublié de préciser qu'ils partageaient également le besoin primaire de fonder un foyer.

Lorsqu'elle l'avait appelé pour l'inviter à dîner, cette toute première fois, il s'était demandé de quoi ils pourraient bien parler. Elle ne devait pas être davantage intéressée par la culture du coton que Jake ne l'était par la littérature américaine... Pourtant, ils avaient trouvé un terrain d'entente, loin de leurs préoccupations professionnelles. L'avenir, la famille, voilà ce qui leur importait. Ils avaient les mêmes rêves, les mêmes espoirs, et Jake s'était confié à Elise comme il ne l'avait encore jamais fait avec quiconque. En sa compagnie, il ne voyait pas le temps passer. En son absence, il comptait les minutes qui le séparaient d'elle, et il semblait en aller de même pour elle. Leur arrangement, la façon dont leur couple évoluait n'avait commencé à agacer Jake que très récemment. Il savait pourquoi, à présent : parce qu'il attendait bien davantage de son union avec Elise que la seule satisfaction de ses sens.

Qu'avait-elle voulu dire, quand elle avait déclaré qu'elle n'était pas prête à être mère ? Cela faisait des mois qu'ils essayaient d'avoir un enfant. Qu'est-ce qui l'avait fait changer d'avis aussi brusquement ? C'était d'autant plus étrange que Jake se souvenait de l'enthousiasme avec lequel elle avait discuté des prénoms, et dressé une liste d'achats pour la naissance. La chambre était quasiment prête, ce qui avait poussé Jake à se lancer dans la confection du berceau. Alors ? Se pouvait-il qu'il ait brisé son rêve à jamais ? Qu'elle se sente trahie, comme Spencer l'avait suggéré ?

Jake soupira. Il avait senti un certain fléchissement en Elise, au moment où elle s'était excusée. Peut-être était-ce même ce qui lui avait donné le courage de l'encourager à voir Ben… Une proposition qu'elle avait aussitôt rejetée, d'ailleurs. Un fait d'importance, à ne pas oublier.

Bref, leur mariage était fini, et Jake devait aller de l'avant.

Sauf qu'il ne s'en sentait pas capable. Du moins pas tant que…

Il fit un effort de concentration. Il tenait presque la solution. Elle était là, toute proche.

Soudain, son visage s'illumina. Il avait compris.

Tant qu'Elise n'aurait pas fait la connaissance de Ben, il ne pourrait renoncer totalement à leur couple.

Voilà. C'était cela. Il voulait qu'Elise voie son fils et qu'elle lui dise en face qu'elle ne pouvait pas être une mère pour lui.

Alors, et alors seulement, il serait en mesure de passer à autre chose.

6

Le lendemain matin, après un rapide compte rendu à Vinnie des événements de la veille, Jake passa voir son contremaître et reprit la route de Houston. S'il voulait avoir un entretien sérieux avec Gail Turner, il avait tout intérêt à arriver de bonne heure dans les bureaux du SPE.

Waco était sous le brouillard lorsqu'il prit la route, mais il avait à peine atteint Hearne que le soleil avait pris le relais. La circulation fut fluide jusqu'aux abords de Houston et, en dépit des habituels bouchons sur le périphérique, il parvint à destination en milieu de matinée.

— Monsieur McCain ! s'exclama Gail Turner, manifestement surprise. Nous avions rendez-vous ce matin ?

— Non. Seulement je me pose un certain nombre de questions auxquelles j'aimerais obtenir des réponses précises.

— Je vois, répondit-elle d'un ton glacial. Prenez place, je vous en prie.

— Je vais aller droit au but, chère madame. J'ai le sentiment que votre collègue et vous-même essayez de me tenir à l'écart de mon fils.

— C'est complètement faux ! s'exclama Gail Turner. La preuve : Carmen s'est arrangée pour que vous puissiez le revoir dès cet après-midi. Elle essaye de vous joindre en ce moment même pour vous l'annoncer.

Malgré son soulagement, Jake crut bon d'insister.

— Elle avait pourtant l'air bien perturbée, quand j'ai demandé à passer du temps avec Ben.

— Vous vous faites des idées. N'oubliez pas que même dans les situations les plus délicates, notre fonction première est de réunir les familles.

— N'empêche que tout le monde semble convaincu que les Foster sont plus à même d'assurer la charge de Ben que moi !

— Puisque vous le prenez sur ce ton, je vais être franche avec vous, monsieur McCain, répliqua-t-elle sèchement. Ben est sous notre tutelle, et notre souci principal est d'agir au mieux, dans son intérêt. Les choses seraient différentes si votre fils était un petit garçon comme les autres, ce qu'il n'est pas. Il a des besoins spécifiques, il lui faut énormément d'attention, ainsi qu'un environnement aimant et stable. Or je suis loin d'être convaincue que vous pouvez lui apporter tout cela. Vous êtes séparé de votre femme, ce qui, en soi, pourrait se révéler une source de stress pour Ben. Il n'a pas besoin de ça, croyez-moi. Son univers tout entier vient de s'écrouler, et nous nous battrons pour lui assurer une enfance aussi heureuse que possible, attendu les circonstances.

Jake ouvrit la bouche pour protester, mais elle l'en empêcha d'un geste de la main.

— Je n'ai pas terminé, monsieur McCain. Vous avez le sentiment d'aimer votre fils parce que vous venez de découvrir que vous étiez père. En clair, tout nouveau, tout beau. Seulement, cela risque de changer du tout au tout si vous avez à vous en occuper au quotidien. Encore une fois, ce n'est pas un enfant comme les autres, et à mon avis vous n'avez pas songé un seul instant à ce que ça représenterait, de l'avoir auprès de vous vingt-quatre heures sur vingt-quatre, sept jours sur sept.

— Et qu'est-ce que ça représenterait, selon vous ? demanda Jake, s'efforçant de conserver son calme.

— Ben a besoin d'une attention constante. Il faut le forcer à marcher, afin que ses muscles ne s'atrophient pas. Par ailleurs, bien qu'il commence à ingurgiter des aliments solides, il faut le surveiller pendant les repas, pour qu'il ne s'étouffe pas. Deux fois par jour, il doit être mis sous assistance respiratoire, pour que ses poumons se développent. Enfin, et par-dessus tout, il faut qu'il se remette à parler, ce à quoi les Foster travaillent ardemment.

— Sauf qu'il ne prononce toujours pas un mot, fit remarquer Jake avec amertume.

— Ce n'est qu'une question de temps.

— Permettez-moi de vous poser une question, reprit Jake, les poings serrés. Pourquoi vos services se sont-ils mis à ma recherche, exactement ?

— Eh bien, répondit-elle, un peu décontenancée, parce que vous êtes son père !

— Certes. Seulement, bien que mon nom apparaisse sur le certificat de naissance, vous n'avez pas cherché à me joindre quand Ben est venu au monde. Vous pouvez m'expliquer ça ?

Gail Turner s'agita sur sa chaise et retira ses lunettes. Manifestement, la question l'avait prise de court.

— Sherry avait mis le nom de sa mère sur la liste des personnes à contacter en cas d'urgence, et nous n'avons eu aucune difficulté à localiser Irène Carr, qui a immédiatement pris Ben en charge. Lorsque Sherry s'est enfin manifestée, elle nous a avoué qu'elle ne savait pas vraiment qui était le père de son enfant. Elle vous a désigné à tout hasard. Ben n'étant pas censé survivre, et sa grand-mère l'ayant pour ainsi dire adopté, nous n'avons pas jugé nécessaire de nous lancer à la poursuite d'un éventuel géniteur. Nous n'en avons ni le temps ni les moyens, figurez-vous.

— Et si les Foster vous avaient fait part de leur intention d'adopter Ben une semaine plus tôt, vous ne m'auriez jamais contacté, c'est bien ça ?

— Monsieur McCain, je...

— Inutile d'insister, j'ai compris, coupa-t-il. Quoi qu'il en soit, vous êtes venus me chercher, je suis là et vous devez compter avec moi. En tant que père de cet enfant, j'ai un certain nombre de droits. De sorte que jusqu'à ce que la date de l'audience soit fixée...

Elle l'interrompit une seconde fois.

— J'ai du nouveau, à ce sujet. L'audience aura lieu dans six semaines, le lundi qui suivra Thanksgiving.

Jake mit quelques secondes à assimiler la nouvelle. C'était suffisamment loin pour qu'il ait le temps d'apprivoiser son fils. En même temps, l'échéance arriverait vite, il en avait parfaitement conscience.

— Dans l'intervalle, répéta-t-il, je veux voir Ben chaque jour. Par ailleurs, je vous serai reconnaissant de bien vouloir me prendre un rendez-vous avec le pédiatre qui s'occupe de lui, de manière à ce que je puisse lire son dossier. Je veux apprendre à m'occuper de mon fils. Une dernière chose, si l'un de ces deux points vous pose problème, vous verrez ça avec mon avocat.

— Vous... vous avez pris un avocat ? demanda-t-elle, les yeux ronds.

Jake tira la carte de visite de Spencer de son portefeuille, et la posa sur le bureau.

— Mon propre frère. Il est spécialisé dans le droit familial.

Gail Turner allait répondre lorsque la porte du bureau s'ouvrit.

— Oh ! Monsieur McCain, s'exclama Carmen

Woods. J'essayais justement de vous joindre. Vous avez rendez-vous chez les Foster à la même heure qu'hier.

— Parfait. Vous pouvez d'ores et déjà leur annoncer que je viendrai voir Ben chaque jour, à l'heure qui leur conviendra le mieux, bien entendu.

Carmen Woods consulta sa supérieure du regard.

— Fais ce qu'il te dit, marmonna cette dernière, de mauvaise grâce.

— Et n'oubliez pas d'appeler le médecin de Ben. Je veux le voir dès aujourd'hui.

— Je serais étonnée que le Dr Ruskin puisse vous recevoir aussi vite !

— Débrouillez-vous comme vous le voulez. L'audience, elle, n'attendra pas.

Gail Turner fit signe à Carmen, qui quitta la pièce.

— Croyez bien que je n'étais pas venu dans l'intention de vous bousculer, ajouta Jake. Seulement, si vous entendez vous battre — ce sont vos propres termes — dans l'intérêt de Ben, moi aussi. De toute évidence, nos avis divergent, et comme le juge décidera, sur votre témoignage, de me confier ou non mon fils, je dois mettre toutes les chances de mon côté. Enfin, si ça peut vous rassurer, sachez que je ne prendrai aucune décision susceptible de nuire à l'équilibre de Ben.

— Ravie de vous l'entendre dire. D'ailleurs, croyez bien que si j'entends dire que vos visites perturbent Ben de quelque manière que ce soit, nous y mettrons fin, avocat ou non. Me suis-je bien fait comprendre ?

— Parfaitement, répliqua Jake avant de sortir.

Il passa les heures suivantes à consulter le dossier de Ben, au centre médical de Houston. Le Dr Ruskin avait accepté de le recevoir, à condition qu'il ait d'abord pris connaissance des documents relatifs à la santé de son fils.

Jake ne tarda pas à comprendre pourquoi. Le dossier

— épais d'une centaine de pages — expliquait en détail l'évolution de Ben depuis sa naissance. Des photos, parfois déchirantes, lui permirent de voir son fils en couveuse, son corps gracile entièrement intubé. Il ne pesait pas trois livres, à la naissance, le pauvre. Pas étonnant qu'on lui ait donné aussi peu de chances de survie…

Sur un autre cliché, l'enfant était dans les bras d'une femme d'âge moyen, au visage doux. Irène Carr, de toute évidence. Jake s'y attarda un instant, avant de passer aux photos suivantes. Ben dans son berceau, sur une couverture, Ben rampant puis se tenant debout, agrippé à la main de sa grand-mère.

Chaque nouvelle prise de vue lui arrachait le cœur, et il dut refouler son émotion à plusieurs reprises. Ce petit bonhomme était son fils et il aurait dû être là, lui aussi…

Enfin, l'heure n'étant pas aux regrets, il décida de se concentrer sur le dossier. Il n'y trouva rien de bien nouveau : Carmen Woods lui avait dit l'essentiel. Pourtant, plus il en lisait, plus il lui apparaissait évident que la santé de Ben était réellement précaire. L'enfant n'avait pas émis le moindre son jusqu'à l'âge de deux mois ; son cerveau n'envoyait pas à ses muscles les signaux leur permettant de fonctionner normalement. Pire encore, Ben n'avait longtemps eu aucune réaction à quoi que ce soit, et l'équipe médicale était convaincue qu'il ne ressentait pas grand-chose.

La gorge nouée, Jake lut le diagnostic d'un pédiatre spécialisé en neurologie. Pour lui, le cas de Ben était désespéré. En admettant qu'il vive, ce qui était improbable, il ne serait jamais rien d'autre qu'un être végétatif.

Un verdict qu'Irène Carr n'avait pas accepté. Elle s'était tournée vers un spécialiste du développement infantile, le Dr Ruskin. Celui-ci s'était dit en mesure d'aider l'enfant, et la suite prouvait qu'il avait eu raison.

En étroite collaboration avec Irène, il avait mis sur pied un programme de stimulation intensive. Les membres supérieurs et inférieurs étaient régulièrement chatouillés, massés et tapotés. La bouche de l'enfant était stimulée à l'aide d'une petite brosse à dents électrique. Ben avait également droit à des exercices visuels — pratiqués à l'aide d'une lampe et de cartes multicolores —, ainsi qu'à des séances de musique, pour réveiller son sens de l'ouïe. Enfin, il était mis sous assistance respiratoire plusieurs fois par jour.

Les résultats avaient été spectaculaires. Ben était rapidement devenu beaucoup plus tonique, et son corps s'était modifié. Son expression était devenue un peu plus vive, et il avait appris à contrôler sa langue. Il s'était mis à produire des sons, avait cessé de baver et avait pris conscience de son environnement.

Le protocole était constamment modifié en fonction des résultats. De nouveaux exercices, remplaçant les précédents, visaient à améliorer son sens de l'équilibre, sa mémoire visuelle et auditive. Chaque jour était un nouveau commencement, et Jake ne put qu'admirer le dévouement d'Irène Carr. C'était bien simple : sans l'avoir jamais porté, elle lui avait donné la vie.

Il était tellement absorbé par sa lecture qu'il n'entendit pas le médecin entrer dans la pièce.

— Monsieur McCain ?

Jake sursauta et se leva pour aller serrer la main que le nouveau venu lui tendait.

— Je suis ravi de faire votre connaissance. Votre fils est un enfant étonnant.

— En effet, répondit Jake en désignant d'un geste du menton le dossier posé sur le bureau. Je viens de voir à quel point.

Le médecin s'assit de l'autre côté du bureau.

— Je tenais à ce que vous preniez connaissance de son dossier avant que nous nous entretenions.

— Vous avez bien fait. Par ailleurs, je tiens à vous remercier de m'avoir reçu aussi rapidement.

— Ben est une priorité pour moi, vous savez. Son existence tient du miracle. Mme Carr et moi-même avions commencé à écrire un livre, un genre de chronique sur son évolution, avant qu'elle ne tombe malade à son tour. J'ai l'intention de terminer cet ouvrage seul. Le cas de votre fils a également fait l'objet de plusieurs articles que j'ai rédigés pour des revues spécialisées.

— Il y a de la matière, convint Jake.

Le médecin posa les deux mains sur la table.

— Alors, que puis-je vous dire que vous ne sachiez pas encore, monsieur McCain ?

— J'aimerais savoir comment m'occuper de lui, à ce stade de son évolution.

— Combien de temps êtes-vous disposé à lui consacrer ? répliqua Ruskin, du tac au tac.

Jake se renfrogna.

— Je ne suis pas certain de bien comprendre la question.

— Ben a besoin d'une attention constante. Alors la question est simple : vous sentez-vous prêt à vous occuper de lui vingt-quatre heures par jour ?

— Je... Personne ne pourrait faire une chose pareille.

— C'est pourtant ce qu'a fait Irène Carr, rétorqua Ruskin. Les premières semaines qui ont suivi la naissance, elle ne dormait que quelques heures par nuit. Bien sûr, cela n'est plus à l'ordre du jour : votre fils est beaucoup plus résistant qu'il ne l'était alors. Cependant, vous devez comprendre que nous ne sommes pas au bout de nos peines, loin de là. Le décès de sa grand-mère lui a porté un coup rude, et je dois vous avouer que son refus de parler me paraît préoccupant. De même que ses difficultés à marcher. Néanmoins, les Foster font tout leur possible, et j'espère voir une amélioration sous peu.

Jake réprima difficilement un soupir. La conversation prenait le même tour que celle qu'il avait eue avec Gail Turner, quelques heures auparavant.

— J'en reviens à ma question initiale, docteur. J'ai besoin d'apprendre à m'occuper de Ben. Concrètement, j'entends.

Ruskin s'absorba dans la contemplation du crayon qu'il tenait en main, avant de relever la tête.

— Ce que je vais vous dire risque fort de vous déplaire, monsieur McCain. Toutefois, dans la situation présente, le plus beau cadeau que vous puissiez faire à Ben, c'est de le laisser là où il est.

— Je vous demande pardon ?

— C'est dans la maison où Ben vit que sa grand-mère l'a emmené dès sa sortie de l'hôpital. Je veux dire que c'est le seul toit qu'il ait jamais connu. Son havre, c'est sa chambre, la cuisine, le salon. En le tirant de son environnement habituel, vous risquez de nuire à ses progrès.

Jake ne fut guère étonné par ces propos. Ses soupçons se confirmaient : tout ce qu'on attendait de lui, c'était qu'il renonce à son fils, sans faire de vagues si possible.

Ce à quoi il ne se résignerait pas, bien entendu. Ni maintenant ni plus tard.

Il examina son interlocuteur avec attention.

— Quels sont les besoins spécifiques de Ben ? demanda-t-il pour la troisième fois, d'un ton sans équivoque.

— Monsieur McCain, je...

— Assez ! explosa Jake. Il est hors de question que j'abandonne mon fils ! Je suis son père et, à ce titre, je tiens à avoir ma place dans son existence.

— Je ne dis pas le contraire. Nul doute que le juge vous accordera un droit de visite. En revanche, je maintiens que Ben doit rester dans son environnement. De plus, il est soigné ici, à Houston. Ce n'est pas la porte à côté de chez vous et, vu votre profession, il est exclu que vous vous installiez ici. Dans l'intérêt de votre fils…

— Justement, coupa Jake. Je ne suis pas convaincu que son intérêt soit de rester avec les Foster.

— En toute conscience professionnelle, je…

— Je sais ce que vous allez me dire, docteur. Vous m'avez fait part de votre opinion de manière tout à fait claire. Pour ma part, tant que je n'aurai pas passé du temps avec Ben, je ne reviendrai pas sur ma position.

— Encore une fois, je vous comprends. Seulement, mettez-vous à la place de Ben.

— C'est exactement ce que je suis en train de faire, docteur.

— Au moins un point sur lequel nous sommes d'accord.

Les deux hommes s'affrontèrent un instant du regard, avant que Ruskin ne reprenne :

— Les Foster connaissent la routine de Ben. Nul doute qu'ils vous donneront tous les renseignements dont vous avez besoin.

Jake se leva, hocha brièvement la tête et sortit.

Décidément, il était seul au monde, dans cette affaire.

Et s'il n'excluait pas de devoir s'incliner un jour, il n'avait nulle intention de le faire avant d'être absolument certain que Ben évoluerait mieux sans lui.

Il appela son frère de la fourgonnette, afin de lui raconter sa matinée. Aussitôt, Spencer lui proposa de faire le déplacement jusqu'à Houston. Jake l'en dissuada. Il ne connaissait pas suffisamment son fils pour prendre une décision aussi radicale. Et il tenait toujours à agir dans l'intérêt de Ben, même si cela lui brisait le cœur.

Il prit le chemin de la maison habitée par les Foster,

s'arrêtant en route pour acheter un tracteur vert dans un magasin de jouets.

Lorsqu'il s'engagea dans l'allée, Carmen Woods l'attendait dans son véhicule. De toute évidence, on n'avait aucune intention de le laisser seul avec Ben.

— Je n'avais pas compris que vous assisteriez à cette entrevue, lança-t-il en descendant de voiture.

— Désolée. Je pensais que nous vous avions clairement expliqué que vos visites seraient supervisées, du moins dans un premier temps.

— Au temps pour moi. De toute manière, ça m'est égal. Tout ce que je veux, c'est voir mon fils et apprendre à répondre à ses besoins.

— Je sais, répondit-elle, à son grand étonnement. Le Dr Ruskin nous a appelées pour nous faire part de vos intentions. Intentions que nous connaissions déjà, d'ailleurs. Vous avez été suffisamment clair sur ce point.

— Pourquoi avez-vous autant de difficultés, les uns comme les autres, à croire en mon amour pour mon fils ?

— Nous n'avons aucun doute là-dessus, lui répondit Carmen. Ce qui nous fait hésiter, en revanche, c'est que vous ne semblez pas comprendre combien Ben est fragile, et à quel point il est ardu de s'occuper de lui. Il a tellement progressé, au prix de tant d'efforts, que nous n'aimerions pas le voir stagner.

— Moi non plus, figurez-vous. Alors trêve de bavardages. Allons-y.

Comme la veille, Carl Foster leur ouvrit sans un mot avant de disparaître dans les profondeurs de la maison.

Ben était dans le salon, et Jake s'immobilisa un instant sur le seuil pour le regarder jouer. A genoux sur le plancher, son vieil ours en peluche à côté de lui, il triait des cubes ornés de chiffres ou de lettres. Peggy était assise auprès de lui. Dès qu'elle s'aperçut de la présence de Jake, elle se leva et quitta la pièce.

De toute évidence, il n'était pas le bienvenu dans cette maison.

— Salut, Ben! murmura-t-il, s'asseyant à son tour sur le plancher, les jambes croisées.

L'enfant leva la tête vers lui et Jake sentit son cœur se serrer, une fois de plus. Qu'il était chétif… et attachant.

— Tu te souviens de moi ? Je suis venu te voir hier. Je suis ton papa.

Ben tenta d'attraper quelque chose, derrière lui, mais, comme il tenait toujours un cube en main, il n'y parvint pas. Il hésita un instant avant de comprendre qu'il devait d'abord reposer son cube.

Jake se félicita d'avoir consulté le dossier de son fils. A présent, il savait que le cerveau de l'enfant ne recevait pas toujours les bons signaux.

Ce qui n'avait aucune importance à ses yeux.

Ben avait trouvé ce qu'il cherchait : l'assemblage de Lego de la veille. Il l'avait précieusement conservé, et ce fut le sourire aux lèvres que son père l'encouragea.

— Oui, mon garçon. C'est le tracteur que nous avons fabriqué hier, tous les deux. Un drôle de tracteur, d'ailleurs, alors je t'en ai apporté un autre, plus beau.

Il le tira du sac qu'il avait posé derrière lui et le brandit devant les yeux de l'enfant.

— Regarde. Il ressemble à ceux que j'ai, à la ferme. Il y a même une vraie cabine et de gros pneus, comme il se doit. Mieux encore, il roule, conclut-il en poussant le tracteur sur le sol.

Ben posa sa petite main sur celle de Jake, qui crut que son cœur allait s'arrêter de battre. De cette menotte gracile et douce se dégageait une force incommensurable.

La volonté de grandir, de s'élever, d'escalader des montagnes et d'expérimenter les plaisirs de la vie.

Oui, Jake percevait tout cela chez son fils. Et le souvenir de cet instant fugace resterait avec lui à jamais. Il en était intimement convaincu.

Ils jouèrent ensemble pendant une petite demi-heure, avant que l'enfant commence à se fatiguer, ses paupières se faisant lourdes, le tracteur toujours en main.

— Il est temps que nous y allions, déclara Carmen Woods. C'est l'heure de la sieste.

Jake faillit protester et se retint. Dans sa situation, il valait mieux se montrer conciliant.

— Je dois y aller, Ben, dit-il doucement. Je reviendrai demain, d'accord ?

Il vit les yeux du petit garçon s'agrandir comme des soucoupes et, comme la veille, dut résister à l'envie de le prendre et de le serrer contre lui. Il se releva donc, et avait à peine fait deux pas en avant que les petits bras de Ben se refermèrent autour de son mollet.

Sans réfléchir, Jake se baissa pour le prendre dans ses bras. Aussitôt, l'enfant posa sa tête sur son épaule. Jake sentait son cœur battre contre le sien, aussi délicat que celui d'un moineau. Tout son être se concentra sur cette sensation merveilleuse, celle que tout père éprouve lorsqu'on lui tend son enfant pour la première fois. Son instinct protecteur refit surface, en même tant que diverses émotions, et il comprit qu'il ne pourrait pas se résigner à laisser Ben entre les mains des Foster.

— Ne t'inquiète pas, fiston, chuchota-t-il en reposant l'enfant au sol. Je reviendrai demain, promis.

— Benjamin ? Viens me voir, lança une voix féminine derrière lui.

Jake sursauta. Il ne s'était pas aperçu de la présence de Peggy Foster, dans le salon.

Ben avait relevé la tête et la regardait fixement.

— Allez ! Viens ! répéta-t-elle d'une voix mielleuse.

Ben s'exécuta alors, et Jake en conçut une douleur indescriptible. Il dut se faire violence pour n'en rien laisser paraître, et n'y serait peut-être pas arrivé si son fils n'avait pas continué à le fixer du regard.

— Je vous avais bien dit que ces visites le perturberaient, lança Peggy Foster tandis que Carmen Woods passait devant elle.

Jake parvint à se contenir jusqu'à la porte principale. Une fois qu'ils l'eurent passée cependant, il explosa.

— Ben n'était pas du tout perturbé !

— Je le sais, monsieur McCain.

Il souffla entre ses dents. Il redoutait par-dessus tout qu'on lui interdise ces visites. Jamais il ne pourrait le supporter. Pas en ce moment…

— Les Foster sont très protecteurs avec Ben, reprit Carmen Woods. Essayez de les comprendre.

— Je les comprends parfaitement. Ce que je ne comprends pas, en revanche, c'est qu'ils me détestent autant.

— Ils ne vous détestent pas, protesta Carmen. Qu'est-ce que vous allez vous imaginer ?

— Ils cachent bien leur jeu, en tout cas ! ironisa-t-il.

— Ecoutez, monsieur McCain, la situation…

— Est délicate, je sais, vous me l'avez déjà dit.

Il remarqua soudain qu'elle jouait nerveusement avec la lanière de son sac à main, depuis qu'ils étaient sortis de la maison.

— Vous… vous avez quelque chose à me dire, demanda-t-il, soudain suspicieux.

— Non ! Bien sûr que non, voyons !

Elle avait répondu un peu trop vite, néanmoins, ce

qui ne fit qu'accroître les soupçons de Jake. Toutefois, il n'avait pas le temps de s'attarder là-dessus dans l'immédiat.

— Je vous répète que j'ai besoin de passer du temps avec mon fils. Au rythme d'une demi-heure par jour, je ne connaîtrai jamais sa routine.

— Monsieur McCain..., commença Carmen.

Il lui coupa la parole avec impatience.

— Débrouillez-vous ou vous aurez des nouvelles de mon avocat. Je vous appelle dès demain matin.

Là-dessus, il tourna les talons. Il n'était pas dans sa nature d'être aussi exigeant. Seulement, dans le cas présent, il n'avait pas le choix : le temps passait, la date de l'audience n'était pas si lointaine.

Il s'avança vers son véhicule en souriant, néanmoins. Malgré les circonstances, il avait réussi à communiquer avec son fils. Ben savait qui il était, cela ne faisait aucun doute dans son esprit.

Les choses ne pouvaient aller qu'en s'améliorant.

Il effectua le chemin du retour comme dans un songe : ses pensées étaient entièrement tournées vers Ben. Au fur et à mesure qu'il se rapprochait de la ferme, cependant, elles se tournèrent vers Elise. Il aurait tant voulu lui raconter sa journée ! Hélas, il ne pouvait pas lui imposer un enfant dont elle ne voulait pas.

Il consulta sa montre : 21 heures passées. Spencer serait peut-être encore à son cabinet. Il lui arrivait de travailler tard dans la soirée. Jake s'enfonça dans la ville. De toute manière, il devait tenir son frère au courant des développements de la journée.

L'Explorer de Spencer se trouvant toujours sur le parking, il se gara, puis pénétra dans l'immeuble. Il appela l'ascenseur et se mit à faire les cent pas devant la cabine. Les portes de l'ascenseur s'ouvrirent et il se figea.

Spencer et Caleb se tenaient devant lui.

Jake dévisagea son frère cadet et fut submergé par une vague de chagrin. Le passé, la trahison maternelle, ses griefs, tout cela l'empêcha momentanément de parler.

— Jake ! s'exclama Spencer. Je n'attendais pas ta visite à une heure aussi tardive !

— Je reviendrai demain, répondit-il d'une voix rauque.

Spencer le retint par la manche.

— Ne sois pas ridicule. Il est plus que temps que tu fasses la connaissance de notre frère.

Jake resta de marbre. Il ne parvenait pas à oublier les sombres événements qui lui avaient si longtemps gâché l'existence.

— Tu veux obtenir la garde de ton fils ? poursuivit Spencer, d'un ton cassant. A ton avis, quelle va être la réaction du juge, quand il apprendra qu'en plus d'être divorcé, tu refuses de voir ton propre frère et de parler à ta mère ? Je serais étonné que ça joue en ta faveur. Et tu dois te rendre compte que ce n'est pas très sain pour Ben. Tu ferais bien d'en prendre conscience rapidement, vieux !

Ben...

Cette pensée le galvanisa. Pour son fils, il ferait n'importe quoi, y compris ravaler son amour-propre. Ben ne devait pas subir les vieilles rancœurs familiales. Jake voulait qu'il jouisse d'un environnement sain, entouré de l'affection d'une famille qui l'aiderait à devenir un petit garçon plein de santé.

Il se tourna lentement vers Caleb et fut frappé par leur ressemblance. Comme lui, son cadet avait les cheveux châtains, les yeux noisette. Tous deux faisaient la même taille, bien que Jake soit plus carré.

Bref, deux frères, liés par le sang maternel.

Caleb lui tendit la main. Jake la regarda un instant avant de repenser à ce que lui avait dit Spencer, dans sa cuisine, la veille au soir. *L'attitude d'Elise envers Ben me rappelle furieusement celle que tu as adoptée envers Caleb.* Cela lui paraissait évident, tout à coup. Il avait eu peur de souffrir, comme il avait souffert d'aimer sa mère. Et Caleb n'y était pour rien.

Elise avait-elle peur de souffrir, elle aussi ? Ou bien peur de ne pas aimer Ben parce qu'il n'était pas son fils ?

Il sentit une barrière tomber en lui. Non, il ne se laisserait pas aveugler par l'emprise du passé. Il avait un deuxième frère et, pour la première fois de son existence, il se sentait prêt à l'accepter.

Il prit la main que celui-ci lui tendait.

— Je suis très heureux de faire enfin la connaissance de mon frère, déclara Caleb.

— Demi-frère, rectifia Jake, sans même réfléchir.

— Frère, insista Caleb, d'un ton plus dur.

Un silence gêné suivit sa repartie.

Jake se retint de hausser les épaules. Si Caleb avait du mal à accepter la vérité, ce n'était pas son problème.

— Tu es passé me voir pour une raison précise ? s'empressa de demander Spencer.

Jake n'avait plus l'intention de faire un secret de sa paternité. Il n'hésita donc pas à parler devant Caleb.

— J'ai demandé à passer plus de temps avec mon fils. Tu penses pouvoir m'aider, si on me le refuse ?

— Bien entendu !

— Vous avez visiblement à parler, tous les deux. Spencer, je te verrai un autre soir.

— Non, non ! intervint Jake. Ne changez rien à vos plans pour moi. J'ai ma réponse, c'est tout ce qu'il me fallait.

— Tu veux que je prenne le relais ? proposa Spencer.

— Attends encore un peu. Je te donnerai ma réponse demain. Et merci, Spencer. A plus tard. Caleb ? Ravi de t'avoir rencontré.

Une fois à l'extérieur, il prit une longue inspiration et eut l'impression que l'air lui brûlait la poitrine.

Cela faisait beaucoup de choses pour une seule journée.

Il s'éloigna, le crâne prêt à exploser, tant son agitation était extrême. Au bout de quelques minutes, le visage d'Elise s'imposa à lui, et il se détendit un petit peu.

Il savait exactement ce qu'elle faisait, à cette heure-ci. Elle s'était démaquillée et douchée avant de regagner son bureau pour relire son prochain cours. Parfois, quand il rentrait tard, elle s'interrompait à son arrivée et ils parlaient de leur journée. Quoi qu'il arrive, la conversation finissait toujours par s'orienter vers le bébé qu'ils auraient un jour. Elise avait trouvé un article, dans un magazine, et voulait absolument qu'il le lise, ou alors elle avait pensé à un nouveau prénom qu'elle voulait lui soumettre…

Ces moments d'intimité lui manquaient presque plus que le reste.

Quand il n'avait pas mangé, elle lui préparait un sandwich. Ses talents culinaires se limitaient à peu près à cela. Ce qui ne le dérangeait pas. Ce qu'il aimait chez sa femme, c'était sa douceur, son intelligence, sa détermination à fonder un foyer.

Il se demanda fugacement combien de temps on mettait à se remettre d'un chagrin d'amour.

La réponse lui apparut comme une évidence.

On ne s'en remettait jamais.

Il aimerait Elise jusqu'à son dernier souffle.

7

Elise s'engagea dans son allée, aperçut la fourgonnette de Jake et sentit son cœur s'emballer. Il était là, à l'attendre, et, contre toute logique, cela ne la dérangeait pas, bien au contraire.

Peut-être tenait-elle là une nouvelle chance de lui parler ?

Après avoir attrapé sa sacoche et ses livres, elle sortit de sa voiture. Jake s'avança vers elle, et elle eut l'impression que le sang battait encore plus vite à ses tempes.

— Donne-moi tout ça, dit-il, la débarrassant de son fardeau.

Au moment où il lui prenait ses livres des mains, ses doigts lui effleurèrent accidentellement la poitrine. Elise se rétracta. Ce contact lui manquait tant que son corps entier brûlait de désir.

Un désir que seul Jake pouvait satisfaire.

Elle fouilla dans son sac à la recherche de ses clés, dans l'espoir de se donner une contenance.

Tous deux pénétrèrent dans la cuisine.

— Comment vas-tu ? s'enquit Jake, une nuance d'inquiétude dans les yeux.

— Très bien, prétendit-elle. J'avais une réunion, à l'université.

— Je m'en suis douté.

Ils se dévisagèrent un instant, comme si leur existence entière en dépendait. Jake avait l'air las, et Elise eut envie de se serrer contre lui, ne serait-ce que l'espace d'une seconde. Peut-être qu'alors…

— Tu es passé pour une raison précise ? demanda-t-elle, partagée entre l'angoisse et l'espoir.

Peut-être parviendrait-elle à se confier à lui, aujourd'hui. Mieux encore, peut-être ce cauchemar prendrait-il fin, dès ce soir !

— Je suis reparti sans mes affaires, l'autre soir.

— Ah, oui, c'est vrai ! Attends… Je vais te les chercher.

Elle se précipita vers la chambre. C'était le prétexte idéal pour échapper à la tension sensuelle qui s'était installée entre eux. Au moment où elle attrapait la poignée du sac, cependant, la tête lui tourna et elle dut s'appuyer contre le mur. Elle n'était pas la même, en présence de Jake. Elle se sentait vivante, moins seule, moins vide.

Pour combien de temps, néanmoins ?

C'était décidé, ce soir, elle lui parlerait.

Elle regagna la cuisine et lui tendit le sac dont il s'empara sans la quitter des yeux. Nul doute qu'il devinait ses pensées. Elle brûlait de l'étreindre, avec une telle intensité qu'elle dut se faire violence pour ne pas courir vers lui. L'instant d'après, Jake lâcha le sac pour lui encadrer le visage des deux mains, et l'embrassa. Elle se fondit en lui, le laissant goûter sa langue, ses lèvres, sa bouche, avec une ferveur qu'elle ne lui connaissait pas.

Leur baiser fut long et intense. Elise en oublia momentanément toutes ses craintes, tous ses soucis. Plus rien ne comptait, sauf Jake.

Et puis soudain, sans prévenir, il se dégagea.

— Désolé, marmonna-t-il. Je n'aurais pas dû…

Elise voulut répondre, mais aucun son ne sortit de sa bouche. Elle ne s'expliquait pas elle-même sa propre réaction. Elle désirait cet homme comme elle n'avait jamais désiré personne, et cela lui faisait peur. Elle ne voulait dépendre de personne avec une telle force.

Il releva les yeux vers elle, l'examina une seconde et sortit.

Elise baissa les yeux vers le sac, à ses pieds. Il l'avait encore oublié.

Sa main se porta machinalement à ses lèvres.

Jamais Jake ne l'avait embrassée de cette manière-là… Presque comme s'il s'était agi d'un adieu.

Un sanglot désespéré lui monta à la gorge.

Jake s'arrêta à l'intersection pour reprendre ses esprits. Qu'est-ce qui lui était passé par la tête ? Il avait eu l'intention de rentrer à la ferme, et s'était retrouvé devant la maison d'Elise quasiment sans s'en apercevoir. Et le pire était qu'en embrassant ainsi Elise, il n'avait fait qu'aggraver la situation.

Il se passa la langue sur les lèvres. Elles avaient toujours le goût d'Elise, de son désir si évident.

Il s'agita sur son siège. Il n'avait qu'une envie, faire l'amour à cette femme qu'il aimait tant, trouver refuge dans son corps et oublier le reste du monde.

Ç'aurait été si simple… et si compliqué à la fois. Non, il ne pouvait faire ça à Elise. C'était d'ailleurs ce qui l'avait retenu. Il lui avait fait suffisamment de mal ainsi.

Il secoua la tête. Il devait se tenir à distance. C'était la seule solution viable.

Aussi se fit-il le serment de ne jamais retourner voir Elise.

La soirée avait mal commencé pour Elise. Elle confina à l'intolérable lorsque sa mère l'appela, quelques minutes à peine après le départ de Jake.

Constance s'était mise en tête de l'inviter à dîner, le lendemain soir, ce qui était hors de question, en l'état actuel. Elise déclina, au grand dam de sa mère, sous un prétexte quelconque. Elle ne pouvait se résigner à avouer que Jake et elle étaient séparés. Tout comme elle ne pouvait se résoudre à contacter un avocat, d'ailleurs.

Elle se sentait vile, lasse, lâche. Tous ses défauts étaient exposés au vu et au su de chacun.

Surtout à ceux de Jake.

Elle tira une de ses chemises du sac pour s'imprégner de son odeur, revivre leur baiser. Elle l'avait espéré, et s'y était prêtée sans bien savoir jusqu'où elle était disposée à aller.

Lorsqu'elle se surprit à enfiler la chemise pour aller se coucher, elle comprit qu'elle était au bord du gouffre. Où était la femme qui avait survécu à la mort de son premier mari, qui avait repris ses études et décroché une chaire à l'université ? Elise Weber était une femme forte, déterminée et…

Elle s'interrompit dans ses pensées, frappée par une nouvelle idée. Elle ne s'appelait plus Elise Weber, mais Elise McCain. Or elle continuait à se faire appeler Weber. Elle ne s'était donné la peine de faire changer ni son permis de conduire ni son passeport. Elle n'avait même pas signalé sa nouvelle situation à la Sécurité sociale. En clair, elle n'avait fait aucune démarche montrant qu'elle était la femme de Jake McCain. Elle s'était donnée à lui, et les choses s'arrêtaient là.

Comment avait-elle pu traiter son mari de la sorte ? Lui qui avait été si patient avec elle, si affectueux…

Décidément, il était temps qu'elle mette son passé derrière elle, pour se concentrer sur le présent.

Un présent tout à fait clair, si elle y réfléchissait bien. Il lui suffisait de songer au visage de Jake pour savoir ce qu'elle avait à faire.

Lui parler, se confier à lui.

Lui parler, se confier à lui...

Elle se répéta cette phrase en une litanie, avant de sombrer dans un sommeil agité.

Jake ne quittait jamais sa ferme en période de récolte : d'ordinaire, c'était lui qui dirigeait les opérations. Cette année, néanmoins, s'il voulait passer du temps auprès de Ben, il allait être obligé de déléguer. Les moissonneuses avaient été reléguées dans les granges, Mike et les saisonniers finiraient le travail à la main.

Jake respectait un calendrier précis, et il détestait prendre du retard. Plus vite l'égreneuse pouvait effectuer sa tâche, plus vite le coton était mis en balles et soumis au label du ministère de l'Agriculture. Ensuite, il fallait traiter avec les négociants de coton, ce dont Jake se chargeait en exclusivité. Chaque matin, il revoyait son planning avec Mike, et, le soir, il s'occupait de la paperasserie, rappelait les clients et s'attaquait aux problèmes nécessitant son intervention.

Cela, allié à ses allers-retours jusqu'à Houston, commençait à lui peser, physiquement et nerveusement.

Il s'était installé dans une nouvelle routine, après avoir obtenu de pouvoir passer deux heures chaque matin et chaque après-midi en compagnie de son fils. La seule condition posée par le SPE était que les Foster soient toujours présents, ce qui ne convenait à aucune des deux parties.

Il était retourné au cabinet du Dr Ruskin pour y apprendre les gestes de réanimation pulmonaire, ainsi que la manœuvre de Heimlich, pour le cas où Ben s'étoufferait.

Il était présent quand Ben prenait son bain, quand il mangeait, quand il faisait ses exercices, quand il était mis sous assistance respiratoire. Ben n'étant pas encore propre, Jake avait appris à le changer.

Le problème de l'enfant résidait dans son manque de latéralité et dans le fait que son cerveau mettait plus de temps que la normale à recevoir les signaux et à les envoyer à ses membres. Plus il se fortifierait, plus l'existence lui serait facile. Mieux encore, à en croire Ruskin, Ben finirait par rattraper son retard mental, du moins s'il continuait à travailler.

Jake apprit vite à quoi servaient les cubes. Assis sur le plancher auprès de son fils, il le regardait les trier par couleurs, puis essayer de différencier les lettres et les chiffres. L'enfant faisait tout très lentement, avec application, et Jake percevait nettement la bataille qu'il menait pour effectuer ces simples tâches.

Au fil du temps, bien sûr, Ben s'améliorait. Il devenait plus rapide aussi, preuve que les exercices commençaient à porter leurs fruits. Jake se prêtait volontiers à cet effort, même si c'était laborieux, comme on l'en avait prévenu. Cela ne le dérangeait pas, loin de là. Il sentait que son fils était à deux doigts de l'épanouissement, et avait la ferme intention de faire tout ce qui était en son pouvoir pour y contribuer.

Certains jours, Ben était si léthargique qu'il s'endormait sur le plancher. Jake le prenait alors dans ses bras, et Peggy Foster en référait au SPE, sous prétexte que ce n'était pas bon pour lui. Pourtant, ni Gail Turner ni Carmen Woods ne reprochèrent jamais son attitude à

Jake. Peut-être parce que Peggy se plaignait de tout ou presque.

Jake avait essayé de se rapprocher d'elle et de Carl, mais en vain. Pourtant, par moments, il avait le sentiment que Peggy était soulagée qu'il soit là. Elle n'était plus de la première jeunesse, et s'occuper d'un enfant de trois ans ne lui était pas facile. Elle profitait donc des heures que le père et le fils passaient ensemble pour se reposer. Au bout d'un moment, lorsqu'elle fut assurée que Jake saurait prendre le relais en toutes circonstances, elle n'éprouva plus le besoin de les surveiller constamment. Jake fut ravi d'obtenir ce semblant d'intimité.

Un jour, en tombant, Ben se cogna la tête contre la table basse. Jake se précipita pour le relever, mais l'enfant ne semblait pas réagir outre mesure. Il se frottait la tête, les sourcils froncés, l'air de ne pas comprendre ce qui lui était arrivé. Jake en conçut une vive inquiétude. A sa place, n'importe quel autre enfant se serait mis à pleurer.

Peggy appela le Dr Ruskin, qui vint immédiatement. Jake avait proposé de conduire son fils jusqu'au centre médical, mais on l'en avait dissuadé. Ben ne sortait pour ainsi dire jamais, c'était trop dangereux. Il ne devait pas être exposé aux virus et aux microbes ambiants. Aux yeux de Jake, cela ne signifiait qu'une chose : son fils était prisonnier de cette maison, et Ruskin n'entendait pas qu'il en aille autrement.

A cette occasion, Jake apprit que c'était le seul moyen, pour le médecin, de consigner les progrès de l'enfant avec exactitude. Encore un mystère, cette chronique, puisque Ben progressait chaque jour, même s'il ne parlait toujours pas. Malgré tout, Jake accepta de se plier aux desiderata de Ruskin. Du moins pour quelque temps.

Des cassettes trouvées dans la chambre de l'enfant lui permirent de découvrir que Ben entendait difficilement la première syllabe d'un mot. Une femme, sans doute Irène Carr, prononçait un mot lentement, Ben le répétait après elle — ce qui prouvait qu'il pouvait parler. Jake refit ces exercices avec son fils, dans l'espoir de l'entendre prononcer un mot de vive voix. Et si ses tentatives échouèrent, il ne se découragea pas pour autant. Ben finirait par parler, ce n'était qu'une question de temps.

Pour le reste, Jake s'efforçait tant bien que mal de ne pas penser à Elise. Un exercice difficile, après leur dernier baiser, même si ses journées bien remplies l'aidaient à éluder la question. De toute manière, il avait déjà compris qu'il n'oublierait pas sa femme de sitôt.

A la ferme, les choses allaient leur train, et c'était déjà ça. Jake était assisté dans son travail par des hommes de confiance. A la fin de la saison, ils remettraient le matériel en état pour la récolte suivante. Encore une chose pour laquelle on n'avait pas besoin de lui, Mike étant un bricoleur accompli. C'était un soulagement que de ne pas avoir de soucis, au moins sur le plan professionnel.

Deux semaines avant l'audience, Jake reçut une convocation du juge chargé de son affaire, pour un entretien préalable.

Comme il l'avait prévu, le temps avait vite passé, et il n'était pas certain d'avoir convaincu le SPE ou le Dr Ruskin qu'il était à même de prendre son fils en charge. La tension, la fatigue liée à ses déplacements quotidiens commençaient à se faire sentir, même si, dès qu'il voyait le visage de Ben, il avait la conviction de se battre pour la bonne cause.

Le petit garçon attendait ses visites quotidiennes, son vieux nounours sous le bras, le tracteur en Lego dans l'autre main. Il ne se séparait jamais ni de l'un ni de l'autre, et Jake savait qu'ils avaient établi un lien. Celui qu'un père doit avoir avec son fils.

Personne ne le persuaderait jamais du contraire.

L'avant-veille de son rendez-vous avec le juge, il quitta Ben de bonne heure. L'enfant avait rendez-vous au centre médical, et bien que Jake eût proposé de l'y accompagner, Gail Turner l'en avait dissuadé. Sa présence n'était pas nécessaire, semblait-il. Et, de toute manière, il serait informé des résultats. Il ne s'agissait que d'un examen de routine, sans importance particulière.

Jake n'insista pas. Il tenait à montrer qu'il pouvait être souple sur certains points. Pas sur le devenir de Ben, néanmoins, ce qui était une chose entendue, semblait-il.

Il passa voir Spencer, qui lui proposa de l'accompagner à Houston, le lendemain. Jake lui en fut reconnaissant. Il n'était pas en position de refuser son soutien.

Puis, pour la première fois depuis des semaines, il rentra chez lui avant la nuit, s'installa dans sa bibliothèque, avec l'espoir de se détendre un peu.

Macko, qui l'avait accueilli avec une excitation inhabituelle, finit par se calmer et par s'enrouler à ses pieds. De toute évidence, il se sentait un peu délaissé, le pauvre. Et si Ben était sa priorité, Jake n'aimait pas négliger ainsi son vieux compagnon. Heureusement que Vinnie et Mike étaient là pour s'occuper de lui, pendant ses absences…

Il s'installa confortablement dans son fauteuil et ferma les paupières. Sa vie entière dépendait de la décision du juge, et il devait se préparer au pire, même si l'image d'un gouffre s'imposait à lui, à la seule idée de ne plus voir Ben.

Inutile, cependant, de s'attarder sur une issue aussi catastrophique. Le juge verrait bien ce que représentait cet enfant pour lui.

Il laissa échapper un long soupir et tenta de relâcher tous ses membres.

Peine perdue.

Malgré tous ses efforts, pas une journée ne s'était passée sans qu'il pense à Elise, sans qu'il regrette qu'elle n'ait jamais vu Ben. Il ne doutait pas une seconde qu'elle aurait fondu devant son minois d'enfant égaré.

Sans compter que si jamais il perdait la partie, lui, Jake McCain, il n'était pas sûr de jamais s'en remettre.

Surtout si Elise n'était pas à son côté pour l'aider à surmonter son chagrin.

Au bout de quelques semaines, cédant à la pression familiale, Elise alla dîner avec les siens au Country Club.

Elle ne leur avait toujours pas confié qu'elle était séparée de Jake. Si elle ne voulait pas que la rumeur s'en charge à sa place, il était plus que temps qu'elle passe aux aveux.

La conversation fut moins tendue que la fois précédente. Judith était de meilleure humeur, et Stan l'écouta patiemment parler du précepteur qu'elle venait d'engager pour leur fils.

Au bout d'un moment, Elise ne l'entendit plus ou presque. Elle devait trouver un moyen de s'échapper. Ce n'était pas là qu'elle voulait être, mais chez elle, avec son mari.

Cette pensée la prit par surprise. Elle porta machinalement une main à ses lèvres, repensa au baiser qu'ils avaient échangé dans la cuisine, la dernière fois qu'elle l'avait vu, et dut s'avouer que sans Jake, elle n'était pas heureuse, loin s'en fallait.

Chaque matin, elle se réveillait avec l'envie presque irrésistible de l'appeler. Pourtant, elle n'en faisait rien.

Elle se répétait qu'il était très pris, avec son petit garçon. Elle se posait beaucoup de questions sur Benjamin. Carmen Woods leur avait dit qu'il avait des yeux noisette et des cheveux châtains, ce qui lui faisait supposer qu'il ressemblait à son père. Elle se demandait aussi quel genre de père Jake faisait. Sans doute un père exceptionnel : il était patient, généreux et...

Soudain, elle sut qu'elle devait voir Jake, parler avec lui de Ben, et lui livrer son propre secret. C'était urgent. Elle ne pouvait attendre plus longtemps, sans quoi elle risquait de devenir folle. Et puis, il y avait cette tension, entre eux... Une fois qu'elle lui aurait raconté le malencontreux épisode de sa jeunesse, nul doute qu'il se féliciterait de son refus de s'occuper de Ben. Peut-être même ne lui parlerait-il plus jamais...

Tant pis. Elle devait essayer.

— Il faut que j'y aille, annonça-t-elle en repoussant sa chaise.

— Qu'est-ce que tu racontes, ma chérie ? se récria Constance. Tu n'as pas fini de manger.

— Je n'ai pas très faim.

— Faim ou non, Elise, quitter la table en plein milieu d'un repas est d'une incorrection rare, répliqua sa mère, d'un ton plus impérieux. Tu restes avec nous.

— Pour l'amour du ciel ! Laisse-la donc partir, maman ! s'écria Judith, avant de s'interrompre pour avaler une gorgée de vin. A sa place, je danserais sur la table !

— Judith..., dit Constance, vaguement menaçante.

— Ça suffit comme ça ! Il arrive tous les jours que des couples se séparent. Je ne comprends pas pourquoi, dès qu'il s'agit d'un proche, vous faites comme si de rien n'était !

Elise sentit son visage s'empourprer.

Ils savaient… Sa mère, sa sœur, son beau-frère et sûrement son neveu Duncan… Ils étaient tous au courant.

— D’autant qu’elle doit avoir besoin de réconfort, poursuivit Judith.

— Tu as trop bu, fit sèchement remarquer Constance.

— Pas du tout ! s’acharna Judith, son verre à la main. D’ailleurs, je propose que nous portions un toast à Elise, pour avoir eu le courage de mettre ce malappris dehors. Qu’est-ce qu’il s’imaginait ? Qu’elle allait accepter sans broncher l’enfant qu’il a fait à une autre ? C’est absurde, enfin !

Elise compta jusqu’à dix, pour ne pas se laisser emporter par la colère, puis demanda, d’un ton calme :

— Comment l’avez-vous su ?

— Par ma coiffeuse ! Elle joue au bingo avec la tante de ton… de ton ex, et elle a surpris une conversation dans laquelle, je suis désolée de te le dire, tu n’avais pas le beau rôle. Non mais, quel culot ! Quelle épouse serait restée mariée, à sa place ?

Elise se leva comme dans un rêve.

— Moi.

— Qu’est-ce… qu’est-ce que tu dis ? demanda Judith, les yeux ronds.

— Je voulais réfléchir, voilà tout. C’est pour cela que je ne vous ai rien dit.

Et si cela tenait du pieux mensonge, tant pis. Sans compter que c’était si bon, de voir sa sœur estomaquée à ce point !

— Tu ne parles pas sérieusement, reprit cette dernière.

— Si. D’ailleurs, je vais chez Jake de ce pas, pour discuter avec lui de notre avenir.

Judith avala une longue gorgée de vin.

— Réfléchis encore, ma chérie, marmonna leur mère. Ce garçon a un fils… d’un premier lit.

Si Elise avait encore nourri quelques doutes, ces dernières paroles achevèrent de la convaincre. *Ce garçon... un premier lit...* Elle venait de s'entendre, débitant les mêmes inepties à Jake, sur ce ton méprisant.

Le mal qu'elle avait pu lui faire...

Peut-être pouvait-elle encore espérer ? pour leur couple ? pour elle-même ?

— Je ne fais que ça depuis un mois, maman : réfléchir. Je sais ce que je veux, à présent. Jake, dans ma vie et pour toujours. J'espère pouvoir compter sur votre soutien à tous. Toutefois, si vous ne me l'accordez pas, je m'en passerai. Après tout, c'est de ma vie qu'il s'agit, pas de la vôtre.

— Stan ! Dis quelque chose ! lança Judith, furieuse.

— Tu y tiens vraiment ? Alors voilà : pour moi, un enfant est un don du ciel. Il a droit à un environnement stable et aimant. Alors, tout ce que je souhaite, Elise, c'est que Jake et toi arriviez à un accord, de manière à lui apporter tout cela.

— Merci, Stan ! répondit chaleureusement Elise. Tes paroles me vont droit au cœur.

Elle l'aurait étreint si sa mère n'avait pas été aussi attachée à l'étiquette. Certaines choses ne se faisaient pas.

Cette pensée amena Elise à s'interroger sur la relation qu'elle entretenait avec sa mère. De manière générale, Constance n'était pas très tolérante, et ses filles — du moins Elise — n'avaient accepté ses diktats que trop longtemps. A trente-cinq ans, il était temps qu'elle s'émancipe. Et en femme intelligente qu'elle était, elle comprit soudain que ce moment était venu. Dorénavant, elle ne craindrait plus de décevoir Constance.

Ça aussi, c'était terminé.

— Au risque de te chiffonner, maman, je me fiche comme d'une guigne de ce que pensent les gens.

— Elise ! s'exclama Constance, à mi-voix, tout en regardant autour d'elle pour s'assurer que personne ne les avait entendues.

— Si tu ne peux pas accepter Jake et son petit garçon, autant m'oublier. Bonsoir à tous !

Sur ce, elle gagna la sortie, avec une satisfaction qu'elle n'avait pas éprouvée depuis bien longtemps.

Elle n'avait pas atteint la porte, cependant, qu'elle entendit quelqu'un l'appeler.

Spencer McCain, cette fois-ci.

— Bonsoir, Elise. Je peux te parler une minute ? demanda-t-il.

— Je suis un peu pressée. Ça ne peut pas attendre demain ?

— Non. C'est urgent, répondit-il en secouant la tête.

Elise fut alarmée par son intonation.

— Il est arrivé quelque chose à Jake ?

— Oui et non. Viens. Suis-moi jusqu'au bar et je t'expliquerai.

Elle s'exécuta sans rechigner. Spencer prit le temps de commander deux verres. Elise, elle, ne pensait plus qu'à l'angoisse qui lui nouait le ventre.

— Tu as vu ton mari, récemment ?

Pour toute réponse, elle secoua négativement la tête.

— Tu sais qu'il se rend quotidiennement à Houston pour voir son fils.

— O… oui, murmura-t-elle d'une voix à peine audible.

— Est-ce que tu sais aussi qu'il pourrait ne pas en obtenir la garde ?

— Quoi ? s'exclama-t-elle. Pourquoi ?

L'histoire que lui relata alors son beau-frère était si triste qu'elle en éprouva des difficultés à respirer.

— Comment ce petit garçon a-t-il pu survivre à ces terribles épreuves ? parvint-elle à demander.

— Il faut croire qu'il a de la ressource... D'après ce que j'ai compris, il progresse de jour en jour.

— Et la Protection de l'enfance pense que ces... Foster sont plus qualifiés que Jake pour s'occuper de lui ?

— Tout à fait. Et tu sais pourquoi ?

Incapable de prononcer un mot, Elise l'interrogea du regard.

— Parce que vous êtes en instance de divorce. Aux yeux d'un juge, cela ne peut qu'ajouter aux problèmes de Ben, qui, encore une fois, a besoin d'un environnement stable.

— Je vois, murmura Elise.

Un grand vide s'était fait en elle. Une seule évidence s'imposait, dans toute sa cruauté : par sa faute, Jake risquait de perdre son fils.

— Je ne sais rien de votre union, et tu me pardonneras d'interférer ainsi, poursuivit Spencer. Seulement, s'il y a la moindre chance de vous voir réunis...

Le serveur s'approcha d'eux, interrompant Spencer dans son plaidoyer.

Elise avait machinalement refermé ses doigts sur son verre, qu'elle serra à s'en faire blanchir les articulations.

— Elise ? Ça va ? demanda Spencer, à qui son émoi n'avait manifestement pas échappé.

— Où est Jake ? demanda-t-elle, éludant la question.

— A la ferme, sans doute. Et pas pour bien longtemps. Il part chaque matin pour Houston et ne revient qu'à la tombée de la nuit.

Elle se leva si vivement qu'elle dut se rattraper à la table pour ne pas tomber.

Spencer se précipita à sa rescousse, mais elle se dégagea.

Ce n'était pas dans les bras de Spencer McCain qu'elle voulait se réfugier.

— Ça va, ça va... Je t'assure, Spencer. Il faut simplement que je voie Jake le plus tôt possible.

— Assieds-toi deux minutes, lui conseilla-t-il avec inquiétude.

— Non. J'y vais de ce pas, répliqua-t-elle avant de tourner les talons.

— Elise, attends !

Elle ne l'écoutait plus. Elle se demandait même si elle avait jamais écouté son mari, pendant les six mois qu'avait duré leur union. Aucune importance, néanmoins : elle était tout ouïe, dorénavant. Toutes ses réticences s'étaient envolées avec ces simples mots : *Jake risque de ne pas obtenir la garde de son fils*. Elle était la seule à pouvoir faire quelque chose.

D'un autre côté, Ben était un enfant à problème. Avant que cette pensée la fasse revenir sur sa décision, elle se concentra sur l'essentiel. Sans elle, Jake risquait de ne pas obtenir la garde de Benjamin.

Elle devait agir, et vite.

Althea la vit sortir du restaurant et se précipita vers le bar pour y retrouver son fils aîné.

— Que se passe-t-il ? Elise avait l'air bouleversé.

— Ne t'occupe pas de ça, maman. Ça ne te concerne pas.

— Comment ça ? Bien sûr, que ça me concerne ! C'est Jake, non ? Il a des soucis ?

— Je ne suis pas autorisé à t'en parler.

Le beau visage d'Althea Wellman se défit complètement.

— Ne me regarde pas comme ça, maman, par pitié !

— Dans ce cas, dis-moi tout.

En soupirant, Spencer tira une chaise pour sa mère, s'assit tout près d'elle et lui raconta toute l'histoire.

— Jake a un fils, murmura Althea lorsqu'il eut terminé. Ce qui fait de moi… une grand-mère.

— Oui.

— Et ces problèmes de développement ? Dis-m'en un peu plus, s'il te plaît.

— Ben est un peu lent, voilà tout.

— Et Elise a du mal à se faire à cette idée ?

— Elise et Jake sont séparés depuis près d'un mois, et le juge risque de ne pas accorder la garde d'un enfant handicapé à un homme seul. D'autant qu'un autre couple est prêt à l'adopter… Un couple que Ben connaît bien.

— Tu es avocat, Spencer. Débrouille-toi pour que ton frère gagne son combat.

— Je fais de mon mieux, figure-toi. Seulement *mon frère*, comme tu dis, ne me facilite pas les choses. Tu ne le connais pas, maman. Il est têtu comme une bourrique !

La vieille dame avait les larmes aux yeux, à présent.

— Je ne voudrais pas que Jake perde un autre être cher. Ce serait vraiment trop injuste.

Spencer détourna le regard.

— Je le sais, maman.

— Tout cela est ma faute, se lamenta-t-elle. J'ai été trop faible par le passé, et mes enfants continuent à en souffrir.

— Pas du tout, s'empressa de corriger Spencer. Si Jake n'était pas aussi têtu…

— Ne t'avise pas de médire de ton frère en ma présence, coupa-t-elle, son émotion se muant en une colère à peine contenue.

— Je vois. Ne touchons surtout pas à Jake. Rien de ce qui lui arrive n'est sa faute, répliqua Spencer d'un ton sec.

Il se radoucit bien vite, devant l'air sidéré de sa mère.

— Pourquoi ne lui dis-tu pas la vérité ? reprit-il. Jake est un homme, tu sais. Il est assez grand pour l'accepter, à présent. Tu n'aides personne, en faisant un secret d'une histoire somme toute très simple.

— Il n'est pas question que je le blesse d'aucune manière que ce soit, répliqua Althea. Il a suffisamment souffert par ma faute. Pour le reste, je répète : tu es un bon avocat. Débrouille-toi pour le tirer de ce mauvais pas. Tu m'as bien comprise ?

Au bout de quelques kilomètres de la petite route de campagne sur laquelle elle s'était engagée, Elise aperçut, à la lueur de ses phares, d'immenses champs de coton. Certains étaient nus, leurs sillages nettement dégagés, d'autres encore tout blancs, avec un aspect dénudé qui lui fit penser qu'ils avaient été fraîchement récoltés.

Elise savait où se trouvait la ferme, bien sûr. Toutefois, elle n'avait jamais eu l'occasion de la visiter, et Jake ne l'avait jamais invitée à s'y rendre. Sans doute avait-il attendu qu'elle manifeste quelque intérêt pour son exploitation, elle s'en rendait compte à présent.

Encore une raison de culpabiliser. Comment avait-elle pu se montrer aussi indifférente à l'univers de son mari ?

S'il n'était pas trop tard, elle ferait amende honorable dès ce soir.

Les champs de coton disparurent pour laisser place à des chênes centenaires, derrière lesquels était dissimulée une charmante bâtisse ancienne, avec une immense véranda délimitée par une balustrade blanche. Le tout étant éclairé, elle vit que la maison était blanche, elle aussi, et ornée de volets vert foncé. Elle se gara dans l'allée et resta un instant derrière le volant.

Qu'allait-elle dire à Jake ? Comment lui expliquer qu'elle avait changé d'avis, et, surtout, par où commencer ?

Un peu calmée, elle descendit de voiture et s'avança vers l'entrée. Une lampe brillait sur la terrasse, et tout était éclairé à l'intérieur. Il y avait donc quelqu'un — Jake, avec un peu de chance. Elise posa un doigt tremblant sur la sonnette, remarquant au passage que la porte était du même vert que les persiennes.

Contre toute attente, ce fut une vieille dame qui l'accueillit avec une surprise non dissimulée.

— Tiens donc ! murmura-t-elle finalement. Vous avez fini par trouver la route ?

— Je… je vous demande pardon ? demanda Elise, interloquée.

— Vous êtes bien Elise, non ?

— O… oui.

— Dans ce cas, j'ai tout dit.

La vieille dame, qui ne pouvait être que la tante Vinnie, dont Jake lui avait si souvent parlé, ne l'aimait guère, c'était évident. Elise se fustigea une fois de plus. En se conduisant comme elle l'avait fait, elle s'était attiré l'animosité de parfaits inconnus.

— Est-ce que Jake est là ?

— Oui, répondit Vinnie, sans faire mine de l'inviter à entrer pour autant.

— J'aimerais lui parler, si c'est possible.

— Pourquoi ? Vous ne trouvez pas que vous lui avez fait suffisamment de mal comme ça ?

Elise faillit flancher, puis se ressaisit. Le vent du nord s'était levé, et il commençait à faire frais, si loin de l'asphalte de la ville. A moins que ce ne soit, tout simplement, la froideur dont elle avait fait preuve qui lui glaçait les os…

La tante de Jake ouvrit la porte sans un mot, et Elise pénétra dans la maison.

— Si ça peut attendre..., commença la vieille dame.

— Non. C'est urgent.

Cela valut à Elise un coup d'œil curieux.

— Qu'y a-t-il ? s'enquit-elle, soudain inquiète.

— Vous n'êtes pas tout à fait comme je vous avais imaginée, voilà tout. Pour un peu, vous me seriez sympathique.

— Merci du compliment. A propos, je suis désolée de ne pas avoir pris la peine de venir faire votre connaissance plus tôt, déclara Elise en tendant la main. D'ailleurs, il n'est pas trop tard pour me présenter : Elise.

— Et moi, je suis Lavina. Vous pouvez m'appeler Vinnie.

— Merci.

— Je dois dire que je ne vous comprendrai jamais, vous les jeunes, poursuivit Lavina. Cela dit, je suis de la vieille école, c'est sans doute pourquoi je réagis différemment aux événements. Jake est là-bas, dans la bibliothèque. Quant à moi, si je ne pars pas tout de suite, je vais être en retard à ma partie de bingo.

Lavina McCain lui fit traverser en toute hâte une immense salle de séjour, attrapa son sac et sortit. Elise se retrouva dans une entrée, tout aussi spacieuse, et prit le temps d'admirer le plancher de chêne sur lequel elle se tenait. Les lattes étaient aussi larges que dans les demeures des pionniers, et elle se souvint que la ferme appartenait aux McCain depuis la guerre de Sécession. Au départ, il s'était agi d'une plantation. L'habitation principale ayant été incendiée à la fin de la guerre, les ancêtres de Jake en avaient racheté les dépendances, près de deux cents ans plus tôt. Depuis lors, les McCain vivaient là.

Elise redressa la tête. Elle avait au moins entendu

un certain nombre de choses que Jake lui avait dites. Un peu rassérénée par cette constatation, elle s'avança lentement vers la porte de la bibliothèque.

Le feu de bois qui crépitait dans la large cheminée en pierre avait quelque chose d'apaisant. Pourtant, Elise n'avait d'yeux que pour l'homme assis dans un fauteuil, les pieds posés sur un petit tabouret, dos à elle. Mis à part le feu de bois, la seule lumière provenait d'une lampe posée à côté d'un canapé de cuir beige.

Jake avait entendu la sonnette, mais n'avait pas eu envie de se déplacer. Il essayait de se détendre et ne souhaitait voir personne.

— C'était qui, Vinnie ? s'enquit-il, entendant des pas derrière lui.

— C'est moi, Jake.

Il se figea. Il pensait si souvent à sa femme qu'il commençait à entendre des voix.

Non... Inutile de se leurrer.

Il se leva et vit Elise, debout devant lui, dans son habituelle tenue de professeur d'université — tailleur et chaussures à talons —, légèrement plus tendue que d'ordinaire, toutefois.

Il en resta un instant sans voix. Que faisait-elle là ?

La réponse lui parvint comme un éclair.

Le divorce. C'était la seule raison qui avait pu amener Elise à faire le déplacement jusqu'ici. Elle voulait lui faire signer des papiers.

Jake réprima difficilement un soupir.

Pas ce soir, ce n'était vraiment pas le moment.

Pas ce soir...

8

— Elise ! s'exclama Jake.

— Je… Euh… Je…

Un petit chien trottina vers elle et lui renifla la main. Elle le laissa faire, non sans une certaine méfiance. Elise n'avait aucune connaissance de la gent canine : sa mère n'ayant jamais toléré le moindre animal de compagnie sous son toit, elle avait même tendance à craindre leurs réactions. Le chien se mit à japper et elle fit un bond en arrière.

— Macko ! gronda Jake, avant de relever la tête vers Elise. Ne t'inquiète pas, il n'est pas méchant.

Il gratta doucement le crâne de l'animal.

— Allez, sois sage, vieux. Je te présente Elise.

Macko frotta son museau contre le collant de la jeune femme, qui retint son souffle.

— Tu as peur des chiens ? demanda Jake, surprenant son expression.

Elle acquiesça vaguement. Macko s'en prenait à l'une de ses chaussures, à présent.

Jake la fit s'accroupir avec lui, de manière à ce qu'ils soient tous deux à la hauteur de l'animal. Il se remit à lui gratter le crâne, et Macko roula sur le dos pour lui offrir son ventre.

— Tu n'as vraiment rien à craindre. Ce n'est qu'un

vieux toutou en mal d'affection. Vas-y. Caresse-le, toi aussi !

— Je...

— Caresse-le, je te dis. C'est la seule manière de vaincre une phobie. En l'affrontant.

Comme elle continuait à hésiter, il lui prit doucement la main pour la poser sur le ventre du chien. Elise sentit la chaleur qui se dégageait du corps de l'animal, puis les battements de son cœur. Ses doigts se mirent à bouger malgré elle, le chien émit un soupir de contentement puis, se redressant, lui lécha les doigts. Instinctivement, elle se rétracta. Pourtant, elle n'avait plus peur. Macko n'était effectivement pas dangereux, et elle s'aperçut vite que son contact avait quelque chose d'apaisant.

— C'est bon, Macko. On se calme... Une fois qu'il a commencé, on ne l'arrête plus, ajouta-t-il d'un ton d'excuse.

Sur ce, il aida Elise à se relever, d'une main ferme, et de nouveau, elle chercha ses mots. Comment lui expliquer la raison de sa visite impromptue ?

Elle s'éclaircit la gorge.

— Je peux te parler, Jake ? balbutia-t-elle enfin.

— Bien sûr. Assieds-toi, je t'en prie.

Elle prit place sur un canapé, tandis qu'il regagnait son fauteuil, Macko à ses pieds.

— Je voulais t'appeler, commença-t-il.

— Ah ?

— Je tenais à m'excuser de... pour ma conduite, l'autre soir, chez toi. Je n'aurais pas dû t'embrasser. C'était complètement déplacé.

Elise sentit son cœur se serrer à ce souvenir.

— Dois-je comprendre que je te dois des excuses, de mon côté, pour t'avoir rendu ton baiser ?

Ils se toisèrent du regard un moment.

— Disons que vu que nous divorçons... C'est bien pour cela que tu es venue, non ? Pour que nous parlions du divorce ?

— Non, répondit-elle précipitamment. Pas du tout. J'ai vu Spencer, il m'a parlé de Benjamin et...

Jake changea d'expression.

— Et que t'a-t-il dit, au juste ? s'enquit-il d'une voix lente.

— Que ton fils a des problèmes de santé et que tu n'es pas certain d'en obtenir la garde.

— Il n'avait pas le droit de divulguer ces informations.

— Il n'a fait que m'ouvrir les yeux, Jake. Je me suis aveuglée suffisamment longtemps, tu ne crois pas ?

Comme il se renfrognait encore davantage, Elise jugea que le moment était venu, pour elle, de tout avouer.

— Je ne sais pas très bien par où commencer, Jake. Alors, je vais reprendre tout dès le début. Quand tu m'as demandé si je me sentais capable d'élever ton fils, j'ai immédiatement pensé que c'était hors de question. Je ne voulais pas avoir la responsabilité d'un enfant qui ne soit pas le mien. Je sais, ça va te paraître fou, seulement...

Les mots se coincèrent dans sa gorge. Elle passa ses paumes moites sur la jupe de son tailleur pour se donner du courage.

— Un... un enfant a failli mourir par ma faute.

Elle attendit la réaction de Jake, en vain. Il ne répondait pas, et elle ne pouvait se résoudre à le regarder dans les yeux. Il devait avoir l'air horrifié, et elle ne le supporterait pas.

— Qu'est-ce que tu racontes, Elise ? demanda-t-il enfin, en un mélange d'incompréhension et d'agacement.

Les poings serrés, elle lui raconta comment la petite Tammy avait avalé l'œil de son ours en peluche et failli étouffer. Jake s'était redressé dans son fauteuil.

— Attends... D'après ce que tu me dis, la mère savait que l'œil du nounours était décousu et elle laissait sa fille jouer avec ?

— Elle était pressée et elle a oublié. Par la suite, elle s'est excusée de m'avoir traitée d'irresponsable, seulement je n'ai jamais pu passer outre sa réaction initiale.

— Enfin, Elise ! C'était un accident, rien d'autre.

Elle perçut un mouvement, sur le canapé. Jake était venu la rejoindre.

— En un sens, oui. Seulement j'étais plongée dans mon bouquin et j'aurais dû mieux surveiller Tammy. Hélas ! tu me connais, quand j'ai un livre en main...

— N'empêche que tu lui as sauvé la vie, à cette petite, lui rappela Jake.

— Heureusement, murmura-t-elle, les poings serrés. Toujours est-il qu'à la suite de ce fâcheux incident, j'ai évité autant que possible la proximité des enfants en bas âge. J'avais même décidé de ne jamais en avoir, de peur de leur faire du mal. Je pensais n'avoir aucun instinct maternel...

Elle s'interrompit un instant, puis reprit d'une voix encore plus basse :

— Je n'ai jamais raconté cette histoire à personne d'autre qu'à Derek. Il a été épouvanté d'apprendre que je nourrissais cette phobie depuis des années. D'après lui, il fallait que nous ayons un enfant, pour que je constate par moi-même que je pouvais faire une mère merveilleuse. Il a fini par me convaincre, et nous avons travaillé ensemble à vaincre ma peur. Ça commençait à marcher quand Derek est mort et que tout s'est écroulé autour de moi. J'ai refoulé mon désir de maternité...

Elle inspira profondément. L'émotion lui nouait la gorge, et elle dut déglutir à plusieurs reprises avant de pouvoir poursuivre.

— Quand mon neveu est venu au monde, j'ai attendu qu'il ait deux mois pour me décider à le prendre dans mes bras. Et encore, ça n'a pas été facile. Il semblait calme, et pourtant j'étais terriblement mal à l'aise. Sa petite tête vacillait de droite à gauche et je ne savais pas si je devais la soutenir.

Elle se força à rouvrir les poings, et se tourna vers Jake.

— Plus tard, je t'ai rencontré et… je ne sais pas. L'âge — j'avais passé la trentaine —, la proximité de Duncan… Bref, j'ai recommencé à me dire que je pouvais avoir un enfant, un bébé dont je n'aurais pas peur parce qu'il serait le mien, parce que je l'aimerais et qu'il m'aimerait en retour…

Elle se décida enfin à affronter son mari du regard.

— Quand tu m'as expliqué que tu souhaitais fonder une famille, toi aussi, il m'est apparu que les choses se mettaient en place d'elles-mêmes. Je pensais ne jamais retomber amoureuse et ce n'était pas ce que tu attendais de moi. Bref, c'était l'arrangement parfait… Un mariage de convenance. Je voulais tellement être enceinte, oublier mes craintes, me prouver que je n'étais pas un monstre…

Elle se détourna et s'absorba momentanément dans la contemplation de ses ongles.

— Je… je ne peux pas t'expliquer pourquoi, mais quand nous avons appris l'existence de ton fils, toutes mes peurs ont resurgi. J'ai passé des nuits à revivre le cauchemar que j'ai connu avec Tammy quand j'ai senti son poids mort dans mes bras, quand j'ai vu son visage bleui… L'hystérie a fait le reste. Voilà.

Elle observa Jake à la dérobée. Il paraissait complètement dépassé. Choqué, peut-être ?

Il tendit la main vers elle. Elle s'y accrocha comme si sa vie entière en dépendait.

— Je dois te faire horreur…

— Pas du tout, répondit-il avec force. Je regrette seulement que tu ne te sois pas confiée à moi plus tôt.

— J'en étais incapable. Je ne savais pas comment tu réagirais si je t'expliquais le drame que j'ai failli causer par négligence.

— Tu es trop dure avec toi-même, déclara-t-il, lui caressant l'intérieur de la main du bout du pouce. Je peux te poser une question, Elise ?

— Oui, chuchota-t-elle, avant d'essuyer les larmes qui commençaient à couler le long de ses joues.

— Ton désir d'enfant... Il est uniquement lié à Derek ? Elise se mordilla la lèvre. Elle devait être franche, sans pour autant blesser Jake.

— Disons que c'est avec lui que ça a commencé... Je... C'est lui qui m'a donné envie de devenir mère.

Jake lui lâcha la main.

— Et quand nous faisions l'amour, tu t'imaginais que tu étais avec lui ?

— Non ! Bien sûr que non ! s'écria-t-elle, le regardant droit dans les yeux. Avant notre mariage, je... J'étais convaincue que je ne réagirais pas à tes caresses, que nous nous accouplerions dans le seul but de procréer. Je n'ai pas tardé à m'apercevoir que j'étais bien plus réceptive que je ne l'aurais imaginé. Parfois, cela me ravissait, à d'autres moments, je me sentais coupable.

— Coupable de quoi ?

— D'oublier Derek, petit à petit. Quand je suis avec toi, j'éprouve des difficultés à me souvenir de son visage. C'est sans doute pour cela que j'ai gardé sa photo aussi longtemps.

Jake baissa les yeux et laissa échapper un long soupir.

— Je l'ai rangée, cette photo, annonça-t-elle à brûle-pourpoint.

Son étonnement manifeste lui donna le courage de poursuivre.

— Tu es vraiment l'homme le plus patient de la terre, Jake. Avoir toléré ainsi le portrait de mon ex-mari sur la table de chevet…

Il se leva d'un bond.

— J'ai le sentiment que nous sommes allés trop vite en besogne, déclara-t-il. Nous en avons oublié l'essentiel : apprendre à nous connaître.

— Je suis d'accord avec toi. Si nous avions pris le temps de le faire, j'aurais sans doute pris conscience de mon manque de tact.

Elle releva la tête vers lui, cligna des paupières, et murmura :

— Je suis désolée, Jake, que tu risques de perdre ton fils par ma faute.

— Oh, tu sais, il y a tellement d'éléments à prendre en compte que je peux t'assurer une chose : si je n'obtiens pas la garde de Ben, ce ne sera pas ta faute non plus.

Elise réprima difficilement un sourire triste. C'était ce Jake-là qu'elle appréciait tant. L'homme généreux et plein de mansuétude. Jamais elle ne s'était sentie aussi attirée par quiconque. Pas même par Derek.

Il se passa une main dans les cheveux.

— Pourquoi me dis-tu tout cela maintenant ?

« Parce que je suis malheureuse, sans toi. Parce que je veux redevenir ta femme », songea-t-elle.

— Parce que je veux que tu élèves ton petit garçon, Jake. Et parce que… parce que j'aimerais t'aider dans cette tâche. Du moins si tu me fais confiance.

Il la dévisagea comme s'il ne parvenait pas à croire ce qu'il venait d'entendre.

— Tu veux… tu veux être la mère de Ben ? demanda-t-il précautionneusement.

— J'aimerais bien, oui…

Elle ne termina pas sa phrase. Un vent de panique s'emparait d'elle, subitement.

— Permets-moi de te poser une question, reprit Jake. Supposons que tu sois en voiture, dans une rue, et qu'un gamin surgisse sans prévenir. Tu braques, tu l'évites et tu te gares un peu plus loin pour te remettre de tes émotions. Est-ce que tu arrêterais de conduire, sous prétexte que tu as failli le tuer ?

— Non… Du moins je ne crois pas, répondit-elle après quelques secondes de réflexion. Surtout si je roulais normalement et que je n'avais commis aucune faute…

— C'est exactement là que je voulais en venir, répondit-il. Tu n'as commis aucune faute, lorsque la petite dont tu avais la garde s'est étouffée. C'est sa mère qui a été négligente. Et à cause d'elle, tu as refoulé ton instinct maternel pendant des années. Quand tu me dis que tu n'en as pas, je ne peux m'empêcher de songer à l'air béat avec lequel tu consultais tous ces magazines, quand nous vivions ensemble.

Il se tut et releva la tête d'un air solennel.

— De sorte que oui, je te fais entièrement confiance en ce qui concerne Ben.

— C'est vrai ?

— Sans l'ombre d'une hésitation.

Elise sentit son cœur s'emballer. Jake ne la détestait pas, bien au contraire. Elle le voyait dans ses yeux. Il était d'accord pour lui confier son propre fils. Elle n'avait rien d'un monstre, elle qui avait si longtemps pensé le contraire…

Elle se laissa retomber sur le canapé.

— Parle-moi un peu de Benjamin, murmura-t-elle, espérant que la question ne venait pas trop tard.

Jake reprit place à côté d'elle.

— C'est un petit garçon très spécial. Il a d'immenses yeux noisette et un sourire à te faire fondre. Il a trois ans, et paraît beaucoup plus jeune. Il est si frêle...

L'intonation de Jake était tellement chargée d'amour qu'elle le voyait presque, ce petit bonhomme.

— Spencer m'a expliqué qu'il avait quelques problèmes, hasarda-t-elle, soucieuse d'en apprendre davantage.

— Il souffre d'un retard du développement. Il est né prématurément et n'avait pas tous les réflexes vitaux à la naissance. Il ne savait pas téter, par exemple. Il était si chétif que personne ne s'attendait à ce qu'il survive. Fort heureusement, sa grand-mère a pris les choses en main. Elle a consulté un spécialiste, le Dr Ruskin, une sommité en la matière. Ils ont travaillé ensemble et leurs efforts ont porté leurs fruits. Ben va beaucoup mieux. Et s'il est toujours lent, c'est un petit garçon comme les autres, qui a simplement besoin d'amour et d'attention.

Elise déglutit péniblement. Le tourment de Jake faisait peine à voir.

— C'est pour ça qu'on pense qu'il serait mieux auprès des gens qui s'occupent de lui depuis la mort de sa grand-mère ?

— Oui. D'après eux, Ben supporterait mal un changement d'environnement. Il vit dans la même maison depuis sa sortie de l'hôpital. Il ne sort jamais ou très peu. Apparemment, le médecin craint qu'il n'attrape un virus qui affaiblirait encore sa capacité respiratoire. Ça me semble un peu exagéré, comme décision. Je veux dire... Ben n'a jamais joué avec un enfant de son âge. Son univers se résume à cette maison, au souvenir de sa grand-mère et aux Foster, dorénavant.

Il soupira, croisa les jambes et reprit :

— Parfois, quand nous sommes tous les deux, il va dans la chambre de Mme Carr, et regarde partout, comme s'il s'attendait à ce qu'elle lui apparaisse. Ça me brise le cœur, de le voir agir ainsi. Je... je l'aime, tu comprends. Et je ne suis vraiment pas certain qu'on acceptera de me le confier. Ce serait catastrophique...

Sa voix se brisa.

Elise eut un petit sourire triste. Jake aimait son fils, et tout en elle se révoltait contre les circonstances qui les avaient réduits à ces extrêmes. Des circonstances qu'elle avait créées, dans son incapacité à accepter l'existence de l'enfant.

Il lui appartenait donc de réparer les dégâts.

— Tu crois que cela pèserait dans la balance, si nous reprenions la vie commune ?

— Je l'ignore. Il est peut-être trop tard.

— J'essaierai d'être une mère pour lui.

— Elise ! Il ne suffit pas d'essayer ! s'emporta-t-il, pour se radoucir presque aussitôt. Je veux dire... C'est tout ou rien. Il n'y aura pas de période d'essai. Ben ne le supporterait pas et, pour être tout à fait franc, moi non plus.

De nouveau, Elise dut lutter contre la panique qui montait en elle.

— Cela doit venir du plus profond de toi, ajouta Jake d'un ton calme. Du fond de ton cœur.

— Je... je peux le faire, déclara-t-elle. J'ai peur, je veux bien le reconnaître. Toutefois, tant que tu seras à mes côtés, tout ira bien.

Comme il ne répondait pas, elle précisa :

— Je veux faire cela pour toi, pour Ben et pour moi-même.

Elle était sidérée par sa propre détermination. Quelques heures plus tôt, elle avait été terrorisée à la simple idée de s'occuper d'un enfant. A présent, plus rien ne comptait à ses yeux, sauf le devenir du petit Benjamin. Une dernière question la tenaillait, cependant. Serait-elle vraiment capable de lui prodiguer l'amour dont il avait besoin ?

Sans un mot, Jake lui prit la main pour l'entraîner au bout du couloir. Il ouvrit une porte, alluma une lumière et la fit entrer dans une chambre d'enfant. A mi-hauteur des murs vert pâle, une frise représentait des tracteurs. Le dessus-de-lit y était assorti.

— J'ai commencé à aménager sa chambre. Qu'est-ce que tu en penses ? Bien sûr, il faut garder à l'esprit que Ben a une prédilection pour les tracteurs...

— C'est très beau. Chaleureux, accueillant... Ça me plaît beaucoup.

— C'est mon lit d'enfant, expliqua Jake. Je l'ai redescendu du grenier. Il y a une barrière que je n'ai pas encore eu le temps de poser. J'espère qu'il acceptera d'y dormir...

Il se laissa tomber sur le matelas d'un air découragé.

— Si on me laisse l'amener jusqu'ici, bien sûr.

— Quand as-tu rendez-vous avec le juge ? s'enquit Elise, s'asseyant auprès de lui.

— Vendredi. Il rendra sa décision le lundi après Thanksgiving.

— Je t'accompagnerai. A nous deux, nous parviendrons bien à lui montrer que nous sommes décidés à donner un véritable toit à ce petit garçon.

— Avant cela, nous avons un certain nombre de choses à mettre au point, tous les deux.

— Lesquelles ? demanda-t-elle aussitôt, remarquant au passage qu'elle était prête à bien des compromis, subitement.

— L'endroit où nous allons vivre, pour commencer.

Elise fronça les sourcils. Elle n'avait même pas songé à la question.

— Je tiens à ce que mon fils soit élevé dans cette ferme.

— Je ne vois pas où est le problème.

Il lui jeta un coup d'œil incrédule.

— Tu en es sûre ?

— Certaine. Ça ne peut que lui être bénéfique.

— Et ta maison ? ton travail ?

— Une maison, ça se vend, répondit-elle sans hésiter. En ce qui concerne l'université, en revanche, ça risque d'être un peu plus compliqué. J'ai travaillé d'arrache-pied pour obtenir ma chaire.

— Je le sais. C'est pourquoi je ne veux pas que tu cesses d'enseigner.

— Je peux toujours voir avec le doyen. De toute manière, j'avais prévu de prendre un congé parental, si nous avions un enfant.

— L'espace d'un instant, j'ai pensé que tu étais venue m'annoncer que tu étais enceinte, avoua Jake.

— Je ne le suis pas.

— J'en aurais été heureux, tu sais.

— Nous avons été trop vite en besogne, je crois.

Jake hocha la tête.

— Oui. Nous nous sommes laissé emporter par notre passion sexuelle.

C'était vrai, songea Elise, tandis qu'ils regagnaient la bibliothèque. Leur relation avait été uniquement fondée sur le sexe. A présent, ils devaient apprendre à vivre comme deux époux. Leurs étreintes devaient être la résultante de leur union, non plus sa raison d'être.

Jake se tourna vers elle et la considéra un instant en silence.

— Je te remercie d'être venue me dire tout cela, Elise. Cependant, je veux que tu sois sûre de ton fait, que tu mettes de côté tous tes doutes et toutes tes craintes. Or je ne suis pas convaincu que tu en sois à ce stade. Et tant que tu ne le seras pas, nous ne pourrons faire aucun projet. Prends le temps de mettre tout cela à plat. Réfléchis bien.

Elise prit cette déclaration comme un coup de poing en plein estomac. La douleur était si vive qu'elle faillit éclater en sanglots. Elle se ressaisit rapidement, néanmoins. Jake avait raison. Elle devait être sûre, sans l'ombre d'un doute, de pouvoir être une mère pour Benjamin.

Jake attendait sa réponse, les yeux rivés sur elle, comme s'il avait pu lui arracher une réponse.

« Dis-moi que tu m'aimes, Elise », songea-t-il. Si elle prononçait ces simples mots, il reprendrait confiance. Seul l'amour pouvait les sauver.

A son grand désarroi, cependant, elle ne répondit rien. Elle s'avança vers la porte, et il dut faire un effort pour la laisser partir.

— Je t'appellerai demain, murmura-t-il.

Il était en proie à un si grand nombre d'émotions, assailli par les craintes, lui aussi, et par l'espoir... A travers ces turbulences, un seul fait était probant : Elise était venue à lui. Elle avait fait un effort dont il ne l'aurait jamais cru capable. Il ne lui restait plus qu'à espérer qu'elle continue à évoluer d'elle-même.

— Jake ? lança une voix familière, de la cuisine.

Spencer, cette fois-ci. Il alla le rejoindre.

— J'ai croisé Elise, en arrivant. Comment ça s'est passé ?

Jake ne répondit rien. Tournant les talons, il regagna la bibliothèque et se tint devant la cheminée. Le feu n'avait aucune raison d'être en cette saison et, pourtant, il avait tenu à en faire un. Le crépitement du bois avait toujours eu sur lui un effet apaisant.

— Jake ?

Il se tourna vers son frère, le corps tendu à l'extrême.

— Pourquoi lui as-tu tout dit ?

— J'ai estimé qu'elle devait savoir.

— Ce n'était pas à toi d'en décider.

— C'est possible, seulement elle est la seule personne à pouvoir t'aider.

Jake s'accroupit devant l'âtre.

— Je ne peux pas lui imposer Ben, marmonna-t-il entre ses dents.

Spencer l'examina un moment avant de demander :

— Qu'est-ce qu'elle t'a dit, au juste ?

— Elle ne veut pas que je perde mon fils.

— Super ! s'exclama Spencer. C'est ce que tu voulais, non ?

— Plus que tout au monde. Toutefois, je tiens à ce qu'elle agisse pour les bonnes raisons, pas parce qu'elle se sent coupable.

— Qu'est-ce que tu racontes, frangin ? Ne me dis pas que tu l'as envoyée promener !

— Elle doit prendre le temps de réfléchir.

— Ah oui ? Et qui a eu cette brillante idée ? Elle ou toi ?

— Moi.

— Bon sang, Jake… Qu'est-ce qu'il faut faire pour t'atteindre ? Pour te convaincre ?

Jake ne répondit pas.

— Encore une fois, sans Elise, tu n'as quasiment aucune chance d'obtenir la garde de ton fils, répéta Spencer, avec une impatience mal contenue.

— Je… je…, bredouilla Jake, incapable d'exprimer la tempête qui faisait rage en lui.

Elise avait aimé Derek Weber, elle l'aimait toujours, et Jake ne pouvait avouer à son frère à quel point cela le blessait.

Spencer fit claquer sa langue entre ses dents.

— Je vois... Ça n'a rien à voir avec Ben, en fin de compte. Ce sont ses sentiments envers toi que tu mets en doute.

— Spen ! lança Jake d'un ton vaguement menaçant.

— Tu l'aimes, poursuivit malgré tout ce dernier. C'est l'évidence même. Et tu n'es pas certain qu'elle t'aime en retour. Je me trompe ?

— Je ne peux pas la forcer à m'aimer, murmura Jake, d'un air défait.

Spencer s'accroupit près de lui.

— Je suis désolé, frangin.

— Ne le sois pas. Je le savais depuis le départ. J'ai passé outre, en me disant que je pourrais me contenter de vivre auprès d'elle. Et puis il y a eu l'arrivée de Ben, nos chemins se sont séparés et j'ignore si nous parviendrons à repartir sur des bases plus saines.

— Elise était bouleversée, quand je lui ai expliqué la situation de ton fils. Pas par son état de santé, mais par les obstacles qui se dressent devant toi. En clair, elle ne m'a pas fait l'impression d'une femme qui se fiche éperdument de ce qui peut arriver à son mari. Je dirais même le contraire. Pour moi, elle t'est très attachée.

— N'empêche...

— A ta place, coupa Spencer, je ne lui en demanderais pas trop, dans l'immédiat. Prends ce qu'elle est prête à te donner. Ton avenir et celui de ton fils en dépendent.

Jake éprouvait quelques difficultés à accepter ce compromis. A ses yeux, c'était tout ou rien.

— Je vais y aller. Je sais que tu te lèves de bonne heure, demain encore. Je t'accompagne toujours chez le juge, vendredi ?

— Non. Je me débrouillerai tout seul.

— Jake...

— Ça ira, je te dis.

— Comme tu veux. Un dernier conseil toutefois. Appelle Elise. Elle n'attend qu'un signe de toi.

En soupirant, Jake se redressa et passa un bras autour de l'épaule de son frère.

— Je te tiens au courant.

Lorsqu'il fut reparti, Jake alla se coucher, sans grand espoir de trouver le sommeil. Ses pensées allaient de Ben à Elise, du juge aux Foster, de Carmen Woods et Gail Turner au Dr Ruskin. Les oiseaux commençaient à chanter quand il en vint à la conclusion qu'il devait faire abstraction de sa fierté et de ses hésitations. Seul comptait l'avenir de Ben.

En clair, il n'avait pas le choix.

Elise regagna Waco par le chemin des écoliers. Elle n'était pas pressée de retrouver une maison vide où elle serait assaillie par le souvenir de Jake. Les larmes lui brûlaient les yeux, mais elle refusait de se laisser aller au désespoir. Jake lui avait dit qu'elle devait affronter ses peurs. Certes, mais comment ? La réponse était simple : en côtoyant des enfants, ce qui n'était pas évident, à cette heure tardive. Encore que... Oui ! Un de ses proches était constamment entouré de nouveau-nés. Stan, qui était pédiatre à l'hôpital et qui, avec un peu de chance, serait de garde ce soir-là.

Elle s'empara aussitôt de son portable.

— Stan ? C'est Elise, annonça-t-elle sans préambule.

— Elise ? demanda-t-il, sans chercher à dissimuler sa surprise.

— Oui. Il faut que je te parle.

— Je suis à l'hôpital. Si tu...

— Parfait. Je t'y retrouve dans cinq minutes.

— Je t'attends à la réception.

Quelques instants plus tard, elle retrouvait son beau-frère. L'endroit était calme à cette heure, et on n'entendait que le bruit occasionnel des ascenseurs.

Elise sourit nerveusement. A présent qu'elle était là, elle ne savait plus comment s'expliquer. Soudain, elle éclata en sanglots. Stan attendit patiemment qu'elle se calme.

— Excuse-moi..., balbutia-t-elle enfin. J'ai les nerfs à vif.

— Je vois ça, oui.

— Maman aurait une attaque si elle me voyait ainsi..., hoqueta-t-elle. Une dame ne pleure pas en public.

— Tu t'es toujours beaucoup préoccupée de ce que pensait ta mère, commenta Stan.

— Oui. Certaines habitudes ont la vie dure.

— Pourtant, en épousant Jake aussi rapidement que tu l'as fait, tu t'es émancipée, non ? Si ma mémoire est bonne, Constance n'a pas vu la chose d'un très bon œil !

Elise prit une longue inspiration et expliqua à son beau-frère la nature de ses craintes et son désir profond de vivre aux côtés de Jake et de Ben.

Stan l'écouta avec une stupéfaction grandissante.

— Mon Dieu, Elise ! Depuis combien de temps vis-tu avec cette phobie des enfants ?

— Depuis l'âge de quinze ans.

— Ecoute, tu es une femme intelligente. Tu dois bien te rendre compte que ce qui s'est produit n'était qu'un accident, dû à la négligence maternelle, de surcroît.

— Je... je n'ai jamais réussi à m'en convaincre vraiment.

— Enfin, Elise ! Il le faut. Tu n'as rien fait de mal, au contraire ! Tu lui as sauvé la vie, à cette petite.

— C'est aussi ce que prétend Jake.

— A juste titre. Je ne compte plus le nombre de fois où nous t'avons confié Duncan, ta sœur et moi, et nous l'avons toujours fait en toute confiance. Il t'adore, ton neveu, soit dit en passant. C'est toi qui lui as fait découvrir Mark Twain et il ne rend jamais une rédaction que tu n'as pas relue… Au grand dam de Judith, d'ailleurs, ajouta-t-il avec un clin d'œil complice.

— Oui, maintenant qu'il est grand… Parce que, quand il était bébé, j'avais une peur panique de le tenir dans mes bras.

— Viens avec moi, lança soudain Stan en se levant.

— Où allons-nous ?

— J'ai un jeune patient à voir et je voudrais te le présenter. C'est un petit garçon de trois ans. Je l'ai opéré du cœur et on vient de me prévenir qu'il ne dormait pas. Il est trop excité à l'idée de sortir demain.

Elise redressa les épaules. Si elle voulait vaincre ses peurs, elle devait s'exécuter. Maintenant, dès ce soir. C'était pour cette raison qu'elle était venue.

Stan s'arrêta devant une porte close.

— Sois naturelle, lui conseilla-t-il.

Un sourire un peu crispé aux lèvres, elle pénétra dans la chambre, meublée d'un lit et d'un fauteuil dans lequel se tenait une femme, son petit garçon dans les bras.

— Docteur Harper ! s'exclama-t-elle, entre l'angoisse et le soulagement.

— Il paraît que notre Jamie refuse de dormir ?

— Oui. Il ne veut pas rester dans son lit. Il a hâte de rentrer à la maison.

— Maison, répéta le bambin, le visage enfoui dans le cou de sa mère.

— Demain matin, Jamie. Je te le promets, murmura Stan.

Le petit garçon le gratifia d'un grand sourire. Ses yeux bleus pétillaient de malice.

— Madame Denton ? Vous voulez vous dégourdir

les jambes, pendant que j'examine une dernière fois votre fils ?

— Volontiers ! répondit-elle en lui tendant l'enfant.

Stan prit sa place dans le fauteuil et désigna une chaise à Elise.

— Jamie ? Je te présente Elise. Ça ne t'ennuie pas qu'elle te prenne sur ses genoux, le temps que j'écoute ton cœur ?

L'enfant secoua timidement la tête. Stan le fit glisser sur Elise. Il la dévisageait avec curiosité. Son petit corps était chaud et doux. Elise s'efforçait de ne pas laisser monter la panique en elle, puis l'enfant lui sourit et elle sentit son cœur bondir. Elle arriverait à surmonter sa peur.

Stan posa son stéthoscope sur la poitrine de l'enfant. Elise leva une main vers le front de Jamie, en une caresse hésitante. Le petit garçon posa alors sa tête contre son sein, et l'émotion qui s'empara d'elle fut si forte que tous ses doutes s'envolèrent. Elle serait une mère pour Ben. Elle le voulait, même si elle savait qu'il lui restait du chemin à faire.

Lorsqu'ils quittèrent l'enfant et sa mère, Stan se tourna vers elle.

— Suis-moi. J'aimerais te montrer un autre endroit.

Il la guida jusqu'à la nursery. Les rideaux en avaient été fermés pour la nuit, mais Stan demanda à une infirmière de les entrouvrir pour qu'Elise puisse voir les nouveau-nés. Le cœur battant la chamade, elle contempla les cinq enfants, un garçon et quatre filles, dont deux pleuraient à pleins poumons.

— Elles ont faim, expliqua Stan. On ne les a pas encore amenées à leur maman.

Elise était fascinée. De si petits êtres, si fragiles et pourtant tellement porteurs de promesses, de tout ce qui faisait l'existence...

C'était ce qu'elle voulait vivre avec Jake, en définitive. Rien d'autre.

Du coin de l'œil, elle aperçut l'infirmière qui s'agitait devant une couveuse, et sentit sa gorge se nouer. A l'intérieur se trouvait un nourrisson minuscule, intubé de toutes parts. Son petit corps nu était parcouru de tremblements, ses gestes étaient désordonnés, ses cris déchirants.

— Qu'est-ce qu'il a ? s'enquit-elle.

— C'est un bébé du crack, répondit Stan avec tristesse. Désolé. J'aurais préféré t'épargner ça.

— Un bébé du crack ? répondit-elle, horrifiée. Tu veux dire que sa mère est toxicomane ?

— Oui, malheureusement. Elle n'a que seize ans, elle ignore totalement qui est le père. Le SPE est prévenu. Dès qu'il ira mieux, ce petit bonhomme sera placé dans une famille d'accueil en attendant d'être adopté pour de bon.

— Il s'en remettra ? insista Elise, d'une voix à peine audible.

— Oui, il s'en remettra. Mais les premiers jours de sa vie sont une terrible souffrance. Il est en manque, vois-tu ?

— Comment peut-on faire une chose pareille à son propre enfant ?

— C'est une triste réalité de l'existence. Des foyers brisés, des enfants traumatisés qui cherchent à s'autodétruire. Ces pauvres mômes n'ont aucune idée de ce qu'ils font à leur entourage et à eux-mêmes.

Une main posée sur la vitre, Elise continua à observer le petit corps tourmenté qui s'agitait sur sa couche. Et soudain, il se passa quelque chose en elle. Elle s'ouvrait à une émotion nouvelle et, si elle n'avait pas été séparée de l'enfant par deux millimètres de verre, elle l'aurait pris dans ses bras. La veille encore, elle se serait détournée devant une telle abomination. Aujourd'hui, grâce aux remarques de Jake, elle voulait assurer ce bébé qu'un jour on l'aimerait, lui aussi, et qu'on prendrait soin de lui avec toute l'attention dont sa mère n'avait pas été capable.

La mère de Ben avait été égoïste, elle aussi. Irresponsable et centrée sur sa misérable existence de droguée.

Presque aussitôt, Elise fut frappée par une autre pensée. Elle aussi, elle n'avait pensé qu'à elle, en apprenant l'existence de Ben. Elle s'était laissé dominer par sa peur. Mais c'était terminé, à présent. Le nouveau-né qui se tenait devant elle était seul au monde, et elle mourait d'envie de le serrer contre elle, de lui expliquer que l'univers n'était pas si mauvais. Alors elle aimerait Ben, plus encore parce qu'il était le fils de Jake. Elle n'avait rien d'un monstre, elle le comprenait à présent.

Dans ces conditions, pourquoi avait-elle eu une si piètre opinion d'elle-même, pendant si longtemps ? La réponse s'imposa à elle dans toute son évidence. Sa mère… Constance n'avait rien fait pour l'aider à surmonter sa peur. Elle aurait dû lui expliquer, dix-sept ans plus tôt, qu'elle n'était pour rien dans l'incident qui avait failli coûter la vie à Tammy. Il s'était agi d'un accident, comme l'avait précisé Jake. Un simple accident.

Elle devait parler à Constance.

Elle tourna les talons et remonta le couloir, immédiatement suivie par Stan.

— Elise, attends ! Je suis désolé que tu aies été confrontée à un spectacle aussi terrible…

— Ne le sois pas, Stan. Il fallait que je voie ça, que j'y sois… *confrontée*, comme tu dis. C'est une des réalités de la vie, ça aussi. A présent, ça va aller. J'en suis sûre.

Il paraissait si décontenancé qu'elle s'avança vers lui pour lui donner l'accolade. Le pauvre, il ne pouvait pas savoir ce qu'il venait de lui apporter. Grâce à lui, elle était redevenue elle-même. La véritable Elise, celle qui savait oublier ses petits tracas pour se tourner vers autrui.

— Merci infiniment, Stan.

— Je… je t'en prie, répliqua-t-il, toujours un peu surpris.

— Et s'il te plaît, ne parle pas de ma visite à ma sœur. Je n'ai aucune envie de discuter de tout cela avec elle en ce moment.

— Judith et moi ne partageons plus grand-chose, tu sais.

Son visage s'était durci, et Elise en conçut un vague malaise. Judith pouvait être difficile, certes, mais elle restait sa sœur. En aucun cas elle ne voulait avoir à prendre parti.

— Alors ne t'en fais pas, poursuivit Stan. Tout cela restera entre nous.

Elise l'embrassa une dernière fois, et songea que son beau-frère avait toujours été plein de compassion envers son prochain. Quel dommage que Judith ne s'en rende pas compte !

Malgré l'heure tardive, Elise décida d'appeler sa mère sur-le-champ. Celle-ci lui répondit dès la deuxième sonnerie.

— Maman ? C'est moi, Elise. Je suis désolée de t'appeler à une heure pareille, mais c'est important. J'ai une question à te poser.

— Je t'écoute, murmura Constance, manifestement intriguée.

— Tu te souviens du soir où les Abbott m'ont confié la garde de leur petite fille et qu'elle a failli étouffer…

Tu m'as dit que je ne ferais plus jamais de baby-sitting. Qu'entendais-tu par là, au juste ?

— Qu… quelle drôle de question ! Cette histoire remonte à des années et…

— J'ai besoin de savoir, maman. Tu as cessé de fréquenter les Abbott, et moi… Moi, tu m'as regardée différemment. Tu m'en voulais de ce qui s'était passé ?

— Bien sûr que non, voyons ! s'écria Constance. S'ils ont cessé de venir nous voir, c'est parce que j'ai mis fin à notre relation, voilà tout. Après ce qu'elle t'avait dit, ce soir-là, j'ai estimé que c'était le moins que je puisse faire.

Réprimant un soupir de soulagement, Elise poursuivit son interrogatoire. Elle voulait tout savoir. Tout.

— Dans ce cas, pourquoi m'as-tu dit que je ne ferais jamais plus de baby-sitting ?

— Parce que tu as toujours été très sensible, que tu prenais tout à cœur et que j'ai bien vu à quel point cette malencontreuse affaire t'avait affectée. Je voulais te rassurer, te faire comprendre que tu ne serais plus confrontée à ce genre de situation, voilà tout !

— Je… je pensais que j'avais perdu ta confiance, murmura Elise, d'une voix chevrotante. J'étais persuadée d'avoir été en dessous de tout et l'ai cru jusqu'à ce soir…

— Enfin, ma chérie, tu n'as rien fait de mal, au contraire !

— Pourquoi ne me l'as-tu pas dit clairement ?

Constance ne répondit pas.

— Est-ce que tu sais que je me suis fermée aux enfants, toutes ces années ? Que j'avais même décidé de ne jamais en avoir ? Tu as une idée des affres par lesquelles je suis passée ?

— Je suis navrée, ma chérie. Je voulais que tu oublies. Je n'ai jamais pensé une seule seconde que tu avais une responsabilité quelconque dans cette affaire.

Elise ferma les paupières et prit une longue inspiration.

— Merci, maman.

— Elise ? Tout va bien ?

— Oui, maman. Ne t'inquiète pas.

— Je suis heureuse que tu aies appelé, reprit Constance. Je me suis fait du souci pour toi. Tu es toujours séparée de ton mari ?

— Momentanément, car je vais tout faire pour que nous formions de nouveau un couple. Un couple digne de ce nom, cette fois.

— Elise…

— Réjouis-toi pour moi, maman. C'est tout ce que je te demande.

— J'aimerais bien…

— Bonne nuit, maman.

Elle reposa l'appareil sur son socle, un sourire radieux aux lèvres. Elle était libre, libérée d'un passé qui ne la rattraperait pas. Cette seule pensée était euphorisante. Elle hésita à appeler Jake pour lui faire part de ce changement, mais se ravisa. Les jours à venir n'allaient pas être faciles, elle en avait conscience. Toutefois, le plus gros était fait. Elle avait surmonté sa peur et se sentait prête à être une véritable mère pour le petit Ben.

Elle se démaquilla, prit une douche rapide et enfila le T-shirt de Jake. Il était toujours imprégné de son odeur et elle avait hâte d'être au lendemain pour affronter l'avenir.

Elle n'avait plus qu'à espérer que Jake croirait en sa reconversion. Après tout, même si les choses n'avaient pas tourné exactement comme ils l'avaient prévu, ils avaient un enfant en la personne de Ben. C'était l'essentiel, non ?

Elle eut une dernière pensée pour le bébé de la couveuse et lui souhaita de trouver une mère qui l'aimerait, lui aussi.

Puis elle s'allongea, prit l'oreiller de Jake entre ses bras et le serra contre elle de toutes ses forces.

Bientôt, ils seraient réunis.

9

Le lendemain matin, avant l'aube, Jake se gara devant la maison d'Elise. Sa nuit sans sommeil lui ayant porté conseil, il avait décidé de se battre pour son fils, sa femme à son côté. Il devait mettre ses réticences à part et se concentrer sur leur avenir à tous les trois. Elise avait fini par accepter le fait qu'il était père, et c'était le plus important.

Le jour tardait à se lever et Jake hésitait quant à la manière de signaler sa présence à Elise. Il se serait servi de sa clé, s'il n'avait craint de lui faire peur, en pénétrant ainsi chez elle sans s'être annoncé. Après quelques secondes d'hésitation, il s'empara de son portable pour composer son numéro. C'était encore le plus simple.

Le téléphone d'Elise sonnait, et elle ne le trouvait pas. Empêtrée dans son rêve, elle soulevait des chemises d'homme, retournait des tiroirs et…

Elle se redressa d'un bond. Ce n'était pas un rêve : la sonnerie stridente du téléphone retentissait bel et bien sur la table de chevet. Elle consulta le réveil, fronça les sourcils, puis, sans réfléchir davantage, décrocha l'appareil.

— Elise ? C'est Jake. Je suis devant la maison. Tu veux bien m'ouvrir ?

Sa voix était forte, proche. Elise se leva d'un bond.

— Je... Oui, oui, bien sûr ! murmura-t-elle, avant de courir jusqu'à la porte d'entrée en allumant les lumières au passage.

Jake se tenait sur le seuil de la maison, en pantalon noir, chemise de sport et blouson de cuir. L'odeur de son after-shave provoqua en elle l'émotion habituelle.

— Désolé de te réveiller, murmura-t-il en refermant la porte pour les protéger de la fraîcheur extérieure. Il fallait que je te parle.

— Ce n'est pas grave. De toute manière, je n'allais pas tarder à me lever.

Le froid avait réussi à s'engouffrer dans le couloir et elle s'empressa de gagner le salon. Là, elle se pelotonna dans un fauteuil, tandis que Jake prenait place face à elle.

Et soudain, à le voir ainsi sur ce canapé spartiate, elle comprit qu'il n'avait jamais eu sa place dans son intérieur. La ferme était accueillante, confortable, et constituait un lieu de vie idéal pour une famille. Tout le contraire de ces pièces à peine meublées, uniformément blanches... et froides. Pourquoi avait-elle tant tardé à faire ce constat ?

— Je suis en route pour Houston, annonça Jake. Je vais voir Ben.

— Je m'en doutais, dit-elle lentement.

Il se pencha en avant, croisa et décroisa les jambes, puis reprit :

— Je n'ai quasiment pas dormi de la nuit. Je n'arrêtais pas de repenser à ce que tu m'avais dit hier soir, au dilemme dans lequel nous nous trouvons. Pour moi, le mariage est un engagement à vie, tu comprends.

— Pour moi aussi, murmura-t-elle, retenant son souffle.

— En aucun cas, je ne veux t'imposer Ben et...

— Jake, coupa-t-elle. Je sais que tu nourris des doutes

quant à mes sentiments envers ton fils. Pour tout t'avouer, j'en avais de nombreux, moi aussi, jusqu'à hier soir.

— Hier soir ? Pourquoi ? Que s'est-il passé ?

Elise lui raconta en détail sa visite à l'hôpital.

— J'ai vu ce bébé, et je ne sais pas ce qui s'est passé. L'idée qu'une mère puisse faire souffrir à ce point l'enfant qu'elle porte m'a d'abord révoltée. Et puis j'ai pris un peu de recul, et j'ai dû admettre que je ne m'étais pas conduite très différemment d'elle. Je... je ne suis pas comme ça, Jake. Jamais je ne ferais de mal à un enfant. Tu m'as expliqué que ce qui s'était passé avec Tammy n'était qu'un accident et, pour la première fois, cela m'a paru l'évidence même.

Jake la dévisageait avec une certaine curiosité.

— En clair, j'ai enfin compris que mon blocage provenait de ma mère, qui ne m'a jamais dit que ce qui s'était produit n'était pas ma faute. A l'époque, j'ai cru qu'elle m'en voulait... et par rebond, je m'en suis voulu, moi aussi.

— Dois-je comprendre que tu as eu une petite conversation avec elle ?

— Exactement. Et je me sens beaucoup mieux. Même si je continue à me demander comment tu as fait pour supporter mon attitude aussi longtemps.

« C'est pourtant simple, songea Jake. Je t'aime, voilà tout ! »

Une pensée fugace, qui ne franchit pas le seuil de ses lèvres, cependant.

— Il faut croire que ce que nous partagions me suffisait, s'entendit-il répondre.

Elise accueillit la remarque avec un sourire timide.

— Je sais. Nous nous entendons bien dans ce domaine-là, murmura-t-elle, en se passant nerveusement les mains sur les genoux. Malheureusement, cela ne fait pas de nous un véritable couple pour autant. Il n'y a pas que le sexe, dans la vie conjugale.

Jake se redressa, fasciné par le rouge qui était monté aux joues d'Elise. S'il ne l'avait pas mieux connue, il aurait mis son trouble sur le compte de la pudeur.

Il décida de ne pas s'attarder sur la question. Ils parleraient de leurs rapports intimes en temps voulu. Dans l'immédiat, il avait d'autres préoccupations.

— Je suis entièrement d'accord avec toi, marmonna-t-il avant d'aborder la question qui l'avait amené. Je suis venu te dire que je te ferais entièrement confiance, si tu es toujours d'accord pour t'occuper de Ben.

— Je te crois, répondit-elle d'une voix ferme.

Il continua à la dévisager attentivement, à la recherche d'un reste de doutes ou de craintes qu'il ne trouva pas. Elise paraissait sereine. Mieux encore, ses yeux brillaient d'impatience.

— Tu serais donc prête à oublier cette histoire de divorce, et à élever mon fils avec moi ?

— Oui.

— Ça te dirait de faire sa connaissance dès aujourd'hui ?

La lueur qui animait les yeux d'Elise s'intensifia encore.

— Oui, Jake. De tout cœur. Donne-moi quelques minutes, le temps de me préparer, ajouta-t-elle en se levant d'un bond. J'appellerai le doyen en route. Comme je n'ai encore jamais manqué un seul cours, il ne fera pas de problème.

Jake ne put réprimer un sourire facétieux.

— J'ai dit quelque chose de drôle ?

— Disons que je ne t'ai jamais vue te préparer en quelques minutes.

— C'est un défi ? Tu ne connais pas encore la nouvelle

Elise Web… Elise McCain, corrigea-t-elle, se reprenant aussitôt.

Jake sentit une douce chaleur s'emparer de lui.

— Eh bien, Elise McCain est une nouvelle femme, qui peut se préparer en un temps record, annonça-t-elle avant de quitter la pièce.

— L'ancienne ne me déplaisait pas non plus, tu sais ! cria-t-il, avant d'étendre ses bras sur le dossier du canapé.

Il était grandement soulagé. Il avait bien fait de venir, en définitive. Avec un peu de chance, ses angoisses ne tarderaient pas à s'envoler. Il suffisait qu'il obtienne la garde de Ben, qu'Elise apprenne à l'aimer, que…

Bientôt. Si les éléments étaient de son côté.

Après une toilette sommaire, Elise revêtit un de ses tailleurs préférés, se maquilla légèrement et attacha ses cheveux avec une barrette. Elle se chaussa, attrapa son sac à main et son manteau, et regagna la salle de séjour.

— Neuf minutes ! s'exclama Jake. Bravo !

— Je suis prête, répliqua-t-elle, un peu hors d'haleine.

Et elle l'était… Prête à affronter ce qui les attendait, Jake, le petit Ben… et elle-même.

Jake profita du trajet qui les séparait de Houston pour expliquer la procédure à Elise. Pour commencer, Gail Turner devait donner son aval à la présence de la jeune femme chez les Foster.

De son côté, Elise avait une multitude de questions à lui poser sur son petit garçon, et il se fit un plaisir de la renseigner, en précisant néanmoins qu'en ce qui concernait la santé de Ben, le mieux était qu'elle lise le dossier.

Ils devisaient avec naturel, comme ils l'avaient fait au début de leur union. Elise était heureuse d'être auprès de son mari. Leur séparation lui avait ouvert les yeux, et elle savait à présent qu'elle était beaucoup plus attachée à lui qu'elle ne l'avait pensé.

— Un certain nombre de points me gênent, dans la manière dont Ben est élevé, poursuivait Jake. Il ne sort jamais de la maison, par exemple. Il n'a aucun contact avec d'autres enfants. Et puis il y a son refus de parler, bien sûr. J'ai tout essayé, en pure perte.

— Il doit bien lui arriver de pleurer, répliqua Elise, revenant à la réalité du moment.

— Même pas. Je l'ai vu tomber et se faire mal, sans qu'il émette le moindre son pour autant.

— Tu es certain qu'il n'est pas muet ?

— Absolument. Sa grand-mère avait conservé des cassettes sur lesquelles on les entend travailler, tous les deux. Je les lui ai passées, dans l'espoir de le faire réagir, et il ne s'est rien produit.

— Qu'en pense son médecin ?

— Il dit que Ben se remettra à parler quand il aura fini son travail de deuil.

— Quelle tristesse, murmura Elise, se demandant soudain si elle était vraiment capable d'aider un petit garçon aussi maltraité par l'existence. Surtout, ne te méprends pas sur le sens de ma question, Jake. Mais je suis terriblement inquiète. Je me sens tellement... démunie !

Il lui jeta un coup d'œil amusé.

— Quoi ? Qu'est-ce que j'ai encore dit ?

— Je me suis posé la même question, au début. Au point que, malgré tout l'amour que je porte à mon fils, si j'avais pensé une seule seconde qu'il serait mieux avec les Foster, j'aurais accepté qu'il continue à vivre avec eux.

— Qu'est-ce qui t'a fait changer d'avis ?

— Le simple fait de le voir, expliqua-t-il. Avant cela, je l'imaginais intubé, entouré de machines destinées à assurer sa survie. En fait, ce dont il a besoin, c'est d'amour et d'attention, ainsi que d'une bonne dose de patience. Je sais que ses capacités motrices s'amélioreront et que son cerveau finira par réagir plus rapidement. Or je me sens à la hauteur. Ben a bien compris que je suis son père. Alors, je fais tout mon possible pour le faire avancer. Et je continuerai jusqu'à ce qu'on me l'interdise légalement.

— Les médecins ont une idée de sa capacité mentale ?

— Oui. Au terme d'un nombre incalculable d'examens et de tests en tout genre, ils en sont venus à la conclusion qu'il n'était pas attardé, mais lent. Très lent. De plus, je sais, moi, que Ben a envie d'apprendre.

Elise se replongea dans ses pensées. Jamais elle n'avait envisagé d'avoir à élever un enfant à problème, et elle s'étonnait du calme avec lequel elle appréhendait la tâche à laquelle Jake et elle seraient confrontés — dans l'hypothèse, bien entendu, où on leur confierait la garde de Ben.

— Merci, murmura soudain Jake.

Elle ne lui demanda pas de quoi il la remerciait. Elle le savait et s'en voulait terriblement d'avoir ajouté à ses angoisses, avec sa réaction initiale.

Enfin... C'était du passé, ça aussi. Ils étaient de nouveau ensemble, prêts à s'occuper du petit Ben, comme ils auraient dû le faire dès le départ.

Elle se contenta donc de sourire, et il lui sembla que Jake n'en demandait pas plus.

— Quand j'ai parlé de mes angoisses à Spencer, il m'a renvoyé à l'ironie du sort, reprit Jake.

— A l'ironie du sort ?

— Parfaitement. Selon lui, cette situation me donne une

bonne idée de ce que ma mère a pu ressentir lorsqu'elle m'a laissé avec mon père.

Jake ne parlant jamais d'Althea, Elise fut momentanément déconcertée par cette remarque. Lorsqu'elle se fut remise de sa surprise, elle posa la question qui la taraudait depuis leur rencontre.

— Tu ne m'as jamais expliqué pourquoi elle t'avait « laissé » avec lui.

— Parce que j'ai refusé de la suivre.

— Tu... tu n'avais que dix ans, non ?

— Oui, et je n'ai pas cédé. Je savais par mon père qu'elle était enceinte des œuvres d'un autre et...

— Attends, coupa-t-elle. C'est ton père qui t'a dit ça ?

Jake ne se méprit pas une seconde sur son intonation. Elise paraissait aussi choquée que Spencer lorsqu'il lui avait expliqué la raison de son refus de suivre Althea.

— Oui, répondit-il d'un ton quelque peu hésitant.

— Pardonne-moi, seulement ça ne fait pas honneur au Joe McCain que tu m'as décrit. Tu avais dix ans, Jake. Tu n'étais qu'un enfant !

Jake ne put réprimer une grimace. Pour la première fois de son existence, il voyait son géniteur à travers les yeux d'une tierce personne... et ce qu'il voyait ne lui plaisait guère. Car enfin, pourquoi Joe lui avait-il dit une chose pareille ? Jake lui-même n'aurait jamais eu l'idée d'annoncer à son fils que Sherry était une toxicomane irresponsable et qu'elle avait choisi de l'abandonner à son triste sort !

Soudain, des années de solitude et de ressentiment remontèrent à la surface, apportant avec elles leur lot de questions. Son père lui avait interdit tout contact avec sa mère, par exemple. Tout comme il l'avait encouragé à la haïr... Pourquoi ? Pourquoi infliger cela à un enfant déjà durement affecté par la scission familiale ?

— Désolée, murmura soudain Elise, probablement alarmée par son silence. Je n'aurais pas dû dire ça.

— Ne t'excuse pas… Je réfléchissais à tout ça. Je commence à me demander ce qui lui a pris. Peut-être avait-il simplement peur de me perdre, moi aussi.

— Ecoute, reprit Elise d'une voix un peu hésitante. Je connais ta mère depuis des années, et je ne l'imagine pas abandonnant un de ses enfants sans broncher.

— Oh ! elle a « bronché », comme tu dis. Elle a appelé sans relâche, jusqu'à ce que papa change de numéro et nous mette sur liste rouge. Elle s'est alors mise à écrire des lettres qu'il brûlait dès qu'il les recevait et, quand le shérif s'en est mêlé, il m'a caché dans la grange. C'est vite devenu un rituel, d'ailleurs, ajouta-t-il avec amertume. Dès que la voiture du shérif apparaissait, je fonçais dans la grange. Evidemment, il a fini par se lasser, lui aussi.

— Jake ? demanda timidement Elise. Je… je crois que tu devrais parler à ta mère.

Jake, même s'il avait parfaitement entendu, fut néanmoins incapable de répondre. Il était enfermé dans sa souffrance, quelque part entre le petit garçon qui avait aimé sa mère et l'homme qui restait loyal à son père.

— Il est 8 heures passées. Je vais appeler Gail Turner pour la prévenir de notre arrivée, maugréa-t-il, dans l'espoir de se changer les idées.

Elise écouta la conversation d'une oreille distraite, en regardant le paysage. Des forêts de chênes, quelques exploitations agricoles respirant la sérénité, de petites villes endormies… Tout cela passait devant ses yeux, sans qu'elle puisse oublier pour autant les traumatismes de son mari. Elle était révoltée par l'idée qu'il ait été ainsi tiraillé entre ses deux parents. Au bout d'un moment, elle songea que c'était peut-être ce traumatisme qui l'avait attirée vers lui. Sa propre enfance n'avait pas été idyllique non plus, après tout. Loin s'en fallait.

Constance avait été une mère dominatrice, qui fixait des objectifs précis à ses deux filles et attendait d'elles qu'elles réussissent. L'échec n'était pas envisageable. Peut-être était-ce pour cette raison qu'Elise avait eu autant besoin de l'entendre dire que l'incident avec Tammy Abbott n'était pas sa faute.

Son père, prématurément décédé, n'avait jamais été très présent. Il était bien trop absorbé par l'histoire des Etats-Unis, qu'il enseignait à l'université. Elise ne put réprimer un sourire. Peut-être lui devait-elle au moins son amour de la littérature... Une passion qui l'avait aidée à s'accommoder des diktats maternels.

Avec l'âge, cependant, elle commençait à s'émanciper. La preuve : elle n'avait pas pris la peine de la prévenir qu'elle partait pour Houston avec Jake. Elle coupait enfin le cordon ombilical, chose qu'elle aurait dû faire bien plus tôt. Après tout, une femme aussi respectée dans sa profession se devait de se réaliser sur le plan humain, de savoir enfin ce qu'elle voulait...

Jake, entre autres. Une vie avec lui et avec son petit garçon. Dans cette ferme, pourquoi pas ?

— Carmen Woods nous retrouve chez les Foster, déclara Jake en raccrochant. Gail Turner craignait que ta visite ne perturbe Ben, j'ai insisté et j'ai obtenu gain de cause... à la condition que Carmen assiste à l'entrevue.

Cette annonce plongea Elise dans de nouvelles affres. Et si le fait de rencontrer une inconnue était effectivement trop, pour le petit garçon ? Ou, pire encore, si elle se laissait dominer par ses craintes ?

Presque aussitôt, elle se ressaisit. Elle serait forte. Jake avait besoin d'elle, elle ne le décevrait pas.

— Jake ? Je...

Elle s'interrompit. Ils venaient de s'engager dans une allée qui ne pouvait être que celle de la maison des Foster.

Jake se tourna vers Elise, qui sentit ses craintes s'apaiser. Elle lisait dans ses yeux tout ce dont elle avait besoin : de la force et une immense confiance. En aucun cas elle ne pouvait lui faire faux bond. L'heure était venue de faire la connaissance de Benjamin McCain.

— Ne t'inquiète pas, murmura Jake.

— Je ne m'inquiète pas, prétendit-elle.

— Un dernier détail : Ben est toujours derrière la porte à m'attendre. Tu vas donc le voir dès notre arrivée.

— Compris, répondit-elle dans un murmure, avant de descendre de voiture.

— Madame McCain ! lança Carmen Woods, avec affabilité. Je suis ravie de constater que votre mari et vous avez réussi à vous entendre.

— Merci. Moi aussi, croyez-le bien.

Carmen se tourna vers Jake, son expression changeant du tout au tout.

— Je dois vous prévenir que si Gail vous a donné l'autorisation de venir avec votre femme, c'est uniquement parce que la date de l'audience se rapproche, et que vous entretenez d'excellents rapports avec votre fils. Si jamais Ben me semble perturbé de quelque manière que ce soit, je devrai mettre fin à la rencontre.

— Vous savez très bien que je ne souhaite pas perturber mon fils, moi non plus. Par conséquent, s'il réagit mal, nous ne ferons aucune difficulté.

Carmen Woods hocha la tête, s'avança vers la porte et sonna. Une femme d'âge moyen leur ouvrit. Derrière elle, un homme, probablement son mari, tenait un enfant dans ses bras.

Benjamin...

Le bambin s'agita dans les bras de M. Foster. Il finit

par se dégager pour courir vers Jake, qui l'attrapa au vol et le serra contre lui.

— Salut, fiston, murmura-t-il avec tendresse. Comment ça va, ce matin ?

Il avait parlé avec une telle douceur qu'Elise en eut les larmes aux yeux. Elle se tourna vers Ben et fut frappée par son adorable frimousse. Jake lui avait bien dit qu'il était chétif, mais il avait omis de lui dire à quel point l'enfant était d'emblée attachant.

Attachant... et intimidant.

Elle entendit Carmen Woods la présenter aux Foster, à qui elle serra machinalement la main. Dès qu'ils eurent quitté la pièce, Jake reposa son fils à terre.

— Je ne suis pas venu seul, mon garçon, comme tu le vois.

Pour toute réponse, l'enfant lui montra le tracteur en Lego qu'il tenait serré dans la main.

— Nous jouerons un peu plus tard, mais, pour l'instant, je voudrais te présenter Elise. Tu veux lui dire bonjour ?

Ben la dévisagea de ses immenses yeux noisette.

— Et si tu lui montrais notre tracteur ? suggéra Jake.

Les yeux du petit garçon s'agrandirent encore ; il sembla hésiter puis, sans prévenir, se précipita vers Elise. Malheureusement, il trébucha sur le tapis et tomba face contre sol.

Aussitôt, Elise sentit ses appréhensions resurgir. Pas pour elle-même, néanmoins, mais pour le petit Ben. Sans réfléchir, elle se baissa pour le relever. Leurs regards se rencontrèrent, et elle sentit quelque chose s'ouvrir en elle.

De l'amour. Du pur amour maternel. Elle avait éprouvé le même genre de sensation en prenant Jamie — le petit garçon de l'hôpital — dans ses bras. Pourtant, cette fois-ci, c'était plus fort, plus réel...

— Tu ne t'es pas fait mal ? s'enquit-elle en lui caressant les cheveux.

Jake avait observé la scène, la gorge nouée. S'il ne s'était pas précipité pour relever son fils, c'était simplement parce que le Dr Ruskin pensait que l'enfant devait faire cet effort tout seul. Il avait oublié de parler de ce détail à Elise, et il s'en félicitait. Un jour, son père lui avait dit que la seule manière d'apprendre à nager était de sauter dans l'eau, et c'était exactement ce qui venait de se produire, sous ses yeux. Elise avait décidé d'être une mère pour Ben, et elle venait de réagir en tant que telle.

Il la regarda s'avancer vers le canapé, le petit garçon dans les bras. Il désigna du doigt le tracteur en Lego, resté sur le tapis, et Jake se précipita pour le lui apporter.

Ben l'exhiba fièrement à sa nouvelle amie.

— C'est joli ! Qu'est-ce que c'est, Ben ?

L'enfant la contempla sans répondre.

— Un éléphant ?

Il eut un petit sourire et secoua la tête.

— Un tracteur, peut-être ?

Cette fois, il acquiesça fermement.

« Il comprend tout, jubila-t-elle intérieurement. Il est peut-être lent, mais il comprend ce que je lui dis. »

— Où l'as-tu eu, ce tracteur ?

Pour toute réponse, Ben désigna son père de l'index.

— Oh ! C'est toi qui l'as fabriqué avec ton papa ?

Ben hocha la tête.

— Voyons... Quel genre de bruit ça fait, un tracteur ? Je ne m'y connais pas très bien. Tout ce que je sais, c'est qu'ils ne font pas le même son que les voitures. Ni que les camions, d'ailleurs. C'est comment ?

Rien, sauf ce regard immense.

— Je crois savoir, reprit-elle, en faisant rouler l'objet sur le jean du petit garçon. Putt... Putt... Putt.

Elle était remontée jusqu'à son ventre et il la gratifia du plus joli sourire qu'il lui ait été donné de voir. Elle se sentait fondre, au contact de cet enfant. A se demander pourquoi elle s'était posé tant de questions. C'était bien simple : s'il le lui avait demandé, elle lui aurait décroché la lune.

S'il le lui avait demandé...

Jake ne put se tenir à l'écart plus longtemps. Dès qu'il fut installé sur le canapé, Ben alla le rejoindre et Elise put constater, une fois de plus, à quel point Jake était attaché à son fils. Cette lueur, dans ses yeux, le ton qu'il employait pour lui parler... Pourquoi le SPE, le médecin et les Foster ne se rendaient-ils pas à l'évidence ?

Tous trois jouèrent avec les cubes pendant un bon moment, ce qui permit à Elise de constater *de visu* les difficultés auxquelles était confronté Ben. Toutes ces couleurs, ces lettres, ces chiffres... C'était bien difficile à assortir. En revanche, l'enfant semblait déterminé à comprendre et s'énervait de ses erreurs. Jake l'encourageait, le consolait, puis le remettait devant le jeu.

Elise s'émerveillait de sa patience. Elle avait toujours pensé qu'il ferait un père extraordinaire, et elle ne s'était pas trompée.

Puis vint l'heure du traitement respiratoire. Jake appliqua un masque à oxygène sur le visage de son petit garçon, qui, de toute évidence, connaissait la marche à suivre. Lorsque ce fut terminé, tous trois sortirent dans le jardin pour que Ben fasse quelques exercices destinés à développer ses muscles. Là encore, il s'agissait d'une routine bien ancrée dans l'esprit du garçonnet.

Le temps avait passé si vite qu'ils furent surpris

d'entendre Peggy Foster ouvrir la porte du patio pour leur annoncer que le repas de Ben était prêt.

— Tu as faim, mon grand ? lui demanda son père.

Le petit garçon hocha la tête et prit fermement la main de Jake. Elise les suivit jusqu'à la cuisine.

— Je m'en occupe, Peggy.

— Vous vous en occupez tous les jours, rétorqua-t-elle d'un ton peu aimable. Je ne vois pas pourquoi ce serait différent aujourd'hui !

Jake ignora la pique. Il installa son fils sur la chaise haute et s'assit face à lui.

— Je peux lui donner à manger ? demanda soudain Elise.

Son angoisse avait disparu et elle éprouvait le besoin de faire quelque chose de concret pour l'enfant, à son tour. Jake n'hésita pas une seconde.

— Bien sûr. Il faut simplement y aller doucement, et s'assurer qu'il avale bien chaque bouchée. Il n'a pas toujours le réflexe de déglutir.

Encouragée par la confiance de son mari, Elise s'attela à la tâche. Comme Jake le lui avait dit, Ben mangeait très lentement et mettait un temps fou à avaler la nourriture. Parfois, l'effort semblait tel qu'Elise sentait son cœur se serrer. Pourtant, il continua à manger vaillamment son hachis de pommes de terre et de poulet.

— Tu veux manger tout seul, comme un grand ? proposa-t-elle soudain.

Jake se tendit. Son fils n'était pas censé manger seul. Il n'avait pas la coordination nécessaire. Un autre détail dont il aurait dû parler à Elise. Il allait s'interposer lorsque Ben tendit son poing fermé vers la cuiller.

— Le Dr Ruskin dit qu'il n'est pas encore prêt pour cela, marmonna Peggy, sans doute à l'égard de Carmen Woods.

Personne ne crut bon de réagir.

Ben regarda la cuiller d'un air perplexe, et Elise comprit qu'il ne savait pas comment s'en emparer.

— Ouvre ta main, dit-elle, en lui montrant l'exemple.

Ben baissa les yeux vers son petit poing puis les releva vers la main d'Elise, et fit la grimace. Elise attira alors à elle le petit poing toujours fermé, lui ouvrit doucement les doigts, plaça la cuiller dans sa paume, et, instinctivement, l'enfant referma la main. Elise le guida ensuite jusqu'à la purée, lui en fit prendre une bouchée et l'aida à porter la cuiller à sa bouche. Elle répéta l'opération deux ou trois fois avant de le laisser faire. Ce ne fut pas facile, mais il finit par y arriver.

— Bravo, bonhomme ! s'exclama-t-elle. Tu as réussi.

De joie, l'enfant se mit à taper sur la chaise avec la cuiller pleine, dont le contenu tomba sur le carrelage.

— Il m'en met partout ! s'exclama Peggy d'un ton geignard.

— Ne vous inquiétez pas, je passerai la serpillière.

— Et vous le savez très bien, Peggy, renchérit Jake, exaspéré.

Ce n'était pas ce genre de remarques acerbes qui lui gâcherait son plaisir. Elise savait s'y prendre avec son fils. Mieux encore, elle le faisait progresser. Il ne put réprimer un sourire. Dire qu'elle s'était prise pour un monstre dépourvu d'instinct maternel !

— Tu es un grand garçon, Ben, ajouta-t-il. Voilà que tu sais manger tout seul, à présent !

L'enfant se remit à taper sur la table. Jake aurait tant voulu l'entendre parler, prononcer ne serait-ce qu'un mot... Hélas ! il continuait à manifester sa joie en tapant sur la table avec sa cuiller.

— Ça va être l'heure de la sieste, fit remarquer Carl Foster, derrière lui.

Jake consulta sa montre. Déjà midi...

— Je vais le débarbouiller, proposa-t-il en sortant Ben de sa chaise.

— Inutile, répliqua Peggy. Dans l'état où il est, j'aurai plus vite fait de lui donner un bain.

Jake embrassa son fils et le tendit à Peggy. Ben se tourna vers Elise, qui s'empressa de lui déposer un baiser sur la joue, elle aussi. C'était tellement simple... Tellement facile !

— A cet après-midi, mon grand, lança-t-elle au moment où Peggy l'emmenait vers la salle de bains.

Dès qu'ils furent sortis, Jake et Elise nettoyèrent la cuisine, qu'ils laissèrent aussi immaculée qu'avant le repas de Ben.

Carmen Woods les suivit au-dehors.

— Je ne pourrai pas venir, cet après-midi, déclara-t-elle. J'ai un autre rendez-vous.

— Et vous allez m'annoncer que je ne reverrai pas mon fils aujourd'hui, gronda Jake.

— Pas du tout ! En fait, la visite s'est bien passée et je ne vois aucun obstacle à ce que vous reveniez sans moi. Essayez simplement de ne pas vous laisser bousculer par l'animosité des Foster.

— Promis, répondirent Jake et Elise à l'unisson. Et merci !

— Il n'y a vraiment pas de quoi. Je n'ai pas changé d'opinion, vous savez ! répliqua-t-elle avant de rejoindre sa voiture.

Jake baissa la tête. Le Service de protection de l'enfance avait pris une décision et rien ne pourrait le faire changer d'avis. Même pas l'amour évident qu'Elise et lui portaient à Ben.

Ils remontèrent dans la fourgonnette, firent marche

arrière et s'engagèrent sur la route. Quand Jake se tourna vers sa femme, il s'aperçut qu'elle pleurait.

— Elise, commença-t-il en repoussant en arrière une mèche qui s'était échappée de sa queue-de-cheval. Qu'est-ce...

— Je... J'ai la fibre maternelle, hoqueta-t-elle.

Il la dévisagea sans comprendre.

— Toutes ces années où j'ai eu peur des enfants, où j'ai pensé que je n'étais pas comme les autres femmes... Je me suis trompée. A la seconde même où j'ai pris Ben dans mes bras, j'ai senti quelque chose s'ouvrir en moi. J'ai eu envie de l'aimer, ce petit garçon. De le réconforter et de l'encourager. Et il ne m'a pas rejetée. Il a même accepté que je le fasse manger. Bref, je n'ai plus peur. Mon désir le plus cher est qu'il vive avec nous, acheva-t-elle en un nouveau sanglot.

— Elise...

— Et par ma faute, nous allons le perdre.

Jake se gara en toute hâte sur le bas-côté de la route.

— Cesse de culpabiliser sur tout, murmura-t-il, la serrant contre lui.

Elle tremblait dans ses bras et, soudain, il eut le sentiment d'avoir retrouvé une partie de lui-même. Son corps réagit et il dut se faire violence pour refouler son désir. Le moment n'était pas encore propice à l'étreinte.

— Je ne crois pas que le fait que nous nous soyons momentanément séparés ait changé grand-chose à l'affaire, tu sais. Si nous perdons le procès, ce sera parce que le juge estime que nous n'avons pas les qualités requises pour nous occuper d'un enfant à la santé aussi précaire.

— Dans ce cas, murmura Elise, se séchant les yeux, à nous de leur prouver le contraire.

Elle était bouleversée. Après la mort de Derek, elle

s'était juré de ne plus jamais aimer, de manière à ne plus jamais souffrir. A présent, elle savait qu'elle avait besoin de Jake.

Et elle ne s'en voulait pas pour autant.

10

Après le déjeuner, Jake et Elise firent une courte promenade dans Memorial Park. Ils choisirent un petit sentier tranquille, uniquement fréquenté par des joggeurs et des cyclistes. La plupart les saluèrent au passage, mais ils étaient bien trop pressés de retrouver Ben pour répondre autrement que par un vague signe de tête. A l'heure convenue, ils sonnèrent chez les Foster.

Ils passèrent l'après-midi à jouer avec Ben et à le faire travailler. Elise était aux anges. Jamais elle n'avait vécu d'expérience aussi enrichissante. Quand arriva le moment de le quitter, elle fut d'autant plus triste que Ben ne voulait pas les laisser repartir. Il s'accrochait à son père et, l'espace d'un instant, Elise se prit à espérer qu'il allait pleurer ou verbaliser sa colère. Il n'en fit rien, néanmoins. Au bout d'un moment, il se résigna à aller vers Peggy.

— Je me demande s'il comprend que nous reviendrons demain, fit remarquer Elise dans un soupir.

— Bien sûr, répondit Jake. Sinon, il ne m'attendrait pas chaque matin devant la porte.

Ils regagnèrent Waco en silence. Au moment où Jake s'engageait dans sa rue, Elise se tourna vers lui.

— Tu veux entrer ? proposa-t-elle timidement.

Jake n'aurait pas demandé mieux. De tout son être, de toute son âme, il aurait voulu étreindre sa femme.

Hélas ! il ne voulait pas lui faire l'amour sans lui avouer des sentiments qu'elle n'était pas encore prête à entendre. Il devait jouer la carte de l'honnêteté. Tout comme elle.

— Tu sais aussi bien que moi ce qui se produira, si je pénètre dans cette maison, murmura-t-il, s'agitant sur son siège.

— Oui, répondit-elle.

— Et nous sommes tombés d'accord sur le fait que le mariage n'était pas seulement une question de sexe.

— Oui.

— Alors, tant que nous ne savons pas ce que nous voulons, l'un comme l'autre…

— Je croyais que c'était un fait établi, coupa-t-elle. Nous voulions un enfant et nous avons Ben. Que te faut-il de plus ?

— Et le nôtre ? L'enfant que nous devions avoir ensemble ?

Elise se tourna vers lui avec détermination.

— Pour l'instant, il s'agit d'obtenir la garde de Ben et de l'aider à surmonter ses difficultés.

Jake sentit sa tension diminuer d'un cran. Elise ne lui avait pas menti : elle avait vraiment à cœur de s'occuper de son fils. D'un autre côté, leur relation avait évolué. Ils avaient fait un mariage de convenance qu'ils avaient consommé dans l'unique but d'avoir un enfant. Avec l'arrivée de Ben, cela n'avait plus lieu d'être, et Jake voulait que leurs étreintes soient le résultat de sentiments réciproques.

En clair, il aimait Elise et, le jour où ils referaient l'amour, il voulait être en position de le lui avouer… ce qu'il ne pouvait faire, sauf à risquer de la perdre une deuxième fois.

— Jake ? Qu'est-ce qui ne va pas ?

— Avant Ben, nous n'avions qu'une idée en tête : faire

en sorte que tu sois enceinte. Je ne dis pas que c'était désagréable, seulement rien n'est plus pareil, à présent.

— C'est vrai.

Comme elle n'ajoutait rien, il poursuivit :

— Ne précipitons pas les choses, Elise.

Cette dernière laissa échapper un soupir exaspéré.

— Jake, où veux-tu en venir exactement ? Tu n'as plus envie de moi, c'est ça ?

— Bien sûr que si ! Cependant, je...

— Si nous voulons créer un environnement équilibré pour Ben, nous devons nous comporter comme les époux que nous sommes. Ça te pose un problème ?

Jake se rembrunit. Il attendait davantage de leur relation. Or Elise semblait uniquement motivée par son sens du devoir.

— Réponds-moi, Jake !

Il fit glisser ses mains sur le volant. Il était tellement oppressé qu'il avait du mal à respirer. Toutes ces émotions, qu'il ne savait comment exprimer...

— Je veux que notre couple fonctionne, se surprit-il à répondre.

— Moi aussi, figure-toi.

Puis, comme si elle avait lu dans ses pensées, elle ajouta :

— Jake ? Est-ce que tu as peur de me perdre, moi aussi, si jamais tu n'obtiens pas gain de cause avec ton fils ?

— Quelque chose dans ce genre-là, en effet.

Il était sincère. Elise et lui étaient dorénavant liés par leurs responsabilités envers Ben. Que se passerait-il si on leur retirait cela ? Leur couple survivrait-il à un tel échec ? Il n'en était pas certain.

— Tu as une bien piètre opinion de moi, Jake. Je laisse passer pour cette fois, vu les circonstances et mon propre comportement, ces derniers mois. Seulement, ne me redis jamais une chose pareille. Nous obtiendrons la garde de ton fils, même si nous devons nous battre pour cela pendant des années. Ensemble. Je serai toujours à tes côtés. C'est clair ?

— Disons que ça commence à l'être.

— Tu m'en vois ravie.

Elle hésita une seconde, avant d'ajouter :

— Ce n'est pas seulement pour Ben que j'agis ainsi, tu sais... Je tiens beaucoup à toi aussi.

Il se tourna vers elle puis, incapable de résister plus longtemps, lui encadra le visage des deux mains pour l'embrasser.

— Merci, Elise, dit-il, lui caressant les joues du bout des pouces.

Elle réagit avec émoi à son contact, à son odeur si familière. Elle lui rendit son baiser et descendit précipitamment de voiture. Si elle ne le faisait pas, il n'arriverait pas à partir.

— A demain ! dit-elle dans un souffle avant de refermer la portière.

Il attendit qu'elle soit rentrée chez elle et redémarra. Sur le chemin de la ferme, il songea à ce qu'elle venait de lui dire. *Je tiens beaucoup à toi...*

Pourquoi ne pouvait-elle pas l'aimer, tout simplement ?

Elise rappela le doyen pour prolonger son congé. Elle était déterminée à être la mère de Ben et à redevenir l'épouse de Jake. Ensemble, ils construiraient une relation solide, qui n'aurait rien à voir avec la précédente. Dans son désir de grossesse, elle avait considéré son mari comme un simple étalon, en quelque sorte. Ce n'était plus le cas. Ce qu'elle voulait dorénavant, c'était un véritable foyer. Elle était enfin sortie de son brouillard et voyait l'avenir avec clarté.

Un avenir auprès de Jake et de Ben, heureuse et sûre de son fait.

Elle y travaillerait chaque jour. Jusqu'à ce qu'il comprenne qu'elle ne le quitterait plus jamais.

Mike attendait Jake à la ferme. Ils avaient reçu le label du ministère de l'Agriculture, avec une note plus élevée qu'ils ne le pensaient. C'était inespéré, même si Jake avait toujours su que son coton était d'une qualité supérieure. Si seulement sa vie personnelle avait pu être aussi satisfaisante que sa vie professionnelle !

Le lendemain, en arrivant chez les Foster, Jake et Elise entendirent les habituels coups de boutoir de l'autre côté de la porte.

— Nous sommes attendus, on dirait, murmura Jake, avant d'appuyer sur la sonnette.

La porte s'ouvrit sur une Peggy échevelée qui tendit Ben à son père, sans un mot. L'enfant était encore en pyjama, son tracteur de Lego en main.

— Bonjour, mon garçon, dit tendrement Jake, le prenant dans ses bras.

— Désolée, maugréa enfin Peggy. Quand il s'est réveillé, il a couru jusqu'à la porte et je n'ai pas réussi à l'en déloger. Même pour le changer et l'habiller.

— Ne vous inquiétez pas pour ça, Peggy. Je m'en charge, du moins si ça ne vous dérange pas.

— Ne vous gênez surtout pas. Avec tout ça, je n'ai

même pas eu le temps de boire mon café, répliqua-t-elle, avant de tourner les talons.

Elise suivit Jake jusqu'à une chambre au milieu de laquelle trônait un berceau en chêne rempli de peluches. Ben était trop grand pour dormir dans un berceau, songea-t-elle. Et puis, c'était une chambre de bébé, pas celle d'un garçonnet de trois ans !

— Bonjour, Ben, dit-elle d'un ton enjoué. Tu te souviens de moi ?

L'enfant acquiesça et lui tendit son tracteur. Elle sentit son cœur s'emballer.

— Oui, je le reconnais. Il est très joli, ce tracteur. Tout comme toi, d'ailleurs.

— Les garçons ne sont pas *jolis*, Elise, voyons, intervint Jake. Ils sont *beaux*, pas vrai, fiston ?

Ben le considéra avec des yeux ronds.

— Je peux le changer ? demanda Elise, surprise par la découverte de cette nouvelle capacité en elle : celle d'aimer sans retenue.

Jake lui tendit les vêtements et une couche, puis, descendant la barrière du lit, allongea son fils sur le dos. Il lui retira son pyjama, avec la même aisance que s'il avait fait cela toute sa vie, et se tourna vers Elise.

— A toi de jouer !

Elise déposa les vêtements sur le matelas. Le dernier bébé qu'elle avait changé était Tammy Abbott. Elle attendit donc une certaine anxiété… qui ne vint pas. Peut-être grâce à la confiance qu'elle lisait dans les yeux du petit garçon.

Elle lui retira sa couche d'une main ferme. Jake s'en empara et lui tendit les lingettes, elle nettoya doucement les petites fesses de Ben, lui mit une couche propre et fit glisser une chemisette sur son torse frêle. Le jean avait un élastique à la taille, et elle le lui enfila sans problème. Il ne restait plus que les chaussettes et les tennis... qu'elle considéra un instant avec perplexité.

— Lève le pied, bonhomme.

Pas de réaction. Ben la regardait sans comprendre. Elle lui chatouilla le pied droit et il s'agita, un grand sourire aux lèvres.

— Allez, Ben ! Lève ton pied.

Cette fois-ci, il s'exécuta. Elle lui enfila une chaussette et recommença l'opération avec l'autre pied, que Ben lui tendit sans hésiter.

— Ça y est ! applaudit-elle. Nous y sommes !

Ben voulut l'imiter, mais n'y parvint pas. Elise le prit par les poignets, l'aida à applaudir, et il s'agita sur le matelas, les yeux brillants de malice.

— Allez, dit Jake, s'émerveillant au passage du naturel avec lequel Elise agissait. Les chaussures, à présent.

Une fois le petit garçon prêt, Jake releva Ben et le déposa au sol. L'enfant l'examina d'un air curieux, puis tendit le doigt vers le tracteur, resté dans le lit.

— Désolé, fiston. J'allais oublier.

Ben le remercia d'un sourire radieux et il se sentit fondre. Il y avait tant d'amour, tant de confiance dans ses yeux... Il glissa un bras autour de la taille d'Elise, confiant en l'avenir, subitement.

Comme la précédente, la matinée fut consacrée à des jeux et exercices divers. L'enfant savait ce qu'on attendait de lui et, lorsqu'il se fatiguait, il s'étendait sur le tapis, refusant de bouger. Au bout de quelques minutes, il rampait jusqu'à son père, et tous deux recommençaient à jouer ou à travailler.

Elise ne put s'empêcher de penser que cette routine était fastidieuse, pour un enfant aussi jeune. D'un autre côté, Ben semblait la trouver normale. Sans doute parce qu'il ne faisait jamais rien d'autre. Il aurait dû être dehors, avec d'autres enfants de son âge.

Elle se promit de tout faire pour que cela se produise un jour prochain.

Comme la veille, elle se chargea du repas de Ben, qu'elle laissa manger tout seul. Bien sûr, Peggy protesta et Elise en conclut que Jake avait raison : les Foster n'étaient pas les parents idéaux pour Ben. Ils étaient trop stricts, trop installés dans leur quotidien, trop âgés peut-être.

Jake prit la peine d'expliquer à son fils qu'Elise et lui-même ne reviendraient que très tard dans l'après-midi. Il n'était pas sûr que Ben le comprenait, et il eut mal au cœur de le laisser ainsi. D'un autre côté, il n'avait pas le choix. Il ne pouvait se permettre d'être en retard à son rendez-vous.

Ils s'annoncèrent au tribunal dix minutes avant l'heure convenue. Dans la salle d'attente, Elise se tourna vers Jake.

— Ça va ? Tu n'es pas trop tendu ?

— Un peu, si. Même beaucoup, en fait. De cette entrevue dépendent tout de même l'avenir de Ben, et le nôtre…

Il lui jeta un coup d'œil en coin.

— Et toi ?

— Je suis sur les nerfs, mais…

Jake termina sa phrase pour elle.

— Tu arriveras à le dissimuler.

— C'est exactement ça, répondit-elle, ravie de constater que Jake la connaissait bien, en fin de compte. A force de donner des cours ou des conférences, j'ai appris à me concentrer sur l'essentiel, jusqu'à en oublier ma nervosité. Or, en ce moment, l'essentiel, c'est que nous obtenions la garde de Ben.

Ils furent interrompus par l'arrivée de la secrétaire, qui les guida jusqu'à un bureau, spacieux et bien éclairé.

— Prenez place, leur dit-elle. Le juge ne va pas tarder à arriver.

Jake et Elise s'installèrent sur les chaises en cuir, face au bureau. Jake remarqua un portrait de famille, le mari, la femme, trois adolescents... Le juge était père de famille, ce qui lui sembla de bon augure. En tant que tel, il comprendrait probablement que la place d'un enfant était auprès de ses parents.

Une porte latérale s'ouvrit sur un homme en costume gris, de taille moyenne et légèrement plus âgé que celui qui apparaissait sur la photo. Jake et Elise se levèrent pour lui serrer la main.

— Je me présente, dit-il d'une voix grave. Alfred Reynolds. Ravi de faire votre connaissance, monsieur et madame McCain.

— Nous de même.

Reynolds désigna d'un geste du menton le dossier posé sur son bureau.

— Nous sommes confrontés à une affaire délicate, et je ne doute pas que vous en ayez conscience, l'un comme l'autre. Votre fils ayant des besoins spécifiques, je prendrai ma décision dans son seul intérêt. Monsieur McCain ? Comment envisagez-vous l'avenir de Benjamin ?

Jake prit une longue inspiration. Il ne s'était pas attendu à cette question, à laquelle il répondit néanmoins avec sa franchise habituelle.

— Je le vois grandir dans notre exploitation agricole, près de Waco, entouré des siens, c'est-à-dire de ma femme, de moi-même et de ma tante Lavina. Nous saurons lui donner toute l'attention dont il a besoin pour progresser. En temps et en heure, je ne doute pas une seconde qu'il devienne un petit garçon épanoui et en bonne santé.

— Et vous, madame McCain ? Vous êtes dans la même optique que votre époux ?

— Tout à fait.

— J'ai pourtant cru comprendre que vous n'avez pas bien réagi à la nouvelle de l'existence de Benjamin.

Elise hésita un instant. Si elle tenait à être sincère, elle aussi, elle ne voulait rien dire qui puisse dissuader le juge de leur confier Ben.

— C'est vrai. Nous n'étions mariés que depuis six mois, et nous essayions d'avoir un enfant. Apprendre subitement que Jake en avait déjà un m'a causé un choc. Pour tout vous avouer, je n'étais pas sûre d'être à même d'élever l'enfant d'une autre.

— Puis-je savoir ce qui vous a fait changer d'avis ?

— La réflexion. Je me suis rendu compte qu'il s'agissait d'un petit garçon de trois ans qui avait besoin de parents, et que son père biologique était mon mari. A partir de là, les choses se sont mises en place, dans mon esprit. Il m'a suffi de voir Ben et de m'occuper un peu de lui pour comprendre, sans l'ombre d'un doute, que je pouvais être sa mère.

— Malgré les contraintes liées à son état de santé ?

— Tout à fait, s'empressa-t-elle de répondre.

— Comment pensez-vous concilier votre carrière avec ces contraintes ?

— Ben sera ma priorité. J'ai donc prévu de prendre un congé parental.

— Vous m'avez dit que vous vouliez avoir des enfants, vous aussi. C'est toujours le cas ?

— Pas dans l'immédiat. Il me semble préférable d'attendre que Ben soit plus autonome.

— Vous êtes d'accord avec cette décision, monsieur McCain ?

Jake ne répondit pas tout de suite. Il était médusé par la déclaration de sa femme. Elle avait tant désiré être enceinte, et voilà qu'elle était prête à renoncer à son rêve, par amour pour Ben…

Ou pour lui-même ?

— Monsieur McCain ?

— Absolument, répondit-il en se ressaisissant. Nous sommes conscients de l'état de Ben et prêts à attendre avant de lui donner une fratrie.

— C'est tout à votre honneur, et je vous félicite pour votre dévouement. Toutefois, j'ai ici le rapport du Dr Ruskin — une sommité en matière de développement infantile — ainsi que celui du Service de protection de l'enfance. Or tout le monde s'accorde à penser que la santé de votre fils dépend de son environnement. Il a régressé, depuis la mort de sa grand-mère, et cela m'inquiète beaucoup.

— Moi aussi, croyez-le bien. En revanche, je ne suis pas d'accord avec les rapports que vous venez d'évoquer. A mes yeux, cette maison fait plus de mal que de bien à mon fils. Elle lui rappelle trop sa grand-mère. Il y a des souvenirs d'elle un peu partout, et je l'ai vu errer dans sa chambre, comme s'il continuait à la chercher. J'ajouterai que si le Dr Ruskin et les travailleuses sociales semblent penser que Ben ne comprend pas ce qui se passe, je suis en mesure de vous affirmer qu'il a immédiatement compris que j'étais son père. Je ne sais pas ce que ça représente pour lui, mais il est toujours ravi de me voir. C'est pourquoi je suis convaincu que grâce à l'amour d'Elise, au mien, et à notre soutien permanent, Ben se remettra à évoluer normalement. A son rythme, bien sûr, mais normalement. Je le sens dans mon cœur de père.

— Encore une fois, votre dévouement envers votre fils vous fait honneur, répondit le juge Reynolds. Toutefois, mon métier m'oblige à me fonder sur des faits. Or vous n'avez aucune preuve de ce que vous avancez.

Jake faillit baisser les bras. Les paroles du juge n'étaient guère encourageantes. En même temps, il se devait d'essayer. Jusqu'au bout.

— Je peux vous en donner, des faits. Ben ne peut pas faire deux pas sans tomber et il n'a pas émis un seul son depuis la mort de Mme Carr. Le fait qu'il soit resté dans cette maison ne l'a guère fait progresser. De plus, au risque de paraître un peu présomptueux, il est très heureux quand je suis auprès de lui. Il m'attend derrière la porte et, quand je dois repartir, il s'agrippe à moi. Enfin, il semble avoir adopté Elise. Ils s'entendent à merveille, tous les deux. Elle lui a même appris à manger tout seul, chose à laquelle le Dr Ruskin ne l'estimait pas prêt. Ce sont des faits, non ? Des faits que je vois quotidiennement et qui me confortent dans mes convictions.

Reynolds avait ouvert le dossier pour se plonger dans sa relecture.

— Seriez-vous prêt à vous installer à Houston, pour vous occuper de votre fils ? demanda-t-il soudain.

— Déménager à Houston ? répéta Jake, éberlué.

— Vous m'avez bien entendu.

— Je... je suis exploitant agricole, bredouilla-t-il. Tout comme mon grand-père et mon père avant moi. Je... je...

Il s'interrompit un instant avant de reprendre, d'un ton plus posé.

— Très franchement, je suis un peu dérouté par votre question. Il faut bien que je travaille, ne serait-ce que pour m'occuper de Ben, et je ne vois pas comment je pourrais m'installer à Houston.

— Alors ? Votre réponse ?

Jake prit une longue inspiration.

— Je... Oui. Je ferais n'importe quoi pour obtenir la garde de Ben. Y compris revendre ma ferme et m'installer à Houston.

— Et vous, madame McCain ?

Elise regarda le juge droit dans les yeux.

— Je soutiendrai mon mari, quelle que soit sa décision.

Jake accueillit cette déclaration avec félicité. L'horizon lui apparaissait beaucoup moins sombre, tout à coup. Il n'aurait jamais pensé avoir tant besoin du soutien d'Elise.

— Bien. Je rendrai ma décision lundi en huit, à 13 heures. Je vous remercie d'être venus, monsieur et madame McCain.

Sur ces mots, il se leva et quitta le bureau.

Jake et Elise sortirent par l'autre porte, en se consultant du regard.

— Qu'est-ce que tu en penses ? lui demanda Elise.

— Je ne sais pas trop, répondit-il, toujours sous le coup de l'émotion. Ce qui m'inquiète, ce sont ces histoires de « faits ». Le juge n'avait pas l'air impressionné par ceux que je lui ai énumérés.

Il consulta l'horloge, au-dessus d'eux.

— Dépêchons-nous. Ben nous attend. Nous reparlerons de tout cela plus tard.

En chemin, Elise ne put s'empêcher de poser la question qui lui brûlait les lèvres.

— Tu serais vraiment prêt à vendre ta ferme ?

— Oui. Si c'est la seule manière de parvenir à mes fins, je le ferai. J'espère ne pas avoir à en arriver là, bien sûr. Seulement, je dois m'y préparer. Oh ! et désolé que tu aies été prise à partie, toi aussi… Il n'est pas question que tu mettes fin à ta carrière.

— Attendons la suite des événements, avant de nous chamailler, répondit Elise, les yeux rivés sur la route.

— Parce que nous allons nous chamailler ?

— C'est fort possible. Parce que, vois-tu, j'étais tout à fait sincère, dans ma réponse. Quelle que soit ta décision, je te suivrai.

— Merci, Elise, répliqua-t-il avec un large sourire. Ta réaction me fait chaud au cœur.

— Et moi, elle me rassure. Dire que j'ai eu si peur d'être mère… J'ai l'impression de me réveiller d'un cauchemar, et c'est merveilleux. Cependant, comme j'ai une fâcheuse tendance à passer d'un extrême à l'autre, tu devras me reprendre, si tu trouves que je couve trop notre fils.

— Tu peux compter sur moi, promit-il.

La semaine suivante passa à une vitesse folle.

Elise obtint un congé de l'université. Elle resterait en contact avec son assistante d'enseignement, via Internet, jusqu'à la fin du semestre, à la fin duquel elle déciderait de reprendre ou non son poste.

Dans l'immédiat, elle passait tout son temps libre auprès de Ben et, le soir, elle rentrait chez elle tandis que Jake regagnait la ferme. Elle avait décidé d'attendre que tous deux soient moins épuisés, physiquement et moralement, pour mettre fin à cette séparation de fait. Dans l'immédiat, ils étaient trop préoccupés par l'approche du jugement.

Ils réussirent à terminer la chambre de Ben, Elise à emporter quelques vêtements à la ferme, et ce fut à peu près tout.

Ils passèrent Thanksgiving avec Ben, en toute simplicité, sans même manger la traditionnelle dinde. Ben leur était de plus en plus attaché et manifestait sa colère au moment de la séparation. Dès que Jake lui annonçait qu'ils allaient repartir, il rampait jusqu'à sa chambre et s'allongeait sur le sol, face contre terre. Et même s'il ne pleurait toujours pas, son expression était des plus éloquente. Jake et Elise restaient avec lui jusqu'à ce qu'il se calme, avant de reprendre la route, le cœur en berne.

Deux jours avant l'audience, Jake eut un appel de Gail Turner. D'après elle, Ben commençait à être perturbé par leurs visites, et le Dr Ruskin était d'avis d'y mettre fin. Jake, livide, annonça à son interlocutrice qu'en aucun cas il ne se plierait à cette exigence. Elle lui répondit qu'elle demanderait une mesure de restriction de la cour, toujours dans l'intérêt de Ben.

Jake appela immédiatement son frère, qui parvint à rétablir la situation — ou presque, puisqu'il fut décidé que Carmen Woods assisterait aux visites jusqu'au jugement. Bien entendu, cela n'arrangea pas les rapports qu'Elise et lui entretenaient avec les Foster, et la situation devint presque intenable.

Elise et Jake décidèrent de passer la nuit précédant l'audience à Houston. Ce serait moins fatigant et moins stressant pour tout le monde. Après leur visite quotidienne à Ben, ils se rendirent à l'hôtel, tous deux très inquiets. L'enfant leur avait paru amorphe, ce jour-là, presque léthargique. Il s'était endormi dans les bras d'Elise pendant ses exercices respiratoires, et n'était toujours pas réveillé quand ils étaient repartis.

— A mon avis, la tension ambiante commence à lui peser, à lui aussi, suggéra Elise.

— Peut-être, répondit Jake en pianotant sur le volant. Je crois surtout que quelque chose ne va pas.

Ils parcourent quelques kilomètres en silence, avant qu'Elise se souvienne qu'elle n'avait donné de ses nouvelles ni à sa mère ni à sa sœur depuis des semaines.

— Qu'est-ce qui t'arrive ? lui demanda Jake, remarquant son expression.

— Je viens de penser que ni ma mère ni Judith ne sont au courant de ce que je fais, ces temps-ci.

— Et je suis prêt à parier que la nouvelle de notre réconciliation ne les enchante guère, commenta-t-il.

— De toute façon, elles ne sont jamais contentes, quoi qu'il arrive, répondit Elise, soucieuse de ne pas le faire culpabiliser. C'est de famille, je crois. Sauf que moi, je suis enfin heureuse et qu'elles ne me gâcheront pas mon bonheur.

— Elise…

— Je suis heureuse, Jake. Crois-moi, je suis heureuse.

Pour la première fois, il la crut, en effet. Son intonation, la lueur qui brillait dans ses yeux en étaient la preuve.

Ils prirent une chambre d'hôtel et ressortirent pour dîner. A leur retour, ils étaient épuisés. La journée avait été longue et Elise profita de ce que Jake appelait son frère pour aller prendre sa douche.

Elle ressortit de la salle de bains en déshabillé de soie. Jake la contempla un instant. Sa peau semblait douce, et il l'aurait volontiers…

— Alors ? Que t'a dit Spencer ?

— Qui ? Ah oui, mon frère…, répondit-il, toujours troublé. Pas grand-chose. Il sera là pour l'audience, comme promis.

— Parfait. Je crois que nous allons avoir besoin de lui.

Jake tenta de se ressaisir. S'il voulait s'épargner un autre désagrément, il devait modérer ses élans. Elise et lui n'avaient toujours pas parlé de l'état de leur couple, et il ne voulait pas l'entendre dire qu'elle n'éprouvait que de l'affection pour lui. Il voulait qu'elle l'aime, qu'elle oublie Derek. Si jamais elle lui disait que c'était impossible, il ne s'en remettrait pas. Surtout avec ce qui l'attendait le lendemain.

Lorsqu'il se fut douché, Elise était déjà couchée. Il éteignit la lumière et se glissa auprès d'elle. Elle s'approcha de lui le plus naturellement du monde, et il lui ouvrit les bras, trop heureux de la serrer contre lui.

— Je suis exténuée, murmura-t-elle contre sa poitrine.

— Moi aussi, répondit-il, bien qu'il soit sidéré de pouvoir être ainsi étendu auprès de sa femme, sans lui faire l'amour pour autant.

Il avait besoin d'elle, d'une manière tout à fait différente. Il ne s'agissait plus de sexe, mais de réconfort, d'amour et...

Quelques minutes plus tard, ils dormaient tous deux à poings fermés.

Elise ouvrit les paupières, tendit machinalement le bras vers l'oreiller, à côté d'elle, et trouva le lit vide. Elle se redressa et aperçut Jake, assis dans un fauteuil, la mine sombre.

— Jake ?

— Hmm ?...

— Ça va ?

— Il pleut à torrents. C'est le temps idéal, pour ce qui nous attend, non ?

— Jake...

Il se leva et s'avança vers le lit. Il ne portait que son caleçon, et la vision de ce corps musclé, si masculin, la mit en émoi. Elle connaissait ce corps, intimement, amoureusement...

Il se laissa tomber près d'elle.

— Aujourd'hui, on me prendra peut-être mon fils. Je sais qu'on me donnera un droit de visite, je deviendrai un papa du week-end... Et je ne peux pas me résoudre à cette idée.

— Jake, murmura-t-elle, se rapprochant de lui. Je ne vois pas comment on pourrait te faire une chose pareille, alors qu'il est évident que tu es prêt à tout pour l'amour de Ben.

— Sauf que les experts et les services concernés sont contre nous. Je...

— Chut, souffla-t-elle, lui posant un index sur les lèvres.

Ce seul contact fit manifestement oublier toutes ses angoisses à Jake. Il la désirait et, de toute évidence, il était las de s'interdire une étreinte dont il avait tant besoin.

— Nous ne devons pas perdre de v...

Elle n'acheva pas sa phrase. Il venait de prendre son index dans sa bouche. Lorsqu'elle sentit ses lèvres remonter le long de son bras dénudé, elle retint son souffle. Il ne tarda pas à atteindre le creux de son cou, et elle se tourna vers lui pour l'embrasser avec toute la ferveur qui l'animait. Le désir explosa en elle dès que leurs langues se rencontrèrent, pour se goûter, s'unir dans le plus élémentaire des besoins. Au bout d'un moment, Jake la repoussa sur le lit, pour faire descendre sa bouche jusqu'à ses seins.

— Je sais que nous devions y aller doucement, gronda-t-il, relevant la tête vers elle, pour l'observer à travers ses paupières mi-closes. Seulement j'ai du mal à me maîtriser, quand je suis avec toi.

— Moi aussi, chuchota-t-elle avant de s'enfouir dans son épaule, ses mains s'enhardissant le long de son torse, jusqu'à son sexe.

Il se tendit sous la caresse, et elle se délecta de sa réaction.

Jake lui malaxait le bout des seins. Bientôt, ses lèvres prirent le relais, et elle cessa de penser. Tout son corps appelait l'étreinte, elle ne voulait plus qu'une chose : que Jake la possède, entièrement.

— Attends, murmura-t-elle néanmoins.

— Hmm ?

Sa main courait sous sa nuisette, à présent, et elle faillit oublier ce qui la préoccupait. Quand la mémoire lui revint, cependant, elle tenta de se redresser.

— Je... je ne prends pas la pilule, je te rappelle. Et ce n'est pas le moment que je tombe enceinte.

Il se laissa retomber sur elle, et partit d'un grand rire.

— Qu'est-ce qui te prend ? s'enquit-elle.

— Je ne croyais pas t'entendre me dire une chose pareille, un jour, ma belle.

— Je sais, seulement, c'est à Ben que nous devons penser, dans l'immédiat.

— Tu as raison, dit-il en lui déposant un baiser sur la joue.

S'il avait encore eu le moindre doute sur son attachement à Ben, ces simples mots auraient suffi à l'effacer.

— Seulement, ce n'est pas facile, reprit-il. Nous pourrions peut-être...

Il fut interrompu par la sonnerie de son portable.

— Bon sang... Qui peut bien nous appeler à cette heure-ci ? grommela-t-il en se levant pour aller chercher l'appareil.

Elise se redressa dans le lit et écouta la conversation. A en juger par son expression, les nouvelles n'étaient pas bonnes.

— Nous ne verrons pas Ben ce matin, annonça-t-il, lorsqu'il eut raccroché.

— Pourquoi ça ?

— C'était Gail Turner. Le juge Reynolds souhaite voir le petit dans son cabinet. Les Foster l'y accompagnent.

— J'avais cru comprendre que Ben ne quittait la maison que pour aller chez son médecin.

— Ruskin les retrouve tous là-bas, répondit Jake,

d'une voix à peine audible. Je me demande ce que tout ça signifie.

— Peut-être rien, tu sais. Si ça se trouve, le juge veut simplement voir comment Ben réagit dans un contexte différent du sien.

— Auquel cas, je dois être là, moi aussi. Tu le connais. Il risque de prendre peur et…

Sa voix s'étrangla dans sa gorge et il fut incapable de continuer.

Elise se glissa entre ses bras. Il la serra si fort, avec un tel désespoir, qu'elle craignit qu'il ne lui brise une côte. Elle ne s'en souciait guère, néanmoins. Tout ce qu'elle voulait, c'était le consoler. Ils étaient rattrapés par la réalité. Plus question de faire l'amour : Elise devait agir, sous peine de les voir tous deux submergés par l'émotion.

— Viens. Habillons-nous, et allons déjeuner. Ensuite, nous prendrons une décision.

Elle se prépara en un temps record. Ils s'apprêtaient à quitter la chambre lorsque le téléphone retentit de nouveau. C'était Spencer, cette fois-ci, qui était arrivé à Houston et qu'ils devaient voir après le petit déjeuner.

Jake ne mangea pas grand-chose et parla encore moins. Quand ils eurent terminé, profitant de ce que la pluie avait cessé, ils firent une promenade dans les environs. Leurs pas les menèrent jusqu'à un petit parc où ils s'assirent sur un banc. Une mère passa, ses jumeaux dans une poussette. Un autre enfant jouait sur la balançoire. Jake ne paraissait rien voir. Toutes ses pensées étaient dirigées vers son fils.

Il se pencha en avant, les poings refermés entre ses genoux.

— Je ne comprends pas pourquoi le juge tient à revoir Ben. Il lui a déjà rendu visite à deux reprises, d'après ce que je sais. Et par un temps pareil, je m'étonne que Ruskin ait accepté que Ben sorte.

— Il semble avoir une certaine autorité, en ce qui concerne Ben.

— J'ai mis un certain temps à comprendre pourquoi, mais je dois reconnaître que si mon fils est en vie, c'est grâce à lui. Viens, dit-il soudain en se levant d'un bond. Allons au centre médical. Comme ça, tu pourras lire le dossier et voir par toi-même l'état dans lequel il était, à la naissance, et les progrès qu'il a faits depuis.

— Entendu, répondit aussitôt Elise.

Elle avait hâte d'en savoir plus sur la santé du petit garçon. Et puis, ce serait toujours mieux que de rester assis dans ce parc, à attendre en se rongeant les sangs.

En route, Jake rappela Spencer pour l'inviter à les rejoindre au cabinet du Dr Ruskin. Lorsqu'ils y furent, l'infirmière s'opposa à ce qu'ils consultent le dossier sans que le médecin ait donné son accord. Ils durent donc attendre qu'elle réussisse à le joindre avant qu'Elise soit enfin autorisée à en prendre connaissance. Jake la laissa dans un petit bureau et rejoignit son frère à l'accueil.

— Qu'est-ce que vous êtes venus faire ici ? lui demanda ce dernier.

Jake lui raconta les derniers développements, avant de se tourner vers lui d'un air anxieux.

— A ton avis, pourquoi le juge tient-il à revoir mon fils ?

— Parce qu'il a une décision difficile à prendre, et qu'il n'agira pas à la légère. Quoi qu'il arrive, tu dois te souvenir qu'il rendra son jugement en fonction de ce qu'il estime être le mieux pour Ben.

— C'est ce qu'on ne cesse de me rabâcher. Pourtant, je n'ai pas l'impression que quiconque se soucie vraiment de Ben, dans cette affaire.

— Qu'est-ce qui te fait penser cela ?

— Rien. L'intuition, peut-être... Et toi ? Que fais-tu ici, de si bon matin ? L'audience n'aura lieu qu'à 13 heures.

Spencer s'éclaircit la gorge avant de répondre.

— Pour tout t'avouer, je suis ici depuis vendredi... Sur l'insistance de maman. Elle se fait un sang d'encre pour toi.

— Ne recommence pas avec ça, déclara Jake d'un ton sec.

— Je ne fais que répondre à ta question.

— Je remonte voir Elise.

— Je suis heureux de vous savoir ensemble, frangin.

— Merci.

— Au fait, reprit Spencer, l'air vaguement mal à l'aise. Je me suis renseigné sur le compte de Ruskin. J'espère que ça ne te dérange pas.

— C'est pour cela que tu es venu si tôt ?

— Oui.

Jake se massa les tempes. Il aurait dû en vouloir à son frère, d'avoir ainsi pris des initiatives sans lui en parler, et, pourtant, ce n'était pas le cas. Comme Elise le lui avait fait remarquer, ils auraient bien besoin de lui.

— Et ?

— J'ai le même sentiment que toi. Quelque chose cloche dans cette affaire, et je ne voulais pas arriver à l'audience complètement démuni. Allez. Je te retrouve là-bas, cet après-midi.

Jake le regarda s'éloigner d'un air songeur. Il ne voyait pas très bien où son frère voulait en venir. Il n'eut pas le temps de s'attarder sur la question, néanmoins, car, lorsqu'il ouvrit la porte du bureau, il trouva Elise en larmes devant une photo de Ben à peine né.

— Ne pleure pas, Elise, supplia-t-il, s'agenouillant devant elle.

— Je n'avais pas compris à quel point... Il était si chétif, Jake. Personne ne pensait qu'il vivrait.

— Ça n'a pas empêché le Dr Ruskin de le guérir, avec l'aide de Mme Carr, répondit-il doucement.

— Il revient de loin, ce petit bonhomme, chuchota-t-elle, s'essuyant la joue d'une main tremblante.

— Oui, et il n'est pas tiré d'affaire.

— Nous l'aiderons, Jake. Je sais que nous pouvons l'aider.

— Espérons que le juge sera de cet avis, lui aussi, répliqua-t-il, lui prenant la main pour la serrer entre les siennes.

11

Ils pénétrèrent dans la salle d'audience encore vide, s'installèrent côte à côte sur l'aile gauche, chacun tirant sa force de la présence de l'autre, dans l'attente de l'épreuve qui les attendait.

Un huissier entra par une porte dérobée, suivi, quelques minutes plus tard, par une sténographe. Jake commençait à s'inquiéter de l'absence de son frère lorsque son attention fut attirée par l'arrivée du Dr Ruskin, accompagné d'un autre homme. Aussitôt, il se tendit. Que faisait-il là ? Etait-il appelé à témoigner, lui aussi ?

Il n'eut pas le temps de s'attarder sur la question, car Gail Turner et Carmen Woods arrivèrent à leur tour, et rejoignirent Ruskin sur l'aile droite. A croire qu'ils faisaient tous front contre lui. Une pensée qui fut encore renforcée par l'arrivée des Foster, Peggy portant Ben dans ses bras, et de leur avocat. Cette fois-ci, Jake se hérissa : personne ne l'avait averti de la présence de Ben, pour qui l'expérience ne pouvait être que traumatisante.

Et Spencer qui n'était toujours pas là…

Tout le monde se leva en voyant apparaître le juge, qui prit presque immédiatement la parole.

— Je vous remercie tous d'être venus pour entendre ma décision concernant la garde du petit Benjamin McCain. J'ai reçu les deux parties en entretien particulier et, si quelqu'un à quelque chose à ajouter à ce qui s'est dit, que cette personne parle.

Jake était de plus en plus tendu. Où était Spencer ? Il ne lui avait tout de même pas fait faux bond en un moment aussi crucial !

Le juge ayant repris la parole, cependant, il se concentra sur ce qu'il disait.

— C'est avec une attention toute particulière que j'ai étudié ce dossier. Car si j'ai la ferme conviction que la place d'un enfant est auprès de ses parents, nous nous trouvons confrontés ici à une situation très particulière, Ben ayant des besoins très spécifiques.

Il se tourna vers Elise et Jake avant de continuer.

— Monsieur et madame McCain, je n'ai aucun doute, ni sur votre attachement à Benjamin, ni sur la nature de la relation que vous avez créée avec lui. Si j'ai tenu à revoir Benjamin, c'était dans l'espoir de me convaincre qu'il comprend ce qui se passe autour de lui. Malheureusement, il n'a pas réagi. Il a régressé, depuis la mort de sa grand-mère, et le Dr Ruskin, ici présent, craint qu'un changement d'environnement ne lui soit fatal. Il s'agit là d'un fait que je me dois de prendre en considération. Mon souci principal étant la santé mentale et physique de votre fils, je ne vois aucune autre solution que…

« Non, non, non ! » hurla une voix en Jake, incapable d'écouter la suite. Il prit la main d'Elise et la serra de toutes ses forces.

— Regarde Ben, lui chuchota-t-elle à l'oreille.

Il risqua un coup d'œil vers l'enfant. Penché en avant, il s'efforçait d'échapper à l'emprise de Peggy.

Essayait-il d'attirer l'attention de son père ? Cette pensée fugace lui était à peine venue que Ben parvint à se libérer et fonça vers lui. Dans sa précipitation, il trébucha, et Jake n'eut que le temps de le rattraper au vol. Toute son anxiété avait disparu, subitement. Le juge s'était interrompu, et Jake se rassit vivement, son fils sur les genoux.

— 'a-pa, murmura Ben, les yeux rivés sur son père.

Un silence de plomb se fit dans la salle. Toutes les personnes présentes retinrent leur souffle.

Jake baissa les yeux vers le petit garçon, le cœur battant, doutant lui-même de ce qu'il venait d'entendre.

— Ben ? demanda-t-il d'une voix timide.

— 'a-pa, répondit l'enfant d'une voix forte.

Incapable de contenir ses larmes, Jake serra son fils contre lui.

Le juge avait quitté son siège, pour s'approcher d'eux. Il s'agenouilla pour se placer au niveau de Ben.

— Benjamin ? demanda-t-il en désignant Jake. Peux-tu me dire qui est ce monsieur ?

L'enfant le dévisagea un instant, avant d'interroger son père du regard.

« Répète, mon chéri… Par pitié, répète ce que tu viens de dire ! » supplia Jake intérieurement.

— Qui est ce monsieur ? redemanda le juge Reynolds.

Ben continua à le fixer sans rien dire.

— Allez, Ben, réponds. Qui est ce monsieur ? Tu le connais !

— 'a-pa.

Elise se mordit la langue pour ne pas fondre en larmes, tandis que Jake se remettait à respirer normalement.

— Quel papa ? Mon papa à moi ?

Ben secoua fermement la tête.

— Le papa de tante Peggy, alors ?

Nouveau geste de la tête.

— Alors ? C'est le papa de qui ?

Le petit garçon réfléchit une minute, son petit front

plissé par la concentration, puis il posa son index sur son propre torse.

— Je vois, répondit Reynolds. Jake est ton papa.

Ben hocha le menton et désigna le tracteur en Lego qu'il avait laissé tomber en courant vers Jake. Le juge le ramassa.

— Qu'est-ce que c'est, Benjamin ?

Ben se tourna vers Jake.

— Vas-y, mon garçon, l'encouragea ce dernier. Explique au juge que c'est un tracteur, comme ceux de papa, à la ferme. Tu sais dire « tracteur » ?

Ben garda le silence.

Jake s'empara de l'objet et le brandit devant les yeux de son fils.

— Dis à papa ce que c'est ? Un tracteur ? poursuivit-il patiemment, priant pour que l'enfant continue à parler.

— 'ac-teur… 'a-pa.

Jamais parole n'avait paru aussi douce aux oreilles de Jake. Ben s'était remis à parler… Cela tenait du miracle.

Mais le juge n'en avait pas terminé. Avec un sourire bienveillant, il montra Elise du doigt.

— Et qui est cette dame ?

Elise attendit, un sourire un peu crispé aux lèvres.

Ben lui rendit son sourire, sans rien dire.

— Si ce monsieur est ton papa, peux-tu me dire qui est cette dame, Benjamin ?

— Réponds au juge, Ben, intervint Jake, incapable de se taire plus longtemps. Tu sais comment elle s'appelle. Dis-le à papa.

— E-li ! cria le petit garçon, rampant vers elle. Eli !

Elise se saisit de lui pour embrasser, à plusieurs reprises, ce petit minois tant aimé. Elle ne semblait guère se soucier d'être au centre de toutes les attentions. Bref, elle avait oublié les convenances si chères à sa mère. Jamais Jake n'oublierait cet instant sacré.

Le juge se releva pour se tourner vers l'aile droite de la salle d'audience.

— Madame Turner ? Docteur Ruskin ? Je voudrais avoir un entretien avec vous, dans mon bureau.

— J'aimerais y assister, lança Spencer, qui était arrivé dans l'intervalle.

— Moi aussi, renchérit l'avocat des Foster.

— Dans ce cas, l'entretien aura lieu dans cette salle même.

Il prit le temps de regagner son siège, avant d'annoncer :

— On m'a donné à comprendre que Benjamin avait à peine conscience de ce qui se passait autour de lui. J'ai pu le constater moi-même, d'ailleurs, lors de mes deux visites à son domicile. Ce matin encore, dans mon bureau, il n'a réagi à aucune de mes questions. Il m'apparaît désormais que ce petit garçon sait parfaitement que Jake McCain est son père et qu'il connaît très bien Elise McCain.

— 'a-pa ! cria Ben, à l'égard du juge Reynolds.

— Oui, jeune homme. Jake est ton papa, répondit le juge avec un sourire bienveillant.

— Emmène-le dans le hall d'entrée, murmura Jake à l'oreille d'Elise. Inutile de lui imposer la suite.

— Tu viens, bonhomme, proposa aussitôt Elise au petit garçon. On va jouer au tracteur, tous les deux. Comment ça fait, un tracteur, déjà ? Vroum vroum ?

— 'Utt, utt, corrigea le petit garçon.

Le juge attendit que la porte soit refermée pour reprendre.

— Je me pose un certain nombre de questions, la plus importante étant de comprendre pourquoi Benjamin est si différent cet après-midi de ce qu'il a été lors de nos entrevues précédentes. Ce matin, il m'a semblé presque...

Il se tourna vers Peggy.

— Madame Foster, lui avez-vous administré un médicament quelconque avant de me l'amener ?

— Oui, répondit nerveusement Peggy. Celui que lui a prescrit le Dr Ruskin, les rares fois où il doit sortir. Nous craignons qu'il ne prenne froid, vous comprenez ?

— Lui avez-vous fait prendre ce médicament lors de mes visites précédentes ? C'est-à-dire quand il n'avait pas à sortir ?

— O... oui.

— Votre Honneur, intervint Ruskin en se levant. Il ne s'agit que de Tylenol. Ben est extrêmement sensible aux virus. Or, vu la faiblesse de ses poumons, nous devons prendre des précautions.

— Cela n'explique pas qu'on lui ait administré du Tylenol lors de mes visites à son domicile.

— Ce médicament a aussi un effet calmant. Vous étiez un étranger, pour lui, et je voulais être certain qu'il ne prendrait pas peur en vous voyant.

— Mesdames Turner et Woods, poursuivit le juge, tous les rapports que vous m'avez fait parvenir insistent sur le fait que le moindre changement est susceptible de nuire à la santé de Benjamin. Or je viens de l'entendre parler dans cette salle d'audience, destinée par définition à être impressionnante, et il a suivi Elise McCain sans broncher, lorsqu'elle lui a proposé d'aller jouer dans le couloir. Comment expliquez-vous cela ?

Gail Turner se leva à son tour.

— Le Dr Ruskin a été très pointilleux sur tout ce qui concernait la santé de Ben. Nous n'avions aucune raison de mettre sa parole en doute.

— Vous n'avez pas rendu visite à Ben personnellement ?

— Si, et nous n'avons rien décelé qui puisse nous faire penser qu'il se trompait.

— C'est que vous êtes une bien piètre travailleuse sociale !

— Votre Honneur...

— Et si, jusqu'à présent, je n'ai eu qu'à me féliciter du travail effectué par vos services, vous avez singulièrement manqué de discernement, dans cette affaire, ajouta-t-il d'un ton sévère.

Ni Carmen Woods ni sa supérieure ne bronchèrent.

— J'ai en ma possession un document susceptible de répondre à certaines questions, reprit Reynolds en ouvrant un dossier posé sur son bureau. Par ailleurs, je dois nommer un tuteur pour gérer les biens de Benjamin McCain.

Les biens de Ben ? De quoi parlait-il ?

Jusque-là, Jake avait écouté l'échange avec stupéfaction. On avait drogué son fils. Il comprenait mieux, à présent, la léthargie de l'enfant, certains jours de visite. Une rage folle s'empara de lui. Spencer le calma d'une petite tape sur l'épaule.

— Ecoute la suite, lui ordonna-t-il.

Jake s'exécuta. De toute évidence, son frère savait ce qui se tramait.

— Avant cela, je dois vous faire part d'une clause particulière, dictée par Irène Carr. Par cette clause, Mme Carr s'engageait à faire un don à la recherche sur les retards mentaux. L'avoué de Mme Carr est-il parmi nous ?

L'homme qui avait accompagné Ruskin se leva aussitôt.

— Oui, Votre Honneur. Mon nom est Ted Garver. Mme Carr m'a confié le fidéicommis de Benjamin dès le départ.

— Avait-elle l'intention de faire un don à la clinique du Dr Ruskin ? s'enquit le juge.

— Bien qu'elle ait été très intéressée par la recherche sur les retards de développement, elle ne m'a jamais demandé de stipuler un quelconque don à la clinique en question par écrit.

— Vous en a-t-elle parlé ?

L'avoué jeta un bref coup d'œil en direction de Ruskin.

— Non plus.

— Vous savez très bien qu'elle voulait nous faire un don substantiel ! protesta Ruskin.

— Je ne sais rien de tel, répliqua Garver. La seule préoccupation d'Irène Carr était la santé de son petit-fils.

— Elle m'a fait une procuration, affirma Ruskin. Non seulement pour que Ben reçoive tous les soins dont il a besoin, mais aussi pour que d'autres enfants puissent en bénéficier.

— Docteur Ruskin, gronda le juge. Vous avez incontestablement tenté de duper ce tribunal.

— Ça n'a jamais été mon intention, Votre Honneur. Mon métier consiste à m'attaquer aux causes perdues. Ben en est l'illustration vivante, et mon plus cher désir est qu'il continue à progresser.

— Pardonnez-moi, Votre Honneur, intervint Jake, seulement je ne comprends pas de quoi il s'agit. On ne m'a jamais parlé d'un fidéicommis en faveur de mon fils.

Reynolds foudroya Gail Turner du regard.

— Dois-je comprendre que vous n'avez pas informé M. McCain de la situation financière de Benjamin ?

— Je ne voulais en aucun cas que l'argent soit un facteur décisif dans sa décision, Votre Honneur. Je voulais être certaine de ses motivations, si vous préférez.

— Madame Turner, il m'a suffi de parler une demi-heure avec Jake McCain pour comprendre qu'il n'était *motivé*, comme vous dites, que par son amour pour son fils. En votre qualité de travailleuse sociale, cela n'aurait pas dû vous échapper non plus. J'en référerai à vos supérieurs.

Gail Turner se rassit. Elle était livide.

— Pourrais-je avoir une idée du montant de ce fidéicommis ? demanda Jake, qui n'était toujours pas remis de sa surprise.

— Il s'agissait initialement de la coquette somme de deux millions quatre cent mille dollars. Je n'ai aucune idée de ce qu'il en reste.

— Votre Honneur, je peux vous éclairer sur ce sujet, intervint Spencer.

— Faites, maître McCain. Faites !

Spencer lui apporta un dossier que le juge parcourut, tout en l'écoutant.

— Lorsque mon frère m'a annoncé qu'il était le père de Ben, j'ai trouvé étrange qu'une femme aussi dévouée à son petit-fils que l'était Irène Carr n'ait laissé aucune instruction spécifiant qui devait en avoir la garde. Elle se savait mourante, et il m'a semblé important de procéder à quelques recherches. Vous trouverez mes conclusions dans le dossier que vous avez sous les yeux.

Le juge releva la tête.

— Autre chose, maître ?

— Oui. Mon frère et ma mère sont à Houston. Ils tenaient à être là pour soutenir Jake et Elise.

Jake se raidit. Spencer avait omis de lui faire part de ce détail.

— Mon frère Caleb est officier de police. Il m'a beaucoup aidé dans mon enquête, ainsi que ma mère, qui a réussi à rencontrer une voisine et amie de Mme Carr, ainsi que son mari. Les Simpson ont fait la connaissance d'Irène il y a trois ans, lors de son installation à Houston.

En plus de devoir s'occuper d'un enfant malade, elle avait de graves problèmes financiers. Les Simpson l'ont beaucoup aidée, en s'occupant de Ben, pour qu'elle se repose, par exemple. Et puis, par miracle, le différend qui opposait Irène à la société employant son défunt mari a été réglé, à son avantage. Allan Carr était chauffeur routier, il s'est tué dans un accident causé par des freins défectueux. La société a été condamnée à verser la somme déjà citée à sa veuve. A cette époque-là, Ben n'avait que quatre mois et, comme vous le savez, son pronostic vital était engagé. Les honoraires du Dr Ruskin étant ce qu'ils sont, Irène ne pouvait lui amener Ben que de manière épisodique. Lorsqu'elle a été à même de payer, en revanche, le Dr Ruskin a été ravi de prendre Benjamin sous son aile, avec une régularité et un suivi que je qualifierais d'étonnants.

Spencer alla déposer un second document sur le bureau du juge.

— Plus Irène Carr payait, plus le Dr Ruskin lui en demandait. Sous prétexte de faire des recherches sur les retards de développement, il a effectué de nombreux déplacements. J'ai pu en obtenir la liste par l'intermédiaire de son agence de voyages, et je m'interroge quant au genre de recherches qu'on peut faire aux îles Caïmans ou à Hawaii, pour ne citer que ces deux endroits.

Spencer s'interrompit, pour laisser à chacun le temps de digérer cette nouvelle information.

— Vous trouverez le témoignage des Simpson dans le dossier. Ils sont prêts à venir à la barre pour témoigner, si nécessaire. Dans leur déclaration, il apparaît clairement que lorsque Irène est tombée malade, le Dr Ruskin a fait pression sur elle pour obtenir une procuration. Ils précisent même qu'il l'a menacée de ne plus s'occuper de Ben si elle ne s'exécutait pas.

— C'est un mensonge ! s'insurgea Ruskin, sans même se lever.

Pour toute réponse, Spencer produisit un troisième document.

— J'ai également une déclaration de Mme Ella Timms, travailleuse à domicile, qui se trouvait chez Mme Carr le jour où celle-ci a signé ladite procuration. Irène a confié à Ella qu'elle n'agissait qu'à contrecœur.

— Vous avez quelque chose à ajouter, docteur Ruskin ? demanda le juge.

— C'est un tissu de mensonges. Je n'ai jamais forcé Irène à signer quoi que ce soit.

— Je vois, dans le dossier que maître McCain m'a soumis, un relevé du compte de Benjamin. Des retraits importants y ont été effectués depuis la mort de Mme Carr. C'est un mensonge, ça aussi ?

— La loi ne vous autorise pas à fouiller dans un compte pour lequel je suis le seul à avoir une procuration.

— Certes, docteur Ruskin, répliqua Spencer. Malheureusement pour vous, peu avant sa mort, Irène Carr a signé une deuxième procuration, en faveur de son amie Gladys Simpson, cette fois. Elle voulait que Gladys surveille le pécule de son petit-fils. C'est par ce biais que j'ai pu me procurer ce relevé.

Ruskin ne trouva rien à répondre.

— Comment se fait-il que les Simpson n'aient pas parlé avant ? voulut savoir le juge.

— Il se trouve qu'une semaine après la mort d'Irène, leur fille a eu un grave accident de voiture. Ils sont donc partis en catastrophe à Bay City pour s'occuper d'elle. Nous avons eu une chance folle de les trouver lors d'un de leurs rares retours à Houston, où ils viennent aérer leur maison, une fois par mois. Pour le reste, chaque fois que Gladys Simpson a téléphoné aux Foster pour prendre des nouvelles, elle s'est entendu répondre que tout allait pour le mieux.

— Je vois, dit le juge d'un ton sévère. Et ça, c'est ce qu'il reste de la somme initiale ?

— Oui, Votre Honneur. Quatre cent dix mille dollars.

— J'attends vos explications, docteur Ruskin.

— Puis-je ajouter une dernière chose ? demanda précipitamment Spencer.

— Allez-y, répondit le juge d'un air faussement résigné.

— La fille de M. et Mme Foster, Nancy Bailey, a déclaré que le Dr Ruskin avait promis la maison de Houston à ses parents s'ils adoptaient Ben.

— De mieux en mieux, grommela le juge. Est-ce vrai, docteur Ruskin ?

— Je n'ai rien à me reprocher, marmonna ce dernier.

Le juge attendit une seconde avant de se tourner de nouveau vers Spencer.

— Vous n'avez toujours pas répondu à votre propre question, à savoir : pourquoi Irène Carr n'a pas assuré l'avenir de son petit-fils par écrit. Je ne doute pas que vous ayez une explication, là encore…

— En effet. Selon Gladys Simpson, Irène souhaitait qu'on retrouve le père biologique de Ben. Sa fille Sherry n'était pas très sûre d'elle, mais elle a tout de même mis le nom de mon frère sur le certificat de naissance. Il ne restait plus à Irène qu'à s'assurer de sa paternité. Elle s'est tournée vers le SPE et a demandé à son avoué d'engager un détective privé à cet effet. Ainsi, elle était certaine de pouvoir retrouver Jake, à qui elle aurait proposé un test ADN. Elle voulait que Ben vive avec son père. Elle est morte trop tôt pour obtenir une réponse quelconque, ce qui m'intrigue d'autant plus que Jake n'était pas bien difficile à retrouver.

— Monsieur Garver ? demanda le juge.

Ted Garver se leva d'un bond.

— Le Dr Ruskin vous a-t-il « incité » à oublier cette histoire de détective ?

— Je... Oui, Votre Honneur. Je...

— Vous pouvez vous rasseoir.

Jake fut incapable de se contenir plus longtemps. Il se leva, se tourna vers Ruskin et rugit :

— Vous ne vous êtes jamais soucié le moins du monde de mon fils ! A vos yeux, il ne représentait qu'une manne, que vous avez utilisée à vos fins personnelles, sous couvert de faire de la recherche. Tant que vous aviez la situation en main et que Ben restait dans cette maison, personne ne risquait de s'apercevoir que son héritage avait fondu comme neige au soleil. Vous étiez prêt à sacrifier sa santé pour garder le secret. Vous êtes allé jusqu'à le droguer pour que son entourage ne puisse voir ce qu'il est vraiment, c'est-à-dire un petit garçon qui n'évoluera qu'au contact d'autres enfants de son âge, et en plein air. Vous vous êtes servi des Foster, de Carmen Woods et de Gail Turner, qui croyaient en votre sens de l'éthique. Vous n'êtes qu'un égoïste manipulateur, de surcroît !

Il avait traversé l'allée en parlant, et se rapprochait dangereusement du médecin. Spencer jugea bon de s'interposer.

— Du calme, Jake. La violence ne servira pas ta cause.

— Monsieur McCain..., commença Ruskin.

— La ferme ! hurla Jake, essayant — vainement — de se dégager de l'emprise de son frère. Je ne veux plus vous entendre. Plus un mot, compris ?

Il ne s'aperçut qu'il avait crié qu'en entendant sa voix en écho dans la salle d'audience. Sa rage était telle qu'il dut prendre plusieurs inspirations avant de pouvoir se calmer.

— Monsieur McCain, je vous ordonne de vous

rasseoir, gronda le juge Reynolds, avant de se tourner vers Ruskin. Quant à vous, vous pouvez vous attendre à une enquête policière, ainsi qu'à un rapport à l'Ordre des médecins. Dans l'attente, vous n'êtes pas autorisé à quitter la ville. Vous n'avez pas fini d'entendre parler de moi. A présent, qu'on fasse entrer Mme McCain et Benjamin. Je suis prêt à rendre ma décision.

Elise était assise à même le sol, le dos contre un mur. Ben faisait rouler son tracteur sur ses jambes étendues, en marmonnant inlassablement « Utt... utt, utt ».

Le temps lui paraissait bien long, et son anxiété augmentait avec chaque minute qui passait.

— Le juge vous attend, vint enfin lui annoncer l'huissier.

Elle se releva prestement, prit la main de Ben et s'avança jusqu'à la salle d'audience. Dès qu'il vit son père, Ben se précipita vers lui.

— 'A-cteur... 'a-pa, chantonna l'enfant en brandissant son tracteur.

— Oui, mon garçon, murmura Jake.

Il ne se lassait pas d'entendre cette petite voix, et il n'avait qu'une hâte : quitter cet endroit maudit avec son fils et sa femme.

— Monsieur McCain, comme je vous l'ai expliqué, en temps normal, je me fonde sur des faits pour prendre mes décisions. Attendu que dans cette affaire, les faits qui m'ont été soumis sont le pur fruit d'une grossière manipulation, je vais faire une exception à la règle que je me suis fixée. J'exerce la fonction de juge des affaires familiales depuis de nombreuses années, et l'expérience m'a appris qu'on avait tout intérêt à écouter les enfants. C'est pourquoi j'ai demandé à voir Benjamin une dernière fois ce matin et que j'ai tenu à ce qu'il assiste à l'audience.

Bien m'en a pris, car votre fils nous a démontré que les prétendus faits étaient faux.

Il se tut, fit un signe à la sténographe et reprit, d'une voix solennelle :

— En vertu des pouvoirs qui me sont donnés, j'accorde donc la garde totale de Benjamin McCain à son père Jake, qui, de fait, est habilité à gérer son fidéicommis. Je ne doute pas, monsieur McCain, que vous utiliserez cet argent pour subvenir à ses besoins spécifiques. Il y a cependant trois conditions à cette décision. Si je ne vois aucune raison pour que Ben ne vive pas avec votre femme et vous dans votre exploitation, je souhaite que vous restiez à Houston dans un premier temps. La deuxième condition est que Ben soit examiné par un médecin assermenté. Mes services vous feront part du jour et de l'heure du rendez-vous. Enfin, d'ici trois mois, le Service de protection de l'enfance procédera à une évaluation des progrès de Ben. Voilà. Vous pouvez emmener votre fils.

— Merci, Votre Honneur, répondit Jake, incapable d'ajouter un mot, tant son soulagement était grand.

Il prit la main d'Elise et, Ben serré contre lui, s'y accrocha.

C'était fini. Ils avaient un fils. Leur fils.

— Votre Honneur, lança soudain Peggy. Mon mari et moi-même nous occupons de Ben depuis plusieurs mois, comme Irène l'avait souhaité. Si nous avons vendu notre appartement, c'est parce que le Dr Ruskin nous a promis la maison. Et bien qu'il m'apparaisse évident qu'il nous a manipulés, il n'en reste pas moins que nous nous trouvons confrontés à un problème d'importance.

Nous autorisez-vous à rester dans la maison jusqu'à ce que nous ayons trouvé un autre logement ?

— Il appartient à M. McCain d'en décider. La séance est levée.

Carl et Peggy Foster rattrapèrent Jake et Elise dans l'allée centrale.

— Je suppose que nous devons quitter la maison au plus tôt, marmonna Peggy.

— Vous supposez bien, répondit Jake, s'efforçant de maîtriser sa rage. Je veux les clés de la maison, ainsi que le siège auto de Ben.

Il n'éprouvait aucune pitié pour ces gens qui avaient comploté avec Ruskin dans l'espoir d'obtenir une maison. Peggy ouvrit son sac à main et lui tendit un trousseau de clés.

— C'est le mien, précisa-t-elle, la mine sombre. Pouvons-nous au moins garder le trousseau de Carl, le temps de déménager ?

— Oui. Et pas un jour de plus, rétorqua-t-il sèchement.

— Nous allons vous chercher le siège auto.

Jake tourna les talons pour poursuivre son chemin, et se figea. Trois personnes se tenaient à la sortie de la salle. Spencer, Caleb… et leur mère. Immédiatement, le passé resurgit, apportant avec lui son lot de ressentiments, en contradiction totale avec le présent.

Il n'était pas en état d'affronter Althea aujourd'hui. Il voulait être seul avec Ben et Elise.

Spencer ne se méprit pas sur son expression. S'avançant précipitamment vers lui, il murmura :

— Maman et Caleb se sont vraiment démenés pour toi, ces derniers jours, Jake. Le moins que tu puisses faire est de te montrer courtois.

Jake, toujours figé sur place, fut incapable de se départir de sa froideur.

— Tout ce que je veux, c'est qu'on me laisse tranquille.

Spencer secoua la tête d'un air désabusé et sortit, Althea et Caleb sur les talons.

— Rattrape-les, Jake, intervint Elise d'une voix ferme. Ne serait-ce que pour les remercier. C'est tout ce qu'ils attendent de toi.

Jake se raidit encore davantage. Elise lui en demandait trop. Il n'était pas en état de…

— Fais-le, insista-t-elle, le poussant doucement vers l'avant. Pour toi, pour nous, pour la famille que nous formons désormais. Allez !

Jake considéra un instant sa femme et son fils. Leurs mines réjouies le réchauffèrent tout entier, et il comprit soudain à quel point il était gâté par l'existence, et ce qu'il devait à son entourage, y compris à sa mère et à son demi-frère. Sans plus hésiter, il se précipita dans le couloir.

Il les rattrapa devant l'ascenseur et, l'espace d'un instant, se sentit de nouveau submergé par son traumatisme d'enfant. Pour la première fois cependant, il passa outre.

— Je… Merci, déclara-t-il d'une voix un peu crispée. Je vous remercie de ce que vous avez fait pour Ben, pour Elise et pour moi-même.

Aussitôt, Caleb s'avança vers lui et lui serra la main.

— Je suis vraiment content que tu aies gagné ce procès.

— Merci, répéta Jake, toujours incapable de mettre un semblant de chaleur dans son intonation.

Malgré lui, il sentit son regard passer de son demi-frère à sa mère. Erreur fatale… Althea était bouleversée et, contrairement à la fois précédente, il ne put ignorer son chagrin. Elle souffrait, c'était sa faute et il s'en voulait… sans pour autant trouver les mots appropriés.

C'est alors qu'Elise apparut, avec Ben qui courut

vers son père pour enrouler ses petits bras autour de sa jambe. Jake lui posa une main sur l'épaule.

— Il me rappelle le petit garçon que tu étais à son âge, murmura Althea. Le même visage, les mêmes yeux !

— Il faut qu'on y aille, intervint Spencer, tandis que les portes de l'ascenseur s'ouvraient devant eux. On se revoit bientôt ?

— Merci encore, lança Jake, presque serein, subitement.

— Tu vois, ce n'était pas si terrible, lui fit remarquer Elise.

— Non, répondit-il avec un grand sourire.

Les Foster émergèrent du deuxième ascenseur, Carl portant le siège auto de Ben.

— Merci, leur lança Jake, oubliant ses ressentiments envers eux aussi.

Après tout, ils avaient été là pour Ben quand il avait eu besoin d'eux. Jake ne devait pas l'oublier, même s'ils avaient mal agi par la suite.

— J'ai réfléchi, ajouta-t-il. Prenez le temps de trouver un logement convenable, avant de quitter la maison. En remerciement des soins que vous avez apportés à mon fils en attendant qu'on me retrouve.

Peggy écarquilla les yeux.

— Oh ! Merci, Jake...

Et pour la première fois, il vit l'esquisse d'un sourire sur son visage austère.

— En revanche, je dois vous prévenir que c'est là qu'Elise, Ben et moi demeurerons, en attendant d'être autorisés à rentrer chez nous.

— Bien sûr, je comprends..., bredouilla Peggy. Je vous promets que nous nous ferons discrets.

— C'est un beau geste, Jake, fit remarquer Elise, lorsqu'ils furent repartis.

— Le juge m'a paru de bon conseil, et j'ai la ferme

intention de l'écouter. Bon, tu es prêt, mon garçon ? demanda-t-il en ébouriffant les cheveux de l'enfant.

Ben hocha la tête à deux reprises.

— Alors allons-y ! Rentrons à la maison.

12

Leur retour dans la maison de Houston fut quelque peu agité. Ben courait dans tous les sens sans cesser de babiller et, si Jake et Elise ne comprenaient pas la moitié de ce qu'il disait, c'était un véritable bonheur d'entendre le son de sa voix. Jake appela Lavina pour lui annoncer la nouvelle, puis Peggy et Carl rentrèrent, et Jake se rembrunit.

— Inutile de vous dire que votre petit complot avec Ruskin m'a énormément contrarié, leur annonça-t-il tout de go.

— Nous sommes sincèrement désolés, marmonna Peggy. Il ne s'agissait pas seulement d'obtenir la maison, vous savez… Nous aimons sincèrement Ben et nous voulions l'adopter pour lui éviter les institutions, comme ma sœur l'avait souhaité.

Jake la crut sur parole. S'ils n'avaient pas été attachés à son fils, ils ne s'en seraient pas occupés avec une telle constance. Et même s'il les avait trouvés plus d'une fois trop stricts, il avait pu constater par lui-même l'ampleur de leur attachement au petit garçon. Il ne pouvait que se féliciter de leur présence, à la mort d'Irène. Quant à leur attitude à son égard, il comprenait à présent qu'elle leur avait été dictée par Ruskin.

— Comme je vous l'ai dit au tribunal, je vous suis

reconnaissant de ce que vous avez fait pour Ben. Je regrette seulement que vous ne m'ayez pas donné ma chance.

— Nous nous sommes laissé aveugler par les mensonges du Dr Ruskin, expliqua Carl.

— Vous n'êtes pas les seuls, admit Jake.

— Je tiens à vous remercier de votre hospitalité, ajouta Carl. Nous ferons en sorte que notre cohabitation ne dure pas trop longtemps.

— Et nous, de notre côté, pour qu'elle soit vivable, promit Jake.

Cet échange améliora grandement l'ambiance générale. Peggy prépara le repas, avant de montrer à Elise comment mixer celui de Ben. Celle-ci ne fut que trop heureuse de cette aide inespérée. Elle en avait tant à apprendre, sur la manière de s'occuper de l'enfant…

Après dîner, les Foster se retirèrent dans leur chambre, tandis que Jake et Elise donnaient un bain à leur fils et le préparaient pour le mettre au lit.

La maison comprenait deux ailes, avec une chambre d'un côté, deux de l'autre. Irène Carr et Ben ayant occupé ces dernières, Jake et Elise s'installèrent dans la chambre d'Irène.

Ben s'endormit dans les bras d'Elise pendant qu'elle lui lisait une histoire. Elle le porta jusqu'à son petit lit, s'étonnant de la vitesse à laquelle elle s'était attachée à ce petit garçon.

Sa vie avait été tellement remplie, jusqu'à sa rencontre avec Jake, qu'elle avait enfoui en elle son désir d'enfant pour se consacrer entièrement à la littérature. Twain, Hawthorne, Thoreau… Autant d'auteurs qui lui faisaient oublier tout le reste. Jake avait su réveiller en elle son envie initiale, jusqu'à lui faire admettre qu'il y avait autre chose que la littérature, dans la vie. A présent, elle le comprenait pleinement. Ben était là, et elle l'aimait de tout son cœur.

Elle leva les yeux vers Jake, se demandant ce qu'elle représentait pour lui, puis écarta la question. Ils avaient beaucoup de tendresse l'un pour l'autre, et ils sauraient élever Ben comme deux parents se doivent de le faire. Et si elle avait le sentiment qu'il lui manquait encore quelque chose, cela restait très flou. Sans doute parce que, dans l'immédiat, elle était uniquement préoccupée par Ben.

Une fois qu'il fut couché, ils s'assirent côte à côte sur le lit d'Irène Carr et discutèrent jusqu'à minuit. Jake lui raconta en détail ce qui s'était passé dans la salle d'audience, avant d'aborder le sujet d'Althea et de Caleb. Il semblait s'apercevoir que son amertume était vaine, qu'il devait oublier le passé. C'était un progrès.

Il s'endormit dans ses bras, lui aussi, et Elise se reprit à s'interroger. Que se passait-il, au fond de lui ? Serait-il jamais à même d'aimer une femme, après ce que lui avait fait sa mère ?

Jake fut réveillé par un mouvement à ses pieds. Elise étant toujours endormie près de lui, il se demanda brièvement ce qui faisait bouger le lit. Il leva la tête et n'en crut pas ses yeux. Ben sautillait joyeusement sur le matelas.

Jake se redressa d'un bond. Comment diable avait-il fait pour s'introduire dans leur chambre ?

— Ben ? Qu'est-ce que tu fais ici ? demanda-t-il précautionneusement.

— 'A-pa… Eli, répondit l'enfant.

Elise entrouvrit les paupières.

— Ben ? demanda-t-elle, surprise elle aussi. Tu es allé le chercher ?

— Non. J'ai bien l'impression que ce jeune homme est sorti de son lit tout seul. C'est ça, bonhomme ?

Ben hocha la tête et se glissa entre eux. Elise lui tendit les bras.

Jake contempla le magnifique tableau qui s'offrait à lui. Elise était faite pour être mère, c'était indubitable. Dire qu'elle avait si longtemps été persuadée du contraire !

— Je vais faire un café, annonça-t-il en se levant.

Il souriait encore lorsqu'il parvint dans la cuisine. Ben était sorti de son petit lit. Ça n'aurait pas été une bonne chose dans le cas d'un enfant « normal », mais, dans le sien, c'était une étape marquante : il s'était débrouillé tout seul. Bien sûr, Elise et lui devraient lui faire comprendre qu'on ne pénétrait pas ainsi dans la chambre parentale...

Il fronça les sourcils. Peut-être la lecture de quelques ouvrages sur l'art d'être parent et la manière d'établir une certaine discipline s'imposait-elle...

Elise amusa Ben avec des chansonnettes pendant un certain temps avant qu'il ne se lasse. Il finit par descendre du lit et, se retournant, resta figé devant une photo posée sur la commode. Elle le représentait encore bébé, dans les bras de sa grand-mère.

— 'A-mie...

Elise hésita un instant avant de comprendre qu'il appelait Irène « mamie ».

— 'A-mie... 'a-tie.

Soudain, de grosses larmes se mirent à dégouliner sur ses joues. Elise se précipita vers lui pour le consoler. Son petit corps tremblait, il hoquetait en répétant inlassablement « 'Amie 'a-tie ».

Mamie est partie...

Jake accourut dans la chambre, alarmé. Il s'agenouilla auprès de sa femme et de son fils et les étreignit tous les deux.

— Tout va bien, mon garçon. Papa est là, murmura-t-il d'une voix rauque.

Ben continuant à sangloter, il sentit son cœur se serrer.

— Chut, murmurait Elise à l'oreille du petit garçon. Ne pleure plus, bonhomme.

— Que s'est-il passé ? demanda-t-il à Elise.

— Il a vu la photo de sa grand-mère, et je pense qu'il vient d'accepter l'idée qu'il ne la reverra pas.

Elle continuait à serrer l'enfant contre elle, bouleversée par les sanglots qui secouaient son corps frêle. En même temps, elle savait que son chagrin constituait un progrès. S'il avait cessé de parler, c'était par rébellion, parce qu'il en voulait à Irène d'être morte. A présent qu'il avait retrouvé l'usage de la parole, il ne pouvait qu'exprimer sa peine.

Ils restèrent tous les trois sur le sol, jusqu'à ce que Ben soit un peu calmé. Entre-temps, les Foster étaient apparus sur le seuil de la chambre, en chemise de nuit et pyjama. Jake leur expliqua brièvement la situation, avant de les assurer que tout allait bien.

— Je vais préparer le petit déjeuner, annonça Peggy.

Jake caressa tendrement les joues baignées de larmes de son fils.

— Papa est là, mon chéri. Et il t'aime.

— 'A-mie 'a-tie, répéta l'enfant.

Jake dut déglutir à plusieurs reprises avant de pouvoir répondre.

— Mamie t'aimait aussi, tu sais. Seulement…

Il s'interrompit. S'il lui semblait important que Ben sache que sa grand-mère l'avait aimé, il s'interrogeait quant à la manière d'expliquer la mort à un enfant de trois ans. A son grand soulagement, Elise prit le relais.

— Et puis je suis là... Moi aussi, je t'aime.

Ben enfouit son petit visage dans son cou et s'y attarda. C'était cela qu'il lui fallait. Un peu de tendresse féminine.

L'épisode fut vite oublié, sauf pour Jake qui eut le cœur gros toute la journée. Il fut heureux de recevoir un appel du bureau du juge, qui avait fixé un rendez-vous pour Ben le mercredi suivant, avec un certain Dr Henry Giles. C'était plutôt positif : dès la semaine suivante, il serait à même d'emmener Ben loin de cette maison et de tous ses souvenirs.

Il appela Mike pour se tenir au courant de ce qui se passait à la ferme. Le coton était en balles dans l'entrepôt, prêt pour la vente. Les deux hommes passèrent un certain nombre de détails en revue, avant de convenir qu'ils attendraient le retour de Jake pour recevoir les négociants. Il n'était décidément pas facile de gérer l'exploitation à distance, et Jake avait hâte de rentrer.

Ce soir-là, Elise et lui couchèrent Ben comme la veille, pour le voir arriver dans leur chambre au bout de quelques minutes. Ils le recouchèrent, mais le petit garçon se releva presque aussitôt, et le manège dura si longtemps qu'ils durent bien admettre qu'ils se trouvaient confrontés à leur premier problème de parents.

— Qu'est-ce qu'on fait ? demanda Jake à Elise.

Celle-ci haussa les épaules.

— Je ne sais pas trop. Vu ce qui s'est passé ce matin, je dirais qu'il ne faut pas brusquer les choses.

— Moi aussi, pour tout t'avouer. Seulement, l'attitude de Ben ne me paraît pas normale. J'aimerais bien comprendre ce qui le chagrine ainsi.

Elise ouvrait la bouche pour répondre lorsque Ben

surgit dans la chambre, grimpa sur le lit et les dévisagea d'un air innocent.

— Ben ? Il me semble que papa t'a demandé de rester dans ton lit, dit Jake, sans élever le ton.

Elise l'attira à lui et le tint à bout de bras, pour le regarder dans les yeux.

— Qu'est-ce qui ne va pas, bonhomme ? Tu ne te sens pas bien, dans ton lit ?

— 'A-pa-Eli, répondit-il.

Il s'était mis à les appeler ainsi, comme s'ils ne formaient qu'une seule entité.

— Papa et Elise dorment ici, expliqua patiemment Jake, et toi dans ta chambre, là-bas.

— 'A-pa-Eli, répéta Ben.

Jake secoua la tête avec perplexité, avant d'interroger sa femme du regard.

— Qu'y a-t-il, Ben ? s'enquit-elle. Tu as peur ?

Pas de réponse.

— Dis-moi ce qui ne va pas, mon chéri, reprit-elle en caressant ses boucles fines.

— 'A-pa-Eli 'a 'a-ti... 'a 'a-ti.

Elise et Jake se consultèrent du regard. En plus de ne pas prononcer les premières consonnes des mots, il arrivait à leur fils de ne pas les mettre dans le bon ordre.

Ils comprirent ce qu'il essayait de leur dire au même instant. Ben avait pris l'habitude de les voir repartir au terme de leurs visites quotidiennes. Il craignait que ce ne soit le cas ce soir encore, et qu'ils ne reviennent jamais, comme l'avait fait Irène Carr, dans son esprit de petit garçon de trois ans.

Jake le prit sur ses genoux, la gorge nouée.

— Tu te souviens, hier, quand tu as dit au monsieur que j'étais ton papa ?

Ben hocha gravement la tête.

— Eh bien, ça veut dire que Ben McCain a un papa et que ce papa ne le quittera jamais. Tu comprends, fiston ? Je ne repartirai plus jamais sans toi.

Le visage du petit garçon commençait à s'illuminer. Il acquiesça de nouveau.

— Elise et moi serons là quant tu te réveilleras, demain matin, comme tous les matins. Et quand tu iras te coucher, nous serons là aussi. Parce que tu es notre petit garçon à nous. Et que nous t'aimons.

— 'A-pa-Eli 'a 'a-ti... 'a 'a-ti, s'exclama Ben d'une voix triomphante.

— C'est cela. Papa et Elise ne partiront pas. Maintenant, tu vas pouvoir t'endormir tranquillement ?

Ben lui décocha un sourire radieux, descendit du lit et regagna sa chambre.

— Je prends ça pour un « oui » franc et massif, qu'en penses-tu ? demanda Jake à sa femme.

Elle lui retourna son sourire.

— Moi aussi. Toutefois, nous ferions bien d'aller lui faire un dernier bisou. Allez, viens !

Lorsqu'ils regagnèrent leur chambre, ils attendirent de voir ce qui se passait sans mot dire. Trois minutes s'écoulèrent, puis quatre... Au bout d'un quart d'heure, Ben n'avait pas réapparu.

— Ça a marché, fit remarquer Jake, soulagé.

— Oui. Encore une preuve que notre fils comprend bien plus de choses que Ruskin ne nous l'a fait croire.

— Je suis d'accord avec toi... Je dois t'avouer que je suis toujours sous le coup de l'épisode de ce matin. Son chagrin faisait peine à voir.

— Oui, seulement Ben devait dire au revoir à sa grand-mère. Pour moi, c'est plutôt bon signe.

— Ton aide m'est vraiment précieuse, tu sais. Spencer m'a fait remarquer que les femmes étaient l'essence même de la maternité, et je commence à comprendre ce qu'il voulait dire.

— Pas moi, murmura-t-elle. Tu peux m'expliquer ?

— Les femmes donnent la vie, et elles sont naturellement douées pour la préserver, la cultiver... un peu comme on cultive les plantes, en somme.

— C'est vraiment ainsi que tu me vois ?

Jake la contempla un instant avec une tendresse infinie. Elle avait toutes les qualités d'une femme, d'une mère, et il tenait à ce qu'elle le sache.

— Oui, répondit-il d'une voix rauque. Et si j'ai pensé que je pourrais m'occuper de Ben tout seul, je me rends bien compte que j'aurais eu du mal. Il a besoin d'une mère. Quand il pleurait, ce matin, c'est toi qui as réussi à le calmer. C'est dans tes bras qu'il s'est réfugié.

Elise relâcha le souffle qu'elle n'avait pas eu conscience de retenir. Elle se sentait merveilleusement bien, subitement. Rassurée par les paroles de son mari, presque sûre d'elle... Elle fit courir ses doigts le long de la joue râpeuse de Jake, puis s'attarda sur ses lèvres, ses sens s'éveillant à ce simple contact.

— Elise..., gémit-il, avant de se pencher sur elle pour l'embrasser.

Lui aussi avait besoin de ce contact, de la douceur de sa femme. Ses lèvres s'entrouvrirent, et elle lui rendit son baiser avec une ferveur qui le laissa pantois.

— J'ai envie de toi, grommela-t-il. Je... je n'y tiens plus.

— Moi non plus.

Il se détacha d'elle, les yeux rivés sur cette bouche si tentante.

— Nous ne devons pas prendre de risques, poursuivit-il, songeant au passage que, pour le coup, il n'était pas tout à fait sincère.

Cette nouvelle idée le laissa songeur. Ce qui le gênait,

c'était la présence de Derek entre Elise et lui, même dans cette chambre inconnue. Pourtant, il lui avait fait l'amour dans des conditions beaucoup moins romantiques, en sachant très bien qu'elle ne l'aimerait jamais ! Alors ? Pourquoi trouvait-il cela si difficile, à présent ?

— Il va falloir que l'un de nous deux se décide à acheter des préservatifs, dit-elle. C'est aussi simple que ça !

Il se leva et enfila un peignoir.

— Je m'en occupe dès demain, annonça-t-il, las de refouler son désir.

C'était décidé : bientôt, malgré le fantôme de Derek Weber qui continuait à le hanter, il ferait l'amour à sa femme. Très bientôt.

— En attendant, je vais me préparer un truc à grignoter. J'ai une petite faim, tout à coup. Essaie de dormir...

Elise brûlait de désir et, même si elle se sentait tout à fait d'accord avec Jake sur le fond, elle ne trouvait pas l'apaisement. Prenant appui sur la tête du lit, elle se souvint qu'il faisait souvent cela — aller grignoter en plein milieu de la nuit. En général, il se versait un grand verre de lait qu'il accompagnait de biscuits et de fromage. Parfois, elle le rejoignait dans la cuisine pour se servir une coupe de glace, sans se soucier le moins du monde de sa ligne. Rien que pour le plaisir d'être avec lui, en quelque sorte.

— Jake ?

— Hmm..., fit-il en s'arrêtant sur le seuil de la porte.

Elise se raidit. Elle avait été à deux doigts de dire « Je t'aime », et les mots restèrent coincés dans sa gorge. Ce n'était pas Jake qu'elle aimait, mais Derek, à tout jamais, ce qui la plongea dans un état de tristesse insondable.

— Oui ? redemanda Jake, devant son silence.

— Rien, dit-elle d'une voix faible. Nous discuterons de tout cela plus tard.

Dès qu'il fut sorti, elle se laissa retomber sur son oreiller. Quand avait-elle commencé à éprouver plus que de la tendresse pour son mari ? Parce que le doute n'était plus permis, à présent. Il s'agissait de bien autre chose que de l'attachement ou de l'affection. C'était même, sans doute, la raison pour laquelle elle avait été si bouleversée, à la pensée qu'on puisse lui refuser la garde de son fils.

Elle se remémora le soir lointain où il était descendu de sa fourgonnette pour lui proposer son aide, sur cette route déserte. Elle avait senti son corps réagir, bien avant son esprit et son cœur. Sa fidélité au souvenir de Derek ne le lui avait pas permis. Et c'était toujours le cas.

Alors, que faire ? Aller rejoindre Jake dans la cuisine et lui parler ? A quelle fin, exactement ? La situation lui paraissait encore si floue, et ils avaient tant d'autres préoccupations, l'un comme l'autre... L'examen de Ben par un nouveau médecin, le retour à la ferme, qui serait une étape marquante...

Non, décidément, ils n'étaient pas en état de réfléchir sur leur couple. De plus, elle ignorait tout des sentiments que Jake nourrissait envers elle. Il la désirait, cela ne faisait aucun doute. Cependant, avec ce qu'il avait enduré pendant son enfance, on pouvait douter qu'il croie toujours en l'amour.

L'amour...

L'espace de quelques minutes, elle se laissa aller à l'introspection. Voulait-elle vraiment que Jake l'aime ?

« Derek... Je te demande pardon, songea-t-elle. Je crains que Jake ne finisse par te remplacer dans mon cœur... »

C'est déjà fait, lui souffla une petite voix intérieure.

Durant les jours qui suivirent, Elise se surprit à observer son mari à la dérobée, tandis qu'il changeait la couche de Ben ou dans ses rapports avec les Foster. Dans tous les cas de figure, il était d'une douceur et d'une bienveillance époustouflantes. Et son union avec Derek lui paraissait de plus en plus lointaine.

Ils passèrent le mercredi suivant au cabinet du médecin assermenté, où Ben subit une incroyable batterie de tests. Le médecin savait manifestement ce qu'il faisait, ce qui les rassura d'autant. Lorsqu'il en eut terminé, Ben, épuisé, s'endormit sur les genoux de son père.

Giles était satisfait des progrès de leur fils, ce qui ne l'empêcha pas d'insister sur le fait que la thérapie, les exercices de coordination et de langage devaient continuer. Jake l'ayant assuré qu'il n'avait jamais eu l'intention d'y mettre fin, le médecin leur donna le nom d'un thérapeute et d'un médecin de Waco, avant de demander à revoir Ben d'ici six mois.

Dans l'intervalle, Jake et Elise avaient préparé le petit garçon à ce qui l'attendait. Ils allaient s'installer « dans la ferme de papa », et l'enfant paraissait attendre ce moment avec excitation. Ses parents, eux, continuaient à s'inquiéter. Le changement allait être d'autant plus brutal qu'ils allaient arracher Ben au seul domicile qu'il ait jamais connu.

Le même soir, un officier de police demanda à parler à Jake du Dr Ruskin. Jake répondit en toute honnêteté, avant de lui donner ses coordonnées à Waco. Il voulait oublier Ruskin et ses manipulations fructueuses. L'important, pour lui, était l'arrivée de son fils à la ferme.

Ben les aida à préparer ses valises. A sa manière, bien sûr, en sortant tous ses vêtements des tiroirs, avant de les jeter sur le sol. Elise l'arrêta aussitôt pour lui montrer la manière dont on pliait les vêtements. L'enfant essaya de l'imiter, sans grand succès, mais ses efforts étaient tellement évidents qu'elle ne put que s'en réjouir.

Ils ne prirent que l'essentiel, un camion de déménagement devant venir chercher le reste quelques jours plus tard. Peggy proposa de s'occuper de cette dernière étape, pour le plus grand soulagement de Jake, qui l'en remercia abondamment. Les deux couples s'entendaient bien, à présent : les Foster avaient fait amende honorable et s'étaient faits aussi discrets que possible.

Le matin du départ, au petit déjeuner, personne ne parlait, à l'cxception de Ben, qui semblait ne plus pouvoir s'arrêter.

— 'A… 'Oi… 'apa… 'erm.

« Je vais dans la ferme de papa », traduisirent immédiatement les adultes.

Elise, qui avait écouté les cassettes d'Irène Carr, avait appris que la vieille dame utilisait aussi une gestuelle pour indiquer à son petit-fils qu'il n'avait pas mis les mots dans le bon ordre. Elle se servit du signe convenu.

— 'Oi… a… 'erm… 'apa, corrigea le bambin.

— C'est ça, mon grand. Tu vas dans la ferme de papa.

Carl aida Jake à charger la voiture, puis ce fut le moment des adieux. Ben embrassa ses parents adoptifs, avant de se tourner vers son père qui l'arrima à son siège, à l'arrière du véhicule. Le petit garçon tenait en main ses trésors — le tracteur en Lego et son vieil ours en peluche.

Jake et Elise se tinrent un moment devant la fourgonnette, se consultant du regard, comme s'ils pensaient exactement la même chose.

— Nous n'avons pas besoin de cette maison, si ? hasarda enfin Jake.

— Fais ce que tu dois faire, Jake, répondit-elle simplement.

Jake retourna sur ses pas, avec une sérénité qu'il n'avait pas éprouvée depuis bien longtemps. Il apprenait à pardonner, ces derniers temps. Les gens avaient des défauts, parfois ils faisaient le mauvais choix, et lui-même n'était pas exempt de ce genre de travers.

— Vous avez oublié quelque chose ? lui demanda nerveusement Peggy.

— Oui. Je ne suis pas sûr de vous avoir bien exprimé ma reconnaissance, pour tout ce que vous avez fait pour Ben.

— Bien sûr que si ! Et bien que nos motivations n'aient pas été des plus glorieuses, nous avons eu à cœur de nous occuper de ce petit, comme s'il avait été le nôtre.

— C'est exactement ce que je pense, et pour vous remercier de manière plus… concrète, j'ai décidé de vous laisser la maison, en fin de compte.

— Que… que dites-vous ? demanda Peggy, portant une main à son cœur.

— Je n'en aurai pas l'utilité, ma femme non plus.

— Vous pourriez la revendre, lui fit remarquer Carl.

— Je n'en fais pas une question d'argent, et je ne vois pas d'autre moyen de vous exprimer ma gratitude et celle de Ben.

Peggy essuya furtivement une larme. Elle tenta de dire quelque chose, mais en vain. L'émotion était trop forte.

— Comme je vous l'ai dit, mon seul regret est que vous ne m'ayez pas donné ma chance, ajouta Jake.

— Le nôtre aussi, croyez-le bien, répliqua Carl. Vous êtes un homme… étonnant.

Peggy s'avança vers Jake pour le serrer dans ses bras.

— Merci, du fond du cœur. Merci.

— De rien. Mon avocat vous contactera pour régler

les détails de cette donation, conclut Jake avant de s'éloigner, tout heureux d'avoir fait cette première démarche.

En route, Elise remarqua les décorations qui commençaient à apparaître dans les jardins. Elle avait presque oublié la période des fêtes et, pourtant, Noël approchait. Son premier Noël en famille, avec son mari et leur fils. La fourgonnette ayant quatre portières, elle s'était installée à l'arrière avec Ben, pour qu'il ne se sente pas trop seul, au cours d'un trajet qui ne pouvait que lui paraître interminable. Elle lui montra les illuminations qui semblèrent l'émerveiller un moment, avant que son attention soit attirée par les camions et les voitures.

— 'Utt... 'utt..., fit-il en en désignant une.

— Vroum, vroum, rectifia Elise. Les voitures font vroum, vroum.

— 'Oum-oum, répéta docilement Ben. 'A-pa, 'oum-oum.

Jake lui sourit dans le rétroviseur. De toute évidence, son fils n'était pas trop perturbé par le départ.

Ils s'arrêtèrent en route, pour se dégourdir les jambes et manger quelque chose. Ben était tellement absorbé par la vision d'un troupeau de vaches, au loin, qu'il en oublia presque son gâteau au chocolat. Il semblait aimer les animaux, et Jake avait hâte de lui présenter Macko.

Il était presque midi lorsqu'ils arrivèrent à la ferme. Ben repéra immédiatement le tracteur qui labourait un des champs.

— 'A-cteur ! 'A-cteur, 'a-pa !

— Oui, répondit Elise. C'est un des tracteurs de papa.

— 'Utt... utt, chantonna l'enfant, tandis qu'ils s'engageaient dans l'allée.

Un énorme tracteur était garé devant la grange. Jake

avait appelé Mike pour lui demander de le préparer. Une promenade sur un véritable tracteur... Comment mieux préparer Ben à sa nouvelle existence ?

L'enfant était tellement excité qu'Elise eut du mal à le détacher de son siège.

— 'A-cteur ! 'A-cteur, 'a-pa !

— Tu veux monter dessus ? lui proposa ce dernier.

Ben hocha la tête.

Appliquant l'une des techniques apprises grâce aux cassettes d'Irène, Jake lui posa un doigt sur les lèvres.

— Oui, dit fermement Ben.

Jake le portait jusqu'au tracteur lorsqu'il se mit à crier :

— Eli, Eli, Eli !

— Je crois qu'il aimerait que tu nous accompagnes, traduisit Jake en souriant. Ça te tente ?

— Pourquoi pas ? répondit-elle, d'une voix un peu hésitante.

Un homme d'une trentaine d'années s'avança vers eux.

— Mike ? Je te présente Elise, ma femme.

— Enchanté, madame.

— Et voici Ben.

— Bonjour, Ben !

Ben leva une main et, de nouveau, Jake lui posa un index sur les lèvres.

— 'jour, murmura le petit garçon avant d'enfouir le visage dans le cou de son père, avec une timidité bien compréhensible.

— On va faire un petit tour en tracteur, expliqua Jake.

— Super ! répliqua Mike avec bonhomie. Si vous avez besoin de moi, vous me trouverez dans la grange.

Jake se tourna vers sa femme.

— Prête pour la grande aventure ?

Elise hocha la tête. Elle aurait fait n'importe quoi pour Ben, même monter sur ce monstre à moteur, dont les pneus lui paraissaient plus gros que ceux d'un avion. A sa grande surprise, la cabine était équipée d'un ordinateur et climatisée. L'agriculture avait bien évolué, ces dernières années.

Un simple tour de clé et le tracteur se mit à rugir. Assis sur les genoux de son père, Ben était béat d'admiration. Elise, de son côté, trouva intéressant de voir l'exploitation de cette hauteur. Les champs de coton s'étiraient à perte de vue, elle aperçut d'autres engins en fonctionnement, et prit soudain conscience de l'immensité de l'exploitation. Il fallait être doué, pour gérer un endroit de cette taille, et elle regretta, une fois de plus, de n'avoir montré aucun intérêt pour la profession de son mari. Encore une chose qu'elle devrait corriger, à l'avenir.

Lorsqu'ils rentrèrent, la cuisine était déserte. Jake s'en étonna. Il avait pourtant prévenu Lavina de leur arrivée.

— Vinnie ? cria-t-il.

Macko entra par la chatière et fonça vers son maître, manifestement intrigué par la présence du petit garçon qu'il tenait dans ses bras.

— On descend, fiston, dit Jake, déposant l'enfant sur le carrelage. Voici Macko.

— 'ouf-ouf, murmura Ben en enroulant ses petits bras autour du cou du chien.

Macko fit un mouvement brusque et Ben tomba sur lui.

Elise fit mine d'aller le relever, mais Jake s'interposa. Son fils ne s'était pas fait mal et, Macko s'étant mis à lui lécher la frimousse, Ben ne put s'empêcher de rire.

Macko s'était fait un ami, et inversement.

Vinnie apparut sur le seuil de la cuisine.

— Macko ? Couché, ordonna-t-elle.

— Ils jouent, tantine. Ne t'inquiète pas.

Ben était retourné vers son père en entendant la voix de Lavina.

— Ben ? Je te présente Vinnie, ma tante. Tatie Vinnie, pour toi, je crois.

— ‘jour, murmura le gamin, sentant l’index paternel sur ses lèvres.

— Mon Dieu ! s’exclama Lavina, incapable de dissimuler son émotion. Quel adorable bambin ! Ton portrait tout craché, au même âge !

Elle le prit dans ses bras, ravie qu’il se laisse faire.

— Tu as fait bon voyage, mon garçon ?

Ben hocha la tête et se lança dans un long discours auquel Vinnie ne comprit visiblement rien. Elise et Jake non plus d’ailleurs, mais ça n’avait aucune importance. Ils apprendraient tous, et à leur rythme. L’essentiel était que Ben ait pris les événements de la journée avec sérénité.

Restait à affronter la nuit.

Ben adora sa nouvelle chambre, la frise de tracteurs étant vite surpassée dans son estime par la taille de son lit.

— ‘and, s’extasia-t-il en grimpant dessus. ‘and.

Ce soir-là, après l’avoir couché, Jake et Elise attendirent sa réaction le cœur battant. Macko s’était couché au pied du lit, comme pour le protéger, et Ben ne fit aucune tentative pour sortir de sa chambre.

Il passa une bonne nuit, son tracteur près de lui et son nounours dans les bras.

Elise était aux anges. Ben avait accepté sa nouvelle demeure.

Et elle aussi, semblait-il.

13

La semaine suivante, ils firent la connaissance des nouveaux médecins de Ben, le Dr Richard Markham et l'orthophoniste Sue Collins. Tous deux étaient fort bienveillants et Ben les apprécia immédiatement. Il fut établi qu'il verrait Sue chaque matin et Richard une fois par semaine. Le nouvel objectif d'Elise et Jake était de scolariser Ben dès la rentrée suivante.

Ils avaient très peu de temps à se consacrer et leur épuisement était tel qu'ils s'endormaient chaque soir dans les bras l'un de l'autre, sans même évoquer la question de leur vie de couple.

Jake s'était muni de préservatifs qu'il avait rangés dans leur table de nuit. Le moment propice finirait par se présenter et le plus tôt serait le mieux, car sa frustration commençait à être vive.

Ils n'en étaient pas encore au stade de pouvoir laisser Ben seul. Où qu'il soit et quoi qu'il fasse, ils devaient rester auprès de lui. Leurs seuls moments d'intimité avaient lieu le matin, l'orthophoniste ayant exigé que ses séances avec Ben soient privées. Il faisait sa thérapie avec une petite fille du même âge, qui souffrait de bégaiement. Sue Collins voulait voir comment Ben réagissait à la présence d'autres enfants. La petite Valérie étant aussi timide que Ben, elle avait pensé qu'ils s'entendraient à merveille.

Un matin, lors de leur arrivée, Valérie les attendait, occupée à dessiner sur une petite table. Elle avait d'immenses yeux bleus et des cheveux blonds, toujours attachés en queue-de-cheval. Ben courut jusqu'à la table et s'assit face à elle. Il ne tombait presque plus, sauf quand il était vraiment pressé.

— 'Rie, 'jour, dit-il comme chaque matin.

Elise lui fit un signe et il se corrigea aussitôt.

— 'Jour, 'Rie.

— Bon-j-our, B-ben, répondit la fillette.

Au moment où Sue venait les chercher, la mère de Valérie réapparut, une poupée de chiffon en main.

— Tiens, ma chérie, dit-elle. Maman t'a apporté ta poupée. Tu l'avais laissée dans la voiture.

— Mer-ci. Au re-re-voir, mam-maman, lança la fillette avec un grand sourire.

Elise remarqua alors l'expression de Ben. Il regardait la porte qui venait de se refermer avec stupéfaction.

— Que se passe-t-il ? demanda-t-elle, se levant pour aller vers lui.

Trop tard... Sue venait d'entrer pour inviter les deux enfants à la suivre.

— Laisse Sue s'en occuper, intervint Jake.

— Mais...

— C'est un travail de professionnel.

— Et s'il a besoin de nous ?

— Nous sommes là. Au moindre problème, Sue viendra nous chercher.

— Si tu le dis, marmonna-t-elle sans grande conviction. Je suis inquiète, Jake. Je dois te l'avouer.

— Je sais, dit-il, lui passant un bras autour de l'épaule avant de le retirer vivement.

Ce geste échappa d'autant moins à Elise qu'elle avait remarqué que son mari était de plus en plus distant.

— Jake ?

— Hmm ?...

— Pourquoi as-tu fait cela ?

— Quoi ?

Pour toute réponse, elle se contenta de hausser un sourcil.

— Je... D'accord, répondit-il piteusement. Au risque de te paraître idiot, je ne peux pas continuer à vivre comme un moine auprès de toi. Ça me rend fou.

— La solution me paraît assez simple, lui fit-elle remarquer.

La tête entre les deux mains, Jake s'absorba dans la contemplation du lino. Comment expliquer à Elise qu'il ne supportait plus le fantôme de Derek Weber entre eux ? Comment réagirait-elle, s'il lui avouait qu'il était devenu si jaloux du défunt qu'il commençait à se détester lui-même ? Qu'il souffrait de se savoir aussi mal aimé ?

Il avait menti, en disant à Spencer qu'il n'attendait pas d'Elise qu'elle l'aime en retour. C'était tout le contraire : il voulait tout, en fait, ce qui était trop demander. Il devait se faire une raison. Il avait obtenu qu'elle vive à son côté, il devrait s'accommoder du reste, y compris du souvenir de Weber. Il en avait parfaitement conscience, et c'était même la raison pour laquelle il avait acheté ces préservatifs. Si seulement il avait pu se sortir Weber de l'esprit ou, mieux encore, le supplanter dans le cœur d'Elise !

Il tenta de se ressaisir. Il devait surmonter cet obstacle comme il avait surmonté les précédents. L'amour n'était qu'un rêve. Il lui fallait se contenter de ce qu'il avait : une épouse et un fils, même si c'était difficile.

Elise l'observa en silence. De toute évidence, quelque chose le tracassait, et cela depuis un bon moment. D'un autre côté, elle le connaissait suffisamment pour savoir qu'il ne se confierait à elle que lorsqu'il serait prêt. Et puis, il ne la rejetait pas complètement…

— Nous ne sommes plus des collégiens, Jake, et je ne vois aucun obstacle à ce que nous formions un couple dans tous les sens du terme, hasarda-t-elle.

— Nous avons eu beaucoup à faire, murmura-t-il.

— Ce soir… Quand nous aurons couché Ben, pour une fois, tu ne descendras pas voir Mike pour discuter boulot, et moi, de mon côté, j'oublierai mon ordinateur. Il est temps que nous nous consacrions un peu l'un à l'autre, tu ne crois pas ?

Jake songea qu'il ne pouvait continuer à espérer l'impossible et à se refuser une étreinte qu'il désirait tant.

— Si, si, bien sûr, répondit-il.

Ils restèrent un moment assis côte à côte, laissant leur esprit vagabonder.

— Il va falloir acheter un sapin et le décorer, fit soudain remarquer Elise.

— Quand j'étais gamin, avant le départ de maman et Spencer, notre père allait en couper un dans les bois, et le rapportait à la maison. On le décorait tous ensemble. C'était… magique.

Elise tendit l'oreille. Jake n'avait pas reparlé de sa mère depuis le jour de l'audience. Spencer était passé à la ferme plusieurs fois sans qu'il soit jamais question d'Althea. Et même si Elise avait la conviction qu'Althea rêvait de voir son petit-fils, celle-ci n'avait rien fait dans ce sens. De toute évidence, elle ne voulait pas s'immiscer dans leur vie privée. Il lui faudrait aborder le problème, un jour prochain. D'autant qu'elle sentait son mari fléchir. Si elle pouvait l'inciter à aller voir sa mère…

Elle-même n'avait aucune nouvelle de Constance, depuis leur conversation téléphonique. Et si elle ne souhaitait pas laisser les choses en l'état, la balle était dans le camp de sa mère, lui semblait-il. Elle devait accepter Jake, Ben et...

Soudain, la solution lui apparut comme une évidence. Elle n'avait qu'à faire de ce Noël une fête pour les deux familles. L'heure serait peut-être enfin au pardon et à la réconciliation générale ?

— Bonne idée ! s'exclama-t-elle à haute voix.

— Quoi ? demanda Jake. Aller chercher un sapin dans la forêt ?

— Ben adorerait ça, non ?

— Si, convint-il, gagné par son enthousiasme. Sauf que ce ne sera pas un sapin. Il y a de superbes cèdres, derrière la maison, et j'ai toujours des décorations au grenier. Il doit même y avoir une guirlande pour le toit.

Ils continuèrent à élaborer des plans et la tension qui les avait séparés disparut complètement. Ben sortit du cabinet de l'orthophoniste, tout joyeux de les revoir, et Elise ne put que constater qu'elle s'était inquiétée pour rien. L'état de l'enfant s'améliorait de jour en jour, il était de plus en plus dynamique et, surtout, il s'était fait une amie en la personne de « 'Rie ».

A la fin de la journée, Jake avait décidé qu'il ferait l'amour à sa femme. C'était devenu presque vital.

Comme chaque soir, ils mirent le petit garçon au lit, lui racontèrent une histoire et l'embrassèrent avant d'éteindre la lumière. Macko s'installa au pied du lit : il avait pris des habitudes, lui aussi.

— Bonne nuit, mon chéri, murmura Elise, au moment de sortir.

— 'Uit, 'a-pa, 'a-man.

Elise se figea sur place.

— Qu'est-ce qu'il a dit ? demanda-t-elle à Jake, d'une voix tremblante. Il... il m'a appelée « maman ».

Jake l'entraîna vers la chambre dont il referma la porte.

— Il m'a appelée maman, répéta-t-elle.

— Oui. Tout s'explique, à présent.

— Comment ça ?

— Ce matin, il a entendu Valérie appeler sa mère « maman ». Il a fait le lien. Tu es sa maman, ma belle.

Incapable de contenir sa joie, Elise se mit à pleurer à chaudes larmes. Elle était mère. Une maman, celle de Ben. C'était le sentiment le plus merveilleux du monde.

— Ne pleure pas, murmura Jake, l'attirant à lui.

— Je suis tellement heureuse...

Il lui couvrit le visage de baisers et elle fit glisser ses bras autour de son cou. Elle n'avait plus qu'un désir : s'abandonner à l'étreinte de cet homme qui lui avait permis de s'épanouir comme aucun autre ne l'avait fait. Jake lui avait apporté la joie, avait su éveiller ses sens, la libérer de son carcan et lui révéler sa véritable nature.

Elle lui passa une main dans les cheveux et se lova contre lui. Jake sentit alors ses dernières réticences s'évanouir. Lui glissant une main derrière les reins, il la serra contre lui. Il l'embrassait avec ferveur lorsqu'il entendit frapper à la porte.

Il mit quelques secondes à comprendre ce qui se passait, puis, se dégageant lentement, il laissa retomber son front sur celui d'Elise.

— Bon sang ! Pas ce soir !

On frappa de nouveau.

— Tu ferais bien d'aller voir ce qui se passe, répondit-elle d'un ton saccadé.

— Oui. Un instant ! cria-t-il avant de traverser la pièce.

— Navré de vous déranger, déclara Spencer. J'ai vu de la lumière, les portes ne sont pas fermées... J'ai frappé et appelé, et, comme je n'ai rien entendu, je me suis inquiété. Tout va bien ?

— Oui. Je... Nous... discutions, répondit Jake. Ben est couché et Vinnie est partie jouer au bingo.

— J'étais passé vous dire bonsoir. Ben me manque un peu.

— Tu l'as manqué à un quart d'heure près.

— Tu as une minute à me consacrer ? reprit Spencer.

Jake réprima difficilement une grimace. Il avait attendu ce moment pendant ce qui lui avait semblé une éternité, et maintenant qu'il était prêt...

Il jeta un coup d'œil en coin à Elise.

— Vas-y, dit-elle. Je vais prendre ma douche.

— Tu es sûre ?

— Oui, répéta-t-elle avec un sourire forcé. Sans compter qu'une petite conversation entre frères ne peut qu'être bénéfique, non ?

Jake suivit son frère jusqu'à la cuisine, où il leur prépara un café.

— Tu as bien choisi ton moment, maugréa-t-il.

— Désolé. Tu aurais dû le dire.

— Ce n'est pas grave, prétendit Jake, malgré sa frustration.

— Comment est-ce que ça se passe ? demanda Spencer.

— Bien. Superbement bien, même ! Mieux que je ne l'avais escompté.

— Tant mieux. Maman sera ravie de l'apprendre.

Pour une fois, Jake ne se raidit pas à l'évocation d'Althea. Il se réchauffa la main sur sa tasse, hésitant à poser une des questions qui le taraudaient, puis se jeta à l'eau.

— Tu te souviens du soir où je suis tombé sur Caleb, à la sortie de ton bureau ?

— Oui.

— Il s'est vexé quand je lui ai fait remarquer qu'il n'était que mon demi-frère. Tu as une idée de ce qui l'a fait réagir ainsi ?

— Tu viens de répondre toi-même à ta propre question, répondit Spencer, se renversant sur sa chaise.

— A l'entendre, on aurait dit qu'il se considérait comme mon véritable frère.

— Continue…

Comme Jake le regardait sans rien dire, Spencer ajouta :

— Tu ne t'es jamais demandé pourquoi il s'appelait McCain, comme nous, et non Wellman ?

— Non. Pour tout t'avouer, je me suis surtout efforcé d'oublier son existence. A présent que je suis marié et père de famille, je commence à me poser des questions.

— Et tes conclusions ?

— Maman ayant donné le jour à Caleb avant d'épouser Wellman, j'ai toujours pensé qu'elle avait trouvé plus simple de mettre notre nom sur le certificat de naissance.

— Allons, Jake… Tu es bien placé pour savoir qu'on n'a pas besoin d'être marié pour donner son nom à un enfant !

Un silence lourd de sens suivit cette déclaration.

— Alors ? demanda finalement Jake.

— Alors quoi ?

— La vérité, bon sang ! Je veux la vérité.

— Tu veux la vérité ? répliqua Spencer, posant les coudes sur la table. Je vais te la donner, moi, la vérité. J'en ai soupé, de ces fichus secrets de famille ! Caleb est notre frère, mon vieux. Pas notre demi-frère, notre *frère* !

Jake sentit le sang se retirer de ses joues.

— Non… Non, c'est impossible. Papa m'a dit que notre mère était enceinte de Wellman.

— Et il t'a mené en bateau. Maman était bel et bien enceinte, de ses œuvres à lui. Elle ne sortait même pas avec Wellman, à l'époque. Enfin, pas au sens où nous l'entendons aujourd'hui. C'était un ami, rien de plus.

— Non, non et non ! répéta Jake, en plein déni. Papa…

Il s'interrompit, presque incapable de respirer, tant il était oppressé. Tout ce que lui avait raconté son père, quand il était enfant… n'était donc qu'un tissu de mensonges ?

— Comment…

— Vois ça avec maman. Il lui appartient de te raconter ce qui s'est produit à l'époque. C'est son histoire… La vôtre.

— Je ne vois pas pourquoi elle aurait caché à papa qu'il avait un troisième fils, marmonna Jake. Il était convaincu que Caleb n'était pas de lui.

— Vois ça avec maman, répéta Spencer en se levant. Je t'en ai déjà trop dit.

— Qu'est-ce que c'est que ces cachotteries ? explosa Jake. Pourquoi ne m'a-t-on rien dit ?

— Vois ça…

— Avec maman, je sais. Ça fait des années que tu me sors la même rengaine et j'en ai assez, moi aussi. Plus qu'assez, même.

— Dans ce cas, prends une décision, frangin. Agis. C'est le mieux que tu puisses faire.

Sur ces mots, il reprit son chapeau et sortit.

Jake gagna la bibliothèque comme dans un rêve et se laissa tomber dans son fauteuil.

Caleb avait toujours su qu'il était son frère… Jake sombra dans un tourbillon de chagrin. Il se sentit couler, tomber en chute libre dans la tristesse. Il entendait encore la voix de son père. « Ta mère m'a trompé, fiston. Elle est enceinte de ce Wellman. Elle m'a fait un mal fou et je ne le lui pardonnerai jamais. » Ce jour-là, le petit Jake avait pris la décision de rester auprès de son père et, malgré les supplications d'Althea, il n'était jamais revenu sur sa parole.

Une parole fondée sur un grossier mensonge…

Et toutes ces années, on ne lui avait rien dit…

Il était toujours plongé dans son abîme de chagrin lorsque Elise entra et se glissa sur ses genoux. Il s'accrocha à elle comme à une bouée.

— Que se passe-t-il ? demanda-t-elle avec inquiétude.

Il lui relata l'entretien qu'il venait d'avoir avec Spencer et, ne la voyant pas plus étonnée que cela, demanda :

— Tu savais, c'est ça ?

— Comme tout le monde au Country Club, je crois, murmura-t-elle en lui repoussant les cheveux en arrière.

— Tout le monde, sauf moi.

— Tu n'as pas voulu savoir, lui rappela-t-elle. Tu t'es mis des œillères en refusant d'écouter toute autre version de l'histoire que celle de ton père.

Jake faillit sourire. Il fallait s'appeler Elise McCain pour avoir le courage de lui dire ainsi ses quatre vérités. Plus étonnant encore, il lui en était reconnaissant.

— Je ne comprends toujours pas.

— Tu sais ce qu'il te reste à faire, conclut-elle.

— Oui, grommela-t-il, la regardant dans les yeux. Toutefois, dans l'immédiat, j'ai d'autres projets. Plus… excitants.

Le goût de ses lèvres sur les siennes mit Elise dans un état de confusion extrême. Malgré sa réticence à s'arracher à son baiser, elle savait que Jake avait mieux à faire, dans l'immédiat. Une démarche essentielle, pour laquelle il n'avait que trop attendu.

— Je serai toujours là à ton retour, tu sais, chuchota-t-elle contre sa bouche.

— Il est un peu tard pour ce genre de visite, fit-il remarquer, lui caressant la nuque du bout des doigts.

— Je suis sûre qu'Althea ne t'en voudra pas.

— Et si Ben se réveille ?

— Il fait ses nuits depuis son arrivée à la ferme. Et puis sa maman est là, non ?

— Je n'aime pas beaucoup vous laisser ici tous seuls en pleine nuit.

Sa langue avait trouvé un point sensible, sur le lobe de son oreille gauche, et Elise faillit céder. Elle se ressaisit presque aussitôt.

— Arrête de te chercher des excuses, Jake. Prends ton téléphone portable, si ça peut te rassurer. En cas de problème, je ne manquerai pas de t'appeler. Allez, dit-elle en se levant. Ouste !

— Qui te dit qu'elle sera chez elle ?

Pour toute réponse, Elise lui tendit le téléphone et l'annuaire.

Jake s'en empara en soupirant. Il était temps pour lui d'accepter l'inévitable, et ce fut d'une main presque assurée qu'il composa le numéro de sa mère. Quelques minutes plus tard, il était en route.

Il allait voir Althea... Cela lui aurait paru inconcevable quelques mois auparavant. D'un autre côté, il voulait comprendre, savoir la vérité. Même si elle était dure à entendre.

Althea Wellman vivait dans le quartier résidentiel de Waco. D'immenses maisons aux jardins bien entretenus se succédaient, et il n'eut aucun mal à trouver celle de sa mère. Une demeure majestueuse, de style colonial, et déjà décorée pour les fêtes. Un père Noël sur son traîneau tiré par des rennes avait été installé sur le toit, et le jardin était parsemé d'elfes. Partout où son regard se posait, une lumière ou une guirlande brillait, et Jake ne put que penser à la mine réjouie de Ben, s'il avait vu ça.

Sa mère avait toujours aimé la période de Noël. Lorsqu'elle vivait à la ferme, la cour avant ressemblait beaucoup à ce jardin. Après son départ, ni Jake ni son père n'avaient plus jamais fêté Noël et, pour la première fois, cela lui manqua. Ben devait connaître ce plaisir, renouvelé année après année.

Il descendit lentement de voiture et s'avança vers la porte. Le vent du nord soufflait si fort qu'il dut remonter son col pour s'en protéger.

Il se tint un moment sur le perron, les yeux rivés sur les deux sapins posés de part et d'autre de l'escalier. Il ne les voyait pas, cependant. Il était trop occupé à se souvenir du petit garçon triste qu'il avait été, après le départ de Spencer et d'Althea. A présent, il voulait des réponses. Et la vérité. Surtout la vérité.

A peine eut-il posé le doigt sur la sonnette que sa mère lui ouvrit.

— Entre vite, Jake. Il fait terriblement froid.

Elle portait un peignoir bleu clair et d'élégantes pantoufles à pompons. Ses cheveux poivre et sel étaient coupés court et, malgré le temps, elle lui apparut comme il l'avait toujours vue, enfant.

— Viens. Allons dans le salon. Nous y avons fait un bon feu.

Il se glissa dans l'entrée spacieuse, traversa une salle de séjour, et pénétra avec elle dans le salon. La cheminée occupait tout un pan de mur, et un immense sapin de Noël avait été dressé à l'autre bout de la pièce.

— Assieds-toi, je t'en prie.

Jake retira son blouson avant de prendre place sur le canapé, face à l'âtre. Aussitôt, ses yeux se posèrent sur la rangée de chaussettes rouges accrochées au manteau de la cheminée. Il y en avait six en tout. Avec des étiquettes : Andrew, Althea, Jake, Spencer, Caleb, Ben.

— Pourquoi y a-t-il mon nom et celui de mon fils sur ces chaussettes ? parvint-il à demander, malgré son trouble.

— Parce que tu es mon fils, et Ben mon petit-fils. Je suis en train de préparer la chaussette d'Elise. Elle devrait être terminée à la fin de la semaine. J'ai voulu y broder un ange et ça m'a pris davantage de temps que je ne pensais.

Encore un détail que Jake avait oublié : le don que sa mère avait pour la broderie. Elle avait décoré sa chaussette et celle de Ben de tracteurs, celle de Spencer d'une balance de la justice et celle de Caleb d'une étoile de shérif. Celle d'Andrew était ornée de livres, la sienne d'un simple poinsettia.

— C'est la première année que tu fais ça ?

— Pas du tout. Ta chaussette a toujours été là, avec les autres.

— Pourquoi ? Je n'ai jamais mis les pieds dans cette maison !

— Tu n'étais peut-être pas présent dans ma vie, mais tu as toujours été là, dans mon cœur, Jake.

Cette réponse le fit taire pendant une bonne minute.

— Qu'est-ce que tu mets à l'intérieur ? s'enquit-il, constatant que sa chaussette était particulièrement gonflée.

— Une lettre.

— Une… une lettre ?

— Oui. Chaque année, je vous écris une lettre à chacun. Il y en a donc vingt-huit dans la tienne. S'il m'arrivait quelque chose, Spencer a pour instruction de te les remettre. A moins que tu ne les veuilles tout de suite ?

— Non, répondit précipitamment Jake, convaincu

qu'il ne pourrait jamais les lire. Si je suis venu te voir, c'est parce que Spencer m'a dit que Caleb était notre frère. Alors je veux savoir ce qui s'est passé à l'époque, comprendre pourquoi tu es partie.

— J'attends que tu me poses cette question depuis près de trente ans, et voilà que je ne sais plus par où commencer, murmura Althea.

— Par le commencement, ça me paraît le plus simple.

— Comme tu le sais, j'ai perdu mes parents très jeune. J'ai été recueillie par une de mes tantes qui m'a élevée avec ses six enfants, dans une famille où je ne me suis jamais sentie la bienvenue. Je voulais mon propre foyer, mes propres enfants. J'ai rencontré ton père à l'âge de dix-huit ans, et je suis immédiatement tombée amoureuse de lui. Il approchait de la trentaine et me rassurait, je pense. A peine mariée, cependant, j'ai compris qu'il était d'une jalousie maladive. Pour te donner un exemple, je ne savais pas conduire et il m'a interdit de passer mon permis, sous prétexte qu'il m'emmènerait partout où je devais aller. Je dois dire qu'il a tenu parole... dans l'unique but de me surveiller. Si par malheur un homme m'adressait la parole, Joe m'accusait de l'avoir aguiché. J'ai fini par ne plus parler à personne, ce qui n'a rien changé au problème. Je ne pouvais rien faire, pas même me maquiller. Et je ne te parle pas des vêtements qu'il choisissait pour moi.

Jake s'agita sur le canapé. Ce n'était pas le genre de réponses qu'il était venu chercher.

— Je me suis mise à fréquenter la paroisse, principalement pour avoir un peu de temps à moi. Une voisine s'était proposée de m'y emmener et de m'en ramener. Comme il s'agissait d'une vieille dame très pieuse, et que la plupart du temps je vous emmenais, Spencer et toi, ton père m'a laissée faire. J'ai commencé à chanter à la chorale, ce qui me plaisait beaucoup. Et puis, un soir, Mme Bagley a dû rentrer plus tôt, pour une raison quelconque. Je ne me suis aperçue de son départ qu'au moment de rentrer. J'ai appelé Joe pour qu'il vienne me chercher, il n'a pas répondu. Tu devrais t'en souvenir, Jake. Parce que vous étiez avec moi, ton frère et toi.

Elle avait raison. Il se souvenait, subitement. Un membre de la chorale, Andrew Wellman, les avait reconduits à la ferme, et son père s'était mis à hurler. Les cris avaient duré si longtemps, dans la nuit, que Spencer et lui avaient dû se cacher la tête sous leur oreiller pour ne plus les entendre. Le lendemain matin, Althea avait un œil au beurre noir et le visage tuméfié. Plus jamais elle n'était allée à l'église, que ce soit seule ou avec ses fils.

— Tu te rappelles ? lui demanda-t-elle dans un souffle.

Il s'éclaircit la gorge.

— O... oui.

— Cette nuit-là, ton père m'a battue.

— Je sais, murmura-t-il, honteux d'avoir refoulé si longtemps ce terrible épisode.

— Ça a été le début de la fin. Je ne pouvais pas rester avec un homme susceptible de me tuer à la moindre contrariété. D'un autre côté, je ne me voyais pas partir, avec deux petits garçons et sans travail.

Althea s'interrompit un instant, les yeux dans le vague. Elle était plongée dans ses réminiscences, elle aussi.

— C'est ton père qui a déclenché le processus, en fin de compte. Convaincu que je le trompais avec Andrew, il s'est mis à le harceler. Il est même allé chez lui pour le menacer de mort. C'en a été trop pour les gens de la paroisse, qui sont intervenus en se cotisant pour me payer un avocat... Là-dessus, je me suis rendu compte que j'étais enceinte. Je l'ai annoncé à ton père, dans l'espoir que cela nous rapprocherait, et les choses n'ont fait qu'empirer. Joe a décrété que l'enfant n'était pas de lui et a voulu me forcer à avorter. J'ai essayé de le convaincre, en vain. Il était hors de question qu'il élève le « bâtard » d'Andrew Wellman, et ses coups sont devenus mon lot quotidien. Un beau jour, j'ai même perdu connaissance.

Un silence lourd suivit cette explication.

— Malgré tout, je n'étais toujours pas décidée à quitter ton père. Je serais peut-être restée si je n'avais pas eu la visite d'une parfaite inconnue. L'histoire qu'elle m'a racontée alors a été décisive. Elle prétendait avoir une liaison avec Joe depuis plus de onze ans. Elle avait même un fils à peine plus âgé que toi, le fruit de ses amours avec Joe. Et elle était venue me demander de divorcer pour que son fils ait enfin un nom. Sous le choc, je l'ai jetée dehors. La réaction de ton père a été surprenante : il a traité cette femme de tous les noms, sans nier les faits pour autant. Je n'en revenais pas. Il m'avait infligé une vie d'enfer et, pendant ce temps-là, il couchait avec une autre…

— Attends un peu, intervint Jake, sidéré. Répète-moi un peu ça. Tu es en train de me dire que papa menait une double vie ?

C'était tellement surréaliste qu'il avait peine à le croire. En même temps, pourquoi sa mère aurait-elle inventé une histoire pareille ?

— Oui, soupira Althea.

— Comment s'appelait cette femme ?

— Vera… Vera Colbert ou quelque chose dans ce goût-là. Son fils s'appelait Elijah.

Jake sentit son cœur s'emballer. Il avait connu Vera, l'affriolante serveuse du bar que fréquentait son père. Quant à Elijah, il avait été dans la même classe que lui. Un gamin bagarreur, rebelle, dont Jake avait toujours pensé qu'il finirait en prison. Et voilà qu'il apprenait que c'était son frère ?

— Pourquoi ? Ces noms te disent quelque chose ? s'enquit Althea, remarquant sans doute son expression.

— Oui. Elle s'appelait Vera Coltrane et travaillait à la taverne. Son fils était dans ma classe, à l'école primaire.

— Mon Dieu ! s'écria Althea, portant une main à son cœur.

— Elijah s'est fait renvoyer l'année de ses treize ans et sa mère et lui ont quitté la région. Papa s'est mis à boire encore davantage, après ça. Il n'était pas rare que Vinnie et moi soyons obligés d'aller le chercher dans son bar. Je… Pour moi, c'était ta faute, s'il buvait. Je… C'est dur d'absorber tout cela, tu sais.

Jake secoua la tête. Deux frères en moins d'une soirée, ça faisait beaucoup. Elijah Coltrane, « Eli-la-terreur », comme l'avaient surnommé les autres gamins, quand ils ne le traitaient pas de bâtard, bien sûr. Pourtant, il avait eu un père et ce père était Joe McCain…

— Que s'est-il passé ensuite ? demanda-t-il, pressé d'en finir.

— J'ai annoncé à ton père que je partais avec vous. Il m'a répondu que ni ton frère ni toi ne quitteriez jamais la ferme. Je ne l'ai pas cru et j'ai eu tort. Je n'aurais jamais imaginé qu'il puisse te faire croire que Caleb n'était pas son fils. Je ne l'ai appris que très récemment, par Spencer… Bref, le shérif a dû intervenir avec un de ses adjoints, et tu as refusé de me suivre. Je t'ai supplié, en vain. Tu ne jurais que par ton père, avec qui tu voulais rester. Comme je te l'ai dit, j'ignorais que Joe t'avait manipulé, et je n'ai pas compris ce qui se passait. Le shérif a fini par me dire qu'il reviendrait te chercher le lendemain, mais je ne pouvais toujours pas me résigner à partir sans toi. C'est alors que ton père s'est mis à hurler des obscénités sur le « bâtard » que je portais, et que j'ai compris que, malgré la présence des autorités, il allait me frapper. En clair, je devais faire un choix entre mon enfant à naître et celui qui me rejetait de manière aussi incompréhensible. J'ai fini par me rendre à la raison du shérif. Je n'avais plus la force de me battre.

Jake n'avait jamais oublié ce jour-là. Son père l'avait emmené dans la grange pour lui raconter sa version des faits, et il l'avait cru. Andrew Wellman — au demeurant fort sympathique — avait le don de faire sourire Althea. Le simple fait qu'elle veuille quitter la ferme semblait indiquer que son père disait vrai.

Aujourd'hui, il lui apparaissait à l'évidence qu'il avait été dupé.

— Pourquoi le shérif a-t-il cessé de venir à la ferme ?

— Un jour, ton père est venu m'attendre à la sortie de mon travail. Il a menacé de tuer le « bâtard » que je portais si jamais le shérif revenait te chercher. J'ai fini par baisser les bras. Joe m'avait juré que je ne partirais pas vivante de la ferme, et il avait raison. Une partie de moi est morte, le jour où j'ai pris la décision de ne plus me battre pour toi. Je le regrette encore aujourd'hui. Quand j'y repense, je m'aperçois que j'ai été plus que maladroite. J'aurais dû t'expliquer ce qui se passait, au lieu de vouloir t'épargner à tout prix. Joe n'avait pas de scrupules, lui.

— Pourquoi ne m'a-t-on jamais dit que Caleb était mon frère ?

— Tu l'aurais cru ?

Jake baissa la tête. *Non.* Il n'aurait jamais pu entendre cette vérité-là. Son père avait réussi à le monter contre le reste de sa famille. Sa première réaction fut une colère sans nom, à l'égard d'un homme qui n'avait pas su aimer ses fils, même ceux qu'il avait choisi de reconnaître.

L'instant d'après, ce sentiment fut remplacé par de la pitié. Joe McCain avait surtout été malheureux, amer et désabusé.

— Il n'y a rien eu entre Andrew et moi pendant plusieurs mois. La paroisse m'a loué un petit appartement, Andrew m'a trouvé un emploi, rien de plus. C'était un homme charmant, qui avait perdu sa femme et avait besoin de parler, de sorte qu'il passait souvent prendre de nos nouvelles et boire un café. Là-dessus, Caleb est venu au monde et Andrew l'a immédiatement adopté, si je puis dire. Il n'avait pas eu d'enfants lui-même et, lorsqu'il m'a demandée en mariage, j'ai accepté. Nous étions devenus proches, et je n'ai jamais eu à regretter cette décision-là.

— Et puis, il avait de l'argent, ce n'était pas à négliger non plus ! riposta Jake sans réfléchir.

Il se mordit la lèvre. C'était sorti tout seul.

— Excuse-moi..., rectifia-t-il aussitôt. La force de l'habitude, sans doute.

— Ce n'est pas grave. Tu as toutes les raisons de m'en vouloir. C'est toi la victime, dans cette malencontreuse affaire.

— Ainsi que Caleb, et Elijah Coltrane...

— J'ignore ce qu'est devenu Elijah. En revanche, je peux t'affirmer que Caleb n'a pas à se plaindre. Il a eu une enfance agréable et Andrew l'a terriblement gâté.

Leurs regards se rencontrèrent un instant.

— Cela ne l'a pas empêché d'entrer dans une rage folle, quand je lui ai expliqué pourquoi il s'appelait McCain, précisa-t-elle. Ce n'est pas facile d'apprendre qu'on n'a pas été reconnu par son père.

Jake poussa un nouveau soupir. Il avait la réponse à toutes ses interrogations et ne savait qu'en faire, si ce n'était rentrer chez lui, retrouver sa femme et son fils. Il comprenait beaucoup de choses, à présent : son incapacité à avouer son amour à Elise, sa jalousie envers Derek... Il tenait ces traits de caractère de son père. Il lui faudrait travailler pour les surmonter.

Pour le reste... Elise avait comblé en lui le vide que sa mère avait laissé en partant, et Ben avait fait le reste. Il se sentait prêt au pardon, sans pouvoir le formuler pour autant. Et si le passé avait pris un nouvel aspect, il n'était pas encore prêt à se fondre dans le présent. Cela prendrait du temps, celui de s'habituer à tout ce qu'il avait appris ce soir.

— Merci de m'avoir expliqué tout cela. Même si j'aurais préféré que le fasses à la mort de papa.

— J'ai essayé et tu m'as expressément demandé de ne plus jamais te rappeler. Comme tu étais devenu adulte, j'ai jugé préférable d'attendre le jour où tu serais disposé à m'écouter.

Jake baissa la tête. Althea avait raison, là encore. Décidément, il était son pire ennemi, quand il s'agissait de s'ouvrir aux autres.

— Il faut que je rentre, murmura-t-il. Je n'aime pas laisser Elise et Ben seuls trop longtemps.

Althea se leva, et Jake faillit la serrer dans ses bras, mais son corps ne lui obéissait plus. Il allait tourner les talons lorsqu'une voix masculine leur parvint.

— Maman ?

— Je suis là, Caleb ! répondit Althea. Dans le salon.

Caleb entra précipitamment, son regard allant de son frère à sa mère.

— Tout va bien ? lui demanda-t-il. J'ai vu la fourgonnette de Jake dans l'allée et...

Elle le rassura d'une petite tape sur la joue.

— Tout va bien, mon grand. Ton frère est venu me rendre une petite visite de courtoisie.

Caleb avait froncé les sourcils, et Jake remarqua à quel point ils se ressemblaient, tous les deux. Tous les quatre, même, car, comme tous les McCain, Elijah Coltrane avait eu les yeux de ce bleu perçant, le visage carré… Décidément, il n'y avait pas plus sourd que celui qui ne voulait pas entendre.

— Tu es venu enfoncer le clou ? lança Caleb.

Jake ne se méprit pas sur son ton. C'était celui de la colère, la même que celle qui l'avait habité si longtemps.

— Non. Pour une fois, je suis venu écouter.

Caleb observa sa mère à la dérobée.

— Sois aimable avec ton frère, lui recommanda-t-elle. Je monte me coucher, ça vous donnera l'occasion de discuter un peu, tous les deux.

Elle sortit du bureau avant que les deux hommes n'aient eu le temps de réagir.

Ils se dévisagèrent un instant, puis Jake ouvrit grand les bras.

— Dégaine le premier. Je ne l'aurai pas volé, déclara-t-il.

— Sérieux ? rétorqua Caleb, sans se démonter.

Un sourire leur effleura les lèvres et ils se laissèrent tomber sur le canapé.

— Je n'ai appris que ce soir que tu étais mon frère, déclara Jake, en guise d'entrée en matière.

— Je suis le fils maudit, que veux-tu ! Celui dont notre père n'a pas voulu. Tu parles d'un secret…

— Erreur, mon vieux. Un autre homme a eu le même privilège que toi.

— Je sais. Maman m'en a parlé, il y a quelques années. Elias, je crois ?

— Elijah Coltrane, rectifia Jake. Nous avons fréquenté la même classe sans que je sache qu'il était mon demi-frère.

— Bon sang… Pourvu qu'il n'y en ait pas d'autres ! Tu imagines le tableau ?

Ils réfléchirent un instant à cette éventualité, avant que Jake ne reprenne la parole.

— J'ai le sentiment de devoir des excuses à un bon nombre de personnes, moi aussi.

— Disons que j'ai eu envie de te botter les fesses plus souvent qu'à mon tour. Cela dit, si tu ne changes pas dans ton attitude envers maman, je ne me gênerai pas, crois-moi.

— Tu as le même caractère que le vieux.

— Répète un peu ? rétorqua Caleb, faussement outré.

— Moi aussi, si ça peut te rassurer. Le seul de nous trois qui fasse exception à la règle est Spencer, qui est plus diplomate. Il doit tenir ça de notre mère.

Un nouveau silence s'installa, au terme duquel Caleb désigna la rangée de chaussettes de Noël.

— J'ai vu ta chaussette accrochée à ce manteau de cheminée tous les Noëls de mon existence, maugréa-t-il. Celle de Jake, le fils, le frère qui ne voulait plus entendre parler de nous… Pourtant, maman n'a jamais renoncé. C'était sans doute sa manière de se raccrocher à un espoir pourtant futile… Et tout ce temps, je me suis demandé comment tu pouvais être aussi dur avec elle.

— Je me le demande aussi, à présent, affirma Jake en se levant. On en reparlera un jour. Dans l'immédiat, il faut que je rentre chez moi. Il se fait tard, et on m'attend.

Caleb se leva à son tour.

— Je suis content pour Ben, tu sais. Un fils doit vivre auprès de son père.

Il s'était rembruni, et tous deux surent à quoi il faisait allusion.

— Ne te méprends pas sur le sens de mes propos, s'empressa d'ajouter Caleb. Andrew a été un père merveilleux, le seul que j'aie jamais connu. Il m'a vu faire mes premiers pas, n'a jamais manqué un seul de mes matchs de foot et m'a appris qu'il était plus important de participer que de gagner. Je lui dois tout, même s'il n'est jamais parvenu à me faire comprendre pourquoi mon propre père m'avait rejeté.

— Je ne sais trop quoi te dire, si ce n'est que tu as été relativement gâté par la vie, lui répondit Jake, d'un ton conciliant. Pour ma part, je n'ai jamais eu le droit de m'inscrire au moindre club sportif ou d'inviter un de mes copains à la maison. Il y avait du boulot à la ferme, et notre père estimait que les garçons devaient être élevés à la dure. J'ai passé mon enfance et mon adolescence à trimer. Alors, à ta place, je n'aurais pas trop de regrets.

Caleb se rembrunit.

— Dans ce cas, pourquoi as-tu tenu à rester avec lui ?

— Sans doute parce que j'étais un gamin de dix ans, tiraillé entre deux adultes que j'aimais et qui étaient censés m'aimer.

— Dans mon métier, j'en vois, des cas semblables ! Des enfants à qui on fait un mal fou, sous prétexte qu'on les aime…

— Ça ne doit pas manquer, en effet. Quoi qu'il en soit, conclut Jake en enfilant sa veste, je suis content de savoir la vérité.

— Moi aussi. Tu aurais su tout cela plus tôt si maman n'avait pas été aussi déterminée à t'épargner. Chose que j'ai eu bien du mal à comprendre, d'ailleurs.

Jake n'en doutait pas un instant. Il n'aurait jamais pensé qu'Althea veuille le protéger. Dire qu'en agissant ainsi, elle n'avait fait qu'aggraver la situation !

Toutefois, il n'avait plus le temps de débattre sur ce point. Il tendit à la main à Caleb, qui la considéra un instant, avant de relever les yeux vers lui.

— Je n'ai jamais serré la main de Spencer. Entre frères, on se donne l'accolade, non ?

Sans hésiter, Jake s'avança vers lui.

— A partir de maintenant, nous sommes frères, déclara solennellement Caleb.

— Nous l'avons toujours été, répliqua Jake, soudain ému. J'ai simplement mis plus longtemps que toi à l'admettre.

Sur ces mots, il regagna sa fourgonnette. Et s'il faisait toujours aussi froid, la chaleur familiale lui permit d'oublier la température. Certes, il avait encore des progrès à faire pour que son existence soit parfaite, mais son passé ne le tourmenterait plus, et c'était déjà une bonne chose.

La dernière surprise de la soirée fut la présence de Spencer devant sa voiture. Ils s'étreignirent, eux aussi, en silence. Tout avait été dit.

Jake se glissa derrière le volant et reprit la route qui le mènerait jusqu'à sa ferme, jusqu'à Elise.

14

Il effectua le chemin du retour en s'efforçant de se débarrasser de sa morosité. Certes, il finirait par la surmonter, mais la soirée lui avait donné matière à réfléchir pour plusieurs jours. Il devait reconsidérer ses sentiments envers son père, sa mère et, plus important encore, envers Elise.

A son arrivée, la maison était plongée dans l'obscurité. Jake ouvrit tout doucement la porte de la chambre de son fils, qu'il observa à la lueur de la veilleuse. L'enfant dormait paisiblement, Macko au pied du lit. Comme il avait rejeté ses couvertures, Jake le recouvrit avant de se redresser, songeur. Comment pouvait-on traumatiser un enfant à vie, sous prétexte de l'aimer ?

De toute évidence, il était trop las pour trouver la réponse à cette question dans l'immédiat. Il prit une longue inspiration et sortit de la chambre pour regagner la sienne.

Elise était assise dans leur lit, son ordinateur sur les genoux. Il se laissa tomber auprès d'elle, la tête entre les mains.

— Comment est-ce que ça s'est passé ? lui demanda-t-elle, fermant sa session.

Il releva la tête et lui tendit les bras. C'était si bon, de pouvoir se raccrocher à elle !

Elle était là, Ben était là. Ils étaient son monde, sa

double raison de vivre. Ce soir, il avait compris pourquoi il ne parvenait pas à avouer son amour à Elise. Cette capacité avait été anéantie par un père et une mère qui l'avaient trahi, chacun à sa manière. Toute sa vie, il avait eu peur d'aimer, peur de souffrir.

— Jake ? répéta-t-elle, lui effleurant la nuque.

Ce simple geste le réchauffa tout entier.

— Je… C'était surréaliste. Au-delà de tout ce que j'avais imaginé… D'ailleurs, je n'ai pas encore tout assimilé.

— Que s'est-il passé ?

Elle s'était encore rapprochée de lui, et il songea que c'était tout ce qu'il lui fallait : la compassion d'Elise, sa proximité… Tant mieux, d'ailleurs, car ce serait tout ce qu'il obtiendrait jamais d'elle.

Il lui relata, de manière un peu embrouillée, son entrevue avec Althea.

Elise l'écouta avec épouvante. Elle semblait sincèrement atterrée par la duplicité de Joe McCain.

— Et tu me dis que tu as un autre frère ? s'enquit-elle quand il en eut terminé.

— Oui. Elijah Coltrane. Mon père ne l'a pas reconnu, lui non plus, et je n'ai aucune idée de ce qu'il a pu devenir.

— Qui sait ? Peut-être vous reverrez-vous un jour ?

— Peut-être, oui, répéta Jake, tout en songeant que le dernier souci d'Elijah était certainement de se frotter à un McCain, quel qu'il soit.

— Et puis, tu es réconcilié avec Caleb. C'est un début !

— Oui. Etonnant, non, le bien que peut faire la vérité ?

— Il ne te reste plus qu'à l'accepter, cette vérité.

Jake laissa échapper un gémissement.

— Mon père m'a volé mon enfance, il m'a enlevé ma mère sans se préoccuper un instant de ce que je pouvais ressentir. Je devrais lui en vouloir, et pourtant, tout ce que je ressens, c'est un grand vide. J'ai détesté ma mère pendant près de trente ans... et je découvre que ma colère s'est trompée de cible. C'est surtout ça qui me préoccupe. Ainsi que le fait qu'on ne m'ait rien dit, qu'on m'ait laissé avec ma rage. Pourquoi ? Tu peux me le dire ?

— Je ne sais pas, Jake, murmura Elise en lui glissant un bras autour de la taille. Quand je t'ai rencontré, c'est une des premières choses que tu m'as dites. Que tu ne voulais pas entendre parler d'Althea... Tu as dû faire de même avec tous tes proches. Tu peux être sacrément têtu, quand tu t'y mets.

— C'est vrai. Je n'ai pas donné beaucoup de chances à mon entourage de me dire la vérité... Je tiens vraiment à épargner ça à Ben... L'élever dans la haine de sa mère...

— Je le sais et c'est tout à ton honneur. Contrairement à ton père, tu as une plus grande capacité à aimer qu'à haïr...

— Merci, répliqua-t-il, rassuré de s'entendre dire qu'il ne ressemblait pas à son père.

— C'est sans doute parce que Lavina t'a inculqué d'autres valeurs. N'oublie pas que c'est elle qui t'a élevé. Tu...

Ils entendirent la porte de la maison s'ouvrir.

— Ce doit être elle, fit remarquer Jake. Il faut que j'aille lui parler.

— Jake ? demanda Elise au moment où il se levait.

— Oui ?

— Je ne te quitterai jamais.

— Merci, Elise, répondit-il simplement.

Elle le regarda sortir en se promettant de ne jamais lui faire de mal, sous aucun prétexte. Il avait suffisamment souffert comme cela.

Vinnie était occupée à compter ses gains, sur la table de la cuisine. Elle dévisagea son neveu par-dessus ses lunettes et s'exclama :

— Jake, mon grand ! Je te croyais couché. Tout va bien ? Le petit n'est pas malade, au moins ?

— Non, rassure-toi. Il dort à poings fermés, dit-il en prenant place face à elle. Je... j'ai rendu visite à ma mère, ce soir.

La vieille dame écarquilla les yeux.

— Ta mère ? Tu es allé voir Althea ?

— Oui. Et elle m'a dit la vérité sur les raisons de son départ.

Lavina posa précautionneusement ses lunettes sur la table.

— Et tu souhaites que je te confirme sa version des faits, devina-t-elle.

— Je voudrais surtout comprendre pourquoi tu ne m'as rien dit, toi.

— Tu sais comment était Joe. Méchant et violent. J'avais peur de lui, moi aussi. Si je suis venue vivre ici, c'est parce qu'Althea me l'a demandé. Ça lui déchirait le cœur, de te savoir seul avec ton père.

— Elle... t'a demandé de t'occuper de moi ?

— Tu m'as bien entendue. L'idée de vivre avec Joe ne me souriait guère, figure-toi. D'un autre côté, j'avais une relation pour le moins chaotique avec un homme qui ne m'aurait jamais épousée, et j'étais dans l'impasse. Lorsque Althea m'a contactée, je suis venue tout de suite, dans l'espoir de convaincre Joe que tu serais mieux avec elle. Ça n'a pas été tout seul, tu l'imagines bien. Il a failli me jeter dehors. Comme je ne pouvais décemment pas te laisser seul avec lui, j'ai passé la soirée ici, j'ai préparé le dîner, fait la vaisselle, et ton père a dû trouver ça d'autant plus commode que je lui ai proposé de me charger du secrétariat de l'exploitation... Du coup, je suis restée, malgré les soirs où il rentrait ivre mort et cassait tout ce qui lui tombait sous la main. Tu étais là, et tu avais besoin de moi, mon garçon.

— Ça ne m'explique toujours pas pourquoi tu ne m'as rien dit. J'ai détesté ma mère toute mon enfance et bien au-delà. J'ai grandi dans une atmosphère de haine...

Lavina l'arrêta d'un geste de la main.

— Je viens de te le dire, Jake. Mon frère était d'une violence rare et j'avais peur de lui. Je ne compte plus les fois où je l'ai entendu menacer de tuer Althea, Andrew Wellman, ainsi que leur « bâtard » de fils, pour faire bonne mesure. Si je t'avais dit la vérité et que tu étais parti vivre avec ta mère, c'est sans doute ce qu'il aurait fait. Alors, même si ta souffrance ne m'a pas échappé, j'ai agi au mieux. Du moins je l'espère.

Jake réfléchit un instant à ce que Vinnie venait de lui dire et fut envahi par d'autres souvenirs occultés. Lui aussi avait entendu Joe dire qu'il allait tuer Althea et son amant, et plus souvent qu'à son tour... Ces soirs-là, Vinnie se glissait dans sa chambre et s'asseyait dans un fauteuil, auprès de lui, en attendant que l'orage passe. Elle l'avait protégé du mieux qu'elle avait pu. Et comme le lui avait fait remarquer Elise, elle lui avait inculqué d'autres valeurs que celles de son père. En clair, il lui devait tout.

— J'imagine que tu as toujours su que Caleb était mon frère, pas le fruit d'amours adultères.

— Oui, soupira Lavina. Seulement, comme il s'agissait d'un autre sujet tabou, dans cette maison, j'ai préféré garder le silence.

— Et Elijah ?

— Qui ça ?

— D'après maman, mon père aurait eu un autre fils, avec Vera Coltrane.

— Oh, oui ! J'avais oublié son nom, à ce pauvre gamin. Vera a toujours affirmé qu'il était de Joe, qui, de son côté, n'a jamais voulu le reconnaître officiellement. Comme je n'avais aucune preuve que Vera disait vrai, je me suis tenue à l'écart.

— Nous verrons ça plus tard. Revenons-en à Caleb. Il faut que nous nous rapprochions de lui.

— J'en ai toujours rêvé. C'est mon neveu, lui aussi, tu sais. Si je ne suis jamais entrée en contact avec lui, c'est parce que tu étais toi-même farouchement opposé à l'idée de le rencontrer.

Jake baissa la tête.

— J'ai pris parti pour mon père et j'ai l'impression de n'avoir jamais connu l'homme qu'on me décrit aujourd'hui. Comment en est-il arrivé à faire autant de mal autour de lui ? Tu en as une idée ?

Lavina se pencha en avant, d'un air de conspirateur.

— Je n'en ai jamais parlé à personne, mais je crois que le moment est venu, Jake. Alors voilà... Joe et moi avons à peine connu notre père, qui est mort peu après ma naissance. Quand nous étions petits, ma mère sortait chaque soir après nous avoir enfermés dans la salle de bains. Elle...

La vieille dame sembla chercher ses mots, puis reprit :

— Elle vendait ses charmes, et Joe, qui était plus âgé que moi, a vite compris ce qui se passait. Bref, un beau jour, elle n'est pas revenue. Elle nous a abandonnés, si tu préfères. Nos grands-parents nous ont recueillis, ici, à la ferme. Malheureusement, il était trop tard pour ton père. Traumatisé par ce qu'il avait vécu, il n'a jamais plus fait confiance à une femme.

Jake était sidéré. Pourtant, il n'aurait pas dû l'être :

il y avait toujours une raison au comportement le plus irrationnel.

— Merci de m'avoir expliqué ça, Vinnie. Je comprends mieux, à présent.

Elle tendit le bras pour lui tapoter la main.

— Tu es un brave garçon, Jake. Ne te convaincs jamais du contraire.

— Si c'est le cas, c'est grâce à toi.

— Cela reste à voir. Althea avait bien commencé le travail, tu sais. Je suis ravie que tu sois enfin allé la voir.

— Moi aussi, admit Jake, même si j'ignore où cette démarche me mènera.

— L'avenir nous le dira... Et puis, tu as Elise et Ben.

« Elise qui ne m'aime pas, elle non plus », songea-t-il avec amertume, avant de se ressaisir.

— Tu as raison, je suis gâté, finalement.

— Je ne le fais pas dire. Allez, maintenant, file que je puisse compter mes sous.

Il s'exécuta, non sans avoir gratifié la vieille dame d'un énorme baiser sur la joue. Elle le méritait bien, elle aussi.

Il se rendit dans son atelier, s'installa sur un tabouret et contempla le berceau. Il ne l'avait pas montré à Elise, et il y avait de grandes chances pour qu'il ne le fasse jamais. Il passa une main sur le bois en repensant aux heures qu'il avait passées à fabriquer ce petit lit, dans l'espoir d'y coucher un jour l'enfant qu'il ferait à Elise. Quel idiot il avait fait, en s'imaginant un seul instant que deux personnes pouvaient se marier et fonder une famille sans s'aimer vraiment... Cela ne fonctionnait pas ainsi.

Il se tira à grand-peine de sa mélancolie. Il devait cesser de se tourmenter ainsi. Se relevant péniblement, il regagna la maison. Elise avait éteint la lumière et, après une douche rapide, il se glissa à son côté.

Cette partie-là de son existence, au moins, était concrète. Elise était dans son lit, vivait à ses côtés, et il devait abandonner tout espoir de se faire aimer d'elle. On ne peut pas tout avoir, après tout.

Aussi fit-il courir sa main le long de son dos, avant de murmurer :

— Tu dors ?

Sa femme se tourna vers lui.

— Non, murmura-t-elle.

— Nous avions un projet, pour ce soir, me semble-t-il.

— Jake…

Il ne la laissa pas terminer sa phrase. Posant ses lèvres sur les siennes, il l'embrassa à perdre haleine, fit remonter ses mains, la sentit réagir à la caresse et oublia tout le reste.

Bien plus tard, lorsqu'elle fut endormie dans ses bras, il prit une nouvelle décision : dorénavant, il se contenterait de l'affection d'Elise. Il n'avait pas besoin qu'elle l'aime, après tout…

Il ne lui restait plus qu'à s'en convaincre vraiment.

Les jours qui suivirent, et malgré tous ces bouleversements, Jake parvint à garder la tête froide. Spencer étant parti en déplacement, il avait décidé d'attendre son retour avant de se rendre de nouveau chez Althea. Le contact avait été rétabli, et c'était le principal. Il n'aurait servi à rien de précipiter les choses.

Au cours d'une entrevue avec Mike et le comptable, il fut décidé que la vente du coton commencerait au mois de janvier. Jake était content d'avoir repris son activité. Elise s'était parfaitement adaptée à son rôle de mère, leur couple était redevenu normal, dans tous les sens du terme sauf un — ce qui n'était pas bien grave. Du moins, c'est ce qu'il se répétait une bonne centaine de fois par jour.

Il lui arrivait de déceler chez sa femme une certaine tristesse, qu'il attribuait immanquablement à la disparition de Derek Weber. A d'autres moments, elle lui paraissait sereine, presque heureuse.

Un jour, il trouva le salon rempli de ballons de baudruche. Macko essayait de les attraper et, quand il y arrivait, Ben riait aux éclats. Elise, assise sur le sol, semblait se réjouir du spectacle.

Gonfler des ballons était un des exercices destinés à augmenter la capacité respiratoire de Ben. Il y en avait bien d'autres, d'orthophonie par exemple, et Jake était vraiment reconnaissant à sa femme de s'occuper aussi bien de l'enfant, qui faisait des progrès à vue d'œil. C'était à elle qu'il le devait. Tandis qu'il « s'échappait » la plus grande partie de la journée, elle consacrait tout son temps à Ben.

Elle avait sans doute besoin de souffler un peu, elle aussi, et Jake se promit de prendre le relais le plus vite possible, en lui proposant d'aller se reposer à Waco, par exemple.

Le plus difficile serait sans doute de parvenir à la convaincre.

Elise était heureuse, elle aussi, de l'évolution de Ben. Il mangeait mieux et avait pris presque deux kilos, depuis son arrivée à la ferme. En revanche, elle s'inquiétait pour Jake. Sa manière d'agir, surtout lorsqu'ils faisaient l'amour, lui paraissait un peu forcée, presque désespérée. Il avait changé. Elle aussi, même si son corps réagissait toujours de la même manière à ses caresses. Peut-être leur relation commençait-elle à s'essouffler ? C'était sa plus grande crainte, et elle devait trouver le moyen d'aborder la question avec lui. Pas tout de suite, cependant... Pas tant qu'il n'aurait pas assimilé les révélations qui avaient bouleversé sa vie.

Noël approchait à grands pas et ils avaient décidé d'en faire un événement inoubliable pour leur fils. Comme il faisait très froid le jour où ils allèrent couper l'arbre de Noël, Elise avait emmitouflé le petit garçon dans une doudoune, avant de lui enfiler une cagoule. On ne voyait plus que son sourire, qui s'élargit encore lorsqu'il vit son père sortir le tracteur auquel était arrimée une remorque. Tous trois s'engouffrèrent dans la cabine, avec Macko qui ne quittait plus son jeune maître.

Comme d'habitude, Ben était assis sur les genoux de son père, Elise à côté d'eux. Ils parcoururent le chemin qui les séparait de la forêt en fredonnant des chants de Noël.

— 'Utt-utt 'an-son, maman, demanda soudain Ben.

C'était sa comptine préférée. Une chanson qu'Elise avait inventée pour lui, sur l'air de « Ah, vous dirai-je maman », et qui, bien sûr, parlait de tracteurs.

— Tracteur, tracteur, as-tu des roues ? entonna-t-elle.

— Oui, 'ame, oui 'ame, 'ai 'é oues, enchaîna Ben.

Jake s'arrêta à l'orée du bois et coupa le contact.

— Allez, mon garçon. On va couper un arbre.

Comme il ne réagissait pas, Jake lui en désigna un. L'enfant hocha la tête, Jake descendit de la cabine, alla chercher la scie et, en quelques minutes, abattit le cèdre qu'il hissa ensuite dans la remorque.

Elise le regarda faire avec admiration. Il était si

compétent, dans tout ce qu'il entreprenait... Rien ne l'arrêtait, et jamais elle n'avait connu un homme comme lui. Elle tenta de se remémorer le visage de Derek, mais en vain. Il était désormais oblitéré par celui de Jake.

Jake et sa patience, Jake et son sourire... Jake et son âme tourmentée. Si seulement elle avait pu lui faire comprendre qu'elle serait toujours là pour lui !

— 'arb, a-pa ! s'écria Ben en applaudissant.

— Oui, j'ai coupé un arbre. A présent, nous allons le décorer pour Noël.

— 'accord. Utt-utt an-son, maman !

— Je vais avoir cette rengaine dans la tête toute la journée, moi, fit remarquer Jake en souriant.

Elise lui retourna son sourire. Elle aimait tant voir son visage s'éclairer ainsi. Elle l'aim...

La pensée fugace disparut aussi vite qu'elle lui était venue et elle se mit à chanter avec Ben.

Ce soir-là, Jake alla chercher les décorations au grenier. Ils dressèrent l'arbre en buvant la fameuse bière épicée de Vinnie, puis Ben les aida à orner le cèdre. Les boules étant très anciennes, Elise en conclut qu'elles dataient de l'époque où Althea vivait encore sous ce toit.

Elle eut un étrange sentiment, en accrochant des décorations qui dataient d'une époque révolue. A une ou deux reprises, elle surprit Jake les yeux fixés sur l'une d'elles et plongé dans sa rêverie. Elle aurait aimé l'en tirer, mais ne trouva pas les mots, peut-être par manque de confiance en elle.

Une fois leur tâche accomplie, Jake prit son fils sur ses épaules pour lui faire accrocher l'étoile, au sommet. Il brancha la guirlande et le petit garçon resta bouche bée.

— Magnifique ! s'exclama Vinnie, manteau sur le

dos et sac à la main. C'est très réussi, et ce cèdre dégage une odeur exquise. Vous voulez encore un peu de bière ?

— Non, merci, Lavina, répondit Elise.

— Dans ce cas, je file au bingo.

— Restez un peu avec nous, pour une fois, suggéra Elise.

— Je préfère vous laisser en famille.

— Parce que tu n'en fais pas partie, peut-être ? s'indigna Jake.

— Si, si, bien sûr… Pardonne-moi, mon garçon. Ce n'est pas ce que je voulais dire. Cependant, pour rien au monde, je ne renoncerais à ma partie de bingo. Bonsoir tout le monde !

Jake éteignit la lumière, s'installa à même le sol devant la cheminée, et attira Elise à lui. Ben se glissa entre eux et Macko les rejoignit. Ils restèrent longtemps ainsi, à regarder les flammes et la guirlande électrique. L'ambiance était plus sereine qu'elle ne l'avait jamais été, dans la ferme des McCain.

Ben finit par s'endormir et ses parents ne bougèrent pas, tant ils étaient heureux de partager ce moment de quiétude dont ils voulaient se souvenir toute leur vie : l'ambiance de Noël, le plaisir d'être ensemble.

Un peu apaisé, Jake déposa un baiser sur la joue de sa femme.

— Tu sens bon, chuchota-t-il.

Elle se lova contre lui, songeant qu'elle n'avait pas éprouvé un tel bien-être depuis très longtemps.

— Ce doit être la poudre de Ben.

— Non. C'est toi… Ton odeur à toi.

Elle lui tendait les lèvres lorsque Ben se réveilla en sursaut. Malgré sa frustration, Elise se tourna immédiatement vers le garçonnet. Sa sieste l'avait revigoré, et ils eurent bien du mal à le coucher, ce soir-là. Il courait dans tous les sens en chantant à tue-tête, jouait avec Macko, et comme ni Jake ni Elise n'avaient encore assimilé les techniques de discipline élémentaires, il était près de minuit lorsque Ben fut suffisamment calme pour entamer sa nuit.

Ses parents étaient tellement épuisés quand ils gagnèrent enfin leur chambre que, pour une fois, ils n'eurent pas l'énergie de faire l'amour. Elise en profita pour faire part à Jake de son intention d'inviter leurs deux familles à Noël, et il se laissa convaincre sans trop de difficulté.

Au bout d'un petit moment, Elise se glissa entre ses bras et s'endormit paisiblement.

Le lendemain matin, la première chose que fit Ben fut de courir jusqu'à l'arbre de Noël, Macko sur les talons.

— 'arb, 'acko, répétait-il inlassablement en montrant le cèdre de l'index.

Macko agita la queue et lécha le visage de l'enfant. Ils chahutèrent un moment, et finirent par tomber sur le plancher, dans un tumulte de rires et de jappements.

Pour une fois, Elise ne se précipita pas à la rescousse de son fils. Elle avait cessé de le surprotéger et savait qu'il ne risquait rien avec Macko.

— Ben ? Ton petit déjeuner est prêt ! cria-t-elle de la cuisine.

L'enfant se dégagea du chien et fila la rejoindre. Il grimpa tout seul sur sa chaise haute, attrapa sa cuiller et commença à manger de bon appétit. Dans ce domaine aussi, il progressait rapidement. Bientôt, il n'aurait plus besoin d'aide, et Elise se réjouit de ce petit miracle.

Après avoir rangé la cuisine, pendant que Jake habillait

son fils, elle appela sa mère pour l'inviter à la ferme, le jour de Noël. Même si Constance n'avait rien de prévu, elle parut réticente. Elle « réfléchirait à la question », et Elise en conçut un bref moment de tristesse : de toute évidence, Constance n'avait toujours pas accepté Jake. Refusant de s'attarder sur ce premier échec, Elise composa le numéro de Judith, qui ne répondit pas, ce qui lui parut d'autant plus étrange que sa sœur ne sortait jamais de chez elle avant l'heure du déjeuner.

Jake prit le relais, avec davantage de succès. Althea et Caleb acceptèrent l'invitation sans hésiter et, même si Spencer était toujours en déplacement, il ne faisait aucun doute qu'il se joindrait à eux.

Elise, qui avait assisté à la conversation, observa son mari. Il semblait bouleversé.

— Ça va ? s'enquit-elle timidement.

— Oui. C'est simplement le fait d'entendre la voix de ma mère. Ça me met dans un drôle d'état. D'un côté, j'ai l'impression d'être l'enfant qui attend toujours que sa maman lui dise qu'elle l'aime ; de l'autre, je n'arrive pas à me débarrasser de la colère qui s'est emparée de moi le jour de son départ. C'est difficile à concilier, tu sais… L'autre soir, chez elle, quand elle m'a énuméré les épreuves par lesquelles elle est passée, j'ai eu envie de la serrer dans mes bras, et je n'ai pas pu m'y résoudre… Ne me demande pas pourquoi, je n'ai pas pu, c'est tout.

Elise lui effleura le bras en un geste de réconfort.

— Ça viendra tout seul. Laisse faire le temps, Jake.

— Tu as sans doute raison, murmura-t-il, se délectant de la chaleur de sa main sur son bras.

Elle n'hésitait plus à lui témoigner son affection, ces derniers jours. Peut-être commençait-elle à se rapprocher vraiment de lui ?

— Et toi ? demanda-t-il. La réaction de Constance ne t'affecte pas trop ?

— Un peu, si. Cela dit, c'est à elle de voir et…

Ils furent interrompus par l'arrivée de Ben, qui se planta devant Elise.

— 'Utt-utt 'an-son, maman ! fit-il d'un ton geignard.

— Pas maintenant, mon chéri.

Ben se mit à trépigner sur place.

— 'Utt-utt 'an-son, maman !

— Je connais un petit garçon qui n'a pas assez dormi, fit-elle remarquer d'une voix douce.

— Tout à fait d'accord avec toi. D'ailleurs, tu vas aller faire une petite sieste, mon garçon.

— 'as sies', hurla le bambin en secouant la tête de plus belle. 'as sies' ! Utt-utt an-son !

Jake lui immobilisa le visage d'une main.

— Ben, ça suffit comme ça, dit-il sans élever la voix. Tu vas faire une sieste, un point c'est tout.

Immédiatement, de grosses larmes se mirent à rouler sur les joues du bambin. Elise voulut intervenir, mais au regard que lui lança Jake, elle comprit qu'elle devait se tenir à l'écart. Il avait raison, d'ailleurs. Il était temps que tous deux commencent à faire preuve d'autorité, même si ce n'était pas de gaieté de cœur.

— Va faire un bisou à maman, et au lit, reprit Jake, sans se départir de son calme.

Ben s'exécuta, enfouissant sa petite frimousse dans le cou maternel.

— 'Utt-utt 'an-son, maman ! tenta-t-il une dernière fois.

Elise faillit céder. Autorité ou non, elle ne pouvait supporter ce gros chagrin. Jake dut deviner ses pensées, car il s'empara de Ben et l'emmena précipitamment dans sa chambre, dont il revint presque aussitôt.

— Il s'est endormi à peine la tête posée sur l'oreiller, expliqua-t-il. Nous n'aurions pas dû lui céder, hier soir.

— Je sais, admit Elise d'un ton piteux. Seulement, je n'aime pas beaucoup cet aspect de la maternité. Je préfère de loin lui faire plaisir, en lui chantant cette chanson, par exemple.

Jake ne put réprimer un sourire.

— Je vois… En gros, tu n'es pas très forte quand il s'agit de faire preuve de fermeté.

— Tu as tout compris. Il ne faudra pas trop compter sur moi dans ce domaine.

La lueur qui brillait dans ses yeux réchauffa Jake tout entier. Si seulement il avait pu en être ainsi à l'origine… L'instant d'après, il s'admonestait. Ne s'était-il pas promis de ne plus s'attarder sur ce genre de pensées ?

— Bon, grommela-t-il, après s'être éclairci la gorge. Je file voir Mike. A tout à l'heure.

Le restant de la matinée fut un véritable calvaire pour Elise. Ben était décalé, et il fut tellement ronchon à sa séance d'orthophonie que Sue Collins finit par abandonner la partie. Et comme il s'endormit sur le trajet du retour, il fut incapable de rester dans son lit pendant son heure de sieste habituelle.

Jake avait raison, là encore. Il était grand temps qu'ils fassent preuve de fermeté, sans quoi ils seraient vite débordés par les caprices du petit garçon.

Elise et Vinnie passèrent une bonne partie de l'après-midi à confectionner des gâteaux, sous l'œil attentif de Ben.

— Merci, Lavina, de me livrer tous vos secrets culinaires, dit-elle lorsqu'elles eurent terminé.

— Pensez-vous, mon petit. C'est un plaisir !

— J'ai toujours l'impression de ne pas m'être suffisamment excusée pour mon comportement initial.

Lavina l'observa un instant par-dessus ses lunettes.

— Ne vous en faites pas pour ça. Je ne suis pas d'un naturel rancunier et je n'ai pu que me féliciter de votre attitude avec mon neveu et avec Ben. Alors n'en parlons plus.

— D'accord, n'en parlons plus, murmura Elise en lui plantant un baiser sur la joue. Et j'aimerais que vous me tutoyiez. Après tout, je suis la femme de votre neveu, non ?

— Entendu ! Bon, la première fournée doit être prête. Il ne s'agit pas de laisser brûler nos cookies, avec tout ça !

Elise en tendait un à Ben pour les lui faire goûter lorsque la sonnette retentit.

— Lavina ? Ça ne vous ennuie pas de surveiller le petit, pendant que je vais ouvrir ?

— Bien sûr que non, mon petit.

— Et toi, Ben, n'en mets pas trop dans ta bouche. Maman revient tout de suite.

Elle se précipita vers la porte, l'ouvrit à toute volée et fit des yeux ronds. Sa sœur se tenait sur le perron, livide. Sans dire un mot, Judith passa devant elle et gagna le salon. Elise referma la porte et la suivit docilement.

— Tu aurais pu me dire que tu habitais en pleine cambrousse. J'ai eu un mal de chien à trouver cette fichue ferme.

— Je ne me souviens pas de t'avoir donné mon adresse, lui fit remarquer Elise, les sourcils froncés.

— Ce qui m'a obligée à appeler Althea pour la lui demander. Merci, frangine !

Elise dévisagea sa sœur sans répondre. De toute évidence, elle était bouleversée. Pas plus désagréable que d'ordinaire, mais dépourvue de maquillage, à peine coiffée, et habillée d'une manière pour le moins étrange, comme si elle avait enfilé ses vêtements au hasard. Cela ne lui correspondait en rien.

Soudain, sans prévenir, Judith se laissa tomber sur le canapé et se mit à sangloter. Encore une nouveauté : les filles de Constance ne pleuraient jamais en public. C'était la règle.

Elise hésita un instant, avant de réagir comme toute femme l'aurait fait à sa place : en s'installant auprès de sa sœur pour la consoler.

— Qu'est-ce qui t'arrive ? demanda-t-elle d'une voix douce.

Judith s'essuya les yeux du revers de la main, et déclara :

— Stan m'a quittée, et il a emmené Duncan avec lui.

— Quoi ?

— Il veut en obtenir la garde..., hoqueta Judith. Il a pris Spencer McCain comme avocat. J'ai besoin de ton aide, Elise. Je ne peux pas vivre sans mon fils.

— Je ne vois pas très bien ce que je peux faire, tu sais.

— Parle à ton mari. Demande-lui de convaincre son frère de refuser l'affaire. Spencer est le meilleur avocat de Waco. Si je dois me battre contre lui, c'est perdu d'avance.

— Jake n'acceptera pas.

— Je t'en supplie, Elise. De quoi vais-je avoir l'air, au Club, si les gens apprennent qu'en plus de demander le divorce, Stan a obtenu la garde de notre fils ?

— C'est tout ce qui t'inquiète ? répliqua Elise, incapable de dissimuler sa réprobation. Ce que les gens vont penser de toi ?

— Je... je ne sais plus où j'en suis, murmura Judith, portant une main à ses tempes.

Elise laissa échapper un soupir.

— A ta place, j'essaierais plutôt de régler le problème avec Stan.

— J'ai essayé ! s'écria Judith, au bord de l'hystérie. Il

ne veut rien entendre. D'après lui, j'interdis quasiment tout à Duncan, je ne lui montre pas suffisamment mon amour, et *monsieur* entend que son fils profite de sa jeunesse.

— Je vois, murmura Elise.

— Il refuse de comprendre que Duncan doit être guidé, si nous voulons qu'il excelle dans tous les domaines.

— Pourquoi tiens-tu tellement à ce que ton fils « excelle », comme tu dis si bien ?

Judith la fixa un instant, comme si elle avait perdu la raison.

— Quelle question... Tu plaisantes, j'espère !

— Pas du tout. J'élève un petit garçon de trois ans qui en est encore à apprendre à manger sans s'étouffer. Chaque jour est une nouvelle aventure, et nous ne parlons que des gestes les plus élémentaires. Manger, courir sans tomber, parler normalement, respirer, même... Ton fils à toi n'a besoin que d'une chose : ton amour. Tu ne crois pas que tu devrais te contenter de ce que tu as ?

— Tais-toi, j'ai l'impression d'entendre Stan.

— Il ne t'est pas venu à l'esprit qu'il pouvait avoir raison ?

— 'am-an ! cria Ben, avant de courir vers Elise.

— Oui mon chéri, répondit-elle, lui embrassant le front. Qu'y a-t-il ? Tu as sommeil ?

Ben hocha la tête et s'enfouit contre sa poitrine.

Judith le regardait fixement.

— Est-ce...

Elle ne termina pas sa phrase.

— C'est Ben, oui, termina Elise. Ben ? Tu dis bonjour à Judith ?

— 'jour moi Ben, répondit l'enfant sans hésiter.

— Où est Ben ? lança Jake, de la cuisine. Quelqu'un a vu un petit garçon, dans cette maison ?

C'était un rituel, un jeu auquel Jake se prêtait dès qu'il rentrait après chacune de ses absences.

Aussitôt, le bambin se dégagea des bras de sa mère pour courir vers l'entrée.

— 'a-pa, moi Ben ici ! cria-t-il avec excitation.

Jake le souleva du sol au moment où leurs pas se croisaient.

— Salut, fiston. Comment va…

Il se tut en apercevant Judith.

— Désolé. Vinnie ne m'a pas dit que vous étiez ici. Il s'est passé quelque chose ? s'enquit-il, son regard allant d'Elise à Judith.

— Non. En revanche, il est l'heure de coucher Ben. On chante le tracteur, bonhomme ?

L'enfant hocha la tête, et tous deux entonnèrent leur ritournelle favorite.

— Je m'en occupe, déclara Jake lorsqu'ils eurent terminé. Reste avec ta sœur.

— Qu'est-ce que c'est que ces paroles ? s'enquit Judith, manifestement intriguée.

— Je les ai inventées pour aider Ben à s'adapter aux chiffres. Au début, le tracteur a deux roues, puis quatre, et ainsi de suite. Un petit exercice de diction et de calcul, si tu préfères.

— Je m'attendais à ce qu'il soit…

— A ce qu'il soit quoi ?

— Disons… différent des autres. Or il m'a l'air normal.

— Il *est* normal, répliqua Elise avec force.

— Oui, enfin, de toute évidence, c'est plutôt fastidieux pour toi !

— Je ne me plains pas. Mon nouveau rôle de mère me convient à merveille.

Judith écarquilla les yeux, parut à deux doigts de lancer une de ses fameuses piques, et changea d'avis.

— Maman est contrariée que tu ne lui donnes plus de nouvelles.

Elise compta jusqu'à dix, le temps de décider de ne pas céder à ce chantage subtil. Constance avait toujours eu l'art d'utiliser Judith pour la faire culpabiliser. Cette fois, cela ne marcherait pas. Cette époque était révolue. Elise n'avait plus besoin de l'approbation maternelle, mais de son amour.

— Je l'ai appelée ce matin même pour l'inviter à passer Noël avec nous, déclara-t-elle. Je t'ai téléphoné aussi, d'ailleurs, sans succès.

— Je surveillais le nouvel appartement de Stan. Je suis certaine qu'il a quelqu'un d'autre. Ce n'est pas possible autrement. S'il n'avait pas eu de maîtresse, il ne demanderait pas le divorce.

— A ta place, je n'en serais pas si sûre. D'autant que s'il avait une liaison, il n'insisterait probablement pas pour obtenir la garde de Duncan. Tu sais aussi bien que moi qu'en aucun cas il n'infligerait cela à son fils.

Judith se reprit la tête entre les mains.

— Qu'est-ce que je vais faire ? gémit-elle.

— De deux choses l'une : soit tu acceptes la situation, soit tu essaies d'y remédier.

— Ah oui ? Et comment ?

— En changeant d'attitude, pour commencer. En te montrant plus compréhensive, plus diplomate.

Judith se leva d'un bond.

— Je ne suis pas venue jusqu'ici pour entendre ce genre de balivernes ! lança-t-elle, furieuse.

Sur ces mots, elle se dirigea vers la sortie.

— Tu seras toujours la bienvenue, et l'invitation pour Noël tient toujours, parvint à lui crier Elise, avant qu'elle ne claque la porte.

Elle resta un moment assise, à réfléchir. Décidément,

que de bouleversements, ces temps derniers ! Encore que… Stan avait donné bien des signes de lassitude, les dernières fois qu'elle l'avait vu. Il était même allé jusqu'à déclarer qu'à son avis, ce dont un enfant avait le plus besoin, c'était d'amour. A l'époque, elle avait pensé qu'il parlait de Ben. De toute évidence, il avait également l'équilibre de son propre fils à l'esprit.

Quel dommage que Judith n'ait pas voulu entendre ce qu'elle avait à lui dire ! D'un autre côté, sa sœur n'en avait jamais fait qu'à sa tête. Il ne restait donc plus qu'à espérer que l'idée ferait son chemin, et qu'elle se décide à faire des efforts pour sauver son couple.

Une décision qui lui appartenait en propre, bien sûr.

Elise, pour sa part, était certaine d'avoir fait le bon choix en épousant Jake. Même si Constance ne voulait pas l'admettre, elle n'avait jamais été aussi heureuse de son existence.

Jamais été aussi heureuse ?

Si, avec Derek…

Alors pourquoi avait-elle tant de mal à se souvenir de ce bonheur-là ?

15

Ils passèrent la semaine qui les séparait de Noël à acheter des cadeaux, à les emballer, à cuisiner… bref, à se préparer pour le grand jour.

Le simple fait d'emmener Ben au centre commercial de Waco constitua une aventure. Le petit garçon déambulait dans les allées du magasin de jouets qu'il contemplait avec émerveillement, quand il ne courait pas vers les autres enfants de son âge.

Jake et Elise lui ayant permis d'acheter un petit cadeau à Valérie, il se fixa sur une poupée Barbie. Il choisit ensuite un cadeau pour tante Vinnie, pour « 'a-pa » et pour maman, qui firent comme s'ils n'avaient rien vu, sauf au moment de passer à la caisse. Et comme il n'était pas question que ses parents se chargent des paquets-cadeaux, il s'attela à la tâche avec son application habituelle.

Ils n'avaient pas oublié Macko, dans leurs achats, et Ben insista pour qu'on ferme la porte du salon, afin que le chien ne puisse voir ses cadeaux. L'animal resta sur le seuil en hurlant à la mort, jusqu'à ce que Ben, estimant qu'il avait fini d'emballer l'os en caoutchouc et le collier rouge, le laisse enfin entrer. Un concert de jappements et de rires s'ensuivit, pour le plus grand plaisir d'Elise et de Jake.

Un après-midi, un officier de la police de Houston

appela Jake pour le prévenir qu'un mandat d'arrêt avait été lancé contre Ruskin et que ce dernier s'était volatilisé.

A peine Jake avait-il raccroché que le téléphone se remit à sonner. C'était Ruskin en personne, dans un état proche de la panique.

— Retirez votre plainte, McCain. Sinon, c'est la prison pour moi.

— Je n'ai pas porté plainte, dit Jake.

— Menteur ! Après tout ce que j'ai fait pour Ben, c'est votre manière de me remercier ? Sans moi, votre fils ne serait qu'un légume, à l'heure qu'il est !

— Je ne le nie pas et je vous en suis reconnaissant. Toutefois, permettez-moi de vous rappeler qu'il doit également beaucoup à sa grand-mère. En outre, il me semble que vous avez été grassement payé pour vos services.

— Si vous en faites une question d'argent...

— Pas du tout, docteur Ruskin. Comme je viens de vous le dire, je n'ai pas porté plainte contre vous.

— Vous mentez, McCain. Je vous revaudrai ça, croyez-moi. Vous le regretterez. Vous...

Jake raccrocha le combiné, et appela immédiatement son contact au bureau de police central de Houston afin de lui faire part de l'incident. L'officier lui promit de prendre les choses en main, ce qui n'empêcha pas Jake de rester sur un certain malaise.

Spencer étant enfin rentré de New York, Jake et lui passèrent toute une soirée à se remémorer le passé, bon ou mauvais. C'était Noël et chacun cherchait l'apaisement et la réconciliation.

Spencer ayant apporté les papiers concernant la maison de Houston, Jake les envoya aussitôt aux Foster. Lorsque ceux-ci les reçurent, le surlendemain, ils appelèrent pour le remercier de sa générosité. Jake leur promit de passer les voir avec Ben, au cours de leur visite au médecin nommé par le juge.

La ferme des McCain était en pleine effervescence lorsque Elise eut enfin un appel de sa mère.

— Judith et moi avons finalement décidé d'accepter votre invitation, déclara-t-elle simplement.

— Merci maman, murmura Elise. Tu ne peux pas savoir à quel point ça me fait plaisir !

— Même si nous ne sommes pas toujours d'accord sur tout, je t'aime et je tiens à ce que tu le saches.

Elise se mordit la langue pour ne pas pleurer. Elle attendait ces mots depuis si longtemps !

— Moi aussi, je t'aime, maman.

— J'ai fait de mon mieux, en vous élevant, et voilà que tout part à vau-l'eau... Je commence même à me demander si je n'ai pas ma part de responsabilité, dans la séparation de Stan et Judith. J'ai transmis ma manie de la perfection à ta sœur, et j'ai l'impression que c'est exactement ce qui détruit leur couple... Je ne sais pas quoi faire pour les aider.

Elise n'en croyait pas ses oreilles. C'était la première fois qu'elle entendait Constance faire amende honorable. Décidément, tout son entourage semblait se remettre en question, ce qui ne pouvait être que positif.

— D'après Judith, tu sembles t'épanouir dans ton rôle de mère, ajouta Constance.

— Oui. Je suis très heureuse.

— Pardonne-moi mon comportement, après l'affaire Tammy Abbott. Tu avais raison, l'autre jour. J'aurais dû te parler, t'expliquer que ce n'était pas ta faute. A présent, il est trop tard et...

— N'en parlons plus, murmura Elise, de plus en plus

émue. Je m'en suis remise, c'est l'essentiel. Et je te répète que je suis très heureuse.

— Tant mieux. C'est tout ce qu'une mère peut souhaiter pour ses enfants. J'ai hâte de faire la connaissance de votre petit garçon, ajouta-t-elle. Allez, à bientôt, conclut Constance, mettant fin à l'entretien. Je vous embrasse tous.

Elise contempla fixement l'appareil, reprit le combiné et composa le numéro de Stan.

— Elise ! s'exclama-t-il, reconnaissant sa voix. J'hésitais à t'appeler.

— Tu aurais dû, parce que de mon côté je voulais vous inviter à vous joindre à nous pour Noël, Duncan et toi.

— C'est gentil, mais je préfère m'abstenir. Judith ne prend pas très bien notre séparation et elle est capable de profiter de l'occasion pour me faire une scène.

— Je ne la laisserai pas faire. Et puis, Duncan doit passer Noël avec les siens, faire la connaissance de son cousin Ben !

— Comment se porte-t-il ?

— A merveille.

— Tu m'en vois ravi. J'ai toujours su que tu ferais une bonne mère.

— C'est à toi que je dois ma décision, Stan. Tu te souviens de ma visite à l'hôpital ?

— Oui, soupira Stan. J'ai même failli te confier mes intentions, ce soir-là. Si je ne l'ai pas fait, c'est parce que je ne voulais pas te mêler à mes problèmes de couple. Surtout quand il s'agissait de ta propre sœur.

— J'espère que vous finirez par vous réconcilier.

— La balle est dans le camp de Judith.

— Stan ? s'enquit Elise, au terme d'une courte hésitation. Qu'est-il advenu du bébé toxicomane ?

— Il va bien, lui aussi. Il a été adopté la semaine dernière, par un couple très bien.

— Tu m'en vois soulagée. J'ai souvent pensé à lui, et je suis heureuse qu'il ait trouvé une famille. Allez, je te laisse. Et réfléchis à mon invitation. Ça me ferait vraiment plaisir que vous soyez parmi nous, pour Noël.

— Je ne te promets rien, dit-il en conclusion.

Ce qui n'empêcha pas Elise de nourrir des espoirs.

Jake et Elise ayant décidé d'assister au service religieux de la Nativité en compagnie de Ben, tous trois passèrent à Waco, chercher quelques vêtements pour Elise. Elle passait son temps en blue-jean et T-shirt, et avait hâte de retrouver un peu de sa féminité d'antan. Comme il faisait froid, il fut convenu que Jake et Ben l'attendraient dans la voiture.

Jake ne demandait pas mieux, d'ailleurs. La maison de sa femme était remplie de souvenirs de Derek Weber auxquels il n'avait aucune envie de se confronter. Elise et lui avaient atteint un moyen terme harmonieux, leur entente tournait autour de Ben, et cela lui suffisait. Du moins, il s'en contentait.

Elise pénétra chez elle et s'arrêta un moment pour examiner son intérieur, si parfait, si ordonné. Cet endroit n'avait rien d'un foyer, elle s'en apercevait à présent. Une maison digne de ce nom disposait d'une cheminée dans laquelle brûlait un bon feu, de planchers avec des tapis couverts de poils de chien et de jouets en tout genre. Elle se demanda comment elle avait pu vivre dans un environnement aussi stérile et en vint à la conclusion qu'à l'époque, elle n'avait fait que subsister. A présent, elle vivait pleinement.

Elle gagna la chambre et s'empara d'une valise qu'elle

remplit en toute hâte. Une robe noire, classique, avec la veste assortie pour la messe, un collier… Tiens ! Où l'avait-elle mis ? Dans le tiroir de la table de chevet, probablement.

La photo de Derek était toujours là. Elle s'en empara pour examiner le visage qu'elle avait tant chéri. Et, alors qu'elle s'attendait à éprouver l'habituel chagrin, rien ne vint, si ce n'est une certaine tendresse.

Le choc fut si rude qu'elle dut s'asseoir sur le lit. Elle avait refoulé l'évidence même. *Elle aimait Jake.* Et depuis longtemps…

« J'aime Jake, déclara-t-elle à mi-voix. Et je ne veux plus culpabiliser. Mon seul regret est d'avoir mis tant de temps à m'en apercevoir. »

Sur ce, elle reposa le cadre et referma le tiroir.

L'instant d'après, une autre vérité lui apparut clairement. Elle comprenait à présent ce qui la gênait, dans ses étreintes avec Jake. C'était l'absence de cet ingrédient qu'on appelait l'amour…

Elle jeta un dernier coup d'œil en direction du tiroir et sut qu'elle en avait terminé avec son premier mari. Elle l'avait enfin laissé partir, reposer en paix, comme il se devait.

Au moment de ressortir, elle songea qu'il était temps, pour elle, de mettre cette maison en vente. C'était à la ferme qu'elle vivait, dorénavant. Et pour toujours.

Quant à sa carrière… Elle ne se voyait pas retourner à l'université, tant que Ben aurait besoin d'elle. D'ici quelques années, peut-être…

Dans l'immédiat, elle voulait être parmi les siens. Elle ferait part de sa décision au doyen dès la rentrée de janvier.

Ce fut dans une certaine fébrilité qu'elle se prépara pour aller à l'église. Il lui tardait de parler à Jake, ce qu'elle n'avait pas eu l'occasion de faire, tant l'après-midi avait été chargé. C'était peut-être aussi bien, finalement. Mieux valait qu'ils soient seuls, au moment où elle lui avouerait son amour...

Jake était très élégant, lui aussi, dans son costume de mariage, et elle ne put que constater, une fois de plus, à quel point il était séduisant. Quelques cheveux gris commençaient à apparaître dans ses cheveux, ajoutant encore à son charme naturel.

Ils avaient acheté un costume à Ben — chemise blanche et gilet rouge — et, comme Vinnie s'était chargée de l'habiller, ils ne s'attardèrent pas davantage.

Leur principale préoccupation avait été que l'enfant ne s'endorme pas pendant le service. Ils furent vite rassurés sur ce point. Ben se tenait entre eux deux, attentif à ce qui se passait autour de lui, fasciné par le cérémonial.

Lorsque la chorale se mit à chanter, néanmoins, il se tourna vers Elise pour lui demander la fameuse chanson du tracteur.

— Pas maintenant, mon chéri. Ecoute, lui chuchota-t-elle à l'oreille.

Les chœurs, somptueux, eurent l'heur de séduire Ben, qui les écouta bouche bée. La messe se termina sur « Douce nuit », à la seule lueur des bougies de l'autel.

Tous trois regagnèrent la ferme pour un petit réveillon tout simple, et pas trop tardif.

Lavina leur avait préparé un plateau de sandwichs, de fromage et de fruits qu'elle sortit du réfrigérateur dès leur retour. Elise dressa la table et chacun mangea de bon appétit.

— Je vais chez Maggie, leur annonça Vinnie, à la fin du repas. Elle nous a organisé une petite soirée. Tout est prêt pour demain, et je me lèverai tôt pour faire cuire la dinde.

— Moi aussi, promit Elise.

— Bonne nuit, mon grand, dit Vinnie, fais de beaux rêves.

— 'uit, répondit Ben. Maman ? 'Ace.

— Tu auras de la glace quand tu auras terminé ton assiette.

— 'On. 'Ace 'aintenant, s'acharna le petit garçon.

— Ben ! intervint Jake sur un ton que son fils commençait à reconnaître.

L'enfant se renfrogna, mais termina le sandwich qu'Elise avait mis sur son assiette. Il mâchait soigneusement avant de déglutir, dorénavant, et le fait que cela ne paraissait plus lui être pénible semblait indiquer que ses muscles se renforçaient.

— Bravo, Ben ! applaudit Elise, lorsqu'il eut terminé.

Il se mit à applaudir, lui aussi, réussissant pour la première fois à synchroniser ses mouvements sans aide. C'était un véritable bonheur de le voir évoluer à cette cadence.

— 'Ace, maman ! 'Ace !

Jake déposa une petite coupe de glace sur la table, avant de lui mettre une serviette.

— Papa aime son petit garçon, déclara-t-il soudain.

Elise sourit intérieurement. Ce genre d'aveu ne lui venait pas naturellement… Il apprenait, lui aussi.

— Ben aime 'a-pa, marmonna l'enfant, la bouche pleine.

Elise rangea la cuisine, avant d'aller chercher le tracteur à pédales qu'ils avaient acheté pour Ben. Nul doute que ce serait un succès, et ils avaient pensé que le fait de pédaler lui serait tout à fait bénéfique.

Elle gagna la grange, regarda un peu partout, sans

trouver les cadeaux. Elle était pourtant certaine que c'était là que Jake les avait cachés… Elle ouvrit la porte menant à l'atelier, y entra, et resta clouée sur place.

A côté des jouets se trouvait un berceau de bois de toute beauté. Elle s'en approcha, le fit basculer et entendit la musique d'une berceuse. L'espace d'une seconde, elle faillit se laisser submerger par l'émotion. Elle le reconnaissait, ce berceau ! C'était le même que celui qu'elle avait remarqué dans un magazine, quelques mois plus tôt. De toute évidence, Jake l'avait acheté… pour le jour où ils auraient un bébé.

Elle sentit son cœur se serrer.

Jake l'aimait, lui aussi. C'était l'évidence même…

Elle porta une main à son cœur. Pourquoi ne lui en avait-il jamais rien dit ?

Peu importait. Ce soir, il les prononcerait, ces trois mots magiques : « Je t'aime… »

Elle garnit le guidon du tracteur d'un énorme bolduc, sans quitter le berceau des yeux. Elle savait à présent qu'elle n'aurait pas d'enfant, et cela n'avait plus d'importance. Ben lui suffisait.

Soudain, elle fronça les sourcils. Il en allait peut-être différemment pour Jake, après tout… Peut-être souhaitait-il agrandir sa famille !

Encore une question qu'elle devrait lui poser, ce soir…

Quand elle regagna la maison, Jake s'apprêtait à mettre Ben au lit.

— Maman ! s'écria l'enfant, la voyant approcher.

— Je t'aime, mon chéri.

— 'Oi aussi, je 'aime, 'eux, murmura-t-il en brandissant deux doigts.

Elise en leva trois — un autre de leurs rituels.

— Moi, je t'aime trois fois plus...

— 'Oi, 'at, répéta le petit garçon, s'efforçant de lever quatre doigts.

— Et moi, grand comme le monde, conclut Elise, avant de l'embrasser. Allez, dodo, maintenant.

— 'Ere Noël ce 'oir ?

— Oui, Ben. Le père Noël t'apportera des jouets dans la nuit, et pour cela, il faut que tu dormes. Il ne passera pas avant.

Elle l'embrassa une dernière fois, il se tourna sur le côté, son ours contre lui, le tracteur en Lego à la main.

Jake avait étudié la scène avec une certaine anxiété. Elise lui paraissait différente, ce soir, sans qu'il puisse dire en quoi. Elle semblait détendue, presque heureuse, à bien y regarder. Quelque chose avait changé en elle.

— Elise ? Tout va bien ?

— Très bien, lui répondit-elle avec un sourire radieux.

Se détendant légèrement, il fit glisser ses doigts dans sa chevelure blonde.

— Ça pousse, dis donc ! Ils t'arrivent presque aux épaules, à présent.

— Je n'ai pas eu le temps d'aller chez le coiffeur et...

— Je t'aime bien, coiffée comme ça.

Pour toute réponse, elle haussa un sourcil interrogateur. Il lui répondit par un clin d'œil ravageur.

— Va m'attendre dans le salon, ma belle. J'ai une petite surprise pour toi.

Il se dirigea vers la cuisine, elle vers le salon dont elle éteignit toutes les lampes, avant de se débarrasser de ses hauts talons et de s'installer sur le tapis, devant le feu.

Jake revint avec une bouteille de vin et deux verres. Il les remplit à moitié avant de lui en tendre un.

— Quelle excellente idée ! s'exclama-t-elle.

— C'est notre premier Noël, non ? Nous nous devons de le fêter dignement, il me semble.

— A notre premier Noël en famille alors, dit-elle en faisant cliquer son verre contre le sien.

Ils burent un instant en silence, goûtant la sérénité ambiante.

— Je suis allée mettre un ruban sur le tracteur de Ben, murmura Elise, au bout de quelques secondes. De sorte que j'ai vu le berceau… Il est magnifique, Jake. Je n'en reviens pas que tu l'aies acheté.

— Je ne l'ai pas acheté, répondit-il en faisant tourner le vin dans son verre. Je l'ai fabriqué moi-même.

— Qu'est-ce que tu dis ?

Décidément, elle allait de surprise en surprise !

— Je l'ai fabriqué, répéta-t-il.

— Mais… c'est du travail de professionnel. Il y a même une musiquette, et…

— Je dois t'avouer que cette partie du travail m'a donné bien du mal. J'ai dû demander conseil à un expert.

— J'ignorais que tu avais un don pour la menuiserie, répondit-elle, sidérée.

— C'est mon père qui m'a appris ça. Il était très habile de ses mains. Prends ce manteau de cheminée, par exemple. Les motifs représentent des champs de coton, si tu regardes bien.

Elise se réjouit de cette nouvelle. Joe McCain n'avait pas eu que des défauts, et c'était important pour Jake.

— Moi, j'ai réalisé la tête de notre lit et toutes les plinthes de la maison, quand je l'ai fait rénover.

— C'est vrai ? demanda-t-elle, admirative.

— Tout ce qu'il y a de plus vrai. Quand nous nous

sommes mariés, je me suis rendu compte que cette maison n'avait pas changé depuis le départ de ma mère. Alors, j'ai engagé un architecte qui a fait le plus gros du travail avant que j'ajoute ma petite touche personnelle.

— Dans... dans l'espoir que je vienne vivre ici, un jour ? demanda Elise, la gorge serrée.

— Oui. J'espérais que tu vivrais à la ferme.

— Oh ! Jake... J'ai été tellement odieuse... Pourquoi m'as-tu laissée faire ?

— Parce que moi aussi, je voulais un enfant, et que...

Il laissa sa phrase en suspens, un peu comme s'il avait espéré qu'Elise devinerait la suite.

— Et ?

Les mots étaient là sur le bout de sa langue, et pourtant, Jake ne parvenait pas à les prononcer. Il avait attendu cet instant pendant des mois, et voilà qu'il était paralysé par la peur, incapable d'exprimer un sentiment au potentiel aussi destructeur.

— Je ne sais pas, moi, insista Elise. Quelque chose de plus profond, peut-être... Tu ne peux pas t'être accommodé de la présence de la photo de Derek dans notre chambre, de mon manque total d'intérêt pour ton exploitation, uniquement parce que tu voulais fonder une famille... Allez, Jake. Dis-le.

Les yeux rivés sur son verre de vin, Jake ouvrit enfin son cœur.

— Peut-être ai-je peur que tu ne disparaisses, si je prononce les mots fatidiques.

Là. C'était dit. Il lui avait avoué sa peur, la seule chose qui l'empêchait de lui déclarer ses sentiments : la terreur de se retrouver seul.

— Jake..., commença-t-elle, prenant leurs verres pour

les déposer sur le bord de l'âtre. Quand je t'ai dit que je ne te quitterais jamais, j'étais sincère. Tu sais pourquoi ?

— Non, répondit-il dans un souffle.

Elle leva les yeux vers lui et il attendit, la gorge nouée. De sa réponse dépendait le restant de son existence.

— Parce que je t'aime, tout simplement.

L'angoisse de Jake se transforma en joie pure. Il s'était tellement peu attendu à entendre ces mots de la bouche d'Elise qu'il resta sans voix. Son incrédulité devait se lire sur son visage, car elle ajouta :

— Je ne sais pas très bien à quel moment j'en ai pris conscience. Tout ce que je peux te dire, c'est que le soir où Ben ne cessait de sortir de son lit pour venir nous rejoindre, j'ai été émerveillée par ta patience, et j'ai eu envie de te dire que je t'aimais. Cela m'a laissée pantoise. J'en étais encore au stade où je pensais ne jamais pouvoir aimer un autre homme que Derek.

Jake la dévisagea attentivement, à la recherche d'une pointe de tristesse ou, à l'inverse, d'un signe qui lui prouverait que Derek appartenait au passé.

— Et maintenant ? demanda-t-il.

— Quand nous nous sommes arrêtés chez moi, cet après-midi, j'ai eu un choc… J'ai compris que je n'avais fait qu'exister, jusqu'à notre rencontre. Survivre en me fermant à tout sentiment. J'ai sorti la photo du tiroir dans lequel je l'avais rangée, et… rien. Aucune souffrance, aucune tristesse. Je l'ai laissé partir, Jake. Ne me demande ni comment ni pourquoi, les faits sont là. Je t'aime si profondément que tu as supplanté Derek dans mon cœur. Et ce soir, en voyant le berceau, j'ai compris que ce sentiment était partagé.

— Tu as raison, probablement depuis l'instant où je t'ai vue accroupie devant le pneu de ta voiture, le tout premier soir. C'était… irréel, et surtout tellement inattendu…

— Dis-le, Jake, répéta-t-elle d'une voix douce.

Il lui encadra le visage des deux mains. Il lui fallait ce contact, pour trouver le courage de prononcer les mots.

— Je t'aime, murmura-t-il, sans hésiter cette fois, tant la lueur qui brillait dans les yeux de sa femme était encourageante.

Elle s'humecta les lèvres du bout de la langue, avec une émotion manifeste.

— Je t'aime, et je ne peux pas vivre sans toi, poursuivit-il, avant de l'embrasser, pour sceller ce merveilleux aveu.

Ses sens s'éveillèrent à ce contact, et il approfondit son baiser. Bientôt, il allongea sa femme sur le tapis, sans cesser de faire courir ses lèvres sur sa nuque, sur le creux de son épaule.

— Je t'aime, chuchota-t-il encore, cherchant ses seins à travers le tissu fin de sa robe.

Sa main glissa plus bas sur l'étoffe.

— Comment est-ce qu'on enlève ce truc ? grommela-t-il.

— Grâce à la fermeture Eclair que tu trouveras dans le dos, murmura-t-elle d'une voix faible.

En moins de temps qu'il ne fallait pour le dire, il la débarrassa de sa robe et de tout le reste, puis la contempla à la lueur du feu.

— Tu es belle, Elise…

— Toi aussi, répondit-elle en ouvrant les boutons de sa chemise pour glisser ses mains sur son torse.

Il fut vite dénudé, lui aussi, ses vêtements en tas à côté d'eux.

— Attends un instant, gronda Jake. Les préservatifs sont dans la chambre. Je monte les…

— Inutile, je prends la pilule depuis trois semaines.

— Tu… tu prends la pilule ? Comment est-ce que tu as fait ? Tu passes ton temps avec Ben.

— Justement. J'ai appelé ma gynécologue pour lui expliquer la situation, elle m'a fait une ordonnance et l'a envoyée au centre d'orthophonie. Je n'ai plus eu qu'à la récupérer. Facile, non ?

— Futé, tu veux dire.

— C'est ton cadeau de Noël… Et le mien, par la même occasion.

Sa caresse s'étant faite plus précise, Elise laissa échapper un soupir de plaisir. Jake l'attira à lui pour que leurs corps nus se fondent enfin en une étreinte à l'intensité toute nouvelle. Chacun de leur geste était chargé d'amour ; tous deux le sentaient et s'en délectaient.

Jake fit rouler Elise sur le dos, l'embrassa sur tout le corps, tandis qu'elle enfonçait ses ongles dans le creux de ses reins. Il descendit un peu plus bas et le salon se mit à tournoyer, avant de disparaître dans une oasis d'amour.

— Jake, gémit-elle alors. Viens. Prends-moi…

Il se redressa, se glissa entre ses jambes et la pénétra avec fougue. Elise s'arc-boutait pour le sentir plus profondément en elle, et le plaisir la traversa avec une force inimaginable. Quelques secondes plus tard, elle sentit Jake exploser dans son corps tandis qu'il lui chuchotait inlassablement « Je t'aime » à l'oreille.

Ils restèrent longtemps, enlacés, le feu réchauffant leurs corps moites. Ni l'un ni l'autre ne prononcèrent un mot. Ils ne faisaient plus qu'un, entièrement, pour toujours, et cette découverte leur suffisait.

— C'était déjà fabuleux avant, murmura Jake, au bout d'un moment. Mais ce que nous venons de faire est…

— L'amour, termina-t-elle à sa place. Nous venons de faire l'amour.

Jake ferma les paupières, un sourire béat aux lèvres.

Peu d'hommes avaient la chance d'être aussi comblés, autant aimés. Et tant pis si ses sentiments le mettaient en position de faiblesse. Il n'avait plus peur d'aimer. Enfin… Elise et lui s'étaient trouvés, ils avaient Ben… Sa vie avait retrouvé tout son sens.

— Tu te souviens du jour où je t'ai dit que je voulais absolument un bébé à Noël ? chuchota Elise.

— Oui.

— Eh bien, nous l'avons, notre bébé, non ?

— Oui. Nous avons Ben, répondit Jake. D'ailleurs, nous ferions bien d'aller chercher ses cadeaux et de monter nous coucher, nous aussi.

Elise le retint fermement contre elle.

— Attends un instant. J'ai une question à te poser. Est-ce que tu veux d'autres enfants ?

— Pourquoi me demandes-tu cela ?

— A cause du berceau et de tout l'amour que tu y as mis.

— Je t'accorde que j'ai fabriqué ce berceau avec amour, Elise. Dans l'immédiat, néanmoins, je consacre toute mon énergie à Ben, et je dois t'avouer que je n'ai pas réfléchi à l'éventualité de lui donner un frère ou une sœur.

— Moi non plus, confessa-t-elle.

— Tu m'étonneras toujours, tu sais… Quand je pense aux merveilles que tu accomplis avec lui, toi qui craignais tant de lui faire du mal…

— Avec le recul, je pense que je voulais un enfant pour me guérir de mon propre chagrin.

— Moi aussi. En fait, nous sommes semblables. Tu t'accrochais à ton passé pendant que j'essayais d'échapper au mien et, si nous voulions concevoir, c'était uniquement pour échapper à nos fantômes… C'est plutôt égoïste, tu ne trouves pas ?

— Peut-être, cependant n'oublie pas que c'est ce qui nous a rapprochés.

— C'est vrai, chuchota-t-il contre ses lèvres.

Il s'y attarda un peu trop longtemps et, sentant le désir les reprendre, se releva d'un bond.

— Nous avons du travail, ma belle. Je crois savoir que le père Noël a besoin d'un petit coup de main.

— Je t'aime, Jake, déclara-t-elle, d'un ton solennel. N'en doute jamais.

Et il s'aperçut que ce n'était pas le cas : il ne doutait plus. L'amour d'Elise lui apparaissait comme une évidence. Il était là, dans ses yeux, dans sa voix… C'était le plus beau cadeau qu'on lui ait jamais fait.

Ils furent réveillés à l'aube, par Ben qui sauta sur leur lit en criant :

— 'Ere Noël, maman, 'apa. 'Ere Noël !

Macko apporta sa contribution avec force jappements, ce qui acheva de les tirer de leur torpeur.

— C'est déjà le matin ? geignit Jake.

— J'en ai bien peur, oui, répondit Elise d'une voix faible.

— Il fait encore nuit.

— Normal, il n'est que 6 heures…

Elle s'apprêtait à se lever lorsqu'elle s'aperçut qu'elle était nue. Jake se porta à son secours en distrayant Ben, le temps qu'elle enfile un déshabillé.

— Vous êtes visibles ? leur cria Lavina, du couloir.

— Euh… Oui, répondit Jake qui terminait de nouer la ceinture de son peignoir.

La vieille dame pénétra dans la chambre à son tour, un paquet à la main.

— Un petit cadeau pour vous deux, dit-elle. J'ai pensé que…

Elle s'interrompit, jeta un coup d'œil en coin à Ben et reprit, d'un air entendu :

— Enfin, vous verrez bien.

— Ca-deau, 'apa.

— Oui ! Cadeau. C'est très bien. Cadeau ! répondit Jake, ravi que son fils ait assimilé une première consonne. Voyons un peu ça…

Il tira sur le bolduc et sortit de sa boîte une caméra vidéo.

— Vinnie ! Tu nous gâtes ! s'exclama-t-il.

— Comme ça, vous pourrez filmer l'évolution de notre petit bonhomme !

— Merci, merci infiniment, dirent Jake et Elise à l'unisson.

— Tout est programmé, vous n'avez plus qu'à appuyer sur le bouton pour vous en servir, précisa Vinnie.

— C'est extrêmement gentil, Lavina, murmura Elise, avant de l'embrasser. Quelle merveilleuse idée !

— Vous croyez qu'il est l'heure d'aller voir si le père Noël est passé ? s'enquit Vinnie. Je ne veux pas manquer ça !

— Ben ? On va changer ta couche, avant de descendre ?

— Oui. Cou-che. 'Ere Noël.

Jake profita de ce qu'Elise s'acquittait de sa tâche pour se familiariser avec la caméra. Ben, surexcité, babillait sans relâche, dans son jargon habituel.

Dès qu'Elise l'eut reposé sur le plancher, il se précipita dans le couloir, suivi de Macko. Jake leur emboîta le pas avec son nouveau jouet.

Le petit garçon s'arrêta sur le seuil du salon, bouche bée et les yeux ronds. Il tendit la main vers le tracteur, courut pour monter dessus, et baissa les yeux vers les pédales, d'un air perplexe.

Jake tendit la caméra à sa tante et alla s'accroupir à côté de son fils.

— C'est un tracteur comme celui de papa. Tu poses un pied là, l'autre ici, et tu pousses, ça le fera avancer.

Ben essaya plusieurs fois, en vain. Il n'était pas encore suffisamment latéralisé pour comprendre le mécanisme. Et si Jake savait qu'il lui faudrait du temps avant d'y arriver, il ne doutait pas un instant que ce serait le cas, un jour ou l'autre.

Ben ouvrit ses autres cadeaux à la vitesse de l'éclair, papiers et rubans volant dans toutes les directions. Macko redoubla de jappements pour le plus grand bonheur des adultes.

Tandis que Lavina expliquait à Ben le fonctionnement du camion de pompiers qu'elle lui avait acheté, Jake s'assit près de sa femme, à qui il tendit un écrin. Il contenait un médaillon en or, à l'intérieur duquel elle trouva une photo de Ben.

— Merci, mon amour, murmura-t-elle. Il est splendide. Tu peux m'aider à le mettre ?

Jake le lui accrocha autour du cou, ses mains s'attardant sur sa nuque, et elle se tourna vers lui pour lui tendre les lèvres.

— Tu sais de quoi j'ai envie, là ? lui chuchota-t-il à l'oreille.

— J'en ai une petite idée… Malheureusement, il va nous falloir attendre, répondit-elle, d'un ton de regret.

A son tour, elle alla chercher un paquet sous l'arbre.

— Tiens. C'est pour toi.

Jake haussa un sourcil.

— Je croyais avoir eu mon cadeau hier soir…

— Un peu intime, comme cadeau, non ? Je voulais quelque chose de plus… discret.

— Parce que tu crois que nos aveux de cette nuit ne se voient pas sur mon visage, peut-être ? Je n'ai jamais autant souri…

— C'est vrai, murmura-t-elle, certaine d'avoir elle-même cette expression béate.

Ils échangèrent un regard entendu, puis Jake se décida à ouvrir son cadeau : un portefeuille en cuir, avec, à l'intérieur, quelques photos de Ben.

— Je t'ai entendu dire au comptable que tu n'avais pas de photos de ton fils à lui montrer. Alors j'ai emprunté l'appareil de Lavina, j'en ai pris quelques-unes et voilà. Je n'ai jamais été très douée pour la photo, mais elles ne sont pas trop mauvaises, qu'en penses-tu ?

— Elles sont magnifiques, celle-ci en particulier, soit dit en passant.

Le cliché représentait Elise, Ben sur les genoux.

— Merci, ma belle. Je suis un homme comblé.

Il lui déposa un baiser sur les lèvres, éveillant en elle l'excitation si familière, avant de l'attirer à lui pour l'embrasser plus passionnément.

Du coin de l'œil, il remarqua soudain que sa tante les filmait.

— Vinnie ! s'écria-t-il, faussement outragé.

La vieille dame baissa la caméra et gratifia Jake d'un clin d'œil.

— Quoi ? Tu ne voudras pas revivre ce moment ?

Jake secoua lentement la tête. Il n'aurait pas besoin d'un film pour se souvenir de ce jour. Jamais il n'oublierait le Noël où Elise lui avait avoué son amour.

L'amour…

Enfin, il savait ce que c'était.

16

La journée fut un véritable succès. D'abord intimidé par tous les nouveaux arrivants, Ben fut bien vite apprivoisé par les cadeaux que chacun lui avait apportés.

Lorsque Ben ouvrit celui de Judith et Constance, Elise, qui tenait son fils sur ses genoux, parut si bouleversée que Jake se précipita vers elle. Il s'agissait d'un livre, intitulé *Putt-putt tracteur.* L'histoire, illustrée à la main, reproduisait fidèlement la chansonnette inventée par Elise.

— Merci, balbutia-t-elle, les larmes aux yeux. C'est une intention tellement touchante…

— Je me suis souvenue de ta chanson, expliqua Judith. J'en ai parlé à maman et j'ai réussi à la convaincre de se remettre au dessin. Toutes les illustrations sont d'elle. C'est plutôt réussi, tu ne trouves pas ?

— C'est magnifique, tu veux dire ! Merci encore à vous deux. Ben et moi le garderons toujours…

Se levant, Ben toujours dans les bras, elle embrassa sa mère avec fougue.

— Ce n'est pas grand-chose, ma chérie, murmura Constance, manifestement émue, elle aussi.

Elise et Ben allèrent embrasser Judith, qui fit une petite moue dubitative.

— J'espère que les paroles sont à peu près fidèles aux tiennes, déclara-t-elle, pour dissimuler son émotion.

Jake comprenait à présent la réaction d'Elise. Sa mère

n'avait pas acheté le livre, elle l'avait créé, avec l'aide de Judith. Un signe indéniable que les deux femmes acceptaient enfin ses choix de vie.

— Voyons ça..., reprit Elise avant d'entonner la chansonnette. Non, c'est parfait. Toutes les paroles sont là.

Ben lui donna la réplique et toute l'assemblée reprit en chœur, pour le plus grand bonheur de chacun.

Comme Elise l'avait espéré, Stan et Duncan sonnèrent à la porte. Elle retint son souffle, attendant la réaction de sa sœur, qui ne broncha pas. Judith embrassa son fils, et s'adressa à Stan avec courtoisie ; bref, une Judith bien différente de celle qu'Elise avait connue jusqu'alors.

Malgré la différence d'âge, Ben et Duncan s'entendirent à merveille. D'un naturel patient, Duncan ne demanda pas mieux que de montrer à son cousin le fonctionnement de certains de ses jouets. Après le déjeuner, comme il faisait relativement beau, Jake les autorisa à jouer dans le jardin. Les hommes se joignirent à eux, tandis que les femmes, restées à l'intérieur, discutaient en rangeant la cuisine.

Elise se planta devant la porte-fenêtre pour observer la scène. Duncan envoyait une balle en mousse à son cousin qui, s'il ne la rattrapait jamais, paraissait aux anges. Macko aussi, d'ailleurs : il jappait frénétiquement et remuait la queue en tous sens.

Assis sur la balancelle, Andrew Wellman et Stan riaient des facéties des enfants. Un peu plus loin, Jake, Spencer et Caleb étaient en grande conversation. Trois frères enfin réunis, une satisfaction de plus pour Elise.

Lorsque Ben commença à fatiguer, Jake le prit dans ses bras. Duncan alla rejoindre son père sur la balancelle, et Judith s'approcha de sa sœur pour admirer à son tour le tableau.

— Il veut un autre enfant, murmura-t-elle d'une voix à peine audible.

— Qui ça ? s'enquit Elise.

— Stan. C'est là que réside notre différend. En plus de la manière d'élever notre fils, bien sûr.

Ne sachant trop quoi répondre, Elise continua à observer la scène. Ben se dégagea des bras de Jake pour aller rejoindre son cousin, et tous deux se remirent à jouer à la balle. Avant de se lever, cependant, Duncan avait embrassé Stan, dont l'expression fut si parlante qu'Elise décida de prendre les choses en main.

— Tu ne peux vraiment pas arriver à un compromis ?

— Je... je ne sais pas, répondit Judith. Ils me manquent tellement...

— Qui ? Stan ou Duncan ?

— Les deux. Sans eux, la maison me paraît trop grande.

— Dans ce cas, agis, suggéra Elise, glissant un bras autour de la taille de sa sœur. Parle à Stan, prends l'initiative...

— Je le ferais sans hésitation, si je ne craignais qu'il ne veuille vraiment plus de moi. Le moins qu'on puisse dire, c'est que notre couple bat de l'aile depuis un bon moment.

— Un couple, ça se répare, tu sais. Et j'ai l'impression qu'il t'appartient de faire le premier pas.

— Tu es tellement heureuse..., soupira Judith d'un ton d'envie. C'est bien simple, tu rayonnes.

— Merci. Et encore merci pour le livre. Tu ne peux pas savoir ce que votre geste représente pour moi.

— Je ne suis pas si dure que tu sembles le penser, lança Judith, au bord des larmes. Et même si ça ne saute pas aux yeux, je t'aime, moi aussi... Ainsi que ton mari et le petit !

Elise sentit son cœur se gonfler de joie. Jamais Judith ne lui avait rien dit d'aussi beau. Elles avaient enfin atteint un certain niveau d'entente, et leur relation prenait un nouveau tour.

— Qu'est-ce que vous regardez, toutes les deux ? demanda Althea, derrière elles.

Incapable de répondre, Judith se détourna et sortit de la cuisine.

— Que se passe-t-il ? s'enquit Althea avec inquiétude.

— Rien de grave, rassurez-vous. Judith est un peu chamboulée, en ce moment.

— J'espère que Stan et elle parviendront à une entente.

— Moi aussi.

Althea jeta un coup d'œil dans le jardin, et se tourna vers Elise d'un air ravi.

— Je vois, maintenant, ce qui vous fascinait, mon petit. Les trois frères McCain enfin réunis, dit-elle, avant de se rembrunir. Dommage que l'un d'entre eux ait tant souffert par ma faute !

— Oubliez cela, Althea. C'est du passé. Et puis, vous voyez bien que vos fils sont ravis d'être ensemble, non ?

— Oui, en effet. Merci de nous avoir invités, aujourd'hui.

— De rien, c'était un plaisir. A ce propos, il faudra que vous me donniez la recette de vos petits pains à la cannelle. Une vraie merveille !

— Jake les adorait, étant petit.

— C'est donc pour lui que vous les avez faits... Afin de lui rendre un peu de ce qui lui a tant manqué, murmura Elise.

— Exactement. Même si j'ai conscience que rien ne réparera jamais mes manquements. Je veux que Jake soit heureux, mon petit. C'est mon plus grand souhait.

— Ne vous inquiétez pas pour lui, Althea. J'y veille.

Et c'était vrai. Dorénavant, son objectif était d'assurer le bonheur de Jake.

A tout jamais.

La maison leur parut terriblement vide, une fois tous les invités partis. Ben, grognon et excité, ne voulait pas aller se coucher. Ni les câlins ni la fameuse chanson du tracteur ne parvinrent à le calmer, de sorte que Jake finit par le porter jusqu'à sa chambre.

— Ma-man, ma-man ! cria le petit garçon, en essayant de se dégager de l'emprise paternelle.

Elise dut se faire violence pour ne pas céder. Elle attendit, le cœur serré, que cessent les pleurs de Ben. Quand ce fut le cas, elle pénétra subrepticement dans la chambre où Jake, assis sur le rocking-chair, berçait un Ben presque endormi sur son épaule.

— Ma-man, pleurnicha-t-il, sans grande conviction.

Elle le prit dans ses bras pour le déposer dans son lit.

— Je suis là, mon chéri. Je t'aime.

— Moi aussi, 'e 'aime, murmura-t-il, sans pour autant se lancer dans leur petit jeu habituel.

L'instant d'après, ses paupières se fermèrent et il s'endormit.

— Va prendre ta douche, Jake chuchota-t-elle. Je reste un petit peu avec lui. Dans l'état où il était, je ne serais pas étonnée qu'il se réveille en sursaut.

Elle borda soigneusement son fils, déposa son nounours et son tracteur auprès de lui et le regarda dormir, le cœur débordant d'amour.

— Fais de beaux rêves, bonhomme, murmura-t-elle.

Puis, après lui avoir effleuré le front d'un dernier baiser, elle gratouilla le crâne de Macko et ressortit sur la pointe des pieds.

Quand Jake sortit de la salle de bains, Elise était assise face à la tête de lit.

— Qu'est-ce que tu fais, ma chérie ? demanda-t-il, avant de s'asseoir à côté d'elle.

— « Ma chérie » ? répéta-t-elle avec un grand sourire. C'est la première fois que tu m'appelles ainsi.

Il la dévisagea un instant, l'air faussement perplexe.

— Tu es bien ma chérie, non ?

— C'est certain… et pour toujours.

Elise fit rêveusement glisser ses doigts sur les sculptures de la tête de lit.

— J'admirais ton merveilleux travail, et je me demandais quand tu avais trouvé le temps de faire cela.

— L'été dernier, pendant que tu étais occupée avec tes étudiants. Tu te souviens des soirs où je rentrais en retard ?

Elle hocha la tête.

— Je fabriquais le berceau. Une fois la nuit tombée, il n'y a plus grand-chose à faire, à la ferme, tu sais.

— Si j'avais été plus attentive, je l'aurais compris toute seule, soupira-t-elle. Nous garderons toujours cette tête de lit, d'accord ?

— Je n'avais aucune intention de m'en débarrasser, dit-il avant de prendre sa femme dans ses bras.

— Nous avons passé une merveilleuse journée, non ?

— Oui. Sauf que…

— Sauf que quoi ?

— Je n'arrive toujours pas à embrasser ma mère, et je ne comprends pas pourquoi ça m'est si difficile.

— Avec le temps, ça viendra, j'en suis sûre.

— Quand je suis auprès d'elle, j'ai l'impression d'avoir un masque sur le visage. J'ai beau savoir la vérité, je n'arrive pas à me débarrasser de ma rancœur.

— Ne précipite pas les choses, Jake. Donne-toi le temps de te faire à ta nouvelle place, dans ta famille.

— Je n'ai pas eu de mère pendant près de trente années, tu comprends. Et je voudrais tant me remettre à l'aimer comme quand j'étais gamin...

Elise n'en doutait pas un instant. D'un autre côté, elle ne pouvait rien pour Jake dans ce domaine. Sauf lui apporter son soutien, bien sûr.

— Merveilleux, le cadeau de ta mère et Judith à Ben, poursuivit-il, de toute évidence soucieux de changer de sujet.

— Oui. Il m'est allé droit au cœur.

Elle étouffa un bâillement.

— Malgré la fatigue, je me sens merveilleusement bien.

— Moi aussi, je te sens merveilleusement bien, répliqua Jake, glissant une main sous sa nuisette.

— Jake ! s'esclaffa-t-elle. Tu es insatiable !

Trop tard, néanmoins, car la main tant aimée s'était déjà posée à cet endroit si sensible que Jake seul connaissait. Elise se redressa et s'assit à califourchon sur lui, se délectant, au passage, de son étonnement devant cette initiative. Elle s'agita langoureusement sur son corps, et ne tarda pas à sentir son excitation contre son ventre.

Jake enfonça ses doigts dans sa chevelure, lui encadra le visage des deux mains et la regarda droit dans les yeux.

— Je t'aime, murmura-t-il.

Elle eut un sourire un peu songeur.

— Je sais à quel point il t'est difficile de prononcer ces mots et...

Il la fit taire d'un baiser passionné, qui éveilla en elle un désir que lui seul savait combler.

Jake tremblait presque, tant sa joie était grande. Il tenait le monde entier entre ses bras. Un monde que le petit garçon endormi dans la chambre d'à côté contribuait à faire tourner.

Les semaines suivantes passèrent à la vitesse de l'éclair, et les McCain se refondirent bien vite dans leur routine quotidienne avec Ben et ses diverses thérapies.

Ils se rendirent chez Althea pour que l'enfant puisse voir les décorations du jardin et décrocher sa chaussette du manteau de la cheminée. Althea proposa à son fils de prendre le contenu de la sienne, ce qu'il refusa aussi poliment que possible. Elise en déduisit qu'il se débattait toujours avec ses vieux démons. Elle ne désespérait pas, néanmoins : le jour viendrait où il les vaincrait.

Ce moment vint bien plus tôt qu'elle ne l'avait escompté : sur le chemin du retour, Jake se rendit compte qu'il n'oublierait pas le passé s'il ne lisait pas les lettres que sa mère lui avait écrites au fil des ans. Aussi, après avoir déposé Ben et Elise à la ferme, il rebroussa chemin et sonna à la porte d'Althea et Andrew.

Il lut chaque lettre, la gorge de plus en plus serrée à mesure qu'il les déchiffrait. Sa mère n'avait jamais cessé de l'aimer. Année après année, elle lui avait écrit toute sa fierté d'avoir un fils tel que lui, toute sa souffrance de ne pas l'avoir auprès d'elle.

— Merci, marmonna-t-il lorsqu'il eut terminé.

— Ne me remercie pas, mon grand. Je suis ta mère, je l'ai toujours été, et je suis navrée de la manière dont les choses ont tourné… de n'avoir pas été là pour toi, comme je l'ai été pour tes frères…

— Nous ne sommes jamais vraiment maîtres de la manière dont les choses tournent, maman. Même si je suis convaincu qu'il y a une raison à tout.

— C'est sans doute vrai, reconnut Althea, d'une voix faible.

— Je dois également te remercier de m'avoir envoyé Vinnie. Sans elle...

— Je sais. Sans elle, c'est toi qui aurais pu tourner différemment. Je savais qu'elle s'occuperait de toi... comme une mère. Ç'a été ma seule consolation.

Ils se quittèrent au bord des larmes, sans que Jake parvienne pour autant à prendre sa mère dans ses bras. Il se contenta donc de lui dire que tout était pardonné, ce qui sembla la rassurer.

Du moins dans l'immédiat.

A la mi-janvier, Ben devait voir son médecin pour un check-up complet. La veille, Jake et Elise l'emmenèrent passer des examens, afin que le Dr Markham ait les résultats pour sa consultation. A la fin de la journée, ils dînèrent au restaurant — une nouveauté pour le petit garçon, qui se conduisit comme un grand. Il progressait chaque jour et ses parents avaient de grands espoirs pour la visite du lendemain.

La suite leur donna raison, d'ailleurs. Le bilan de santé de Ben était des plus satisfaisant, comme l'assura le Dr Markham.

— Votre fils a pris trois kilos et grandi de deux centimètres et demi, leur annonça-t-il. Par ailleurs, le rapport de ma consœur Sue Collins est des plus encourageant. Selon elle, Ben commence à assimiler la syntaxe et à prononcer quelques consonnes initiales. Continuez à vous occuper de lui comme vous l'avez fait jusqu'à présent. Cela porte ses fruits.

Il referma le dossier avant de poursuivre.

— Je voudrais faire une radio de ses poumons. A

mon avis, nous allons pouvoir abandonner le traitement quotidien. Toutefois, je préfère vérifier.

Une jeune femme frappa à la porte. Le médecin se tourna vers elle.

— Je vous présente Gloria, notre radiologue. Elle va t'emmener avec elle pour une petite radio, Ben, ajouta-t-il, se tournant vers l'enfant. Tu verras, elle est très gentille.

Ben descendit sans hésitation des genoux de son père. Elise se levait pour le suivre, lorsque le médecin leva une main.

— Désolé, madame McCain, vous ne pouvez pas l'accompagner.

Gloria se pencha vers Ben et lui tendit la main.

— Tu es prêt, mon grand ?

Il acquiesça fermement.

— 'En grand garçon, ma-man, dit-il, sentant l'anxiété d'Elise.

Cette dernière ne put réprimer un sourire. Les « g » semblaient acquis, dorénavant. Un nouveau progrès, et de taille.

— Très bien, reprit Gloria. Papa et maman t'attendent ici, d'accord ?

Sans hésiter, Ben prit la main qu'elle lui tendait.

— Il grandit presque trop vite, murmura Elise.

— C'est une bonne chose, croyez-en mon expérience, rétorqua le Dr Markham.

Il avait raison. Ben devait apprendre à se séparer de Jake et d'elle. Même si cette partie de l'éducation ne leur plaisait pas outre mesure.

Jake lui prit la main et la serra fort. Il comprenait son angoisse, semblait-il.

La discussion évoluant sur les débuts de Ben dans la vie, ils apprirent que le Dr Markham avait travaillé avec

Ruskin, une sommité dans son domaine, un homme très impliqué dans ses recherches.

— Bref, je ne comprends vraiment pas comment il a pu en arriver là, conclut le médecin.

— L'appât du gain, expliqua Jake. Ce qui ne m'empêche pas de lui être reconnaissant de ce qu'il a fait pour mon fils.

Elise s'agita sur son siège. Elle commençait à trouver le temps long.

— Je vais voir si tout va bien, annonça-t-elle en se levant.

— Si ça peut vous rassurer, faites, chère madame. La radio doit être terminée, à présent. Au fond du couloir à droite.

— Je t'accompagne, dit Jake, qui venait de consulter sa montre et s'inquiétait, lui aussi.

Ils longèrent le couloir et se retrouvèrent devant une porte sur laquelle était inscrit : « Radiologie — Ne pas entrer ». Jake se tourna vers une infirmière qui passait par là.

— Mademoiselle ? Notre fils passe une radio et nous voudrions le voir.

— Il doit être à l'intérieur de la salle, avec Gloria.

— Vous voulez bien aller vérifier ?

— Gloria vous ramènera votre fils dès qu'il sera prêt, répliqua l'infirmière avec impatience.

— S'il vous plaît, insista Jake.

Voyant que l'infirmière ouvrait la bouche pour refuser, il ajouta :

— Si vous n'y allez pas, j'y vais moi-même.

— Bon, soupira l'infirmière, avant de pousser la porte.

Elle avait à peine pénétré dans la salle qu'ils entendirent un hurlement. Jake et Elise se précipitèrent et trouvèrent Gloria, étendue sur le carrelage, une blessure béante au front.

— Allez chercher un médecin ! cria Jake, sans cesser de scruter la petite salle du regard.

En vain. Ben ne s'y trouvait plus.

— Où est Ben ? s'écria Elise, au même moment. Où est passé le petit ?

Un médecin et l'infirmière se penchèrent sur Gloria, qui finit par cligner faiblement des paupières. Le Dr Markham, qui était arrivé sur ses entrefaites, s'agenouilla devant la blessée.

— Que s'est-il passé ? s'enquit-il.

— Je ne sais pas, répondit Gloria. Je préparais Ben pour la radio et j'ai reçu un coup sur la tête. C'est tout ce dont je me souviens.

— Où est notre fils ? demanda Jake d'un ton impérieux.

— Calmez-vous, monsieur McCain, répondit Markham d'un ton conciliant. Il ne peut pas être sorti du bâtiment. Nous allons le retrouver.

Jake n'était pas convaincu. Le coup qu'avait reçu Gloria avait de toute évidence été destiné à la mettre hors d'état de réagir, et Ben n'était plus là.

Elise et lui coururent de salle en salle, des gens sortirent dans le couloir, affolés eux aussi, et il fallut bien se rendre à l'évidence : personne n'avait vu Ben. Au bout d'un quart d'heure, Jake appela Caleb.

Ce dernier arriva presque aussitôt, suivi de Spencer. Prenant le contrôle des opérations, Caleb fit fermer toutes les issues de la clinique, le temps de la fouiller dans son ensemble. Bientôt, l'endroit grouilla de policiers.

— Tu as une photo de ton fils, sur toi ? demanda Caleb.

Jake fouilla à la hâte dans son portefeuille, dont il tira un ou deux clichés de l'enfant.

— Parfait. Ils seront sur toutes les chaînes de télé du Texas d'ici quelques minutes.

Une demi-heure plus tard, Caleb faisait signe à son frère de le suivre dans le couloir.

— Ben n'est plus dans cette clinique, ce qui signifie qu'il a été enlevé.

Jake crut qu'il allait défaillir. Le souffle lui manquait, subitement : s'il se doutait depuis le début de ce qui s'était produit, se l'entendre dire était plus qu'il ne pouvait supporter.

— Mais... pourquoi ? bredouilla-t-il.

— Il y a des tordus, dans ce bas monde, tu sais.

Des tordus... Soudain, Jake repensa à Ruskin et aux menaces que ce dernier avait proférées à son égard. Il relata l'incident à son frère.

— Nous allons vérifier immédiatement, assura ce dernier. Le dernier véhicule sorti du parking est un pick-up gris ardoise avec des taches de rouille sur l'aile droite. Il a démarré si précipitamment qu'il a éraflé une Dumpster au passage. Nous avons lancé un avis de recherche. La meilleure chose que tu puisses faire dans l'immédiat, c'est de ramener ta femme chez vous et d'attendre, pour le cas où on te demanderait une rançon.

Une rançon... Ruskin...

— Jake ? Tu m'entends ? reprit Caleb d'une voix plus forte.

Jake cligna des paupières. Il était pris dans un cauchemar dont il voulait se réveiller au plus vite.

— Courage, poursuivit Caleb. N'oublie pas qu'Elise souffre, elle aussi. Tu dois la soutenir.

Jake se tourna vers l'autre bout du couloir. Sa femme était assise et, les bras enroulés autour de sa taille, se balançait d'avant en arrière.

— Bon sang, marmonna-t-il, avant de se précipiter vers elle.

— Où est Ben ? Où est notre petit garçon ? sanglota-t-elle dans ses bras.

— Il… il a été enlevé, parvint-il à dire. Peut-être par Ruskin, et si c'est le cas, Caleb pense à une demande de rançon. Il faut que nous retournions à la maison.

Elle se dégagea de lui, les yeux agrandis par l'effroi.

— Je ne partirai pas d'ici sans Ben.

— Elise…

— Il est ici, s'obstina-t-elle, au bord de l'hystérie. Continuons à chercher, nous le retrouverons.

— Il n'est plus ici, répliqua Jake, avec tout le calme dont il était encore capable. Il faut que nous rentrions à la maison.

Caleb et Spencer s'étaient approchés, et Elise dévisagea les trois frères tour à tour.

— Non ! Non, non, non ! hurla-t-elle, avant de s'affaler sur son siège, au bord de l'évanouissement.

Lorsqu'elle reprit ses esprits, le Dr Markham se tenait près d'elle, une seringue en main. Elle retira vivement son bras.

— Pas question ! lança-t-elle d'un ton impérieux. Je ne veux aucun sédatif. Je dois être là pour le retour de Ben. Il aura besoin de sa maman.

Sur ces mots, elle se remit à sangloter, chacun de ses hoquets déchirant le cœur de Jake. Il la prit par la taille et l'emmena jusqu'à la voiture.

Spencer prit le volant, Jake à l'arrière tentant de réconforter sa femme. Lorsqu'elle fut un peu calmée, elle leva la tête vers lui.

— Pourquoi ? Pourquoi le Dr Ruskin aurait-il enlevé notre petit garçon ?

Jake, qui n'avait aucune réponse valable à lui fournir,

fut soulagé d'apercevoir les limites de son exploitation. Plusieurs voitures étaient garées dans la cour ; un homme s'avança vers eux pour se présenter : Keith Coleman, du FBI. D'autres agents fédéraux étaient à l'intérieur, occupés à installer un poste de commande.

Vinnie surgit de la cuisine et se précipita vers Elise qu'elle étreignit farouchement.

— Ça va aller, mon petit. Ils vont retrouver Ben, j'en suis sûre. Va te reposer un peu, je vais faire du café pour ces messieurs de la police.

Jake suivit sa femme dans le couloir. Elle pénétra dans la chambre de Ben, se saisit de son nounours et de son tracteur et prit place dans le rocking-chair. Macko s'installa à ses pieds, le museau sur ses genoux, et se mit à geindre. Elise lui gratouilla machinalement la tête.

— Toutes ses affaires sont là, murmura-t-elle. Ses cadeaux de Noël, son tracteur à pédales... Il devrait jouer avec, en ce moment même. Il devrait être ici, parmi nous...

Sa voix se brisa et Jake la prit de nouveau dans ses bras.

— Elise...

— Par pitié, ne me dis pas que tout va s'arranger, Jake. Pas tant que nous ne l'aurons pas récupéré.

— Nous devons être courageux, ma chérie.

— Je ne veux pas être courageuse ! Je veux mon fils !

Il aurait voulu la réconforter, mais il se sentait exsangue, lui aussi, vide, dévasté à l'intérieur.

— Serre-moi, Jake, sanglota-t-elle. Serre-moi fort...

La silhouette de Spencer se dessina sur le seuil.

— Coleman voudrait vous parler, annonça-t-il.

— Viens, murmura Jake à l'oreille de sa femme.

— Non. Je reste ici. Macko me tiendra compagnie.

Le chien poussa un gémissement plaintif et Elise enfouit son visage dans son pelage.

— Parlez-moi un peu du Dr Ruskin, dit Coleman, en guise d'entrée en matière.

— Un mandat d'arrêt a été délivré contre lui un peu avant Noël. Il m'a appelé pour me demander de retirer ma plainte, en remerciement de ce qu'il a fait pour mon fils. Je lui ai expliqué que je n'avais pas porté plainte, il ne m'a pas cru, et m'a dit qu'il me revaudrait ça. C'est tout. Je n'ai aucune nouvelle depuis, ni de lui ni de la police de Houston.

Un officier souffla quelques mots à l'oreille de Coleman.

— On m'informe que le Dr Ruskin était incarcéré et qu'il est sorti de prison cet après-midi. Il ne peut donc pas être le coupable.

Jake se rembrunit encore davantage. Il lui avait paru évident que Ruskin avait enlevé Ben, pour se venger. A présent…

— Et la mère biologique de votre fils ? s'enquit Coleman. Une certaine Sherry Carr, je crois ?

— C'est exact. Elle l'a abandonné à la maternité. Je ne vois pas pourquoi elle voudrait le reprendre maintenant.

— Vous avez son adresse ?

— Non. On peut toujours demander aux Foster. Peggy est sa tante, après tout. Cela dit, je suis à peu près certain que si elle avait eu des nouvelles de Sherry, elle m'aurait prévenu.

Jake lui donna le numéro de téléphone et l'adresse de Carl et Peggy. Keith Coleman lui expliqua ensuite la marche à suivre, au cas où le ravisseur appellerait. Jake fit de son mieux pour l'écouter, sans réussir à vraiment se concentrer. Qui détenait Ben ? Où était-il ? Il avait entendu des dizaines d'histoires semblables à la télévision et, même s'il avait toujours sincèrement plaint les parents, il ne mesurait que maintenant l'ampleur de leur anxiété. La douleur était indescriptible. Il avait l'impression qu'on lui avait arraché le cœur.

Une silhouette frêle apparut sur le seuil du salon. Althea, qui hésitait à entrer, semblait-il. En un éclair, le passé se fondit avec le présent, et Jake fit ce qu'il aurait fait tout naturellement étant enfant : il alla se réfugier dans les bras maternels pour y chercher le réconfort.

— Ben a été enlevé, maman...

— Je sais, mon garçon, répondit-elle en l'entraînant vers le canapé. Viens t'asseoir et rassure-toi. Caleb est un policier hors pair. Il retrouvera ton fils.

— Je n'ose pas imaginer ce qu'il vit, en ce moment. Ce doit être un véritable calvaire.

— Arrête, lui dit Althea d'un ton vif. Tu te fais du mal pour rien.

— C'est affreux, maman. Affreux, de perdre un enfant. Je ne sais pas comment on peut survivre à ce genre d'épreuve. J'arrive à peine à respirer et encore moins à réfléchir. Quant à Elise... Elle est complètement prostrée et je dois me montrer fort, ne serait-ce que par égard pour elle. Seulement on a enlevé notre petit garçon, et je n'arrive pas à affronter ça. Ça me ronge de l'intérieur et...

Il s'interrompit et dévisagea sa mère comme dans un rêve.

— Qu'y a-t-il ? demanda-t-elle, alarmée.

— Tu as ressenti la même chose quand j'ai pris le parti de papa et que j'ai refusé de te suivre ?

— Jake, ce n'est pas...

— Je ne me trompe pas ? insista-t-il. Tu as vécu ça, toi aussi...

— Oui, avoua Althea, d'une voix à peine audible.

A ce moment-là, toute la colère accumulée pendant tant d'années déserta Jake. Il comprenait à présent ce que sa mère avait enduré, sa souffrance, le vide qui l'avait habitée, elle aussi... Et ce fut trop. Le passé, la disparition de Ben, l'angoisse... Tout cela culmina en un maelström de désespoir qui vint à bout du masque derrière lequel il avait dissimulé ses sentiments.

— Maman, gémit-il en l'attirant à lui. Je te demande pardon. Je suis désolé...

Il n'avait pas pleuré depuis des années — depuis l'enfance, en fait — et il ne pouvait plus s'arrêter. Son corps était secoué de sanglots qui résonnèrent dans toute la maison.

— Chut, Jake, calme-toi, murmura Althea, d'une voix mal assurée. Tu n'as rien à te reprocher, je t'assure.

Spencer et Caleb accoururent, Vinnie sortit de la cuisine, les larmes aux yeux, les agents du FBI s'interrompirent dans leur tâche, sans que personne sache quoi faire pour autant.

Elise se leva d'un bond en entendant les cris déchirants de son mari. Elle courut jusqu'au salon et s'agenouilla devant Jake. Elle voulait qu'il sache qu'elle était là, à son côté.

— Jake, mon chéri... C'est moi, Elise, murmura-t-elle, lui passant une main dans les cheveux. Calme-toi. Pour l'amour du ciel, Jake, calme-toi...

Il entendit le son de sa voix et releva lentement la tête. Seule la présence de cette femme pouvait le tirer du gouffre dans lequel il était tombé.

— Je... je...

— C'est normal, assura-t-elle. Nous sommes tous au désespoir.

Il se leva péniblement, ses deux frères le gratifièrent d'une tape dans le dos, et il entraîna Elise vers la chambre de Ben. Il devait se ressaisir et, pour cela, il lui fallait être seul. Avec sa femme.

— C'est quand j'ai compris le chagrin que j'ai fait à ma mère que j'ai craqué, lui expliqua-t-il d'une voix rauque. Quand je pense à toutes ces années où elle m'a attendu... A toutes les fois où je l'ai rabrouée... Tout cela à cause de mon père...

— Althea l'a bien compris, assura Elise.

— Je ne pourrais pas survivre à une telle animosité de la part de Ben... S'il ne revenait pas parce que quelqu'un lui a bourré le crâne de mensonges, s'il...

— Tu sais bien que ça ne se produira jamais, murmura Elise.

Elle gardait la tête contre son épaule.

— Qu'est-ce qu'on va faire, Jake ? demanda-t-elle au bout de quelques minutes.

— Prier pour que notre fils nous soit rendu sain et sauf.

— Je ne comprends pas... Qui a bien pu faire une chose pareille ?

— Pas Ruskin. Il était incarcéré à Houston.

Elise se rembrunit.

— Malgré moi, j'espérais que ce serait lui. Ben le connaît, il n'aurait pas eu peur. Alors que s'il a été enlevé par un parfait inconnu...

Elle fut incapable de terminer sa phrase. Les mots restaient coincés dans sa gorge, indicibles, insupportables. Elle fut parcourue d'un frisson et se mit à trembler de tous ses membres.

Ils regardèrent la nuit tomber en silence. Une heure passa, puis deux, sans qu'ils aient la moindre nouvelle de Ben.

Constance sonna à la porte, puis Judith et Stan. Le temps continuait à passer, les minutes ressemblaient à des années. La famille au grand complet attendait et, bientôt, les voisins vinrent témoigner leur soutien, eux aussi. Certains apportèrent à manger, d'autres proposèrent leur aide. Jake et Elise passèrent la soirée dans la chambre de leur fils, rongés par l'angoisse, leurs regards rivés sur le tracteur à pédales.

— Jake ? demanda Caleb, sur le seuil de la porte.

— Hmm ?

— Nous n'avons pas retrouvé le pick-up. Au moment où je te parle, les collègues interrogent Ruskin, pour le cas où il saurait quelque chose. Pour le reste…

— Bon sang ! explosa Jake. Pourquoi est-ce que c'est si long ? Ça fait des heures que Ben a disparu. Si ça se trouve, il n'est même plus sur le territoire américain à l'heure qu'il est, et nous sommes là, à attendre… Personne n'a appelé, il ne se passe rien…

— Tous les hommes du bureau sont à la recherche de ton fils, l'interrompit Caleb. Même ceux qui n'étaient pas de service. Les chaînes de télévision font passer sa photo toutes les cinq minutes et les stations de radio diffusent des appels à témoins. Nous avons installé des barrages sur toutes les voies principales et chaque véhicule est fouillé. Le ravisseur de Ben ne sortira pas de Waco.

Jake ferma les paupières. Une fois de plus, il s'était emporté pour rien et il ne savait comment s'excuser.

— Merci. Merci à toi et à tous, d'ailleurs. Tu transmettras.

— Pas de problème. Autre chose. Les Foster viennent d'arriver. Ils voudraient te parler. Comme nous ne leur avons rien dit, tends l'oreille, on ne sait jamais.

— Tu veux dire…

— Ben peut avoir été enlevé par n'importe qui. Or je m'interroge sur le sens de la visite des Foster. Ils habitent un peu loin, pour se présenter ainsi, sans prévenir, tu ne crois pas ?

— Ils ont peut-être entendu parler de la disparition de Ben aux informations, suggéra Elise.

— Si c'est le cas, ils ne m'en ont rien dit. Alors laissez-les parler.

— D'accord, répondit Jake en se levant. Allons-y.

— Je ne suis pas sûre d'en avoir la force, dit faiblement Elise.

Jake lui prit la main.

— Je ne pourrai pas les affronter sans toi.

Peggy se précipita vers eux dès qu'elle les aperçut.

— Que se passe-t-il ? demanda-t-elle. Que font tous ces policiers ici ?

— Vous n'avez pas entendu la nouvelle ? lui demanda Jake.

— La nouvelle ? Quelle nouvelle ? intervint Carl, les sourcils froncés.

Jake jeta un coup d'œil discret en direction de Caleb, qui hocha la tête.

— Ben a été enlevé.

— Oh, non ! s'écria Peggy. Carl, nous aurions dû venir tout de suite !

— Pourquoi ? lança Caleb, prenant le relais. Vous avez des informations à nous fournir, madame Foster ?

— Sherry est passée nous voir, hier matin.

— Sherry Carr ? La mère de Ben ?

— Si on peut appeler ça une mère, oui. Elle avait entendu parler de la suite donnée au procès fait par Irène à la société qui employait son mari. Elle voulait lui parler. Elle ignorait totalement qu'Irène était décédée. Elle vit au Mexique, semble-t-il, et elle a été furieuse d'apprendre que Ben n'était plus là.

— Vous lui avez dit où il était ?

— Oui, balbutia Peggy, de plus en plus nerveuse. Je lui ai expliqué que Jake avait obtenu la garde du petit.

— Elle sait où Jake vit ?

— Je l'ignore. Elle ne nous a rien demandé et nous ne lui avons rien dit.

— Bien, madame Foster. Calmez-vous, et racontez-nous la suite de votre entrevue en détail.

— Quand elle a appris que sa mère était morte et que son fils était avec Jake, elle nous a demandé ce que nous faisions dans *sa* maison. Je lui ai expliqué que Jake nous en avait fait don, ce qui l'a mise hors d'elle. Elle a été si virulente que Carl a dû la menacer d'appeler la police pour la faire partir.

— Elle était seule ?

— Non. Avec son petit ami.

— Son nom ?

De nouveau, Peggy se tordit les mains.

— Je n'en sais rien. Irène n'en voulait pas chez elle, parce qu'il fournissait Sherry en drogues diverses. Sherry a fini par s'enfuir avec lui et… Comment s'appelait-il, déjà ? demanda-t-elle à son mari. Je l'ai su, mais je ne m'en souviens p…

— Rusty Fobbs ! s'exclama soudain Carl. Il a les cheveux roux frisés, une barbe et un air sournois.

— Pourquoi ne nous avez-vous pas appelés immédiatement ? lança Jake, furieux.

— Nous avons essayé, plusieurs fois hier soir et ce matin encore, sans succès. Du coup, nous avons décidé de prendre la voiture et de venir jusqu'ici. Manque de chance : notre pompe à injection nous a lâchés à Navasota, et la réparation a pris la journée, d'où notre arrivée tardive.

— On a parlé de l'enlèvement sur toutes les chaînes de télévision et à la radio, et vous n'avez rien entendu ?

— Notre autoradio ne fonctionne plus et je vous rappelle que nous étions sur la route.

Jake n'était pas entièrement convaincu de l'innocence des Foster. Cela dut se voir, car Carl Foster se porta au secours de sa femme.

— Jake, vous savez très bien que nous ne ferions jamais de mal à Ben, pas plus qu'à vous, d'ailleurs. Vous avez été plus que généreux et nous vous en sommes reconnaissants. Pour le reste… Je n'aurais pas cru Sherry capable d'une chose pareille. Elle n'a jamais manifesté le moindre intérêt pour son fils.

— Vous avez vu leur voiture ? s'enquit Caleb.

— Oui. Un vieux pick-up gris, répondit Carl.

— Gris comment ?

— Foncé, avec des taches de rouille sur le côté droit.

Elise et Jake se tendirent. Ils connaissaient à présent le ravisseur de leur fils. Sa propre mère…

17

Cette nouvelle leur redonna un semblant d'espoir. L'enfant n'était pas entre les mains d'un dangereux maniaque, mais entre celles de sa mère… qui ne l'avait pas enlevé sans raison. Sherry voulait quelque chose, sans doute de l'argent. Il ne restait plus qu'à comprendre pourquoi elle n'avait pas encore appelé.

Les recherches s'intensifièrent. Le ravisseur étant identifié, la traque devenait plus facile. Caleb se tourna vers Peggy Foster.

— A tout hasard, vous n'avez pas une photo de Sherry sur vous ?

— Je ne crois pas. Cela dit, je peux vérifier, répondit-elle en attrapant son sac.

— Tu te souviens du Noël que nous avons passé avec Irène, l'année où Sherry est rentrée de désintoxication ? intervint Carl. Nancy était avec nous et tu as pris une photo des deux cousines. Tu l'as gardée longtemps dans ton portefeuille.

— Oui, tu as raison. Je devrais l'avoir quelque part. Je… La voilà ! s'écria Peggy, triomphante. Bien sûr, Sherry a quelques années de plus et elle se teint les cheveux en blond peroxydé.

Elise jeta un coup d'œil au cliché et sentit la colère s'emparer d'elle. Ben ne connaissait pas la femme qui lui avait donné la vie. Il allait être terrifié. Comment une mère pouvait-elle faire subir une telle épreuve à son propre enfant ?

La réponse était simple : Sherry n'était que la génitrice de Ben. La véritable mère, c'était elle, Elise. L'époque où elle s'interrogeait sur son instinct maternel était révolue. Elle aimait Ben comme son propre fils.

Ben était son propre fils.

Caleb sortit précipitamment, la photo en main. Elise alla se réfugier dans les bras de son mari.

— Comment a-t-elle pu faire ça ? demanda-t-elle d'une voix plaintive. Ben doit être terrorisé. Il faut le retrouver au plus vite...

Ils s'assirent sur le canapé et l'attente reprit, interminable. Jake se leva à une ou deux reprises pour arpenter la pièce, ses pas résonnant dans le silence ambiant. Il s'efforçait de ne pas regarder l'horloge, de ne penser à rien, surtout pas au temps qui passait.

Le téléphone retentit enfin, faisant sursauter toute l'assemblée. Jake et Elise se précipitaient pour répondre lorsque Coleman les arrêta d'un geste impérieux.

— Si c'est elle, acceptez toutes ses conditions. Et surtout, ne vous énervez pas. Demandez-lui où est Ben, autant de fois que ce sera nécessaire.

— Et ne vous inquiétez pas pour l'argent, ajouta Andrew Wellman. Je suis prêt à payer.

Jake le dévisagea un instant, interdit. Dire qu'il avait haï cet homme la plus grande partie de son existence...

— Merci, répondit-il dans un souffle, avant de pivoter vers le téléphone. Allô ?

Elise s'approcha de lui pour entendre ce qui se disait.

— Salut, Jake. Tu te souviens de moi ?

Sherry... Dieu soit loué !

— Oui. Je me souviens de toi.

— J'ai un marché à te proposer.

— Où est Ben ?

— Il dort enfin. Il a braillé toute la journée. Il voulait son papa, sa maman et « aco » ou quelque chose dans ce goût-là. Je ne comprends pas la moitié de ce qu'il raconte.

Jake ferma les paupières tandis qu'Elise lui glissait un bras autour de la taille.

— Macko. Son chien, expliqua-t-il calmement. Tu n'as pas répondu à ma question. Où est Ben ?

— Un peu de patience, Jake.

— Ne lui fais pas de mal. Ce n'est qu'un petit garçon sans défense.

— Lui faire du mal ? C'est mon fils, tout de même ! Au passage, il m'a mordu jusqu'au sang quand je le lui ai annoncé. Ça en dit long sur la manière dont tu l'élèves !

— Ramenez-le ! hurla Elise, incapable de se contenir plus longtemps.

Spencer se précipita vers elle et l'entraîna à l'écart, pour que Jake puisse négocier en paix.

— Qui est-ce qui crie comme ça ?

— La mère de Ben.

— C'est moi, la mère de Ben.

— Non, Sherry. La mère, c'est celle qui s'occupe de l'enfant. Ben ignore qui tu es, il ne te connaît pas. Alors, je t'en supplie, ramène-le-nous.

Il y eut un court silence.

— Je… Quand il est venu au monde, je supportais à peine de le regarder, tellement il était amorphe… Alors je l'ai confié à maman. Je savais qu'elle s'en occuperait bien.

— Tu as eu raison sur ce point. Elle a fait des merveilles avec lui. En revanche, tu aurais dû me dire que j'avais un fils. Je l'aurais reconnu, je t'aurais aidé à…

— J'ignorais qui était le père, figure-toi, l'interrompit Sherry. Mon homme était en prison, je me sentais seule, alors j'ai un peu flirté à droite à gauche. C'est normal, non ?

— C'est tout de même mon nom que tu as mis sur le certificat de naissance, lui fit remarquer Jake.

Elle partit d'un rire amer.

— Tu étais le seul type décent, dans le lot. Alors, quand on m'a demandé un nom, j'ai décidé d'en donner un dont Ben puisse être fier. Sacré coup du sort que tu sois vraiment le père, non ?

— Rends-le-nous, Sherry. C'est tout ce que je te demande.

— J'hésite... Il a l'air à peu près normal, et je me demande si je ne vais pas le garder avec moi.

— Tu n'as aucun droit sur lui, objecta Jake, s'efforçant de conserver son sang-froid. Où est-il ? Réponds-moi.

— J'ai la loi de mon côté. Je suis la mère biologique, je te rappelle.

— Ramène-moi Ben, répéta Jake.

— C'était une boutade. Je n'en veux pas vraiment, de ce gamin. Je bouge beaucoup, tu sais.

— Pourquoi nous l'as-tu enlevé, alors ?

Pas de réponse.

Coleman fit signe à Jake de continuer à parler.

— Comment as-tu réussi à le faire sortir de la clinique sans te faire repérer ?

— Je savais que tu vivais en bordure de Waco. Alors j'ai demandé où se trouvait ton exploitation dans une station-service. Le gérant a été très précis dans ses explications, je dois dire... Bref, je vous ai suivis jusqu'à la clinique et j'ai traîné dans les couloirs toute la matinée en attendant le moment où je pourrais approcher mon fils. Il a fini par sortir avec une infirmière. J'ai saisi ma chance, je me suis engouffrée dans la salle de radio et j'ai frappé l'infirmière avec le premier objet qui me tombait sous la main. J'avais apporté du chloroforme pour endormir le petit. Je l'ai enroulé dans une couverture et nous sommes sortis. Facile, non ?

— Ramène-le, s'il te plaît, demanda Jake, la gorge nouée.

— Donnant, donnant. Tu vas d'abord me rendre un petit service.

— Lequel ?

— Je veux l'argent que ma mère a obtenu en compensation de la mort de mon père. Jusqu'au dernier centime. Et je veux aussi sa maison. Elle m'appartient de droit.

— L'argent a été consacré en grande partie à la santé de Ben, répondit Jake, la main crispée sur le combiné. Il ne reste que quelques centaines de milliers de dollars, que je me ferai un plaisir de te céder.

— Ne me prends pas pour une idiote, Jake. Je sais de source sûre que ma mère a touché plus de deux millions de dollars. Je les veux, et tout de suite !

— Je te répète que je ne les ai pas. Je…

Andrew lui tapa sur l'épaule pour lui rappeler son offre.

— OK. Je les trouverai.

— Parfait ! Tu vois, quand tu veux… A présent, nous pouvons discuter.

— Où est Ben ?

— Munis-toi de l'argent et des papiers de la maison. Je te rappellerai demain matin.

— Sherry ! s'écria-t-il, craignant qu'elle ne raccroche.

— Nous n'avons rien à nous dire dans l'immédiat. Réunis les deux millions de dollars, point à la ligne. Et pour ta gouverne, je sais que cet appel est enregistré. Manque de bol, je suis dans une cabine. Le temps que les flics arrivent, je serai loin.

— Sherry ! Att…

Il y eut un clic, puis la tonalité lugubre de la ligne coupée.

— Elle ne lui fera pas de mal ? demanda Elise, se précipitant vers lui.

— Non, rassure-toi. Tout ce qu'elle veut, c'est de l'argent.

— J'appelle mon banquier, déclara Andrew.

— Je ne pourrai jamais vous rembourser, commença Jake. Sauf à hypothéquer la ferme…

— Ne t'en fais pas pour ça, mon garçon. L'important, c'est que nous récupérions Ben.

Jake sentit son téléphone portable vibrer.

— Nous avons repéré le pick-up, lui annonça Caleb sans préambule.

— Dieu soit loué. Sherry vient d'appeler et…

— Je sais. J'étais en contact permanent avec Coleman. Nous sommes arrivés ici juste à temps pour voir Sherry remonter en voiture et démarrer en trombe. Nous l'avons suivie jusqu'à un camping. Elle s'est garée derrière une caravane, à l'abri des regards. C'est pour cela qu'elle a attendu la nuit pour appeler. Parce qu'elle savait que nous recherchions son pick-up.

— Et Ben ?

— Comme il n'était pas avec elle, nous supposons qu'il est à l'intérieur de cette caravane. C'est d'ailleurs la raison de mon appel. Il faut que vous veniez, Elise et toi. Votre fils va avoir besoin de vous. Je te donne l'adresse. Tu notes ?

Jake s'exécuta fébrilement.

— Nous arrivons. Caleb ? Merci.

Quand il raccrocha, Elise se tenait devant lui, leurs manteaux et celui de Ben en main. Après avoir embrassé Althea, Jake et Elise coururent jusqu'à la voiture de Spencer, qui se chargea de la conduite. Les rues grouillaient de voitures de patrouille. Caleb n'avait pas menti : toutes les forces de police de la ville étaient à la recherche de Ben.

A leur arrivée au camping, la caravane était encerclée. Jake et Elise s'avancèrent vers Caleb, qui se tenait derrière un barrage de voitures de police, près d'une ambulance.

Malgré le vent glacial, Elise ne ressentait pas le froid. Toutes ses pensées étaient tournées vers Ben, vers le vide qu'elle éprouvait et qui ne se comblerait que lorsqu'elle serrerait enfin l'enfant dans ses bras.

— Il est là-dedans ? s'enquit Jake, les yeux rivés sur la caravane.

Deux lampes brillaient à l'intérieur, leur donnant une bonne visibilité. Les policiers étaient dissimulés dans la pénombre, leur arme à la main, prêt à passer à l'attaque.

Caleb s'éclaircit la gorge.

— Jake ? J'ai quelqu'un à te présenter.

Dans sa préoccupation du moment, Jake n'avait pas remarqué que son frère n'était pas seul. Il tourna la tête et vit un homme encore plus grand que lui, qu'il reconnut presque aussitôt.

Elijah Coltrane.

— Les rangers Elijah Coltrane et Jeremiah Tucker, annonça Caleb. Ils sont sur les traces de Fobbs depuis un bon bout de temps. Une vieille connaissance à eux, semble-t-il.

Jake dévisagea Elijah, bouche bée. Ses cheveux longs et sa boucle d'oreille avaient disparu. Il portait un Stetson, l'uniforme et le badge des rangers.

— Vous... Tu sais qui je suis ? hasarda-t-il.

— Tout à fait, répondit Elijah, sans hésiter. Tu es Jake McCain, et eux, ce sont tes frères. Cela dit, je t'avoue que ça ne représente pas grand-chose à mes yeux. Je suis à la poursuite de Fobbs, je vais essayer de tirer ton fils de là, même si c'est un McCain, lui aussi. En clair, je ne fais que mon travail, rien de plus.

Sur ces mots, il tourna les talons et s'éloigna.

Jake faisait mine de lui emboîter le pas lorsque Spencer le rattrapa.

— Laisse-le. De toute évidence, il ne veut rien avoir affaire avec nous.

Jake avait l'impression d'être déconnecté de toute réalité. Elijah Coltrane en ranger… Cela ne correspondait en rien à l'avenir qu'il lui avait prédit. Pire encore, son demi-frère allait l'aider à récupérer Ben alors même qu'il le détestait. Ce n'était pas possible… Sans doute une hallucination, due à son angoisse du moment. Il avait pensé à Elijah, et se l'était imaginé membre des forces de police les plus prestigieuses du Texas. Pourtant, il avait vu la lueur glaciale, dans les yeux d'Elijah. Une froideur bien réelle. Alors non, il n'avait pas rêvé.

— Jake ? murmura Elise à côté de lui. C'est ton demi-frère ?

— Oui. Je n'arrive pas à…

De nouvelles lampes s'allumèrent à l'intérieur de la caravane.

— Attention. Il y a du mouvement, prévint Elijah.

— Pas de précipitation, ordonna Caleb à ses hommes.

Des cris leur parvinrent de la caravane, puis des voix courroucées, bientôt suivies d'un bris de glace. Le canon d'un revolver apparut à la fenêtre.

— Il nous a repérés, chuchota Elijah, avant d'ajouter, d'une voix forte : Rusty ? Fais sortir le petit. Dans ton propre intérêt.

— Coltrane ? C'est vous ?

— Oui.

— Tucker est avec vous ?

— Oui. Il est là.

— Punaise ! Chapeau bas ! Vous avez fini par me retrouver, les gars ? Comment avez-vous fait ?

— Laisse sortir le petit, nous discuterons plus tard.

— Je ne voulais pas la tuer, cette pétasse, à El Paso. C'est un accident. Je vous le jure, Coltrane. Cela dit, je savais bien que vous étiez à mes trousses, Tucker et vous. C'est pour ça que je me planquais au Mexique. Si je suis revenu, c'est uniquement parce que Sherry voulait voir son fils et sa mère.

— Fais sortir le petit, Rusty. Ses parents l'attendent ici même.

— Désolé, les gars, ça ne va pas être possible.

— Pourquoi ?

— Pas tant que je n'aurai pas le fric.

— Allons, Rusty, ne te fais pas plus méchant que tu ne l'es.

Le forcené partit d'un rire amer.

— Vous avez toujours eu l'air de penser que je n'étais pas complètement mauvais, ranger Coltrane. Et vous vous êtes toujours trompé… La preuve : je n'hésiterai pas une seconde à tuer le gamin.

Elise laissa échapper un petit cri. A côté d'elle, Jake semblait pétrifié.

— Rusty…

Fobbs tira à plusieurs reprises vers le sol.

— Je ne retournerai pas en prison.

— Laisse-moi entrer, reprit Elijah. On discutera de tout ça à l'intérieur.

— Il est trop tard pour discuter.

— Il n'est jamais trop tard, Rusty.

— J'ai vu quelqu'un bouger derrière la vitre de la salle de bains, chuchota Caleb.

Tous les yeux se tournèrent dans cette direction au moment même où la fenêtre s'ouvrait sur un petit visage.

— Ben ! s'écria Jake.

— Continue à le faire parler, ordonna Caleb à son demi-frère.

Elijah n'en eut pas le temps. Ben fut propulsé en avant et tomba sur le sol en un bruit mou. Sans réfléchir, Elise se précipita vers le petit corps inanimé, Jake sur les talons.

Ensuite, les événements se précipitèrent. Jake sentit une main le pousser et mordit la poussière au même moment qu'Elise. Elijah les maintint au sol, tandis que Fobbs vidait son chargeur autour d'eux. Jake essaya de se redresser, en vain. Caleb était étendu sur lui, ainsi que le deuxième ranger.

— Reste allongé, bon sang ! gronda Elijah.

Puis, la rafale ayant pris fin, il roula sur le flanc jusqu'à l'avant de la caravane. Jake rampait vers Ben lorsqu'il entendit un nouveau coup de feu, en provenance de l'habitacle cette fois. Il tourna la tête et vit Elijah enfoncer la porte, ses deux acolytes derrière lui. Une nouvelle déflagration s'ensuivit, Jake l'enregistra vaguement et continua à avancer vers son fils.

Elise fut la première à arriver. Ben gisait sur le sol, en couche-culotte, inanimé. Elle prit son petit corps glacé entre ses bras en gémissant. Elle le sentit trembler, leva la tête vers Jake qui retira sa veste pour en recouvrir son fils.

— Il ne réagit pas, gémit Elise. Réponds-moi, Ben !

Elle se mit à le bercer en le couvrant de baisers, et attendit. Jake tendait la main pour lui prendre le pouls lorsqu'il battit faiblement des paupières.

— Ma-man, dit-il faiblement. 'A-pa.

— Nous sommes là, mon garçon, murmura Jake, d'une voix mal assurée.

Sur un signe de l'ambulancier, il prit son fils dans ses bras avant d'aider Elise à se relever.

— Il faut l'emmener à l'hôpital.

Elise était tellement secouée qu'elle parvenait à peine à marcher. Jake la soutint jusqu'à l'ambulance, tous trois s'engouffrèrent à l'intérieur, l'infirmier mit le gyrophare et prit la route de Waco.

Ben avait hurlé quand on avait tenté de l'allonger sur le brancard, et Jake dut le porter jusqu'à la salle de consultation. Là, plus personne ne put l'approcher, à part Elise. Elle le cajola, lui murmura quelques mots à l'oreille dans l'espoir de le rassurer. Sa couche était humide et elle l'allongea sur une table pour le changer, mais il se redressa presque aussitôt pour se réfugier dans ses bras.

— C'est moi, mon chéri. C'est fini. Papa et maman sont là, près de toi.

— 'Ame 'as ma ma-man. 'Oi ma ma-man, gémit Ben.

— Oui, Ben, c'est moi, ta maman, répondit fermement Elise.

Le Dr Markham, appelé en urgence, voulut examiner l'enfant, qui se remit à hurler. Pour finir, et en désespoir de cause, Jake décida de ramener son fils à la maison.

Markham jeta un coup d'œil à l'ecchymose que Ben avait à l'épaule et haussa les sourcils.

— En temps normal, je lui aurais fait passer une radio, mais c'est bien évidemment hors de question. Vous avez raison. Rentrez chez vous. Je vais vous prescrire un calmant léger, ça l'aidera à s'apaiser.

Spencer entra sur ces entrefaites, les vêtements du petit garçon en main. Elise tenta de les lui enfiler, sans succès.

— 'Ame 'as ma ma-man, sanglotait-il. 'Oi ma-man Ben.

Il repartit enroulé dans une couverture, et continua à pleurer tout le long du chemin.

Lavina, Althea et Macko se précipitèrent à leur rencontre.

— Dieu soit loué ! s'exclama Vinnie. Nous avons

entendu la nouvelle aux informations, mais il fallait que je voie Ben de mes propres yeux.

Macko sautillait en jappant autour des jambes de Jake.

— Ben est de retour à la maison, chuchota Althea, lui ébouriffant les cheveux.

— Ben mai'on, répéta l'enfant, tandis qu'on le portait jusqu'à sa chambre.

Elise le prit sur ses genoux et lui encadra le visage des deux mains.

— Regarde, mon grand. Macko est tout content de te voir, lui aussi. Tu lui as manqué, tu sais.

L'enfant se pencha vers le chien, un petit sourire aux lèvres. Le premier depuis des heures.

— Moi mai'on, Ma'o.

Macko lui répondit par un jappement joyeux.

— On va te mettre en pyjama, suggéra Elise. Tu auras moins froid.

— Non ! Non ! hurla Ben, s'accrochant à Elise de toutes ses forces. 'As 'yja-ma !

Jake s'agenouilla devant lui.

— Ben ? Regarde-moi… Maman et papa sont là. Nous t'aimons et nous te protégerons toujours. Tu comprends ?

Le petit garçon le dévisagea sans rien dire.

— Je t'ai préparé ton pyjama de Noël, poursuivit Jake. Tu te souviens de Noël ? Nous nous sommes bien amusés, tu as eu tout plein de cadeaux et maman t'a acheté ce pyjama bien chaud. Je vais te le mettre, d'accord ?

Ben lui tendit un pied.

— C'est bien, mon chéri, murmura Jake.

— 'Ame 'as ma ma-man. 'Oi ma ma-man, annonça soudain l'enfant, se blottissant contre Elise.

— Oui, mon grand. C'est moi ta maman, pas la dame.

C'était une véritable litanie. Ben répétait en boucle que

sa maman était Elise, et Jake se résigna à lui administrer le calmant prescrit par le médecin.

— Si je le couche auprès de moi, dans notre chambre, il se calmera peut-être, suggéra Elise.

Jake hocha la tête avant de la suivre de l'autre côté du palier.

— Voilà, murmura-t-elle lorsqu'ils furent installés. Tu peux dormir, maintenant. Je suis là, près de toi. Je ne bougerai pas, promis.

— 'Oi ma ma-man.

Elise lui déposa un baiser sur le front.

— Oui, Ben. Je suis ta maman et je suis là. Je veille sur toi.

Jake les recouvrit, Macko sauta sur le lit pour se blottir contre son petit maître. Pour une fois, personne ne trouva rien à redire.

La silhouette de Spencer s'encadra dans le chambranle de la porte.

— Ça va ? demanda-t-il à mi-voix.

Jake s'avança vers lui, la mine sombre.

— Je ne sais pas. Il ne cesse de répéter qu'Elise est sa maman. Sherry lui a affirmé le contraire, et il n'arrive pas à se sortir ça de la tête.

— Une bonne nuit de sommeil et il n'y paraîtra plus.

— A condition d'arriver à le faire dormir. Tu peux t'occuper de ça ? demanda-t-il, tendant la boîte de calmants à son frère.

— Bien sûr !

Jake retourna vers le lit. Il était totalement épuisé, lui aussi. Prenant appui contre la tête du lit, il caressa machinalement le museau de Macko, les yeux rivés sur Ben. L'enfant dut percevoir son regard, car il leva la tête et, se dégageant des bras d'Elise, se pencha vers lui.

Jake referma ses bras autour de son fils. C'était fini. Ben était de retour, sain et sauf.

Spencer ne tarda pas à revenir avec le calmant dissous dans un peu de jus de fruits. Quelques minutes plus tard, Ben dormait à poings fermés dans les bras d'Elise.

— Caleb t'attend dans le bureau, annonça Spencer.

Jake embrassa sa femme sur la joue.

— Je ne serai pas long, ma chérie.

Elle passa son bras libre autour de sa nuque et lui rendit son baiser. Tout allait bien. Ils avaient récupéré leur fils.

— Nous sommes sains et saufs, tous les trois, assura-t-il, sentant son anxiété. Tout va bien, à présent.

Elise n'en était pas si certaine. L'angoisse était toujours là, et elle ne parvenait pas à la surmonter, surtout avec Ben dans cet état.

— Je reviens tout de suite, souffla-t-il.

Caleb n'était pas seul à l'attendre dans le bureau. Apparemment, personne n'avait bougé depuis leur départ pour le camping.

— Comment va-t-il ? s'enquit Althea.

— Il dort enfin. Je crois que le mieux serait que vous rentriez tous chez vous. La journée a été longue.

Peggy et Carl se levèrent aussitôt.

— Navré de ce qui s'est passé, déclara Carl, manifestement contrit.

— Ce n'est pas votre faute, répondit Jake, qui n'avait pas songé un seul instant à leur reprocher les agissements de Sherry.

— Nous nous sentons responsables, insista Peggy avant de sortir. A bientôt, j'espère. Embrassez le petit pour nous.

— Je peux rester, si tu veux, proposa Althea.

Jake l'étreignit longuement. Cela lui paraissait si naturel, à présent…

— C'est gentil, maman, seulement je préfère que tu rentres chez toi. Reposez-vous, tous les deux. Je vous appellerai demain matin. Et, Andrew… Merci encore.

— De rien, Jake. De rien.

Constance, Judith et Stan enfilèrent leurs manteaux.

— Et Elise ? demanda Constance. Pas trop secouée ?

— Un peu, si. Toutefois, maintenant que Ben est de retour, ça va aller.

— N'hésitez pas à nous appeler si vous avez besoin de nous, ajouta Judith.

— Merci. Je n'y manquerai pas.

Bientôt, il ne resta plus dans la salle que Spencer et Caleb.

— Que s'est-il passé dans la caravane ? demanda Jake à son frère.

— A ce qu'il semble, Sherry a eu peur que Fobbs ne mette sa menace à exécution. Alors elle a poussé Ben par la fenêtre.

— Elle aura au moins fait une chose bien, dans sa vie, soupira Jake.

— Oui. Le fameux instinct maternel a fini par reprendre le dessus.

— Où est-elle ?

— Fobbs n'a pas apprécié son geste. Il l'a abattue. Elle est morte, Jake.

Ce dernier se passa une main sur le visage, un peu étonné de n'éprouver aucune tristesse, malgré tout.

— Et Fobbs ?

— Il a retourné son arme contre lui. Coltrane n'a pas eu le temps d'intervenir.

— Fobbs semblait avoir du respect pour notre demi-frère. L'espace d'un instant, j'ai cru qu'Elijah réussirait à le convaincre de se rendre.

— Moi aussi, murmura Caleb.

— Elijah nous a sauvé la vie, ainsi que celle de Ben. J'aimerais le remercier. Il est toujours à Waco ?

— Non, il est reparti.

— Comment ça, reparti ?

— Il a fait son rapport et il est reparti, répéta Caleb.

— Pour où ?

— Ce n'est pas le genre d'homme à faire des confidences, et j'avoue que je ne lui ai pas posé la question.

— C'est tout de même notre frère, fit remarquer Jake.

— Je ne crois pas qu'il voie les choses sous cet angle.

— Attendez, intervint Spencer. Il est ranger, non ? Il ne doit pas être bien difficile à localiser !

— Enfin ! explosa Caleb. Vous ne comprenez donc rien à rien ? Coltrane ne veut pas que nous le retrouvions. On ne peut pas lui en vouloir ! Le moins qu'on puisse faire est de le laisser en paix.

Un silence lourd suivit cette déclaration.

En soupirant, Jake passa un bras autour de l'épaule de son aîné.

— Il sait où nous trouver. Qui sait ? Peut-être éprouvera-t-il un jour le besoin de nous contacter…

— Si je trouve son adresse, je te la ferai parvenir. Tu pourras toujours lui écrire, concéda Caleb.

— Merci. Bien, je crois que je vais aller retrouver ma femme et mon fils. Merci pour tout, les gars.

— De rien. Ça a parfois du bon, la famille, rétorqua Caleb, d'un ton léger.

Jake hocha la tête et regagna sa chambre. Elise dormait,

Ben toujours dans ses bras. Il se tint un instant devant eux, remerciant la Providence, qui lui avait rendu ce qu'il avait de plus cher au monde.

C'était fini. Le cauchemar était terminé.

18

Il devint vite évident que Jake s'était trompé : le cauchemar était loin d'être terminé. Elise dut porter Ben la plus grande partie du lendemain. Il hurlait dès qu'elle sortait de son champ de vision. Il allait de son père à sa mère et refusait tout autre contact. Ni la chanson du tracteur ni les autres rituels auxquels il réagissait si bien, d'ordinaire, ne purent le tirer de son angoisse. Il pleura beaucoup, et Jake crut que son cœur allait se briser tant le chagrin de son fils semblait profond. Pour finir, il lui administra une deuxième dose de calmant, afin de le faire dormir.

Il appela le Dr Markham, qui lui expliqua que l'état de Ben était parfaitement normal. Toutefois, il était encore petit et, d'ici peu, il commencerait à oublier. Dans le cas contraire, il serait toujours temps de prendre des mesures.

Le calvaire dura deux jours. Le troisième, Ben se remit à jouer avec Macko et commença à se détacher d'Elise. Jake en aurait été infiniment soulagé s'il n'avait pas été confronté à un autre problème, tout aussi urgent.

Elise… Son inquiétude avait été si grande qu'il n'avait rien remarqué. A présent, il ne pouvait plus ignorer les signes. Elise avait peur, au point de ne plus lâcher Ben d'une semelle. Elle le suivait partout, refusait de lui faire reprendre ses exercices, sous prétexte qu'il souffrait toujours de l'épaule. Markham jugeant l'état de l'enfant satisfaisant, Jake comprit qu'il y avait autre chose. Elise essayait de protéger Ben d'un monde qui lui paraissait trop hostile. Il tenta de lui parler, mais en vain. Il fit installer un système d'alarme dans la maison, dans l'espoir de la tranquilliser, ce qui ne changea rien.

Jake était de plus en plus démuni. Le cauchemar perdurait, et il ne pouvait que maudire Sherry qui leur avait fait tant de mal.

Trois semaines plus tard, il en était au même point. Ben dormait dans le lit conjugal, Elise se refusant à le ramener dans sa chambre. Pire encore, l'enfant régressait à vue d'œil. Lorsqu'il recommença à trébucher dans le moindre obstacle, Jake comprit que cet état de choses ne pouvait pas durer.

Il était assis dans le bureau, un matin, à se demander combien de temps ils pourraient continuer à vivre ainsi, lorsqu'il entendit la voix de Spencer, dans la cuisine.

— Je suis là ! cria-t-il.

Caleb et Spencer pénétrèrent dans la pièce.

— Vous ne travaillez pas, aujourd'hui ? leur demanda-t-il.

— Et toi ? rétorqua Spencer. J'ai vu des tracteurs, dans les champs voisins. C'est le moment de préparer la terre, non ?

— Mike s'en occupe. Je suis trop préoccupé pour ça.

— Elise ne va pas mieux ? s'enquit Caleb, les sourcils froncés.

— Loin de là, soupira Jake en se levant. Elle est de plus en plus paranoïaque, et Ben absorbe son angoisse comme une éponge. Elle souffre terriblement, et je ne sais pas comment l'aider. Ça me tue.

— Où est-elle ?

— Elle vient de lever Ben de sa sieste. Il y a de fortes chances pour qu'elle soit en train de le bercer dans le rocking-chair. Si je ne l'y obligeais pas, elle ne sortirait plus de cette chambre, et le petit non plus.

— Ce n'est pas bon, tout ça, murmura Spencer.

— Tu crois que ce détail m'a échappé ? rétorqua sèchement Jake. Je te dis que je ne sais pas quoi faire. Je...

Le carillon de l'entrée l'interrompit dans son discours.

— J'ignore qui c'est, et, bien que je ne sois pas d'humeur à recevoir de la visite, il faut que nous nous remettions à vivre normalement. Dès maintenant, conclut-il avant d'aller ouvrir.

Judith et Duncan se tenaient sur le seuil.

— Désolée, Jake. Nous aurions dû appeler, seulement Duncan avait envie de voir son cousin. Ça ne te dérange pas ?

Jake n'hésita qu'une seconde. Il venait de prendre une décision, il était temps de la mettre en application. Le monde extérieur devait retrouver sa place dans leur existence, et Duncan était la personne idéale pour commencer.

— Pas du tout, répondit-il en s'effaçant pour les laisser entrer. Je vais chercher Ben.

Comme prévu, Elise était assise sur le rocking-chair, Ben sur les genoux. Jake prit son courage à deux mains.

— Tu as de la visite, mon garçon, annonça-t-il.

— Il n'est pas prêt à voir du monde, répliqua Elise.

— Si, il l'est, déclara Jake d'un ton ferme, avant de s'emparer de son fils.

Il n'avait pas atteint la porte qu'Elise se levait d'un bond.

— Jake ! Qu'est-ce que tu fais ? Je te dis que Ben n'est pas encore prêt à voir quiconque.

Se fermant à la détresse qu'il percevait dans sa voix, Jake sortit et amena son fils dans le salon.

— Regarde qui est là, Ben. Duncan est venu jouer avec toi. Il y a aussi Judith, et tes tontons, Caleb et Spencer.

— On va jouer au ballon, champion ? proposa Caleb en s'avançant. Il fait beau, ça nous fera du bien !

— Non ! gémit Elise, derrière eux. Ben ne doit pas sortir de la maison.

Jake pivota sur lui-même. Elle paraissait tellement angoissée qu'il faillit céder. Il ne tarda pas à se ressaisir, cependant. Il devait faire preuve de fermeté. Pour leur équilibre à tous les trois.

— Bien au contraire. Il doit sortir d'ici, et prendre un peu l'air.

L'enfant examina tour à tour ses parents, manifestement perplexe. Son expression donna à Jake la force de continuer. Il tendit son fils à Spencer.

— Allez, Ben. Va jouer avec Duncan et tes oncles.

Spencer s'empressa d'entraîner tout le monde dans le jardin. Elise fit mine de leur emboîter le pas, mais Jake la retint.

— Non, Elise. Laisse-le un peu tranquille. Il faut qu'il se remette à jouer.

— Tu ne comprends donc pas qu'il n'est pas prêt ?

— Il l'est, je te dis. Regarde.

Il avait raison. Au-dehors, Ben et Duncan couraient après Macko, en poussant des cris joyeux.

— Il peut se passer n'importe quoi, insista Elise.

— Pas dans notre jardin. Il n'y a aucun danger. Je le sais. J'ai toujours vécu ici.

Elle leva des yeux rageurs vers lui.

— Pourquoi me fais-tu ça ?

— Parce qu'il est temps. Nous n'allons pas enfermer notre fils dans cette maison *ad vitam aeternam*, tout de même ! Il a besoin de jouer. De se remettre à vivre.

— La vie ! dit Elise d'un ton méprisant. La vie, c'est

te voir enlever ton enfant, être folle d'angoisse, puis regarder ton enfant souffrir. Je refuse de repasser par là. Et je ne laisserai pas Ben repasser par là non plus.

Sur ce, elle s'avança vers la baie vitrée d'un pas décidé. Jake la rattrapa par le bras.

— J'ai dit non. Regarde-le. Il s'amuse comme un petit fou. Bon sang, Elise ! Laisse-le respirer un peu !

— Je te déteste, sanglota-t-elle avant de courir vers sa chambre.

Jake la regarda sortir le cœur serré.

— Je vais lui parler, proposa Judith derrière lui.

Judith... Dans son désarroi, il avait oublié jusqu'à sa présence.

Son souffle se coinça dans sa gorge. Son monde était cassé, et il ignorait s'il arriverait à le réparer.

Elise se laissa tomber sur le lit et s'efforça de surmonter son angoisse, mais en vain. Rien ne marchait. Même si elle savait qu'elle allait trop loin dans son désir de protection.

— Jake a raison, murmura Judith en s'asseyant à côté d'elle. Vous ne pouvez pas continuer ainsi.

— On ne t'a jamais enlevé ton enfant, me semble-t-il, répliqua Elise d'un ton sec. Tu ne peux pas savoir ce que c'est.

— Pardon ? Mon mari est allé chercher mon fils à l'école, avant de me téléphoner pour m'annoncer qu'il ne le ramènerait pas à la maison et qu'il avait l'intention d'en demander la garde.

— Ce n'est pas pareil. Tu savais où était Duncan et tu n'avais pas à craindre pour sa sécurité.

— Ce n'est peut-être pas pareil, mais il n'en reste pas moins que mon fils m'avait été enlevé. Je sais parfaitement ce qu'on ressent dans un moment pareil.

Comme sa sœur ne répondait rien, Judith ajouta :

— Stan et moi avons discuté. Il revient à la maison, avec Duncan.

Un cri d'enfant retentit dans le jardin. Elise se leva d'un bond et courut vers la fenêtre. Spencer faisait virevolter Ben dans les airs. Le petit garçon semblait ravi, et ses rires allèrent droit au cœur de sa mère… qui n'en fronça pas moins les sourcils.

— Tu vois, dit Judith. Il est content comme tout, ton fils.

— Spencer ne devrait pas faire ça. Ben a toujours mal à l'épaule. Il est temps qu'il rentre.

Elle parlait d'une voix mécanique, comme pour se convaincre elle-même. La prenant par les épaules, Judith la fit pivoter pour l'obliger à la regarder dans les yeux.

— Tu es sur la mauvaise pente, Elise. Tu le sais aussi bien que moi. C'est d'une mère que Ben a besoin. Pas d'un zombie qui l'étouffe par peur du danger. Tu as subi un traumatisme, d'accord. A présent, c'est terminé. Tu as un mari et un fils qui…

— Tais-toi, tais-toi ! hurla Elise avant de courir se réfugier dans la salle de bains dont elle claqua la porte.

Elle se laissa glisser sur le carrelage, les genoux repliés devant elle, les bras serrés autour de ses jambes.

Elle coulait à pic, elle le savait. Ses poumons se resserraient, la brûlant jusqu'à l'étouffement. La vie la quittait petit à petit et elle ne parvenait pas à remonter à la surface.

Elle avait reçu trop de coups ces dernières années. La peur avait fini par prendre le dessus.

Pourtant, elle devait assurer la sécurité de Ben. C'était la seule chose qui comptait, dorénavant.

La sécurité de Ben.

Ce soir-là, après le rituel du bain, Jake entraîna Elise dans leur chambre.

— Ben dort dans son lit, cette nuit, ma chérie.

— Non ! Non ! Il aura bien trop peur. Jake ! Ne fais pas ça, par pitié ! s'écria-t-elle, au bord de l'hystérie.

— Je ne reviendrai pas sur ma décision, Elise. Ben dort dans son lit, cette nuit et les nuits suivantes. Un point, c'est tout.

— Il est hors de question qu'il reste seul dans sa chambre. N'importe qui pour...

— Nous avons fait installer une alarme, je te rappelle, l'interrompit Jake. Elle se déclenche dès qu'on ouvre une porte. Sans parler de Macko qui veille sur son maître, ni de nous, qui sommes de l'autre côté de ce couloir. Ben doit se sentir en sécurité dans sa propre maison. Je sais que c'est dur, seulement...

— Je ne te le pardonnerai jamais, déclara-t-elle d'un ton glacial.

Jake recula d'un pas. Sa repartie l'avait atteint aussi violemment qu'un coup de poing. Il tourna les talons, la gorge serrée.

Ben jouait avec Macko sur le plancher. Jake le prit dans ses bras et dit :

— Il est l'heure d'aller se coucher, mon garçon. Et ce soir, Ben dort dans son lit. Comme un grand !

— Ma-man, geignit aussitôt l'enfant, tendant les bras vers Elise qui se tenait sur le seuil de la pièce.

Jake ouvrit le petit lit et y allongea Ben. Il le recouvrit, Macko sauta pour rejoindre son maître, et Jake s'agenouilla pour se mettre à la hauteur de son fils.

— C'est ton lit et c'est là que tu dois dormir, fiston. Comme le grand garçon que tu es.

— Ma-man, répéta l'enfant, avec moins de conviction, cette fois-ci.

— Papa et maman sont dans leur chambre. Et je vais rester auprès de toi jusqu'à ce que tu t'endormes. Et puis Macko est là, près de toi.

— 'Acko, murmura Ben. 'Apa ? 'Acteur.

Jake réprima un sourire. Ben n'avait touché ni au tracteur en Lego ni à son vieil ours en peluche depuis des semaines.

L'enfant s'empara de ses jouets préférés et se tourna sur le flanc. Jake se mit à lui frotter le dos, tout doucement.

— Tracteur, tracteur, as-tu des roues ? chantonna-t-il, à tout hasard.

— Oui m'sieur, oui m'sieur, j'ai 'es 'oues.

Ben réagissait enfin… ce qui signifiait que Jake avait bien fait de se montrer intraitable. Il continua à chanter, jusqu'à ce que son fils s'endorme paisiblement.

Il regagna sa chambre, comme dans un rêve. Elise était couchée en position fœtale, le dos vers le mur. Cette vision lui noua la gorge. Elle lui en voulait, même s'il n'avait pas eu le choix. Il ne lui restait plus qu'à espérer qu'elle finirait par comprendre qu'il n'avait agi que contraint et forcé.

Il prit sa douche, retourna voir Ben et se coucha. Jamais il n'avait senti Elise aussi loin de lui. Il devait retrouver sa femme, c'était vital. Il tendit timidement la main vers elle et, au lieu de le repousser, elle se jeta dans ses bras, en larmes.

— Arrête de pleurer, Elise, ma chérie. Par pitié, arrête.

— Je ne peux pas, sanglota-t-elle contre sa poitrine. Je ne peux pas m'en empêcher. J'essaie, mais je n'y arrive pas. J'ai peur… tellement peur.

— Je sais, ma chérie. Je sais.

— Aide-moi, Jake. Aide-moi.

— Chut, calme-toi, chuchota-t-il. Et dors. Nous discuterons de tout cela demain.

Elle finit par s'endormir à son tour et Jake continua à la serrer contre lui. Il devait trouver un moyen de surmonter cette nouvelle épreuve. Ou plutôt, *ils* devaient le trouver, *ensemble*. Le fait qu'elle lui ait demandé son aide était peut-être bon signe, en fin de compte.

Lorsqu'il se réveilla, il était seul. Elise était certainement dans la chambre de Ben, où il se rendit, sur la pointe des pieds. Ben dormait, Macko près de lui, mais Elise n'était pas là. Le chien leva le museau, Jake posa un doigt sur ses lèvres pour qu'il n'aboie pas.

Il ressortit précipitamment et gagna la cuisine.

— Tu n'as pas vu Elise ? demanda-t-il à Vinnie qui préparait le café.

— Elise ? répéta la vieille dame, perplexe. Non. Je viens de me lever et je... Jake ?

Il ne l'écoutait plus. Il longea le couloir en toute hâte, remarqua que la porte de la salle de bains était close et, après avoir frappé un petit coup, entra.

Il fut accueilli par une forte odeur de vomi. Elise était assise à même le sol, près des toilettes, le front appuyé contre le réservoir. Il humidifia un gant de toilette et remplit un verre d'eau.

— Tiens, dit-il en lui tendant le verre. Ça ira mieux après.

Elle se rinça la bouche et recracha l'eau dans les toilettes. Jake appuya sur la chasse avant de s'agenouiller devant elle pour lui passer le gant sur le visage.

— Tu as dû attraper la grippe, dit-il.

— Non, répondit-elle d'une voix faible. Je... je suis enceinte.

Jake se figea. Il n'eut pas le temps de se réjouir, néanmoins, car Elise ajouta :

— Je ne veux pas être enceinte, Jake. Ce n'est pas possible. Je ne veux pas de ce bébé. Ben a besoin de moi, de toute mon attention.

— Ne dis pas de bêtises, marmonna Jake, se laissant retomber sur les talons.

— Je ne dis pas de bêtises, insista-t-elle. Je te dis que je ne veux pas d'autre enfant.

— Nous avons toujours voulu un enfant, Elise. Tu ne peux pas prétendre le contraire !

Malheureusement, sa femme était toujours dominée par sa peur. La seule chose qui l'empêchait de couler était la voix de Jake.

— Aide-moi ! s'écria-t-elle soudain. Aide-moi à me tirer de là, Jake. Je veux sentir la chaleur du soleil sur ma peau. Je veux vivre dans l'attente du lendemain, comme avant. Seulement, j'ai si peur…

Jake faillit se mettre à pleurer, lui aussi. Un tel désarroi lui était insupportable. Pourtant, il devait être fort, trouver un moyen d'aider sa femme. Restait à savoir lequel.

— 'A-pa, ma-man, cria Ben, au bout du couloir.

— Jake, le petit… Je ne veux pas qu'il me voie dans cet état, gémit Elise.

— Je reviens tout de suite, dit-il avant de courir jusqu'à la petite chambre. Bonjour, mon grand. Tu as bien dormi ? Tu as faim ?

— Ma-man…

— Maman est dans la salle de bains. Elle arrive dans cinq minutes, répondit-il, priant le ciel pour que ce soit le cas. Qu'est-ce que tu veux, pour ton petit déjeuner ?

— 'Ace, 'a-pa. 'Ace.

Jake ne l'écoutait qu'à moitié. Il ne cessait de penser

à l'enfant que portait Elise... et à la joie qu'ils auraient dû éprouver, tous les deux, en cet instant.

— Vinnie ? Tu veux bien servir un bol de glace à ce jeune homme, s'il te plaît ?

— De la glace au petit déjeuner ? s'écria Vinnie, interloquée.

Jake ne répondit pas. Il était toujours dans sa bulle. Sa femme souffrait de dépression, et elle était enceinte. Comment lui faire accepter l'idée qu'il s'agissait d'une merveilleuse nouvelle ?

La réponse lui apparut comme une évidence. Il fonça vers la porte de la cuisine et, dans sa précipitation, oublia de composer le code de l'alarme qui se mit en route.

— Jake ? Qu'est-ce que tu as, ce matin ? protesta Vinnie, lorsqu'il eut arrêté la sirène.

— Occupe-toi de Ben, tu veux bien ? lança-t-il.

Il alla chercher le berceau dans son atelier, pour le rapporter à la maison.

— Où vas-tu, avec ça ? lui demanda Lavina, de plus en plus effarée.

Jake ne s'arrêta pas. Il disposa le berceau dans la chambre, de manière à ce qu'Elise le voie dès l'instant où elle sortirait de la salle de bains. Puis il poussa la nacelle et les notes de la berceuse s'élevèrent au-dessus de lui.

Ensuite, il s'assit sur le lit et attendit.

Elise entendit la musiquette et releva la tête.

« Dodo, l'enfant do... »

Jamais aucun son ne l'avait tant émue. La douce mélodie l'emplit tout entière, la réchauffant, la rassurant. « Dodo, l'enfant do... » Sa peur commençait à diminuer, et bientôt elle parvint à respirer sans difficulté.

« L'enfant dormira bientôt... »

Elle traversa le couloir pour aller au pied du berceau dont elle toucha le bois. Il était si parfait… Tellement représentatif de tout ce qui était beau, en ce bas monde…

Elle leva les yeux vers Jake. Des yeux dépourvus de larmes, et pleins d'une joie retrouvée.

— Nous allons avoir un bébé ! s'écria-t-elle d'une voix triomphante.

Sur ces mots, elle se jeta dans les bras de son mari.

— Merci, merci, mon amour. Enfin, je revis. Je peux envisager l'avenir sans avoir peur. Tu entends, Jake ? Je n'ai plus peur…

Il lui encadra le visage des deux mains.

— Je ne peux pas te promettre qu'il ne nous arrivera plus jamais rien de triste, Elise. Ça fait partie de la vie. En revanche, je te promets que je serai toujours là pour toi, pour Ben et pour le bébé que tu portes. Quelles que soient les épreuves que nous traverserons. Je serai toujours près de toi. Je t'aimerai toujours.

— Je le sais, répondit-elle dans un souffle. Jake ? Que m'est-il arrivé ?

— Je crois que tu as eu trop de coups durs en trop peu de temps. De sorte que tu as voulu te protéger… et que tu t'es fermée à tout, sauf à ton amour pour Ben.

— Et pour toi. C'est l'amour que j'éprouve pour toi qui m'a sauvée, répondit-elle.

Ils restèrent un moment enlacés, à se délecter de leur bonheur retrouvé.

— Nous allons avoir un deuxième enfant, répéta Elise. Quand je pense à tout ce que je me suis infligé dans l'espoir de concevoir… Et voilà que je suis enceinte sans même avoir essayé et en prenant la pilule… Oh !

— Quoi ? s'enquit Jake, alarmé par son expression.

Elle eut une petite grimace vaguement contrite.

— Avec les fêtes et toute l'agitation qui a régné dans

cette maison, j'ai oublié de la prendre, une fois ou deux. Le soir où nous nous sommes avoué notre amour, la veille de Noël, je n'y ai même pas pensé… Le lendemain non plus, d'ailleurs, à bien y réfléchir. Dire que nous avons essayé pendant des mois, en vain…

— C'est venu naturellement, parce que c'était le bon moment et que tu n'avais pas à t'infliger des positions impossibles, après l'amour.

— Non. Il suffisait que je t'aime totalement…

Il se pencha pour l'embrasser, elle enfouit le visage contre son torse.

— Pas maintenant. Je viens d'être malade.

Il lui caressait inlassablement les cheveux.

— Ça m'est égal. Je t'aime, dans tous tes états.

— Moi aussi, je t'aime.

— Mmm… Elise ? demanda-t-il après une légère hésitation. Tu sais que ça pourrait être une fausse joie, ma chérie. Avec tout ce stress…

Elle releva la tête vers lui, toujours souriante.

— Alors disons que si je suis enceinte, c'est parfait, et si je ne le suis pas, tant pis. Ne t'inquiète pas. J'ai traversé une mauvaise phase, rien de plus. Je… je ne savais pas que j'aimais autant Ben, ajouta-t-elle après une courte pause.

— Tu ne savais pas non plus que tu avais la fibre maternelle, répliqua-t-il d'un ton railleur.

— Ma-man, ma-man, ma-man ! cria Ben en faisant irruption dans la chambre, Macko sur les talons.

— Tu as mangé de la glace au chocolat ? s'étonna Elise. Tu en as tout autour de la bouche.

— *Mea culpa*, dit Jake, une lueur amusée dans les yeux. Il fallait l'occuper, le temps que tu termines ta toilette.

— 'Est quoi ? demanda Ben, un doigt pointé vers le berceau.

— C'est un berceau, répondit Elise.

— 'Ou moi ?

— Non, pas pour toi. C'est pour les bébés, et tu n'es pas un bébé. Tu es un grand garçon, non ?

— 'Rand, répéta l'enfant, se redressant de toute sa hauteur.

Jake et Elise se consultèrent du regard et décidèrent tacitement d'attendre le résultat des analyses pour annoncer la nouvelle à leur fils.

— Je t'aime, chuchota Jake, aux anges.

Cela faisait si longtemps qu'il n'avait pas vu sa femme heureuse… Elle l'était redevenue et lui, il avait ce qu'il voulait. L'amour d'Elise, pour l'éternité.

— Moi aussi, je 'aime, dit Ben, deux doigts en l'air.

Jake et Elise partirent d'un grand rire qui résonna dans toute la pièce.

Elise s'était remise du plus grand traumatisme que puisse vivre une mère. Demain serait un autre jour, et elle se sentait plus forte pour affronter l'avenir. Après tout, n'avait-elle pas un mari et un fils qu'elle aimait et qui l'aimaient en retour ?

Certes, la vie ne serait pas toujours facile, mais, quand tout irait mal, elle ferait bouger la balancelle de ce berceau, afin de se souvenir qu'une chose, au moins, était inébranlable en ce bas monde.

L'amour.

Celui de Jake. Celui de Ben, et de l'enfant à naître.

Épilogue

Deux ans et demi plus tard.

Jake gara l'Espace le long du trottoir et se tourna vers Elise en une supplique muette. Pas de larmes… Surtout, pas de larmes.

Il sortit du véhicule qu'il contourna pour aller ouvrir la portière arrière.

— Tu es prêt, mon garçon ?

Ben détacha sa ceinture sans aucune difficulté. Il avait tellement progressé que Jake le reconnaissait à peine. Il était de plus en plus éveillé et, s'il avait toujours quelques problèmes de coordination du côté gauche, ceux-ci étaient suffisamment légers pour qu'il puisse entrer à l'école.

C'était la rentrée des classes, le premier jour d'école pour Ben McCain. Il était tellement excité qu'il ne tenait pas en place. Les plus inquiets étaient ses parents, bien sûr. Encore une étape dans la vie de leur petit garçon, un pas de géant qui l'éloignait d'eux d'autant. Il n'était pas facile de le laisser partir, et tous deux contenaient tant bien que mal leur émotion.

Ben attrapa son sac, avant de se tourner vers sa petite sœur, Noélie Althea, arrimée dans son siège auto.

Noélie parce qu'ils savaient que la fillette avait été conçue un soir de Noël — comme ils l'avaient tant souhaité au début de leur union ; Althea pour que la mère de Jake soit assurée de l'amour qu'il lui portait.

Le petit garçon lui déposa un baiser sonore sur la joue.

— Au revoir, Noélie. Je vais à l'école !

Il prononça ces mots à la perfection, ce qui lui arrivait de plus en plus souvent. Les messages parvenant enfin correctement à son cerveau, il bégayait de moins en moins et les consonnes initiales ne lui posaient quasiment plus de problèmes. Le Dr Markham, très satisfait de son évolution, avait assuré à Jake et Elise qu'en temps voulu, il vivrait comme n'importe quel enfant de son âge.

Ce qui était déjà le cas.

— 'Voir, Ben ! répondit Noélie.

Elle était très en avance et jolie comme un cœur. Jake se réjouissait du lien qui unissait ses deux enfants. Cela dit, Noélie ayant pris l'habitude de suivre son frère partout où il allait, la journée risquait d'être difficile pour elle aussi.

Jake l'examina un instant, le cœur gonflé d'amour. Dès qu'il avait vu son adorable frimousse, il avait su que son existence changerait du tout au tout. Il avait eu raison : cette fillette lui avait apporté une plénitude encore inédite, et il lui arrivait d'avoir un pincement au cœur à la pensée qu'il avait manqué la naissance et la toute petite enfance de Ben.

— Au revoir, Macko, ajouta Ben en enfouissant sa tête dans le pelage de l'animal. Surveille bien Noélie. Elle est encore petite.

Macko agita la queue et jappa à deux reprises.

Une BMW s'arrêta derrière leur véhicule. Duncan en sortit, bientôt suivi de Stan et de Judith, prête à accoucher.

— Je peux emmener Ben jusqu'à sa salle de classe, si vous voulez, proposa Duncan. Je sais où elle est.

— D'accord ? demanda Ben à ses parents.

Jake jeta un coup d'œil dubitatif à Elise. D'un côté, il aurait volontiers accompagné son fils lui-même, afin de le rassurer, en cas de besoin. De l'autre, il devait bien admettre que Ben commençait à prendre son indépendance. Dès lors, il ne leur restait plus, à Elise comme à lui, qu'à le laisser partir. Jamais il n'aurait pensé que ce serait si difficile.

— Nous viendrons te chercher, à 15 heures, déclara-t-il solennellement à son fils. Avec ta petite sœur.

— Je sais.

Jake avait une multitude de questions à lui poser, subitement. Il aurait voulu s'assurer que Ben n'avait aucune angoisse, qu'il n'avait besoin de rien. Il se contenta néanmoins de serrer son fils contre son cœur.

Elise fit de même, les larmes aux yeux.

— A plus tard, mon chéri, dit-elle, d'une toute petite voix.

Dieu qu'il lui en coûtait ! En même temps, elle devait laisser grandir ses enfants. Cela faisait partie du métier de mère.

Ben dut sentir son anxiété, car il passa ses petits bras autour de son cou.

— Ça va aller, maman. Je suis grand !

Là-dessus, il fit glisser son sac sur son épaule et leva les yeux vers son cousin.

— On y va, dit ce dernier. La cloche va sonner.

Main dans la main, les deux garçons montèrent les marches de l'école. Arrivé devant la porte, Ben se retourna pour faire signe à ses parents et s'enfonça dans le corridor.

— Tu crois que je dois les suivre, pour voir si tout va bien ? demanda Jake à sa femme.

— Je crois surtout que nous devrions rentrer à la maison.

— Le premier jour est toujours une épreuve, leur expliqua Judith. Vous verrez, demain ça ira mieux.

— Comment te sens-tu, sœurette ? s'enquit Elise, afin de penser à autre chose.

— Ce n'est pas évident de passer par une grossesse à quarante ans, tu sais, soupira Judith.

— Ce qui ne t'empêche pas d'être rayonnante, ajouta Elise.

— Ravie, même.

Au moment où Stan et Judith prenaient congé, Jake les interpella :

— N'oubliez pas de nous appeler quand le petit sera né !

— Ne t'inquiète pas pour ça, Jake. Vous m'entendrez crier jusqu'à la ferme.

Elise sourit, heureuse que sa sœur ait enfin trouvé la félicité. Tout comme eux, d'ailleurs. Elle se tourna vers son mari, qui fixait les murs de l'école avec anxiété.

— Allons, Jake. Nous avons vu la maîtresse à plusieurs reprises, elle est tout à fait consciente des problèmes de Ben. Elle a nos numéros de téléphone portable et, si elle a le moindre souci, elle nous appellera.

— Tu me parais bien sereine, sur ce coup-là, ma belle.

— Détrompe-toi. Je suis à cran. Seulement Ben est tellement content que je ne voulais pas lui gâcher sa journée.

Jake ne put qu'admirer le chemin qu'elle avait accompli depuis l'enlèvement de leur fils. Il l'avait accompagnée, bien sûr, et la route n'avait pas été sans heurts. Toutefois, leur couple était solide, à présent. Ils s'aimaient, pour le meilleur et pour le pire, et de cet amour il tirait sa force.

— Maman, gémit une petite voix, à l'arrière de la voiture.

— Allons-y, dit Elise. Noélie commence à s'agiter.

Jake était toujours tourné vers l'école.

— Tu as vu son visage ? lui demanda Elise.

— Que… Quoi ?

— Le visage de Ben, quand il nous a dit au revoir.
— Oui !
— Et tu l'as entendu dire, comme moi, qu'il était assez grand pour aller à l'école.
— Je te vois venir, soupira Jake.
— C'est à cela que nous travaillons depuis près de trois ans, mon amour. Nous avons réussi. A présent, rentrons à la maison.
— Papa, appela Noélie.
— Oui, ma belle. J'arrive.
Joignant le geste à la parole, il remonta dans l'Espace et tourna la clé de contact.
— Ben va lui manquer. A Macko aussi, d'ailleurs. Ils vont le chercher toute la journée.
— Maman ? Je veux Ben, gémit Noélie, tordant son petit cou pour regarder l'école une dernière fois, elle aussi.
— Il est à l'école, ma puce. Nous reviendrons le chercher cet après-midi.
La fillette hocha la tête. Ses fins cheveux blonds étaient ramenés en queue-de-cheval, au sommet de son crâne, et elle avait hérité des yeux noisette de son père.
Elise sentit son cœur se gonfler. Elle aimait sa fille de toutes ses forces, pas plus que Ben, néanmoins. A ses yeux, le petit garçon était son aîné, et le fait qu'elle ne l'ait pas porté elle-même n'avait aucune importance.
— Je commence à me demander si je vais vraiment reprendre, à la fac, annonça-t-elle.
Jake haussa les sourcils.
— Tu as promis au doyen que tu serais de retour ce trimestre. Et tu n'as qu'une classe. Tu seras de retour à la ferme dès midi.
— Les enfants sont encore petits, je ne voudrais rien manquer, plaida-t-elle.
— Ah !... Et comment comptes-tu expliquer ça à ma

mère, à la tienne et à Vinnie ? Elles se sont déjà organisées pour garder Noélie…

Pour toute réponse, Elise laissa échapper un soupir.

— Je sais à quel point ton métier te tient à cœur, ajouta Jake. Cesse de culpabiliser. Les enfants se passeront de toi le matin, ce n'est pas la mer à boire. Et puis n'oublie pas que je serai là. A la ferme, avec eux. Et qu'en cas de problème, je t'appellerai.

— Tu as raison…

Ils avaient longuement débattu de la question, pour décider finalement qu'Elise reprendrait ses cours dès l'entrée à l'école de Ben. A l'époque, Elise avait été sûre de sa décision. La date fatidique approchant toutefois, elle se demandait si elle avait fait le bon choix.

— Tu as fait le bon choix, lui dit Jake, comme s'il avait lu dans ses pensées.

Elle tendit la main pour lui caresser la nuque. Qu'il était bon d'avoir cet homme auprès d'elle…

— Je me demande si Caleb est de service, ce matin.

— Il nous appellera dès qu'il aura des nouvelles, répliqua-t-elle.

Jake hocha la tête. Caleb et lui s'étaient beaucoup rapprochés, ces deux dernières années. Au point que Caleb avait confié à son aîné son espoir de devenir ranger. Il avait postulé et attendait la réponse. Jake aussi, avec anxiété.

— Avec ses références, je ne comprends pas que ça prenne autant de temps.

— Sauf si les autorités attendent qu'un poste se libère, fit remarquer Elise. Ça n'arrive pas tous les jours !

— Ce qui me ramène à mes interrogations initiales. Comment Elijah a-t-il fait pour devenir ranger ?

Elise savait que Jake rêvait de revoir son frère.

Malheureusement, Elijah ne souhaitait pas entrer en contact avec les McCain.

— Ça n'a aucune importance, Jake. L'important, c'est qu'il le soit devenu. Pour le reste... Tu sais où vous en êtes. Elijah t'a renvoyé tes lettres et refuse de te parler au téléphone. Tu ne peux rien faire de plus.

— Je n'abandonnerai pas la partie pour autant. Spencer n'a jamais perdu espoir avec moi, je ferai de même avec Elijah. Une fois qu'il nous connaîtra mieux, il s'apercevra que nous n'avons rien en commun avec notre père. Ne serait-ce que parce que Caleb sera devenu son collègue.

— Ne te fais pas trop d'illusions, mon chéri, murmura Elise.

Elle continua à lui caresser la nuque en silence, avant d'ajouter :

— Je t'aime.

— Moi aussi. Et je sais que je reverrai Elijah.

— Moi, je vous aime encore plus ! lança Noélie, levant deux doigts en l'air.

Ses parents ne purent réprimer un sourire.

Ils étaient heureux, même si Elise savait que le bonheur de Jake ne serait pas complet tant qu'il n'aurait pas ramené le dernier des McCain dans le clan.